Jenny Piepers Alltag gleicht einem chaotischen Mosaik aus Familie, Arbeit und Hobbies, über das sie konsequent versucht, Ordnung zu halten. Sie glaubt an Schicksal und an die Magie in besonderen Momenten. In ihren Büchern erschafft sie Welten, in die der Leser fliehen und sich selbst finden kann. Am liebsten schreibt sie Jugendbücher aus den Genres SciFi sowie Urban und High Fantasy.

Jenny Pieper

Raven Wings

Erbin des Mondlichts

Für Wolfgang.

Weil ich fest davon überzeugt bin, dass du irgendwo dort draußen bist und deine Flügel schützend über mir ausbreitest.

Du fehlst mir.

Vorwort

Die Krähen, wie ich die Geschichte seit der Entstehung der Idee nenne, sind 2020 als mein Debütroman erschienen. Dabei handelte es sich um die vierte fertige Geschichte, die ich geschrieben habe. Ich erinnere mich daran, dass alles was mit den Krähen zu tun hatte Spaß gemacht hat. Während ich mit meinen anderen Projekten Absage um Absage (oder auch gar keine Reaktion) erhalten habe, war diese Geschichte wie ein Licht in dem Nebel der Zurückweisung. Es hat mir gezeigt, wie sehr ich das Schreiben liebe, und dass ich es nicht aufgeben möchte. Umso bedeutender war der Moment, als die Zusammenarbeit mit dp zustande kam. Es war nicht nur die Erfüllung eines Traums, das eigene Buch zu veröffentlichen, sondern eine Erinnerung daran, dass Ausdauer und Leidenschaft belohnt werden.
Wir begegnen in unseren Leben vielen Hürden, die es zu überwinden gilt. Manche erscheinen unbezwingbar. Manche hinterlassen Spuren, die wir fortan mit uns tragen. Wie Lenna in diesem Roman erfahren muss, gibt es Probleme, die zu groß erscheinen. Wichtig ist, dass wir uns den Menschen zuwenden, die wir lieben. Genauso wichtig ist auch, dass wir an uns selbst glauben. Dass wir gütig und liebevoll mit uns sind. Das wünsche ich dir, liebe:r Leser:in. Finde die Stärke, die in deinem Herzen schlummert. Du bist wunderbar und unbezwingbar.

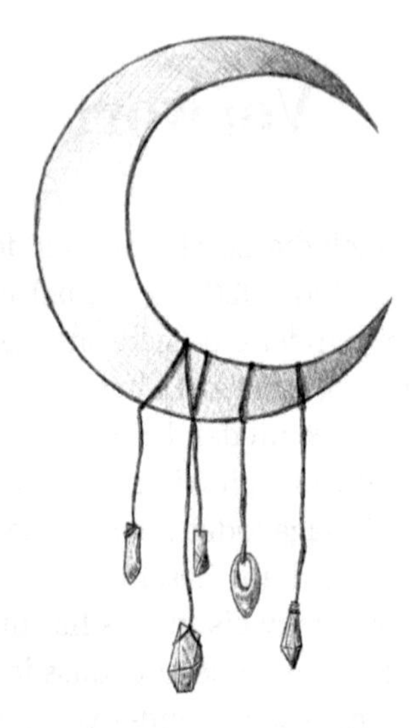

1. Kapitel

Der Wind brauste über die Plattform, ließ meine Hände am Geländer erzittern und flüsterte mir zu, dass ich den perfekten Tag gewählt hatte.

Heute würde ich verschwinden und nicht zurückkehren.

Die Lichter der Stadt breiteten sich unter mir aus wie Sterne, die sich auf einem Meer spiegelten. Ihre Anordnung war wahllos, und doch erzählten sie tausend fremde Geschichten. Hier oben auf dem Berg im Grünen – mit dem Rauschen der Blätter und der Abgeschiedenheit – fühlte ich mich frei. Während bald der Morgen anbrechen und der Alltag in der Stadt weitergehen würde, änderte sich für mich alles. Ich hatte diesen Weg bewusst für meinen Abschied gewählt, denn die Aussicht war atemberaubend. So zeigte sich meine Heimat in ihrer ganzen Pracht, die meinem alten Leben wegen dieser scheußlichen Visionen verwehrt geblieben war. Hoffentlich fand ich einen glanzvolleren Neuanfang.

Ein Seufzer entschlüpfte meiner Kehle. Für einen Moment legte ich den Kopf in den Nacken und schloss die Augen. In mir braute sich ein Schrei zusammen, der all die Wut und Ungerechtigkeit enthielt, die mich hierhergetrieben hatten. Aber um ihn loszulassen, fehlte mir die Kraft. An jeden Tag in den letzten Jahren war ich schwach und machtlos gewesen. Dazu verdammt, tatenlos zusehen zu müssen. Ich wollte hier weg. Mehr nicht.

Die Hände vergrub ich in meinem Haar und starrte in den Himmel, bis meine Kehle von den zu schnellen Atemzügen austrocknete. Bis nur noch krächzende Laute meine Atmung begleiteten. Vor mir lag Einsamkeit und ich begrüßte sie. Denn sie war die letzte Hoffnung auf ein Leben ohne die Visionen.

Keuchend breitete ich die Arme aus und genoss den Wind, der an mir zerrte. Ich wollte davonfliegen und nicht mehr zurückblicken. Doch selbst in diesen kurzen Moment, der nur mir gehörte, holten mich die Erinnerungen ein. Dunkelheit, Rauschen, ein Knall. Zitternd schlang ich die Arme um den Körper, während ich den Tod meiner Eltern wieder vor mir sah. Eindringlich schüttelte ich den Kopf, um die Bilder zu vertreiben, aber es half nicht. Die Vision zu diesem Ereignis hatte mich vor so vielen Jahren heimgesucht und war zu meiner Vergangenheit geworden. Den Teufel würde ich tun und wieder zuschauen, wenn meiner besten Freundin das Gleiche bevorstand.

Es war an der Zeit, dass ich verschwand. Ich hatte versucht, die Visionen ein ums andere Mal zu verhindern und wieder versagt.

Müde betrachtete ich den Mond. Heute Nacht war ich achtzehn Jahre alt geworden. Endlich war ich für mich allein verantwortlich. Und das hier war die beste Entscheidung, die ich treffen konnte.

Meine Augen folgten den Lichtern am Himmel und denen unter mir, während ich näher an das niedrige Geländer trat, das mir nur bis zur Hüfte reichte. Das kühle Metall umfassend, suchte ich nach Lichtformationen in der Stadt, die mir bekannte Orte zeigten. In welcher Richtung befand sich der Feuersee, in dessen Nähe ich bei meiner Tante gewohnt hatte? Lagen dort hinten im Dunkeln meine Schule und das Freibad? Ich konnte es kaum erkennen und plötzlich verspürte ich den Drang, jedes kleine Detail in mich aufzusaugen und für immer im Gedächtnis zu behalten, bevor ich Stuttgart und mein ehemaliges Leben dort hinter mir ließ.

Ich beugte mich tief über das Geländer und sah den steilen Berghang hinab. Obwohl mir Höhe nie etwas ausgemacht hatte, wurde mir mulmig zumute. Doch ich schluckte die Unsicherheit herunter und betrachte die Stadt genauer. Ein letztes Mal.

Bis an den Fuß des Bergs entdeckte ich Häuser, aber noch nicht überall brannte Licht. Hunderttausende Leben, die nichts von meiner Qual wussten und deren Alltag weitergehen würden, auch wenn ich schon lange fort war. Die meisten Menschen schliefen, während mein neues Leben begann. Irgendwo weit weg von hier.

Es ist Zeit, Lenna.

Energisch richtete ich mich auf, verlor das Gleichgewicht, taumelte. Bis schließlich Dunkelheit vor meinen Augen flackerte und die Lichter überdeckte. Ich krallte mich am Geländer fest, schüttelte den Kopf. Aber die Vision überrannte mich.

Konnten sie mich nicht einmal am Tag meiner Flucht in Ruhe lassen?

Blinzelnd kämpfte ich dagegen an, doch die Bilder schoben sich in meine Gedanken. Ein Wimmern erklang, das aus der Zukunft stammte. Einer Zeit, die ich eigentlich nicht kennen sollte. Schweiß überzog meine Handflächen, mein Puls raste.

Die Vision trübte jeden Gedanken, ich hyperventilierte und krümmte mich. Mein Herz setzte einen Schlag aus, bevor es laut in meinen Ohren dröhnte und pochte. Der Wind gewann an Kraft, zerrte an mir und ich verlor den Halt.

Nein!

Mit den Füßen in der Luft ruderte ich hilflos mit den Armen. Meine Hüfte schabte über das Geländer und ich fiel vornüber. In Zeitlupe rauschte ich an der Brüstung vorbei und geradewegs auf die Häuser tief unter mir zu. Die Vision klang ab, aber ich konzentrierte mich nicht auf die Bilder, die sie mir zeigte, denn der Tod saß mir im Nacken. Mit den Fingernägeln kratzte ich über den rauen Bodenbelag der endenden Aussichtsplattform, streifte vereinzelte Grashalme, doch nichts bekam ich zu fassen. Vor mir lag der Abgrund und ich stürzte ungehalten hinab.

Noch während eine Stimme in meinem Kopf flehte, dass ich nicht sterben dürfte, überschlug sich mein Körper.

Wind peitschte mir ins Gesicht. Ich riss die Augen auf und schrie. Der Klang schien meilenweit entfernt zu sein, fremd und genauso unwirklich wie mein Todesflug. Die Lichtflecken der Stadt näherten sich in erschreckendem Tempo. Es begleitete mich ein Gefühl der Schwerelosigkeit.

Und plötzlich stand die Zeit still. Es gab keine Geräusche mehr, keine Gedanken – nur mich und die Geschwindigkeit, mit der ich meinem Ende entgegenflog.

Ein Schatten zischte an mir vorbei. Ich riss den Kopf herum und versuchte, seinen Ursprung auszumachen. Ein Tier? Vor meinen Augen flimmerte ein dunkler unförmiger Punkt vor dem Meer aus Lichtern.

»Hilf mir«, schrie ich in den Wind.

Diese Nacht sollte ein Abschied sein, aber nicht mein Tod.

Die Gestalt verharrte vor mir in der Luft und mein Fall stoppte. Wie eingefroren hielt mein Körper mitten in der Bewegung inne. Schwarze Augen trafen meine. Starrten mich an, während dunkle Schwingen durch die Luft sirrten. Aus dem Rumpf streckten sich mir menschliche Arme entgegen, die ab den Ellbogen in schwarze Federn übergingen. Ich ruderte schwerfällig mit meinen Gliedmaßen.

Was zum Teufel ...

Halluzinierte ich?

Der Schnabel öffnete sich und ein Kreischen drang heraus. Statt Füße baumelten Krallen in der Luft.

Mit einem Ruck durchdrangen sie den Stoff meiner Hose und bohrten sich in meine Oberschenkel. Ich schrie vor Schmerz und meine Muskeln verkrampften sich. Hände packten meine Schultern und mit einem Schlag der Flügel änderten wir die Richtung. Das Wesen wirbelte mit mir in den Himmel hinauf, rotierte, drehte sich. Etwas Dunkles fiel weiter hinab, segelte zu Boden und verschwand aus meinem Sichtfeld.

Scheiße, ich hatte den Verstand verloren.

Wir umkreisten ein paarmal die Plattform, bis ich abermals fiel. Ich landete mit einem dumpfen Schlag – beinahe genau dort, wo ich nur Minuten zuvor gestanden hatte. Schmerz durchfuhr jede Faser meines Körpers und ich presste die Hände auf die Oberschenkel, wo mich die Krallen erwischt hatten. Tränen schossen mir in die Augen und ich tastete nach den Wunden, doch fühlte nichts. Kein Blut, keine Verletzung. Nichts.

»Was?«, keuchte ich und würgte.

Meine Flucht.

Mein Neubeginn.

Beides verloren.

Wieder wegen dieser verfluchten Visionen!

Die Gestalt landete vor mir, klappte die Flügel zusammen und beugte sich über mich. Mit den Händen griff das Wesen nach mir, zog mich vom Boden zu sich. Sein Kopf kam nah an mich heran. Dicht vor mir hielt es inne und tippte mir mit dem Schnabel gegen meine Stirn. Die Berührung brannte auf meiner Haut und Hitze breitete sich von dort aus. Zum Schrei riss ich den Mund auf, doch der Laut blieb mir im Hals stecken. Das Bild vor mir verschwamm, der Lichtschein wurde dumpfer, die Konturen in der Dunkelheit schärfer. Dann erreichte der Schmerz meine Kopfhaut. Keuchend krümmte ich mich, als funkensprühendes Feuer sich seinen Weg bahnte und aus meiner Haut brach. Ich schlang die Hände um die Oberarme und zuckte zurück. Zitternd hob ich sie näher an mein Gesicht. Schwarze Federn platzten ab den Ellbogen aus meiner Haut hervor. Fahrig krallte ich die Finger hinein und zog daran. Wischte darüber. Versuchte, sie abzuschütteln.

Vergebens.

Alles um mich herum drehte sich. Tausende Bewegungen schwirrten an mir vorbei. Ameisen, Motten,

Staubkörner in der Luft. Sie leuchteten in einem satten Orange, tanzten durch die Nacht zu einer stummen Melodie.

Ich rollte mich auf die Seite und sah an mir herunter. Mein ganzer Körper stand in Flammen. Knochen wanden sich unter meiner Haut und ich schlug die Hände vors Gesicht. Statt meinen Mund traf ich auf einen Schnabel.

»Was?«, würgte ich hervor, doch es klang wie ein Krächzen.

Das krähenähnliche Monster über mir beugte sich tief zu mir herunter. Leuchtender Rauch umgab seine Konturen, kräuselte sich in der Luft und vibrierte. Hinter ihm strahlte der Mond wie die Sonne, vermischte die Dunkelheit der Nacht mit mehr von diesem unnatürlichen Orange. Sein Gefieder schimmerte samtig, der Schnabel dunkel und matt. Es starrte mich mit seinen schwarzen Augen an und in ihnen zeichnete sich mein Spiegelbild ab. Ich sah genauso aus wie das Wesen vor mir.

2. Kapitel

Meine Augenlider flackerten. Wo war ich?

Ich tastete meine Umgebung ab, suchte nach meinem Bett, bis ich mich darauf besann, dass ich davongelaufen war. Doch dann kam die Erinnerung an den Sturz zurück und ich strich über den Boden, erwartete Gras von der Böschung unter meinen Fingern oder Geröll, auf dem ich aufgeschlagen sein sollte.

Halt, nein. Da war dieses Geschöpf…

Ich riss die Augen auf und starrte in Lichtflecken, die sich nur langsam zu Konturen wandelten. In den schimmernden Umrissen erschien als Erstes das Gesicht eines jungen Mannes. Er beugte sich über mich, zog die Augenbrauen besorgt zusammen und blinzelte. Seine dunklen Haare fielen ihm ins Gesicht und seine grünen Augen leuchteten wie saftiges Gras.

Er lächelte vorsichtig, als er meinen Blick einfing und ein Grübchen erschien in seinem rechten Augenwinkel.

So etwas hatte ich noch nie gesehen.

Ob das Grübchen von einer Narbe stammte?

Ich hob die Hand und versuchte, ihn zu berühren. Licht umspielte seine Konturen, zeichnete makellose Linien in meine verschwommene Sicht. Dieses Wesen hieß mich willkommen, wo auch immer ich hier gelandet war.

»Ein Engel?«, fragte ich. Denn das musste er sein. Ich war tot und im Himmel angekommen.

Sein Lächeln wurde breiter, ehe er losprustete und aus meinem Sichtfeld verschwand. Der magische Moment war vorbei, er verlor sich im haltlosen Lachen dieses Kerls.

»Xeron«, ertönte eine mahnende Stimme hinter mir.

Ich richtete mich auf, hörte, wie sich mehrere Menschen räusperten, ehe sich im Licht weitere Gesichter bildeten. Die Hitze in meinen Wangen fühlte sich an wie ein Feuer.

»Wo bin ich?«, krächzte meine Stimme und klang, als würde sie nicht zu mir gehören. Hektisch sah ich mich um. Ich lag mitten in einem kahlen Raum, der wie ein leeres Klassenzimmer wirkte. Nur dass an den Wänden weder Poster noch eine Tafel hingen. Nichts deutete darauf hin, was mich hier erwartete. In einem Halbkreis saßen einige Personen auf Stühlen. Ich wollte zählen, wie viele es waren, doch der junge Mann unterbrach meine Musterung und zog meine Aufmerksamkeit auf sich.

»Nicht im Himmel«, presste er unter Gelächter hervor. Er hielt die Luft an, musterte mich und verzog die Lippen zu einem breiten Grinsen. Bevor ich Angst haben konnte, dass sein Gesicht platzte, keuchte er und hielt sich den Bauch. »Ein Engel.«

»Xeron«, ermahnte ihn die Stimme erneut. Sie gehörte einem Mann mit dunkler Haut. Er wirkte äußerlich nicht älter als Mitte dreißig, doch seine Erscheinung verlieh ihm etwas Erhabenes. Er musterte mich mit Augen, in denen jahrhundertealtes Wissen zu liegen schien. Die Ruhe, die er ausstrahlte, legte sich schwer über mich und bildete einen Kontrast zu der Unsicherheit, die in mir tobte. Diese Mischung gab mir ein beklemmendes Gefühl. Der Kerl konnte keine Mitte dreißig sein. Dafür wirkte er zu ... alt.

Hatte ich das gerade wirklich gedacht? Wie kam ich auf so eine absurde Idee? Ich musste tot sein. Oder träumen.

Oh Gott, bitte lass mich träumen.

»Du kannst mich ab sofort Schutzengel nennen«, meinte der Kerl, der vermutlich Xeron hieß. Er hatte sich dem dunkelhäutigen Mann zugewandt, warf mir aber einen kurzen Blick über die Schulter zu.

»Meinst du wirklich, dass du dir das erlauben kannst?«, fragte eine Frau mit schulterlangem Haar und mandelförmigen Augen. »Nach dem ganzen Schlamassel?« Sie strich sich eine braune Strähne hinters Ohr.

Xerons Gesicht fror ein. »Nein, Licia.« Er ging zur Seite und lehnte sich mit dem Rücken an die freie Wand links von mir.

»Ich gehe nicht davon aus, dass Xeron dich eingeweiht hat«, meinte Licia an mich gerichtet. Sie verschränkte die Arme. »Nach deiner Verwandlung.«

Mit offenem Mund schüttelte ich den Kopf. »Meine Verwandlung? Das war ein Traum. Dieses Untier ...« Ich zuckte zurück und betrachtete Xeron. Ich hatte mich also tatsächlich in dieses Monster verwandelt? Und Xeron war dabei gewesen? Ich öffnete den Mund und deutete auf ihn. »Diese Vögel. Bitte sagt mir, dass ich mir das nur eingebildet habe.«

Das war doch nicht echt gewesen?!

Die Frau bedachte Xeron mit einem tadelnden Blick, den er gekonnt ignorierte. Er betrachtete den Boden, als wäre er wichtiger als dieses Gespräch.

Mit einer ausschweifenden Geste umfasste Licia den Raum und die Anwesenden. »Du bist in der Zwischenwelt.«

»In der was?«

»Xeron hat dich abgeholt, als du gestorben bist. Dein Körper ist zurückgeblieben, aber deine Seele ist hier.«

»Er hat meine Seele abgeholt?« Ich musterte Xeron, der die Güte besaß, nicht mehr den Boden anzustarren. Stattdessen funkelten mich seine grünen Augen an.

Hitze pumpte durch meine Adern und mir wurde gleichzeitig kalt. Halt. Stopp. Zurückspulen.

Ich war wirklich tot? Und meine Seele wurde in eine Zwischenwelt gebracht – von einem gigantischen Vogel, in den auch ich mich verwandelt hatte?

Xeron senkte betreten den Blick und ich blinzelte. Einmal. Zweimal.

Dieses Geschöpf, das war wirklich er gewesen?

Waren hier alle verrückt?

»Moment.« Ich sah die Frau an. Am liebsten hätte ich gefragt, ob sie sich über mich lustig machte. »Ich bin wirklich gestorben? Und jetzt bin ich hier? In einer Zwischenwelt?«

Die Worte auszusprechen, gab ihnen mehr Gewicht. Mein Herz raste und ich schlang die Arme um den Körper. Doch der Sog in meiner Brust ließ nicht nach. Stattdessen schien er mich mit sich in die Tiefe zu ziehen und ich wusste nicht, was mich im Abgrund meiner Angst erwartete.

»Wo sollst du sonst sein?«, fragte Xeron. »Im Himmel?« Da war es wieder, dieses Grinsen, das ich ihm am liebsten aus dem Gesicht schlagen wollte.

»Ich wollte weglaufen, neu beginnen. Und jetzt bin ich tot?«, presste ich hervor, ballte die Hände zu Fäusten und kämpfte gegen die aufsteigende Panik in meiner Brust an. Ich atmete tief ein und versuchte zu verstehen, was diese Menschen mir erzählten. Doch es half nichts, ich hyperventilierte.

Mir wurde schwindlig, ich stützte mich vornüber mit den Händen und zählte die Sekunden.

Eins. Zwei. Drei.

Verdammt, ich musste langsamer atmen.

Das hier war zu viel. Meine Pläne zerrannen in meinen Händen und ich konnte sie nicht mehr greifen.

Ich wollte fliehen, wegrennen und nicht sterben!

Vier. Fünf. Sechs.

Ein. Aus.

Wo war ich hier nur hineingeraten?

»Lenna«, Xerons Stimme erklang direkt vor mir. Ich hob den Blick und sah in sein Gesicht, das nur wenige Zentimeter entfernt war. Er berührte mich nicht, aber seine Nähe strahlte etwas Vertrautes, Tröstendes aus. Ich bildete mir eindeutig zu viel ein! »Beruhige dich, Lenna.«

»Ach, und das geht so einfach?«, fragte ich schnippisch. »Ich bin tot!« Die Wut lenkte mich ab und ich sank zurück, zog die Beine zum Schneidersitz an. Immerhin war mir nicht mehr schwindlig.

»Ja, du bist tot«, schaltete sich der dunkelhäutige Mann ein. Er fuhr sich mit der Hand über das kurzgeschorene Haar. »Dies hier ist eine Art des Todes. Wir alle sind tot.« Er deutete auf sich, die anderen und den sonst leeren Raum.

Ich schüttelte den Kopf. Wo war das Nichts, das ich vom Tod erwartete? Und warum war ich hier? Wieso hatte ich mich nur über das Geländer gebeugt? Wieso hatte ich eine Vision gehabt?

»Ich hatte Schmerzen!« Meine Hände wanderten zu meinen Oberschenkeln, wo die Krallen mich erwischt hatten. Doch da war keine Wunde. Vielleicht gab es eine logische Erklärung. Ich war nicht ganz bei mir. Hatte mir beim Sturz aber die Oberschenkel an der Felswand aufgerissen und dieses Getier war nur Teil meiner Einbildung gewesen. Ich tastete wieder über den Boden, suchte nach etwas, das mir zeigte, dass dies nur ein Traum war, während ich tatsächlich am Fuß des Hangs im Sterben lag. Oder zugedröhnt in irgendeinem Krankenhaus.

»Ich war vielleicht etwas grob.« Xeron hob die Schultern. »Als ich deine Seele ausgerissen habe. Aber es ging alles so schnell.«

Xerox hob die Schultern und entfernte sich an die Seite des Raums.

Ich starrte ihn an. *Was?!*

»Das ist jetzt nicht wichtig.« Licia erhob sich und trat neben den Mann, der diese seltsame Versammlung zu leiten schien. »Marxem«, sagte sie ernst und legte ihre Hand auf seine. »Wir müssen nachsehen.«

»Was nachsehen?« Meine Stimme klang motzig, aber konnten sie mir das verdenken? Ich war heute Nacht mit einem Ziel losgezogen und alles war schiefgegangen. Anstatt allein in einer neuen Stadt, in der mich ein

Bus weit wegbringen sollte, war ich hier. Wo auch immer das war.

Xeron murrte. Er stieß sich von der Wand ab und warf mir einen kurzen Blick zu, bevor er sich abwandte. Er ging an den Menschen vorbei, die im Halbkreis um mich positioniert waren, und blieb neben zwei leeren Stühlen stehen, ohne sich zu setzen. Dieses Mal sah ich genauer hin. Marxem, der weiterhin Ruhe ausstrahlte und Licia mit ihrem strengen Blick nahmen Platz. Daneben saßen drei weitere Personen: ein blonder Junge, vielleicht achtzehn Jahre alt, eine grauhaarige Alte und eine Frau mit einem dunklen Lockenkopf.

»Chio«, sagte Marxem und nickte der Alten zu. Ihr Stuhl stand etwas von den anderen entfernt, als würde sie auf Sicherheitsabstand gehen.

Chio zog eine Kette aus ihrem weißen Kleid hervor, an der drei bunte Edelsteine baumelten. Sie umfasste den roten mit ihrer Hand und schloss die Augen. Ihre Lippen bewegten sich, sie murmelte lautlose Worte, während sie sich langsam aufrichtete. Als sie die Augen aufriss, glänzte ihre Stirn feucht.

»Er ist es«, hauchte sie. Die fünf sitzenden Personen tauschten bedeutungsschwere Blicke, während mich Xeron mit steinerner Miene anstarrte. Da war mir sein dummes Grinsen lieber.

»Wer ist was?« Konnten diese Irren nur in Rätseln sprechen?

»Bist du dir sicher, dass er mir nicht zugeteilt wurde?«, fragte Xeron verbissen.

»Er ist Lennas Schützling«, antwortete Chio und ich erkannte Mitleid in ihren Augen.

»Können wir nicht tauschen?«, warf Xeron ein. »Ich könnte ...«

»Du weißt, dass das nicht geht.« Marxem erhob sich wieder. Er kam auf mich zu und blieb vor mir stehen. Er streckte mir jedoch keine Hand entgegen, um mir aufzuhelfen.

»Es gibt viel, das wir dir erklären müssen.«

»Das denke ich auch«, erwiderte ich und stand ohne seine Hilfe auf.

»Fangen wir nochmal von vorn an. Mein Name ist Marxem, ich bin der Ajiva der Kämpfer.«

»Der was?«

Er lächelte. »Ich bin einer der fünf Ajiva. Ein Anführer der Gaben. Hinter mir siehst du die anderen.« Er deutete auf die sitzenden Personen.

Xeron kam wieder näher und seufzte ungeduldig. »Kürzen wir das doch einfach ab.« Er fixierte mich mit seinen grünen Augen, während er die Hände in den Hosentaschen vergrub. »Willkommen in der Zwischenwelt. Du hattest das Pech, im falschen Moment zu sterben.«

»Xeron«, zischte Licia und schüttelte ihr schulterlanges Haar, aber er ließ sich davon nicht beeindrucken.

Marxems Gesichtsausdruck zeigte, dass er Probleme hatte, die richtigen Worte zu finden.

Doch das übernahm Xeron augenscheinlich gern für ihn. »Als Krähe«, er deutete auf mich, sich und die anderen, »musst du den Schutzengel spielen.« Das Wort *Engel* betonte er dabei besonders und untermalte es, indem er eine Augenbraue hob. Vor mir blieb er stehen. Sein Geruch erinnerte mich an frisch gemähtes Gras nach einem Regenschauer. »Wir begleiten die Menschen, beschützen sie vor Bösem. Bla bla bla.« Er zuckte die Schultern. »Deine Zeit war noch nicht gekommen. Du warst noch nicht bereit für den Tod. Daher holte ich deine Seele in die Zwischenwelt.«

»Das reicht«, schaltete sich Marxem nun doch ein. Er hielt den Arm zwischen mich und Xeron, ohne einen von uns zu berühren. »Jede Krähe erhält einen menschlichen Schützling, die Seher erkennen ihn und an ihn bist du gebunden. Dieses Band wird geknüpft, während du in die Zwischenwelt überwechselst. Erst mit dem Tod des Schützlings endet die Verbindung und eine neue entsteht.«

»Schützling. Schutzengel. Zwischenwelt«, wiederholte ich, weil mein Gehirn nicht mehr zustandebrachte. Wie hatte das alles so aus dem Ruder laufen können?

»Schon seit Wochen beobachten wir einen Jungen.« Marxem schluckte, warf einen schnellen Blick zu den anderen, die immer noch auf ihren Stühlen saßen. »Sein Karma ist gefährlich negativ. Die Geister ...« Er stockte, suchte wieder nach Worten. »Wir glauben, dass er die Schlüsselfigur für den Untergang der Zwischenwelt sein könnte. Und jetzt ist er an dich gebunden.«

Mein Mund klappte auf. Okaaaay. Diese Leute waren verrückt. Energisch kniff ich mir in den Arm, sodass mir Tränen in die Augen schossen. Doch ich wachte nicht auf, war immer noch hier, zwischen diesen Wesen, in dieser angeblichen Zwischenwelt. Mit einem an mich gebundenen Menschen, der eine Welt zerstören würde? Und was sollte ich da ausrichten? Ich war doch kein Avenger!

Xeron ging einen Schritt auf mich zu, wodurch Marxem seine Hand zurückzog. In seinem Gesicht breitete sich ein bitteres Lächeln aus.

»Willkommen mittendrin«, raunte er. »Im Krieg der Welten.«

3. Kapitel

»Ich nehme sie mit«, beschloss Chio in einem Tonfall, der keine Widerrede zuließ. Sie schüttelte tadelnd den Kopf. »Ihr seid mir vielleicht ein paar Ajiva. Ihr benehmt euch, als würdet ihr das erste Mal eine neue Krähe empfangen. Seht ihr nicht, wie langsam sich ihr Bewusstsein hier ausbildet?« Sie schnalzte mit der Zunge, ging an mir vorbei und wartete an der Tür. »Komm, Mädchen.«

Ich warf einen letzten Blick auf die Menschen in diesem Raum, die Informationen drehten sich in einem endlosen Strudel in meinem Kopf, und zwischen allem tauchte immer wieder das Bild der grünen Augen auf, die mich in dieser fremden Welt begrüßt hatten. Xeron, der Kerl, der mich hierhergeholt hatte.

Mit schnellen Schritten war ich an der Tür, folgte Chio hinaus, die vorausging. Erleichtert atmete ich auf, als ich die Menschen und ihre prüfenden Blicke hinter mir ließ. Daher folgte ich Chio dankbar, auch wenn ich mich sträubte, hier zu sein. Aber vielleicht würde es nicht mehr lange dauern, bis ich endlich erwachte. Das hoffte ich zumindest. Denn das hier ... Zwischenwelt, Ajiva, Gaben und Krähen ... Das konnte doch nicht real sein.

»Nimm es ihnen nicht übel«, sprach Chio in den fensterlosen Gang, der von Kerzen und Fackeln erleuchtet wurde. An den Decken erkannte ich normale Lampen.

Wer bevorzugte dann bitte offenes Feuer? War das ein Faible dieser Irren oder gab es hier Probleme mit Strom?

Chio fuhr unbeirrt fort, ohne mich anzusehen. »Sie sind etwas verschreckt.«

»Ein Krieg der Welten«, wiederholte ich Xerons Worte. »Liegt es daran? Was bedeutet das?« Wer wusste schon, in was ich hier gelandet war? Wenn es ein Traum oder eine Halluzination war, konnte ich auch mitspielen. Vielleicht verging die Zeit schneller oder es machte sogar Spaß. Eine kleine Zwischensequenz, bevor ich aus diesem Irrsinn erwachte.

»Es heißt, dass wir kämpfen müssen. Zum ersten Mal sind die Kämpfer zu etwas nutze.« Xerons Stimme ertönte hinter mir. Ich wirbelte herum und betrachtete sein freches Gesicht.

»Ich wusste, dass du mitkommst.« Chio öffnete eine Tür und trat ein. Von innen rief sie: »Aber du wartest draußen!«

Xeron zuckte die Schultern, schlenderte an mir vorbei und lehnte sich gegenüber der Tür an die Wand.

Ich zog eine Augenbraue nach oben. Was war das hier für ein Theater? »Ich brauche keinen Aufpasser.«

Er öffnete den Mund, aber ich unterbrach ihn, bevor er etwas sagte.

»Und auch keinen zweifelhaften Schutzengel, der sein Ego auf der Zunge trägt.«

Zur Antwort legte er den Kopf schief und fixierte mich mit einem Blick, der mir einen Schauer über den Rücken jagte. Kribbelnd breitete sich wohlige Wärme auf meiner Haut aus. Dieser verfluchte Kerl!

Ich ignorierte ihn so gut es ging und trat in den Raum, in dem Chio verschwunden war. Eine altmodische Lavalampe stand auf einem schweren Holzschreibtisch und erleuchtete Chios faltiges Gesicht in einem weichen Rotton. An der Wand hinter dem einnehmenden Tisch befand sich eine kleine Kommode. Bis auf diese Möbelstücke und zwei abgenutzte Stühle war der Raum leer. Chio saß hinter dem Schreibtisch und musterte mich eingehend. Sie fuhr sich durch die glatten Haare und schob sich eine ihrer weißen Strähnen hinters Ohr. In Kombination mit ihrer blassen Haut und dem weißen langärmligen Kleid wirkte sie wie ein Geist.

»Du hast bestimmt viele Fragen, aber ich will dich nicht mit zu vielen Informationen überhäufen. Daher wähle mit Bedacht aus.«

»Ich würde einfach gern aufwachen.« Ich versuchte es mit einem Grinsen, aber langsam wurde mir das hier echt zu viel. Ich wollte nach Hause und das schmerzte noch mehr. Denn ich hatte meine Sachen gepackt und war losgezogen, um fernab meiner Familie und Freunde neu anzufangen. Vermutlich stand mein Rucksack immer noch auf der Aussichtsplattform.

»Es ist jedes Mal ein Schock«, fuhr Chio mit sanfter Miene fort. »Ich meine, wir alle haben uns das anders vorgestellt.«

»Ihr alle?«

Chio faltete die Hände auf dem Schreibtisch und ich setzte mich auf den Stuhl davor. Die Rückenlehne quietschte, als ich mich anlehnte und sie betrachtete. Uns trennte eine ungewöhnlich breite Tischplatte. Wie auch im Raum meiner Ankunft befand sich Chio in auffälliger Distanz. »Die Zwischenwelt besteht aus ehemaligen Menschen, die noch nicht bereit für den Tod waren.«

»Ist das eine Art Strafe?«

»Es ist wie ein Konto«, rief Xeron von draußen.

»Xeron!«, tadelte ihn Chio.

Ich warf einen Blick über die Schulter und sah noch, wie er die Tür schloss.

»Ein Konto also?«, hakte ich nach.

»Es ist ein steter Ausgleich, ein Geben und Nehmen. Vermutlich kommt das Prinzip des Karmas dem Leben hier am nächsten, daher verwenden wir häufig den Vergleich dazu. Es gibt Entscheidungen, die dein Konto negativ aufladen. Mit deinen Taten hier kannst du dich wieder auf einen positiven Pfad begeben.«

»Und dann?«

»Dann kannst du bleiben.« Chio lehnte sich zurück, ihr Stuhl quietschte nicht. »Viele entscheiden sich für ein Leben in dieser Stadt, Ankrov. Sie ziehen hinaus, retten die Menschen und tun etwas Gutes.«

Ich ballte die Hände zu Fäusten. Ich sollte selbstlos für das Wohl anderer sorgen? Nein, das war unmöglich. Ich hatte mich entschieden. Ich wollte allein sein und endlich die Verantwortung abgeben, die diese schrecklichen Bilder mir stets aufs Neue aufzwangen.

»Gibt es noch andere Optionen?« Ich faltete die Hände und fühlte mich, als würde ich einem Bankberater gegenübersitzen, mit dem ich meine Möglichkeiten durchging. *Hallo, ich würde gern den Tod in normal abschließen – und gibt es den auch ohne Zinsen?*

»Die Reinkarnation, das Nirwana.« Sie stockte und holte mich zurück in die Ernsthaftigkeit dieser Lage. »Oder ein Übergang in die Endwelt.« Mit nachdenklicher Miene strich sie sich eine weiße Strähne hinters Ohr, die sich wieder gelöst hatte. An ihrem Hals lugte das Lederband unter dem Kragen ihres Kleides hervor.

Ich öffnete den Mund und klappte ihn wieder zu. War eine dieser Alternativen eine Möglichkeit, um aus diesem Zustand zu entkommen? Mein Ziel war ein Neubeginn gewesen, nicht der Tod. Geschweige denn, über den Schutz der Menschen nachzudenken. Aber was bedeuteten Nirwana, Reinkarnation oder Endwelt?

»Welche dieser Optionen bringt mich von hier fort?«, fragte ich und mein Puls beschleunigte sich.

»Im Moment steht dir keine davon offen. Erst wenn du deinen Schützling gerettet hast.«

Na super, also musste ich einen anderen Weg hier raus finden.

»Du wirst genug Zeit haben, dich über alles zu informieren. Jetzt stufen wir dich erst einmal ein.«

»Einstufen?«, wiederholte ich und fühlte mich wie ein Papagei. Seit ich aufgewacht war, plapperte ich alles nach.

»Es gibt fünf Bewusstseinsebenen, die in dieser Welt verstärkt werden. Hattest du in der Zeitwelt ein Talent, so äußert es sich hier oftmals als Gabe.«

»Daher diese fünf Personen, zu denen du und Marxem gehören? Hat das mit den Ajiva zu tun? Sie stehen für fünf Gaben?«

Chio nickte. Sie kramte in einer der Schubladen und zog ein Tablett heraus, auf das sie fünf Edelsteine legte, manche mit unruhigen Rändern, andere feingeschliffen. Schwarz, weiß, blau, rot und grün. Sie arrangierte die Steine in einer Reihe und schob die Auswahl in die Mitte des Tisches. Nachdem sie die Hände vor ihrer Brust verschränkt hatte, fuhr sie fort.

»Die Farben stehen für die Gaben der Ajiva. Die Rituale sind mittlerweile viel einfacher als früher. Die Steine werden zeigen, welche Gabe in dir schlummert und sie erwecken.« Sie deutete kurz mit der Hand auf das Tablett. »Bitte. Ziehe es vor dich.«

»Nein«, wisperte ich und krallte die Finger in die Oberschenkel, sodass es schmerzte. Aber ich konnte die Vorahnung nicht vertreiben.

Würde mich das mit dem konfrontieren, vor dem ich davongelaufen war?

»Ich bin nicht hierhergekommen, um das zu machen! Ich wollte weg. Ich wollte ...« Die Angst schnürte mir die Kehle zu. Ich war vor den Visionen geflohen, jetzt sollten sie hier erwachen – als Gabe? Hieß das, sie konnten noch stärker, noch präsenter werden? Dabei hatten sie schon mehr als genug Schaden in meinem Leben angerichtet. Erwartete mich im Tod noch mehr davon?

»Du wolltest fliehen«, sagte Chio sanft. »Ich habe dich gesehen, Lenna. Wir alle.«

Ich löste die Finger und schlang die Arme um den Körper. Sie hatten mich gesehen? In meinem Leid, in den Momenten, die mich zu meiner Entscheidung trieben?

Sie hatten gesehen, was in mir schlummerte?

»Nein«, hauchte ich wieder. »Ich will das nicht.«

»Du kannst davor nicht weglaufen.« Chios Miene war mitfühlend und gleichzeitig ruhig. Sie würde bei mir bleiben, mir jede Frage beantworten, da war ich mir sicher. Aber wollte ich das?

Nein.

Ich wollte die Visionen hinter mir lassen. Jetzt sollte ich sie als Gabe hinnehmen?

Chio blinzelte, ihre Augen wirkten warm und weich, als sie mich betrachtete. Sie wartete auf eine Frage, auf Widerworte, aber ich brachte nichts hervor. Das war alles so absurd. Konnte ich nicht endlich aufwachen?

Da ich nichts sagte, deutete sie auf den ersten Stein. Er war schwarz und rund. »Die Former. Sie können all die Dinge materialisieren, die nicht greifbar sind. Sie helfen uns, Bruchstücke der Gaben in Talismane zu schließen, um das Ritual der Auswahl zu vereinfachen. Aber sie können so viel mehr.« Chios Lächeln war verträumt, beinahe ansteckend. Doch ich betrachtete die anderen Steine, suchte den, der mit mir verbunden sein würde.

Würde er alles noch verschlimmern? Noch mehr Bilder hervorrufen, die Verantwortung stärken? Und würde ich weiter so hilflos sein?

»Sie können Steine aus Liebe formen oder aus dem Duft der Blumen.«

Ich schüttelte den Kopf und schloss für eine Sekunde die Augen. »Ich will das nicht hören«, presste ich hervor, doch Chio fuhr fort. Sie deutete auf den länglichen, weißen Stein.

»Dann gibt es die Springer. Sie können für begrenzte Zeit große Distanzen überbrücken und Orte auf der ganzen Welt besuchen.«

»Aufhören!«, rief ich und sprang auf die Füße. Ich eilte zur Tür, doch Chio befahl mir, stehenzubleiben.

Ich wirbelte herum und funkelte sie an. »Dann halte mich doch auf! Ich werde mir das nicht mehr freiwillig anhören. Ich will keine Gabe!«

»Du willst nur nicht die eine Gabe.«

Ich presste die Lippen fest aufeinander, bis sie kribbelten und wandte den Blick ab, betrachtete das kühle Holz der Zimmertür. Wartete Xeron dahinter? Würde er mich aufhalten, wenn ich versuchte, zu entkommen?

Ich unterdrückte den Impuls, hinauszustürmen. Jetzt dachte ich schon in einer Weise, die das hier als real ansah. Verdammt, hatte ich mich diesem Wahnsinn schon ergeben? Landete ich im Irrenhaus und blieb in diesem Ankrov gefangen?

»Ich kann dich hier nicht festhalten. Aber ich kann deine Gabe finden und wenn es die ist, vor der du dich so fürchtest, dann kann ich dir helfen, sie zu kontrollieren.«

Mein Blick schweifte auf den Boden, während sich die Emotionen in meinem Innern überschlugen. Kontrollieren? Ein Wort, das ich mich in diesem Zusammenhang nicht mehr getraut hatte, zu denken. Seit meiner Kindheit drängten sich mir die Visionen und ihre Folgen auf. Da mir niemand geglaubt hatte, behielt ich sie irgendwann für mich. Es kam der Tag, an dem ich angeblich zu alt wurde, um mir das einzubilden. Also hatte ich geschwiegen. Bis ich davongerannt war. Chios Worte eröffneten mir eine neue Möglichkeit. Zitternd verschränkte ich die Arme und schluckte gegen den Kloß in meiner Kehle an. »Werde ich sie unterdrücken können?«, hauchte ich und gönnte mir diesen kurzen Moment Hoffnung.

»Ja. Auch das.«

Ich ging zurück an den Tisch und setzte mich auf den Stuhl, ohne Chio anzusehen, und zog das Tablett näher zu mir heran. Es war ein wortloses Friedensangebot. Ich würde mich nicht mehr weiter sträuben. Geduldig wartete ich, dass sie fortfuhr, doch als ich den Blick von den Steinen löste, sah ich, wie sie mich betrachtete.

»Du hattest es nicht leicht«, sagte sie sanft. Ich fühlte mich, als wäre ich bei einem Psychologen, der sich Zeit für mein Seelenheil nahm. Doch anders als die, zu denen mich meine Eltern geschickt hatten, fühlte ich mich hier verstanden.

Tränen brannten in meinen Augen und ich erkannte, wie dringend ich das gebraucht hatte.

»Ja«, krächzte ich und schüttelte den Kopf. Ich wollte Fassung bewahren.

»Menschen denken oft in ihren Rastern, akzeptieren das Bekannte und fürchten sich vor Dingen, die sie nicht verstehen.«

Wie oft hatte ich das schon gehört? War das nicht die Standardentschuldigung, die Intoleranz und Unverständnis rechtfertigen sollte? Dass man es nicht verstand und sich fürchtete?

»Es ist so dumm«, flüsterte ich und Chio nickte zustimmend. »Meine Warnungen haben niemandem wehgetan. Ich wollte meine Eltern und Freunde retten, doch niemand hörte auf mich. Und wenn meine Vorahnung eintraf, verhielten sie sich, als hätte ich ihnen das angetan.«

Chio lehnte sich zurück und gab mir den notwendigen Raum, um über meine Visionen zu sprechen.

Also sprudelte noch mehr aus mir hervor. »Es still zu ertragen, war aber fast noch schlimmer. Denn ich fühlte mich alleingelassen mit dem Wissen, vor dem sich die anderen fürchteten. Niemand verstand, dass auch ich Angst hatte. Als hätte ich mir die Visionen ausgesucht ...«

Chio nickte und die Bewegung war kein oberflächliches Zeichen, dass sie mir zuhörte. Sie bestätigte den Schmerz und die Abgeschiedenheit, in die ich mich gedrängt gefühlt hatte. »Wer es nicht selbst erlebt, kann es nicht verstehen«, stimmte sie dem Gefühl meiner Einsamkeit zu. »Selbst hier in Ankrov, wo die Gaben bekannt sind, stoßen wir Seher manchmal auf Unverständnis. Denn es zu verstehen, heißt nicht, es auch wirklich zu begreifen.«

Ich rutschte auf dem Stuhl nach vorn und klammerte mich an die Tischplatte. Es war mir egal, wie kindisch ich aussah, Chios Worte waren Balsam für meine geschundene Seele. Sie trafen auf Wunden, die vor Jahren aufgerissen und nie verheilt waren.

»Und du kannst mir wirklich helfen, diese Gabe zu kontrollieren?«, fragte ich noch einmal. Ich konnte es kaum glauben, aber ich wollte es. Mehr als alles andere.

»Ja, ich werde dich unterrichten.«

Ich senkte den Blick auf die Steine und gab Chio ein Zeichen, dass sie mit ihren Erklärungen fortfahren konnte.

»Die Lauscher, blauer Stein. Sie hören die Rufe der Wehklagenden, wissen, wo Gefahr droht.«

»Können wir das nicht abkürzen?«, fragte ich. Former, Springer und Lauscher waren also die ersten drei

Steine. Was bedeutete, dass der eine, vor dem ich mich fürchtete, unter den letzten beiden sein musste.

»Welcher ist es?« Meine Hand schwebte über den Steinen. Rot und grün. »Welcher wird mir helfen können, die Kontrolle über die Visionen zu erlangen?« Ich hob den Kopf und betrachtete Chio. »Welcher wird meine schlummernde Gabe erwecken, die Zukunft zu sehen und hilflos zu sein, wenn sie hereinbricht?«

Chio schüttelte leicht den Kopf. »So ist es nicht, mein Kind.«

»Nicht?«, fragte ich spitz. »So war es aber bisher immer gewesen. Ich habe es versucht, Chio. Unzählige Male wollte ich das Unheil abwenden, aber ich sehe es! Und es passiert. Immer und immer wieder. Und ich konnte nichts dagegen tun. Also bitte hilf mir, es zu kontrollieren. Es muss aufhören.«

»Visionen sind keine Fakten.« Chio saß weiterhin unbewegt da und betrachtete mich. »Und sie werden nicht aufhören. Sie werden kommen und du wirst sie sehen. Aber wenn ich dich lehre, wird es sich verändern.«

Ihre ruhige Stimme, mit der sie meine erst gewonnene Hoffnung wieder zerstörte, machte mich fast wahnsinnig. Hatte sie nicht gesagt, sie würde mich unterrichten, damit ich die Visionen auch unterdrücken konnte? Was brachte mir ihr Unterricht, wenn ich die Visionen nicht loswurde? Ich wollte keine Seherin sein.

Aber ich schwieg. Für eine Diskussion fehlte mir die Energie, denn in mir brannten weiterhin Tränen, die ich zwanghaft zurückhielt. Jedes Mal, wenn ich an die Visionen dachte, überrollten mich die Erinnerungen an meine Niederlagen. Wie oft hatte ich versucht, vorhergesehene Unfälle zu verhindern? Wie oft war ich gescheitert?

Sie sollten keine Fakten sein? Dass ich nicht lache!

»Aber was sind sie dann?«, brachte ich trotzig hervor und verschränkte die Arme. »Wie hätte ich es verhindern können?«

»Du warst ein Mensch und deine Fähigkeiten schwach. Als Krähe wirst du viel mehr Macht haben, um den Visionen entgegenzutreten.«

»Nein. Ich will ihnen nicht entgegentreten. Ich will sie unterdrücken. Sie sollen verschwinden.«

Chios Nicken war schwach, als würde sie einsehen, dass sie mich jetzt nicht überzeugen konnte.

Ich hatte mich schon mehr als deutlich gegen diese Bilder entschieden.

Oder war es kein drastisches Statement, seine Sachen zu packen, alles hinter sich zu lassen und davonzulaufen?

»Also?«, fragte ich, die Hand über den letzten beiden Steinen haltend. »Welcher ist es?«

»Rot«, antwortete Chio. »Für die Seher.«

Ich betrachtete den roten Stein und als ich danach greifen wollte, begann der grüne zu schwanken. Mit einem Ruck schoss er empor und knallte gegen meine Handfläche. Intuitiv schloss ich die Finger darum, damit ihn die Schwerkraft nicht wieder nach unten zog. Das Grün begann zu leuchten, warf dünne Lichtstrahlen auf den Tisch, die Wand und mich, bevor feine Linien in den verschiedensten Nuancen auf meiner Haut erschienen. Waldgrün, Limette, Mint, Smaragd. Die

Muster wanderten über meine Fingerkuppen zu meinem Handrücken und breiteten sich auf meinem Unterarm aus.

Ich zuckte zurück, wollte den Stein von mir werfen, doch Chio hatte sich erhoben. »Halt still!«, rief sie und betrachtete mich interessiert.

»Was passiert hier?«

»Deine Gabe wird aktiviert.«

»Aber«, raunte ich und warf einen kurzen Blick auf den roten Stein, der unberührt und ruhig auf dem Tablett lag.

»Es ist gleich vorbei«, meinte Chio.

Ein Kribbeln huschte durch meinen Körper, bevor das Gefühl erlosch und das Leuchten gleich mit. Zurück blieb ein kleiner Stein in meiner Hand, der sich weder warm noch kalt anfühlte.

»Aber«, stammelte ich erneut und fixierte Chio. »Der rote ist der Stein der Seher. Das sagtest du. Bist du dir sicher?«

Sie lächelte, doch in ihrer Miene spiegelte sich Verwirrung wider. »Das bin ich, mein Kind.« Sie setzte sich und verschränkte die Finger ineinander, wurde wieder ganz zu der geduldigen Lehrerin. »Du bist eine Kämpferin, keine Seherin.«

»Aber die Visionen, die Bilder!« Ich schnappte nach Luft, mir wurde schwindlig. Ich musste ein Seher sein, der rote Stein hätte in meine Hand fliegen müssen, nicht der grüne! »Woher kommen dann die Bilder, Chio? Warum sehe ich sie?«, fragte ich erstickt.

»Ein Brandmal«, flüsterte Chio und betrachtete mich mit so viel Mitgefühl in den Augen, dass ich mich am liebsten übergeben hätte. Auch wenn ich keine Ahnung hatte, was sie da sagte. »Die einzige Erklärung ist ein Brandmal.«

»Ein was?«

Sie senkte den Kopf und betrachtete ihre Hände. »Jede Gabe hat einen Nachteil, denn nichts Gutes kommt ohne Gleichgewicht. Seher, wie ich es bin, dürfen in ihrer menschlichen Form andere nicht berühren.« Chio öffnete die Hände und legte sie flach auf den Tisch. Heraustretende Adern und Altersflecken leuchteten im rötlichen Licht der Lavalampe. »Wir übertragen Bilder oder ganze Visionen. Es macht andere verrückt oder es saugt ihnen die Energie aus dem Körper und wird lebensgefährlich.« Kurz zögerte sie. »Selten – so selten, dass ich es nur aus den Schriften im Archiv kenne – brennt sich ein Teil der fremden Gabe in deine Seele ein. Ein Brandmal entsteht, verankert sich in dir und erzeugt das Spiegelbild einer Gabe, die dein Bewusstsein nicht zu kontrollieren vermag.«

Mein Mund klappte auf, der Raum drehte sich. Chios Distanz zu den anderen Ajiva, dass ihr Stuhl weit entfernt stand, die breite Tischplatte, es ergab alles Sinn. Marxem, der mich mit Xeron in Ankrov willkommen geheißen hatte, wollte mich nicht berühren. Er hatte mir nicht aufgeholfen. Wahrscheinlich, weil auch er sich sicher gewesen war, ich würde als Seher aus meiner Einstufung wiederkehren. Aber er hatte sich geirrt.

Der grüne Stein schimmerte in meiner Hand und in mir kämpfte ein Lachen mit einem hysterischen Aufschrei. Eine fremde Gabe hatte sich in mich eingebrannt? Chio kannte das nur aus Schriften?

Ich wollte kein Seher sein, war immer vor meinen Visionen davongerannt. Doch es wäre die plausibelste Erklärung gewesen und Chio hätte mir gezeigt, wie ich diesen Fluch in den Griff bekam. Und jetzt? War das mit diesem Brandmal überhaupt möglich?

»Ich habe also ein Brandmal?«, fragte ich langsam, fast zu ruhig. »Wie? Woher?« Erschöpft lehnte ich mich zurück. Wieso lag der verflixte grüne Gabenstein der Kämpfer in meiner Hand? Warum nicht der rote? Wie konnte ich mich gleichermaßen nach etwas sehnen und mich davor fürchten?

Vermutlich, weil es besser war, ein Seher zu sein, als gebrandmarkt. Dann wüsste ich, was mich erwartete.

Was lag jetzt vor mir?

»Du bist mit einem Seher in Berührung gekommen. Irgendwann in deinem Leben. Es bewegen sich viele Krähen zwischen den Menschen in der Zeitwelt, das ist nichts Ungewöhnliches.«

»Außer, dass ich Pech hatte und gebrandmarkt wurde!«

»Ja.« Sie betrachtete mich mit einer Mischung aus Mitgefühl und Neugierde. Oh nein, hatte sie mich jetzt als Versuchskaninchen auserkoren? Wollte sie das Wissen, das sie sich aus den Schriften angeeignet hatte, umsetzen und erweitern?

Nein, danke. Darauf konnte ich verzichten.

»Und jetzt? Kann ich es auch verbreiten, wie einen Virus? Und wie werde ich es los?« Forsch musterte ich Chios faltiges Gesicht. Meine Hoffnung, die Sehergabe zu unterdrücken, löste sich vollständig in Luft auf. Ich brauchte so viele Informationen wie möglich über dieses Brandmal und dann würde ich von hier verschwinden. Wie auch immer ich das anstellte.

»Es verhält sich nicht wie normale Gaben. Eine Berührung von dir sollte kein Problem sein. Aber ich weiß es nicht. Doch wir werden das herausfinden.« Zuversicht lag in ihrem Gesicht und ich hätte ihr am liebsten geglaubt, das alles gut werden würde.

»Chio, ich will das nicht. Kannst du nicht machen, dass es weggeht?« Ich beugte mich vor, bewegte den grünen Stein zwischen den Fingern und verfluchte ihn, dass er nicht rot war. Es hätte vieles einfacher gemacht.

»Vertrau mir, Lenna. Wir werden herausfinden, ob es ein Brandmal ist und wie wir damit umgehen.«

»Ob?«, fragte ich hellhörig. »Du bist dir nicht sicher, ob?«

»Nein. Doch. Das muss es sein.« Chio räusperte sich. »Anders kann ich es nicht erklären. Aber es ist ungewöhnlich.«

»Wieso?« Ich wollte schreien, weinen, lachen und davonrennen. Doch ich tat nichts davon. Ergeben saß ich auf dem Stuhl vor Chio und wartete auf ihre Worte.

»Du hattest zu viele Visionen, neue, zu weit in der Zukunft liegende, als dass eine Berührung sie dir übertragen haben könnte. Es muss sich um ein Brandmal handeln.«

Ich senkte den Blick und betrachtete den roten Stein auf dem Tisch. Die Visionen waren kein Teil von mir. Sie wurden mir aufgezwungen.

Ich schluckte gegen den Kloß in meinem Hals an. »Ich bin etwas Besonderes«, krächzte ich sarkastisch und schaute in Chios weiches Gesicht. »Na super.«

»Vielleicht vergeht es. Vielleicht hast du anders auf das Mal reagiert, als ich es in den Schriften gelesen habe.« Sie erhob sich, blieb aber auf ihrer Seite des Schreibtischs. »Es tut mir leid, Lenna. Wirklich.«

Ich schob den Stuhl zurück. »Und was jetzt?«

Sie deutete auf meine Hand, in der der grüne Stein lag. »Den Stein der Kämpfer kannst du von nun an bei dir tragen, manche binden ihn mit einem Lederband um ihren Hals oder an ihrem Arm fest. Er wird deine Gabe bündeln. Die Zeit in den Trainingshallen wird dir bestimmt guttun. Xeron kämpft auch dort, er wird dir den Weg zeigen.«

»Das war's?«, fragte ich schnippisch und stopfte den Stein in meine Hosentasche. »Mit dem Rest muss ich einfach weiterleben? Oder wie auch immer ihr diesen Zustand nennt.« Ich schmiss die Arme energisch in die Luft und rührte mich nicht vom Fleck. Anhalten und zurückspulen, bitte. Oder neu laden – an einem alten Speicherpunkt.

Wenn es schon so etwas Verrücktes wie Parallelwelten gab, konnte ich dann nicht die Zeit zurückdrehen? Warum hatte ich dumme Gans mich auch an das Geländer gestellt? Klar, ich hatte nicht damit gerechnet, dass ich dank einer dieser verdammten Visionen in den Tod stürzen würde und jetzt einen auf Lara Croft machen musste.

Die Angst braute sich über mir zusammen, ließ mein Herz rasen und meine Hände zittern. Scheiße, nicht der blödeste Vergleich lenkte mich von der Tatsache ab, dass ich wieder gegen die Visionen verloren hatte.

Ein Brandmal.

Das Wort lag wie ein Stein in meinem Magen und verursachte eine Übelkeit, die mich beinahe überwältigte. Aber ich zog eisern meine Mauern hoch, ließ nicht zu, dass die Angst mich wieder niederdrückte.

Ein Reflex, den ich über die Jahre perfektioniert hatte. Egal, wie viel Panik in mir aufstieg, ich schluckte sie herunter. Nachgeben war keine Option. Ich hatte sie schon jahrelang ausgehalten. Dieser Irrsinn würde auch vergehen. Früher oder später.

»Nein, du musst mit dem Rest nicht allein klarkommen«, sagte Chio sanft und sie bedachte mich mit einem Blick, der, obwohl sie sich von mir fernhielt, mit einer beruhigenden Berührung mithalten konnte. »Du bist nicht allein, Lenna. Ich werde mir etwas überlegen und dich trainieren. Ich weiß nur nicht, wie gut es bei einem Brandmal deiner Stärke anschlägt.«

Der Kloß in meinem Hals wog schwer. »Danke«, presste ich mühsam hervor und blinzelte gegen das Brennen in meinen Augen an.

Ich war nicht allein, wiederholte ich ihre Worte in Gedanken. Und so sehr ich mich danach gesehnt hatte, es war zu spät. Die Tatsache mit dem Brandmal hatte mich erneut entmutigt und die letzte aufkeimende Hoffnung zerstört, die Visionen loszuwerden. Meine Flucht war die richtige Entscheidung gewesen.

Auch wenn Chio mich verstand, musste ich von hier entkommen. Wie auch immer ich das in dieser seltsamen Totenwelt anstellte.

***

Die Tür schloss sich hinter mir mit einem leisen Klicken.

»Und?«, wollte Xeron wissen. Er lehnte an der Wand gegenüber und musterte mich mit seinen Frühlingsaugen.

Die Erwartung und Neugierde in seinem Blick setzten mich so unter Druck, dass mein Herz schneller schlug. Ich konnte nicht über das Brandmal sprechen, solange diese neugewonnene Erkenntnis mich innerlich zermürbte. Also tat ich, was ich in diesen Situationen am besten konnte: ablenken.

»Wie geht es weiter?«, fragte ich und stemmte die Hände in die Hüfte. Dass mich lediglich der Ausgang interessierte, musste er nicht wissen.

»Im Allgemeinen oder heute?« Xeron rieb sich über den Nacken und betrachtete mich mit wachen Augen.

Meine Neugierde war geweckt. Für den Moment ließ ich mich darauf ein. Ich würde ihm früh genug entkommen. Da war ich mir sicher. »Im Allgemeinen.«

»Wir müssen herausfinden, was die Geister wollen und uns dagegen wappnen.«

»Geister? So wie das kleine Schlossgespenst«, witzelte ich. Er glaubte doch nicht wirklich, dass ich mich darauf einließ, mich Geistern entgegenzustellen.

Xeron verdrehte die Augen und stieß sich von der Wand ab. »Du hast noch keinen gesehen. Und glaub mir, das wird alles andere als spaßig.«

Als ich ihn verwirrt ansah, kam er ein Stück näher zu mir. »Einen Geist, kleine Maus.«

Ich kniff die Augen zusammen. »Kleine Maus?!«, blaffte ich ihn an. Seine Warnung über die Geister rutschte weit in den Hintergrund.

Er hob die Hand an seine Stirn und führte sie waagerecht über mich. »Wie viel trennen uns? Dreißig Zentimeter?«

»Und das gibt dir das Recht, mir einen Spitznamen zu geben?« Ich verdrehte die Augen und holte den grünen Stein aus der Hosentasche. »Du zeigst mir, wo ich hinmuss?«

Er betrachtete den Stein und wich einen Schritt zurück. So als hätte ich ihm verraten, dass ich in Wahrheit ein Seher war und eigentlich den roten Stein brauchte.

»Ich beiße nicht«, flüsterte ich mit einem Lächeln auf den Lippen. »Oder sind Kämpfer auch ansteckend?«

Kurz darauf fand er seine Fassung wieder und schüttelte den Kopf. »Nein, nicht ansteckend«, antwortete er. »Nur unbrauchbar, wenn du nach den Meinungen der meisten hier gehst.«

»Na super«, murmelte ich. »Scheint, als wäre die Außenseiterrolle speziell für mich reserviert.«

Xeron zuckte mit den Schultern. »Nur weil andere die Begabung für den Kampf nicht verstehen, heißt das nicht, dass es keinen Spaß macht. Die Trainingshallen werden dir gefallen. Mir nach!« Ohne mich noch einmal anzusehen, schlug er den linken Weg ein und führte mich weiter von dem Raum fort, in dem ich aufgewacht war. Die Gänge glichen einander so sehr, dass ich schnell die Orientierung verlor. Der helle Stein wurde auch hier von Fackeln erleuchtet, obwohl Lampen an der Decke befestigt waren. Wir passierten einige Kreuzungen und viele verschlossene Türen. Nirgends gab es Fenster.

Ich ließ seine Aussage über die Trainingshallen auf sich beruhen, auch wenn er eine Neugierde in mir geweckt hatte, die sich befremdlich anfühlte. Ganz so, als würde die erweckte Gabe in mir vor Vorfreude vibrieren. Verdammt, ich konnte mich auf dieses Leben hier nicht einlassen. Nicht auf die Hoffnung, meine Visionen vielleicht zu beherrschen, oder auf Orte, die mir gefallen könnten. Im Endeffekt würde ich doch nur wieder enttäuscht werden.

Einige Sekunden folgte ich ihm stumm, spähte in die angrenzenden Gänge jeder Kreuzung, an der wir abbogen. Mal links, dann rechts. Es gab keine Wegweiser, keine für mich ersichtlichen Anhaltspunkte, ob wir uns tief unter der Erde befanden oder lediglich im Inneren eines Gebäudekomplexes.

»Wo bringst du mich hin?«, durchbrach ich die Stille. »Ein paar Informationen wären nett. Ich bin noch nicht lange hier, schon vergessen?«

»Wie könnte ich das vergessen? Ich muss dich schließlich ertragen.« Xeron schlenderte den Gang entlang und ich folgte ihm. So konnte er immerhin nicht sehen, wie ich ihm die Zunge herausstreckte.

Wenigstens besaß Xeron die Güte, nach seiner Stichelei auf meine Frage zu antworten. »Ich bringe dich zuerst in die Cafeteria. Du musst deine Energie aufladen, bevor wir mit dem Training loslegen.«

Kaum hatte er die Cafeteria erwähnt, spürte ich etwas, das ich hier nicht für möglich gehalten hätte. Mein Magen rumorte. Ich nestelte an dem Saum meines T-Shirts, das glücklicherweise nicht durch meine merkwürdige Krähenform gesprengt worden war.

»Hier gibt es Essen?«, fragte ich überrascht und bevor ich mich zurückhalten konnte, war mein Mund wieder schneller. »Wir sind tot und müssen trotzdem essen? Was passiert, wenn ich es verweigere? Sterbe ich dann vor Hunger?«

Xeron warf mir einen kurzen Blick zu, das Lächeln in seinem Mundwinkel erkannte ich trotz seiner genervten Mimik. »Haha.« Er blieb abrupt stehen und ich taumelte, versuchte zu bremsen. Doch eine Kollision schien unvermeidbar. Im letzten Moment wich er mit einem Schritt zur Seite aus. Wenig grazil stolperte ich einige Schritte an ihm vorbei.

»Du solltest das alles ernster nehmen, Lenna.«

Ach ja? Dieser Besserwisser. Ich schluckte und kämpfte gegen das Zittern an, das mich fast übermannte. Trotzdem fühlte ich mich ertappt. Schließlich interessierte mich nur, wie ich hier rauskam. »Woher willst du wissen, wie ernst ich das hier nehme?« Ich breitete die Arme aus. »Mein ganzes Wissen wurde über den Haufen geworfen. Verdammt, es gibt eine Zwischenwelt!«

»Vielleicht nicht mehr lange.« Er kam etwas näher. »Lenna, ob du willst oder nicht, auf dir liegt eine große Bürde. Die Zwischenwelt, vielleicht alle Welten, werden verschwinden, wenn du dich nicht zusammenreißt.«

4. Kapitel

Xerons Worte lösten eine Panik in mir aus, die ich nur mit Mühe niederkämpfen konnte. Ich wollte das hier nicht! Nichts davon. Wie sollte ich die Verantwortung für eine Welt und deren Fortbestand tragen? Ich hatte ja nicht einmal mein eigenes Leben im Griff gehabt.

Ich schluckte gegen den Kloß in meinem Hals an und senkte den Blick. Dazu fiel mir nichts ein, auch wenn ich Xeron gern aus Prinzip Konter gegeben hätte. *Auf dir liegt eine große Bürde. Alle Welten werden verschwinden, wenn du dich nicht zusammenreißt.*

»Komm«, forderte er mich auf und führte mich durch weitere identische Gänge, in denen wir das erste Mal anderen Einwohnern begegneten. Xeron nickte ihnen zu, blieb aber erst stehen, als wir die Cafeteria erreicht hatten. Der Raum war erstaunlich klein für die Größe, die ich durch die endlosen Gänge von diesem Ort erwartete. Etwa zwanzig Tische mit Stühlen standen zwischen uns und einer Theke am hinteren Ende. Ein paar Plätze waren besetzt, aber keiner der Besucher aß etwas. In ihren Händen hielten sie bläulich schimmernde Getränke. Schweigend folgte ich Xeron zum Tresen, wo er ein Glas für mich abholte und dann auf einen freien Platz zusteuerte. Kurz spähte ich über die Bar, aber es gab keine Anzeichen für Essen, also folgte ich Xeron und ließ mich ihm gegenüber nieder. Vor mir stellte er das gleiche Getränk ab, das auch die anderen zu sich nahmen. Goldene Schlieren durchzogen die blaue Flüssigkeit und erinnerten mich ein bisschen an das Wasser, in dem dreckige Pinsel ausgewaschen wurden. Nicht gerade appetitlich. Doch ich traute mich noch nicht, den Mund zu öffnen. Wieder schluckte ich gegen die aufstrebende Angst an, die sich in mir wand wie eine giftige Schlange. Wütende Tränen und eine trotzige Abwehrhaltung nahmen mich mehr und mehr ein.

Weg. Ich will einfach nur weg.

»Probier es«, sagte Xeron und stützte die Ellbogen auf dem Tisch ab. Mit einem Nicken ermutigte er mich. »Du wirst es nicht bereuen.«

Wie von allein fand meine Hand das Glas. Eine unsichtbare Anziehungskraft schien mich zu lenken und überzeugte mich, das Gefäß zu heben. Die Flüssigkeit schmeckte süß auf meiner Zunge – nach einer Nacht am See und dem Schrei einer Eule. Erinnerungen vermischten sich in meinem Mund, würzten süße Nostalgie mit Tatendrang. Ich zuckte zurück. Irritiert zog ich die Brauen zusammen und betrachtete das Getränk, das unruhig im Glas schwappte. Was war das für ein Zeug?

Xeron erzählte irgendetwas davon, wie wir durch das Trinken unsere Energie aufluden, doch ich hörte nicht richtig zu. Es machte mich wahnsinnig, dass ich mehr von dem Getränk wollte.

Also stürzte ich es gierig herunter. Nach wenigen Schlucken nahm mir Xeron das leere Glas ab und brachte es zurück an den Tresen. Schnell schielte ich zur Tür, nur noch drei Leute saßen in der Cafeteria. Wenn ich jetzt abhaute ...

Doch Xeron war sofort wieder bei mir, führte mich aus dem Raum und durch mehrere Gänge, bis wir einen Flur mit etlichen Türen erreichten. Alle paar Meter befanden sich links und rechts Eingänge zu Schlafkammern, wie er erklärte, während Menschen kamen und gingen. Ich sollte mich in meinem Zimmer für das bevorstehende Training umziehen. Als ich nicht reagierte, öffnete Xeron die Tür, vor der wir standen, ging zu einer Kommode und drückte mir eine Garnitur Kleidung in die Hand. Ein Lederband für meinen Gabenstein legte er dazu. Xeron verabschiedete sich knapp und ging zu seinem Zimmer nebenan, um sich ebenfalls für das Kampftraining umzuziehen.

Ich starrte auf das Bündel Kleidung in meinen Armen, auf dem sauber aufgewickelt das Lederband lag, und warf es auf das Bett. Der Raum war quadratisch, enthielt noch einen kleinen Schreibtisch, einen schmalen, bodenlangen Spiegel und eine Kommode.

Mein Zimmer.

Ich schaute zur Tür.

Einige Sekunden horchte ich auf, gönnte mir nicht einmal den Moment, mich darüber zu ärgern, dass er neben mir wohnte. Sondern witterte die Gelegenheit. Weglaufen – das schien mir zwar nicht zu liegen, da mein letzter Versuch schiefgegangen war, aber ich wollte das hier nicht. Zwischenwelt, Schützling, Welten retten. Als ob die das ohne mich nicht genauso gut hinbekommen würden.

Ich öffnete die Tür einen Spalt und lugte hinaus. Befand sich dieser Ort unter der Erde oder wieso gab es nirgends Fenster? Wie verließen die Krähen diese Stadt?

Ich schlüpfte hinaus und hielt mich rechts. Wie auch immer die Ausgänge hier aussahen, ich würde schon einen finden.

Mit möglichst leisen Schritten ging ich den langen Flur zurück, durch den Xeron mich hergeführt hatte. Kurz bevor ich die nächste Kreuzung erreichte, hörte ich seine Stimme hinter mir. »Lenna, komm zurück.«

Mein Verschwinden war offenkundig aufgefallen.

Also gab es keine Zeit mehr zu verlieren. Ich bog links ab und rannte. Meine Füße trugen mich an einer Reihe Türen und an einigen Menschen vorbei, die sich verwirrt gegen die Wand drückten. Vermutlich ein Reflex, den sie sich durch das Leben mit Sehern antrainiert hatten. Jedem Unbekannten ausweichen, bloß niemanden berühren, dessen Gabe man nicht kannte.

»Lenna!«

Anstatt anzuhalten, beschleunigte ich mein Tempo. Ich huschte um die nächste Ecke in einen schmalen Flur und prallte beinahe gegen einen Mann. Dieses Mal wich ich der Kollision graziler aus, bremste ab und schaute hektisch über die Schulter. Xeron war nicht zu sehen. Ich musste rasch weiter, sonst würde meine Flucht viel zu schnell enden!

»Entschuldigung«, nuschelte ich und betrachtete den Mann. Sein Gesicht wurde von kinnlangen, leicht gelockten Haaren umrahmt. Die Nase war fast etwas zu spitz für meinen Geschmack, dennoch war er sehr attraktiv. Ich ging einen Schritt näher und öffnete den Mund, doch seine hellgrauen Augen zogen mich in ihren Bann und ich vergaß, was ich sagen wollte. Wie hypnotisiert starrte ich ihn einige Sekunden an, bis mir wieder bewusst wurde, dass ich mich auf der Flucht befand. »Kann ich bitte durch?« Ich musterte seine breiten Schultern, die den schmalen Flur versperrten. Der Kerl war wirklich filmreif.

»Verdammt, Lenna!«, grollte Xeron hinter mir. Seine Stimme klang schon gefährlich nah. Wenn ich zurücklief, würde er mich zu fassen bekommen. Umkehren war also keine Option. Ich musste weiter.

Ich ging näher auf den Mann zu und wollte mich an ihm vorbeiquetschen, doch ich zögerte. War er ein Seher? Konnte ich ihn ohne Bedenken berühren oder würde das eine Vision auslösen?

Zur Frage, ob er mich durchließ, zog er nur eine Augenbraue nach oben, wich aber nicht zurück. »Ich schätze, Xeron sucht dich.«

»Ach.« Ich winkte ab und lehnte mich zur Seite, in der Hoffnung, zwischen ihm und der Wand einen Spalt zu finden, der breit genug für mich war. Doch er imitierte meine Bewegung und versperrte mir so erneut den Weg. Wenn er mich nicht endlich durchließ, musste ich doch zurück. Und dann würde ich geradewegs Xeron in die Arme laufen.

»Wegrennen ist keine Lösung«, raunte er und stemmte die Hände links und rechts an die Wand.

Ich erschauderte, schluckte die aufsteigende Panik herunter. Würde dieses Möchtegern-Model meine Flucht wirklich stoppen? Mal im Ernst, so viel Sexappeal konnte doch kein Mensch haben! Außer vielleicht Marvels Thor – aber der war schließlich kein Mensch. Und ohne seine lange Mähne und den Hammer war Chris Hemsworth nur halb so cool.

»Was soll das?«, keuchte Xeron und ich spürte seinen Atem in meinem Nacken. Ich wirbelte zu ihm herum und tauchte in das Grün seiner Augen ein. Objektiv betrachtet konnte Xeron äußerlich mit dem Modelverschnitt vielleicht nicht mithalten, aber in seinen Zügen schienen ungelöste Rätsel zu liegen, die meine Neugierde weckten.

Moment. Stopp. Hatte ich das wirklich gedacht? Das ganze Testosteron, das diese Kerle ausstrahlten, schien mir eindeutig zu Kopf zu steigen und mich unzurechnungsfähig zu machen. Ich wollte doch wegrennen! Aber jetzt war es zu spät, ich war eingekeilt zwischen zwei Krähen.

Auf Xerons Stirn standen die ersten Anzeichen von Schweißperlen. Er hob die Hand, zögerte und griff dann nach meiner Schulter. Seine Wärme drang durch den dünnen Stoff meines T-Shirts. Ich musterte seine Arme, Schultern und fuhr mit dem Blick über seine Brust. Da war kein Lederband an seinem Hals – wo trug Xeron seinen Gabenstein? Meiner wog schwer in meiner Hosentasche, doch Xeron wusste, dass ich zu den Kämpfern gehörte und keine Seherin war. Warum zögerte er dennoch, bevor er mich berührte? War es ihm doch nicht so geheuer, woher meine Visionen kamen? Scheinbar wussten über die alle Bescheid.

»Ernsthaft, was sollte das?«, zischte er.

Ich wand mich unter seiner Berührung, die durch den Stoff meines T-Shirts abgefangen wurde. »Was das war? Ich will weg.«

Xeron kniff die Augen zusammen. »Du wolltest abhauen? Von hier?«

»Du bist etwas schwer von Begriff, oder?« Ich deutete mit dem Zeigefinger über die Schulter auf Thors Konkurrenten. »Er hat mich gleich durchschaut.«

Eine Falte erschien zwischen Xerons Augenbrauen. »Wen meinst du?«

Als ich einen Blick hinter mich warf, war der Mann verschwunden.

»Er war da!«, sagte ich schnippisch und schlug Xeron beide Hände gegen die Brust. Ich kam frei und taumelte gegen die Wand, doch Xeron war sofort wieder bei mir.

Ohne mich zu berühren, beugte er sich nah zu mir, sperrte mich ein zwischen seinem Körper und der Wand in meinem Rücken.

»Vielleicht glaubst du ja schon, Geister zu sehen.«

»Haha«, erwiderte ich und rollte mit den Augen, doch Xerons intensive Musterung ließ nicht nach.

»Muss ich mir Sorgen um deinen Zustand machen? Du redest oft sehr wirres Zeug.«

Hitze schoss so schnell in meine Wangen, dass ich den Blick nicht rechtzeitig abwenden konnte. Ja, ich hatte schon den ein oder anderen unbedachten Spruch geäußert. Aber das stand mir doch wohl zu? Von einem auf den anderen Moment war ich in einer fremden Welt gelandet, die für mich nur Pflichten und Verantwortung enthielt, denen ich nicht gewachsen war.

Es blieb mir nichts anderes übrig, als die Schultern zu straffen und ihm selbstbewusst entgegenzublicken. So gut es jetzt eben noch ging. »Vielleicht liegt das Problem nicht darin, was ich sage, sondern in dem, was du verstehst«, konterte ich wenig überzeugend.

Xeron schmunzelte, bevor er den Kopf schüttelte und wieder ernster wurde. »Wegrennen ist keine Lösung«, raunte er und wiederholte damit die Worte des Mannes. In seinem Mundwinkel bildete sich ein neues Lächeln.

Er hatte ihn also doch gehört.

»Ach ja?«

»Ja.« Er legte den Kopf schräg. »Vielleicht, weil du hier nur herausfliegen kannst. Als Krähe, in deiner animalischen Form.«

Er bluffte! Ich kniff die Augen zusammen und gab mich unbeeindruckt. Sollte es stimmen, dann saß ich hier fest, bis ich mich wieder in so ein Getier verwandelte, um zu entkommen.

Musste ich mich dieser Welt tatsächlich stellen?

»Wir gehen jetzt zurück«, sprach Xeron weiter. »Du wirst dir deine Trainingskleidung anziehen. Und wehe, du rennst noch einmal davon.«

»Und was, wenn nicht?« Ich reckte das Kinn, zeigte ihm, dass er mir keine Angst machte. Doch die Sicherheit gefror mir in den Adern, als ich das Blitzen in seinen Augen sah.

»Wenn nicht, kleine Maus, dann helfe ich dir gern beim Ausziehen.«

Diese Drohung saß und wenige Minuten später war ich zurück in meinem Zimmer. Mein Körper, in eine Leinen- und Ledermontur gehüllt, machte den Kriegern aus einem Fantasyroman Konkurrenz. Ganz ohne Xerons Hilfe! Den Gabenstein hatte ich aus meiner Jeans geholt und in die neue Hose gesteckt.

Ich drehte mich vor dem Spiegel in dem kleinen Zimmer – meinem Zimmer – und ignorierte das Klopfen. Vor Xeron würde ich es niemals zugeben, aber das Outfit war perfekt.

Es schmiegte sich an meine Rundungen und ließ mich stark und unbezwingbar erscheinen. Besser, als ich mich fühlte.

»Lenna«, quengelte Xeron von draußen. »Willst du es darauf anlegen?«

Ich rollte mit den Augen und ging zur Tür. Mit einem Ruck riss ich sie nach innen auf. Xeron taumelte mir entgegen, bevor er sein Gleichgewicht wiedererlangte.

»Du bist charmant, seit ich dich kenne. Womit habe ich dich verdient?«, flüsterte er provokant, doch mir entging sein Blick nicht. Seine Augen fuhren meine Konturen nach, sahen die gleiche, perfekte Fassade, die sich im Spiegel abgezeichnet hatte.

»Und damit trainiert ihr? Ist das so ein LARP-Ding?«

»LARP?«, fragte Xeron und ich verdrehte die Augen.

»Live Action Role Play?«

Er zuckte irritiert mit den Schultern und wandte sich ab. »Die Kleidung ist sehr praktisch.«

Mit schnellen Schritten ging er den Gang entlang, demonstrierte damit die Überzeugung, dass ich ihm folgen und nicht wieder davonrennen würde. Nur ungern fügte ich mich widerstandslos. Erst jetzt fiel mir auf, dass auch er seine Kampfmontur trug. Während meines Fluchtversuchs war mir die Veränderung gar nicht aufgefallen. Dafür musterte ich ihn jetzt umso genauer. Seine Leinenhose saß locker um die Hüfte und wurde an den Waden enger. Das Hemd war mit Lederriemen an seinen Körper geschnallt – und mir entging nicht, wie sich die Muskeln an seinem Rücken bewegten.

Lenna!, ermahnte ich mich selbst. *Es gibt eindeutig Wichtigeres, über das du dir Gedanken machen solltest als über Xerons schönen Körperbau!*

Das Brandmal beispielsweise. Oder diese Zwischenwelt.

Vielleicht auch die Tatsache, dass ich mich in ein
Monster verwandelt hatte. Zeitweise zumindest. Und
dass ich das wieder tun musste, um diesen Ort zu verlassen. Erst dann würde ich von hier abhauen können.

Ich schüttelte die Gedanken ab und folgte Xeron über
mehrere Kreuzungen und durch einige Flure, die sich
nicht von jenen unterschieden, in denen unsere Zimmer lagen oder durch die ich geflohen war. Trotz Xerons aufregenden Worten zur Trainingshalle bezweifelte ich, dass mir hier etwas den Atem rauben konnte.

Bis wir die Schlucht erreichten.

Unser Weg endete in einer gigantischen Höhle, direkt
vor einem Abgrund, der so tief war, dass sein Boden
von der Dunkelheit verschluckt wurde. Brücken und
Stege führten auf die andere Seite der Schlucht und ich
staunte. Das waren doch bestimmt über fünfzig Meter.
Doch die Treppen, die sich wie ein Spinnennetz in den
Abgrund hinab erstreckten, zogen meine Aufmerksamkeit auf sich. Auf ihren Geländern flackerten Fackeln
und zeichneten so die Umrisse der Brüstungen nach.
Sie wurden deutlicher, je tiefer sie hinab in die Dunkelheit führten. Treppen trafen auf quadratische Plattfor-
men, die als Kreuzungen dienten. Die Treppen ver-
zweigten sich von dort neu und endeten auf unterschiedlicher Höhe in der Felswand, wo ich mit Xeron
stand. Nur wenige führten bis auf die gegenüberlie-
gende Seite der Schlucht. Der Impuls, mich vorzubeu-
gen und zu sehen, was dort unter mir war, war groß.
Doch die Angst, erneut abzustürzen, ließ mich zurück-
weichen.

Stimmengewirr, Schreie und Pfiffe drangen zu uns herauf und feuerten das Tempo meines Herzschlags an. Meine Haut vibrierte von der Spannung, die hier in der Luft lag.

Ein Lachen ertönte, gefolgt von einem Schrei und einer Krähe, die einige Meter unter uns in der Schlucht auftauchte, herumwirbelte und sich an uns vorbei hinauf in die Luft schraubte. Ich folgte ihr mit den Augen, konnte mich an ihren Bewegungen nicht sattsehen. Sie stieg weiter hinauf, bis sie unter der steinernen Kuppel zu einem kleinen Punkt wurde. Dann erst bemerkte ich das flackernde Licht von Fackeln und Scheinwerfern, die über mir die Kuppel der Höhle erhellten. Sie leuchteten den Felsen über uns aus, ließen mich weiter sehen, als es in diesem Gewölbe sonst möglich gewesen wäre. Das genaue Gegenteil zu der geheimnisvollen Schlucht vor uns.

»Ich ... Es ...«, stotterte ich und wusste nicht, was ich dazu sagen sollte. Dieser Ort müsste kalt und hart wirken, doch die Energie, die hier pulsierte, übertrug sich auf mich und rüttelte eine Freude in mir wach, die ich nicht verstand.

Ob das an meiner Gabe lag? An dem Drang zu kämpfen, der angeblich irgendwo in mir schlummerte?

Xeron lächelte und winkte mich mit sich. Er führte mich das Gewirr aus Treppen hinab, das ich von oben als ein Spinnennetz wahrgenommen hatte. Doch es war so viel mehr – ein Labyrinth aus Stufen und Abzweigungen. Die Wege waren so breit, dass wir nebeneinander gehen konnten und den wenigen entgegenkommenden Krähen nicht einmal ausweichen mussten. Ich blieb stehen und strich mit den Fingern über das Geländer. Der Stein war rau, aber warm. Die Fackeln, die ich von oben gesehen hatte, brannten auf kleinen Sockeln, gut einen halben Meter über meinem Kopf. Die Wärme des Feuers umspielte dennoch wohlig meine Haut.

Auf dem Gestein der Brüstungen befanden sich keine Verzierungen, keine Schnörkel oder andere dekorativen Elemente. Diese Treppen hatten einen Zweck, für den sie erbaut worden waren. Die Krähen hielten sich offenbar nicht mit unnötigen Schönheitsarbeiten auf. Es gefiel mir.

Xeron wartete, bis ich genug gestaunt hatte, und führte mich dann weiter. Er schien sich genau bewusst zu sein, welche Treppe ihn zu seinem Ziel brachte. Also folgte ich ihm, darum bemüht, nicht andauernd stehenzubleiben.

Kaum hatten wir einige Meter in die Tiefe der Schlucht zurückgelegt, erreichten wir eine Plattform und nahmen eine Treppe, die unsere Richtung um hundertachtzig Grad änderte. Gerade hatte ich mich umgedreht, da schnappte ich überwältigt nach Luft. In der Felswand, von der aus wir in die Schlucht hinabgestiegen waren, und die wir nun aus einigen Metern Entfernung betrachteten, befanden sich die Trainingshallen. Auf drei Etagen rangen Krähen in ihrer Vogelgestalt oder als Menschen miteinander, kämpften mit Waffen oder bloßen Händen. Das konnte ich alles erkennen, da die Wände zur Schlucht hin offen waren.

Als eine Krähe an unserer Plattform vorbeiflog, über die Treppen und in die Halle schoss, duckte ich mich und starrte ihr hinterher. Sie verwandelte sich noch im

Flug und landete in ihrer Menschenform direkt in einem Zweikampf. Es war ein beeindruckendes Schauspiel aus Formen und Bewegungen. Ein Tanz, der mehr war als das.

»Hatte ich zu viel versprochen?«, raunte Xeron nah an meinem Ohr, doch ich konnte ihn nicht ansehen, zu verzaubert war ich von den Kämpfen, die Menschen und Krähen einschlossen.

Und diese Gabe sollte sinnlos sein?

»Das war Absicht, oder?«, fragte ich leise und überwältigt. »Hast du mich bis zu dieser Plattform geführt, weil man diesen unglaublichen Blick in die Hallen hat?« Es musste meine Gabe sein, die sich in mir regte. Anders konnte ich mir die Faszination und den Willen, Teil davon zu sein, nicht erklären.

»Vielleicht«, antwortete Xeron und ich hörte das Lächeln in seiner Stimme. Ich war zu gebannt, um den Blick von den Kämpfen in den Hallen abzuwenden.

»Lenna, komm mit«, ermahnte er mich sanft und ich folgte ihm widerwillig. Nicht, weil ich nicht sofort in die Hallen wollte, sondern weil mein Abstieg mich zwang, die Aufmerksamkeit auf die Treppen zu richten.

Als wir nur noch wenige Meter von der ersten Halle entfernt waren, erkannte ich, dass die hintere Wand gesäumt war mit unterschiedlichen Waffen und Schilden. Ich entdeckte seitlich davon Türen, die in unbekannte Räume führten – und ein paar Bänke im Raum, auf denen sich Menschen ausruhten oder Kämpfende anfeuerten.

Ich deutete auf die am Boden verschlungenen Leiber. »Bitte sag mir, dass ich dir nicht so nahekommen muss!«

Xeron wackelte zur Antwort nur mit den Augenbrauen und führte mich kommentarlos in die Halle.

5. Kapitel

Auf der rechten Seite der Halle erwartete uns der Anführer von meiner Begrüßung heute Morgen. Wie hieß er noch gleich?

»Marxem.« Xeron nickte ihm zu.

»Hi.« Ich hob kurz die Hand.

»Du bist also keine Seherin, wie ich gehört habe.«

Ich zuckte die Schultern und betrachtete die Gruppe, die uns am nächsten war, musterte die glänzenden Schweißperlen auf ihrer Haut. Es war mir bereits an Xeron aufgefallen, dass er nach meiner vergeblichen Flucht und seiner Verfolgung zu schwitzen begonnen hatte. Es erstaunte mich, dass die Krähen in ihrem nicht verwandelten Zustand doch den Menschen ähnelten.

»Hat Xeron dir noch einiges erklärt?«, fragte Marxem. Um seinen Hals baumelte der grüne Gabenstein. Er hatte ihn sich stolz umgehängt, als würde er offen dem Spott trotzen, der hier angeblich den Kämpfern entgegengebracht wurde.

Xeron schnaubte. »Dazu hatten wir leider keine Zeit. Es kam etwas dazwischen.« Ich spürte seinen Blick auf mir und wusste, dass er ebenfalls an meinen Fluchtversuch dachte, ließ mich aber von einem Zweikampf ablenken. Mit erhobenen Fäusten umkreisten sich die Männer, einer schnellte vor, versuchte an der Deckung des anderen vorbeizukommen. Sein Schlag wurde abgeblockt, doch er wirbelte herum, nahm seinen Gegner in den Schwitzkasten und rang ihn zu Boden. Hypnotisiert starrte ich auf die Männer und das Bewegungsspiel ihrer Muskeln, die sich unter den Trainingsklamotten abzeichneten.

Es musste mit meiner Gabe zusammenhängen, dass mich das Kämpfen so faszinierte. Als Mensch hatte ich gern den ein oder anderen Actionfilm gesehen, aber damals war da nicht dieser überwältigende Drang gewesen, mich zu verausgaben. In meinen Fingerspitzen kribbelte Vorfreude. Ich sah zu Xeron und begriff, dass er genau das bezweckt hatte. Er wollte meine Gabe ansprechen, um mich für Ankrov und meine Pflichten zu begeistern. Deshalb hatte er mich auch so demonstrativ auf die Trainingshallen zugeführt. Dieser Mistkerl.

»Für Erklärungen ist noch genug Zeit.« Marxem winkte ab. »Aber du wirst durchdrehen, wenn du dich beim Kämpfen nicht austobst. Wir werden dich also trainieren und deine Gabe ausbilden. Dann kannst du dich um deinen Schützling kümmern.«

Ich seufzte und riss mich los. »Meinen Schützling?«

»Er ist auf dem falschen Weg, du kannst ihm helfen.«

Meine Augen glitten zu der Decke, die mit Kunststoffröhren gespickt war. Ich konnte mir ja nicht einmal selbst helfen.

»Dieser Junge, er braucht dich.« Marxems Stimme war drängend, dennoch schien er nicht genervt zu sein. Chio hatte es bereits erwähnt – nicht jeder fügte sich sofort in dieses System und seine Rolle ein. Vermutlich musste er jede neue Krähe erst überzeugen.

»Er heißt Chris.«

»Ich kenne viele Chris’«, erwiderte ich. Hatte ich nicht vorhin sogar an besagten Hemsworth-Bruder gedacht?

Xerons Fuß traf mich an der Wade. Ich spürte den robusten Absatz seiner Schuhe und fixierte ihn mit einem bösen Blick.

»Du hast mich getreten«, blaffte ich ihn an.

»Worte helfen ja anscheinend nicht, um dir deine Lage bewusst zu machen«, knurrte er.

Ich funkelte ihn wütend an und verschränkte die Arme. In mir regte sich der Drang, ihn niederzuringen. Diese Gabe nervte mich schon jetzt.

Xeron seufzte nur. »Du kennst ihn. Er ist auf deiner ehemaligen Schule.«

Ich kniff die Augen zusammen und verdrängte das Gefühl, durch das mir schwindlig wurde. »Da gibt es auch einige Chris’«, wich ich aus, obwohl sich eine Vorahnung über mir zusammenbraute.

»Aber es gibt nur einen, auf den deine beste Freundin steht.«

Ich schwankte und spannte meine Muskeln an. Ein Chris, auf den meine beste Freundin steht. Hitze und Kälte wechselten sich ab, schwemmten durch meinen Körper und nahmen mir jeden klaren Gedanken.

Davor war ich weggelaufen – vor den Menschen, die mir etwas bedeuteten, weil ich die Unfälle in den Visionen nicht mehr mitansehen konnte. Wieder und wieder überkamen mich die Bilder von bevorstehendem Unheil und Verletzungen, sowohl körperlichen als auch seelischen. Und jedes Mal war ich machtlos gewesen.

Jedes. Verdammte. Mal.

Chris war mein Schützling? Wieder war ich involviert?

Die Hilflosigkeit übermannte mich und ich fühlte mich in die Nacht zurückversetzt, in der ich meine Sachen gepackt hatte.

Ich taumelte einen Schritt zurück, sah die Fragen in den Gesichtern von Xeron und Marxem, doch mein Mund war staubtrocken. Erfolglos schluckte ich dagegen an, wollte mich beruhigen.

Doch ein weiteres Gefühl stieg in mir auf, das mir nur zu bekannt war. Ich spürte die Vorahnung, die Bilder, die nach mir griffen. Sie trafen mich wie eine dunkle Welle und ich konnte nichts tun, außer mich von ihnen begraben zu lassen.

***

Es war so dunkel, dass ich kaum etwas erkennen konnte, bis endlich die Taschenlampe eines Smartphones eingeschaltet wurde. Ich bemerkte sofort das Gesicht meiner besten Freundin. Karyns Haut leuchtete blass und grau auf, sobald der Lichtschein über ihre Züge huschte. Um sie herum verteilt waren Gestein und Müll, sie lag am Fuß eines Hangs, an dessen höchsten Punkt ein Mensch am Geländer stand. Chris, mein Schützling. Er hielt zitternd sein Smartphone in der Hand, starrte den Hang hinab und ich bemerkte, dass das Geländer zerbrochen war. Der Knopf seiner Hose war geschlossen, doch den Reißverschluss hatte er in der Eile vergessen.

Karyns Arm stand verdreht zur Seite ab. Atmete sie noch? Verdammt, ich konnte es nicht erkennen.

***

Als ich wieder zu mir kam, spürte ich den harten Boden an meiner Wange. Ich keuchte in unregelmäßigen Abständen und blinzelte gegen die Lichtflecken an, die mir die Sicht nahmen. Mein ganzer Körper zitterte wegen der Vision, die ich nicht das erste Mal gesehen hatte. Ich wusste nicht, wann sich der Unfall ereignen würde – aber ich hatte gewusst, dass ich dann nicht mehr dort sein wollte.

Verdammt, ich hatte alles versucht.

Ich wollte einen Keil zwischen Karyn und Chris treiben. Ich hatte Intrigen gesponnen, Lügen verbreitet und versucht zu verhindern, dass die zwei sich näherkamen. Aber letztlich verlor ich dadurch nur meine beste Freundin.

Ein Stöhnen entwich meinen Lippen und ich fasste mir an die schmerzende Brust. Ich wollte sie doch nur beschützen. Aber ich konnte es Karyn nicht verübeln, dass sie in Chris verknallt war. Er war die Verkörperung der sprichwörtlichen harten Schale mit dem weichen Kern. In sein Handeln und seinen Charakter wurden durch dieses Image mehr hineininterpretiert, als er wirklich preisgab. Ich bezweifelte, dass jemand wirklich wusste, was in ihm vorging. Dennoch träumten viele Mädchen unserer Schule von ihm. Er hatte eine sensible Seite, die er hin und wieder zeigte und mit der er Karyn erobert hatte. Auch wenn er oft abweisend war, schob Karyn es nur auf den Tod seiner Mutter und seine harte Kindheit mit einem trinkenden Vater.

»Lenna.« Xerons Stimme klang rau.

Ich schüttelte den Kopf und meine Sicht klärte sich. Aber die Übelkeit, die ich nach meinen Aussetzern oft verspürte, blieb. Xeron und Marxem standen über mir und musterten mich. Vorsichtig rappelte ich mich auf, versuchte den Geschmack nach bitterer Galle herunterzuschlucken. »Chris«, krächzte ich und wiederholte den Namen, der mich in diese Vision geworfen hatte.

»Ja«, flüsterte Xeron. »Hast du etwas gesehen?«, fragte er überflüssigerweise. Er knabberte an seiner Unterlippe und ich sah in seinen Augen, dass er mich gern getröstet hätte. Vermutlich wusste er nur nicht, wie er das anstellen sollte.

»Alles okay?«, erkundigte sich Marxem.

»Das ist normal. Die Bilder zwingen mich immer in die Knie.« Ich stand schwankend auf und dachte an die Worte, die Chio an mich gerichtet hatte. Ein Brandmal.

Es war keine Gabe, sondern ein Fluch, der mir auferlegt worden war. Und ich hasste es. Alles daran. Selbst die Sekunden davor, wenn ich die Bilder spürte und wusste, dass eine Vision kam. Oder dass ich sie mehrfach durchlebte, immer wieder andere Blickwinkel oder Details wahrnahm. Sie erinnerten mich nach jedem verzweifelten Versuch, sie zu verhindern, daran, dass ich sie nicht aufhalten konnte.

Aber all das war jetzt nicht von Bedeutung. Auch wenn Karyn mich nach meinem Verhalten ignorierte, so war sie doch meine beste Freundin gewesen. Also musste ich sie retten. Chio behauptete, die Visionen wären keine Fakten und könnten verhindert werden. Ich war bereit, es noch einmal zu versuchen.

Ächzend straffte ich die Schultern und hielt an meinem Entschluss fest. »Was ist meine Aufgabe mit dem Schützling?«

Marxem räusperte sich. »Die Schützlinge sind verloren, Unheil steht ihnen bevor. Wir Krähen bringen sie zurück auf den richtigen Weg.«

»Ich habe das Unheil gesehen«, flüsterte ich und schauderte. Xerons Blick lastete schwer auf mir, als er die Augenbrauen zusammenzog, bis eine Falte entstand. Das Grün seiner Iris war so intensiv, dass ich den Blick abwandte.

»Was hast du gesehen?«

»Er wird Karyn umbringen. Sie stürzt einen Hang hinab.« Welch Ironie. Das Ende, das mich hierhergebracht hatte, stand auch ihr bevor. Bittere Galle stieg erneut in mir auf. Würde ich es bei Karyn verhindern können? Hatte ich dazu genug Macht?

»Er kann nichts dafür.« Marxems Stimme klang schwer. »Die Geister haben es auf ihn abgesehen. Wir wissen nicht warum, aber sie gewinnen an Stärke. Er spielt eine entscheidende Rolle in den Visionen unserer Seher.«

Der Kloß in meinem Hals schien riesig, als ich schluckte. »Wenn ich ihn auf den richtigen Weg führe, dann kann ich Karyn retten?«

»Ja. Die Zukunft kann verändert werden.«

Lag es nur an meiner Menschlichkeit, dass ich bisher versagt hatte?

»Okay«, murmelte ich.

»Du hörst auf, dich zu sträuben?«, raunte er. Gespielt dramatisch legte Xeron eine Hand an die Brust. Ein wenig war ich ihm dankbar, dass er seinen Humor wiederfand und ihn nicht aus Mitleid herunterschluckte. Das machte die Situation erträglicher.

»Für Karyn«, flüsterte ich und katapultierte mich mitten rein. In einen Krieg, der eine ganze Nummer zu groß für mich war. Aber das schuldete ich meiner besten Freundin.

6. Kapitel

Kaum hatte ich den Entschluss gefasst, mich meiner Aufgabe zu stellen, spürte ich ein Kribbeln im Bauch. Es waren weder Angst noch die Aufregung vor der Ungewissheit, was alles auf mich zukommen würde. Nein, es war etwas anderes. Etwas, das ich bisher nur vage vernommen hatte, das jetzt aber überlaut in mir rumorte. Meine Gabe. Ich war also eine Kämpferin durch und durch.

Ja, das musste es sein. Wie eine kleine jubelnde Stimme vibrierte etwas in meinem Unterbewusstsein. Mein Körper freute sich auf das Kampftraining und da wurde mir bewusst, dass Marxem recht hatte, als er meinte, die Gabe würde mich in den Wahnsinn treiben, wenn ich sie nicht losließ.

Ich konnte kaum stillstehen. Ich wollte kämpfen. Meine Finger zuckten und ich ballte sie zur Faust, um meine Ungeduld zurückzuhalten.

Xeron streifte mich mit einem wissenden Lächeln. »Sollen wir loslegen?«

Ich nickte und zwang mich, nicht wie ein Kleinkind herumzuhampeln. Er trat einen Schritt näher, ich atmete den Duft von regenfeuchtem Gras ein, das mich an eine laue Sommernacht erinnerte. Der Geruch löste eine Gänsehaut auf meinen Armen aus und meine Nackenhaare stellten sich auf.

Ein verkrampftes Lächeln schlich sich auf mein Gesicht. Xerons Wirkung auf mich war mir peinlich und fast genauso kindisch wie meine zappelnde Vorfreude auf den Kampf. Nach meinem Patzer, als ich ihn mit einem Engel verwechselt hatte, wollte ich ihm keinen weiteren Grund geben, um sein ungesundes Ego anzustacheln.

»Tami!«, rief er über meine Schulter und die Lautstärke seiner Stimme klingelte in meinen Ohren. Ich blinzelte. Okay, das war definitiv eine gelungene Ablenkung. Vergessen war seine Wirkung auf mich und ich spähte nach der Person, die er gerufen hatte.

Eine junge Frau kam auf uns zu, die ich durch ihr jugendliches Gesicht auf sechzehn schätzte. Aber ich hatte keinen blassen Schimmer, ob das ihrem wahren Alter entsprach. Ich setzte dieses Thema auf eine imaginäre Liste mit Dingen, nach denen ich Xeron fragen musste.

Sie lächelte und entblößte eine Reihe weißer Zähne, die in starkem Kontrast zu ihrer gebräunten Haut standen. Ihre braunen Haare trug sie in einem wilden Dutt, aus dem sich bereits einige Strähnen lösten.

»Tamira, das ist Lenna. Sie ist Kämpferin. Würdest du mit uns trainieren?«, fragte Xeron.

»Du kannst mich Tami nennen«, sagte sie freundlich und hielt mir eine Hand entgegen. Ich schüttelte sie unsicher und sah kurz zu Xeron.

In meiner Brust flammte Enttäuschung auf, dass ich nicht mit ihm kämpfen würde. Dabei hatte ich noch blöde Witze darüber gemacht. Ein Teil von mir wollte sich wohl doch ringend mit Xeron auf dem Boden wälzen.

Ich schüttelte den Kopf.

»Du kannst mich Lenna nennen«, sagte ich, immer noch abgelenkt von meinen komischen Gedanken.

Xeron schnaubte und mir wurde klar, wie blöd meine Aussage war.

»Nicht Leni?«, fragte Tamira und zwinkerte.

»Bloß nicht.«

»Ena?«

»Nein.«

»Wie wär's mit *kleine Maus*?«, warf Xeron ein und ich funkelte ihn wütend an.

»Lenna.« Ich seufzte innerlich. »Können wir jetzt loslegen? Ich spüre schon den Wahnsinn kommen, vor dem mich Marxem gewarnt hat.«

Tamira lachte glucksend. »Damit ist nicht zu spaßen. Vor allem am Anfang. Manchmal konnte ich nachts nicht schlafen und bin dann zwei Stunden durch Ankrov gejoggt, bis ich endlich erschöpft war.«

Das waren ja schöne Aussichten.

Die nächsten zwei Stunden gestalteten sich schweißtreibend und gleichzeitig berauschend. Wir begannen mit Übungen wie Liegestütze, Situps und Kniebeugen. Je mehr ich mich anstrengte, desto stärker schien mein Körper zu vibrieren. Hätte Sport in meinem Leben auch solche Impulse in mir ausgelöst, hätte ich vermutlich ausgesehen wie Hulk.

Nach den Muskelübungen sollte ich fünf Minuten Tamira ausweichen, die versuchte, mich an der Schulter zu berühren. Ständig tippte sie mich an, trieb mich in einem irrsinnigen Tempo durch die Halle, bis ich atemlos keuchte. Als ich an der Reihe war, hätte ich am liebsten frustriert aufgeschrien. Ich traf sie kein einziges Mal.

Danach übten wir verschiedene Schläge und Abwehrhaltungen, von denen mir schnell die Unterarme wehtaten. Doch als Xeron das Training für beendet erklärte, fühlte ich mich so ausgelassen wie lange nicht mehr.

Tamira verabschiedete sich mit einem kurzen Winken und schloss zu einer anderen Gruppe auf, um sich gleich in einen neuen Kampf zu stürzen.

Ich zupfte an meinem Leinenhemd, das mir schweißnass an der Haut klebte. »Sie ist unglaublich«, keuchte ich, stützte mich auf die Knie und grinste. Nur noch leise meldete sich die Enttäuschung in meinem Unterbewusstsein. Ich hätte auch gern mit Xeron trainiert. »Und du schaust immer nur zu? Bist du so schlecht?«, fragte ich und wackelte mit den Augenbrauen.

»Ich kämpfe hauptsächlich mit Waffen«, antwortete Xeron mit einem Schmunzeln. »Warte nur darauf, bis ich dich mit einer Axt in die Enge treibe.«

Ein heißer Schauer der Vorfreude jagte durch meinen Körper und mein Magen zog sich angenehm zusammen. »Das musst du erst noch beweisen.«

»Die Herausforderung nehme ich an.«

Mein Grinsen wurde breiter und plötzlich fühlte ich mich albern. Was tat ich hier? Ich flirtete mit Xeron, während vor mir wieder eine unlösbare Aufgabe lag. Ich war erfolglos vor meiner Vision geflohen und musste mich ihr jetzt als Krähe entgegenstellen.

Ich schluckte die negative Energie hinunter und versuchte, mich noch eine Weile an das Hochgefühl meiner Gabe zu klammern.

»Willst du auch trainieren?«, fragte ich, um abzulenken.

Xeron schüttelte den Kopf. »Ich hab später noch eine Verabredung mit Ferlen zum Schwertkampf.«

»So so.« Ich zwinkerte ihm zu. »Du stehst also auf Kerle?« Oh. Mein. Gott. Was redete ich da?

»Bist du etwa eifersüchtig?« Das Grün in Xerons Augen verdunkelte sich, als er mich eingehend betrachtete.

Meine Wangen wurden heiß. »Ich? Niemals! Das war eine Feststellung, Xeron. Deine Vorlieben sind schließlich deine Sache. Aus mir spricht nur meine Gabe, die gern weiterkämpfen würde«, sagte ich schnell. Es war mir wirklich egal, wer wen liebte und ob Xeron auf Frauen, Männer oder beides stand. Warum hoffte ich also inständig, dass Xeron meine Neckerei verneinte? Gefiel er mir so gut, dass ich hoffte, zwischen uns könnte sich etwas entwickeln?

Er kam einen Schritt näher und ich hielt die Luft an, während mein Puls in die Höhe schnellte. Okay. Ich musste dringend etwas dagegen tun, sonst würde mich Xerons Nähe in den Wahnsinn treiben und nicht meine Gabe.

»Keine Sorge«, raunte er. »Ich werde mich gut um dich kümmern.« Er musterte mich, grinste und Lachfältchen umspielten seine Augen. Dabei erschien das Grübchen, das mir bereits bei unserer ersten Begegnung aufgefallen war. Dieses Mal erkannte ich auch die helle Narbe, durch die es entstand. »Mach doch nicht so ein

Gesicht, Lenna. Du siehst aus, als würde ich dich vergiften oder auffressen wollen.«

Ohne auf mich zu warten, ging er los und winkte mich mit sich.

Ich stolperte ihm sprachlos hinterher und war machtlos gegen mein klopfendes Herz.

»Marxem hatte es vorhin schon angesprochen«, begann Xeron und seine Miene war wieder ernst. »Du weißt noch kaum etwas über Ankrov und die Zwischenwelt. Also, was interessiert dich?«

Er führte mich aus der Halle und die Treppen hinauf.

Ich schluckte das Gewirr aus Gefühlen hinunter und kratzte die Fragen zusammen, die mir auf der Zunge lagen.

»Wie funktioniert das?« Ich zupfte an meinem nassen Hemd, das sich mittlerweile unangenehm kühl auf der Haut anfühlte. »Was genau sind wir? Wir schwitzen, aber können wir auch duschen?«

Xeron musterte mich von Kopf bis Fuß. »Das ist das Erste, das du wissen willst? Ob es Duschen gibt?«

Ich stieß ihn mit dem Ellbogen in die Taille und er versteifte sich. Wich er sogar ein Stück zurück? »So meinte ich das nicht.«

»Ich weiß«, sagte er. »Das hat mich am Anfang auch verwirrt.«

»Also?«

»Wir und die Zwischenwelt bestehen aus Energie. In uns selbst bündelt sich die Energie in einem Zentrum – da, wo du bei deiner ersten Verwandlung vom Schnabel der Krähe berührt wurdest. Ich beispielsweise hatte dir gegen die Stirn getippt. Also befindet sich dort dein Energiezentrum.«

»Aber«, ich blieb irritiert stehen. »Ich kann die Treppe fühlen, ich spüre Widerstand und ich habe einen festen Körper.«

»Ja und nein«, antwortete Xeron. Während unseres Gesprächs hatten wir die Trainingshallen verlassen und begannen die Treppen hochzusteigen. Er hielt ein paar Stufen höher an und sein Blick schweifte über die Schlucht, in der wir uns befanden. Es trennten uns nur wenige Meter von der Kante. »Wir imitieren viel, das uns aus der Menschenwelt bekannt ist und geben vor, mehr zu sein als Energie. Aber eigentlich sind wir nichts anderes. Diese Welt und wir, ihre Wesen, stehen in einer anderen Dynamik zueinander, als es in der Zeitwelt der Fall ist.«

Ich verstand nur Bahnhof. Xeron bemerkte meine Verwirrung und rieb sich über das Gesicht.

»Okay, ein Beispiel. Wenn du dich anstrengst, schwitzt du, weil du es nicht anders kennst. Aber eigentlich ist das nur ein visuelles Zeichen dafür, dass du Energie verbraucht hast. Wenn der Schweiß deinen Körper verlässt, verflüchtigt er sich. Er wird nicht auf den Boden tropfen, sondern verschwinden, weil es nur ein Trugbild ist.«

Als ich ihn mit offenem Mund anstarrte, lachte er. »Das ...« Ich stockte und senkte den Blick auf meine Hände. Der Geruch von getrocknetem Schweiß stieg mir in die Nase. »Aber wie kann das sein? Ich stinke.«

»Imitation. Du weißt, dass Schweiß irgendwann trocknet und stinkt.«

Ich sah ihn unsicher an und flüsterte: »Dann kann ich gar nicht duschen? Aber wie werde ich den Gestank los?«

»Keine Sorge. Du kannst duschen. Es gibt Wasserfälle – die sogenannten Mondfälle. Dort können wir etwas Energie tanken. Es ist nicht viel, aber es reicht. Und die Ähnlichkeit zum Duschen, wie wir es aus unseren Menschenleben kennen, lässt den Schweiß verschwinden. Komm, ich bringe dich hin.«

Ich nickte, obwohl das alles total verrückt klang, und folgte ihm. »Und wie funktioniert das mit dem Schützling?«, fragte ich, als er mich erst zu meinem Zimmer führte, damit ich mir frische Kleidung holen konnte. Meine verschwitzten Sachen konnte ich also auch waschen? Mein Kopf dröhnte. Das war verrückt. Irgendwie magisch. Auf eine sehr skurrile Weise.

»Den Schützling können wir über Rituale orten und dann in der Zeitwelt aufsuchen. Über die Steine und ihren Einsatz erfährst du noch früh genug mehr. Wichtig für den Anfang ist, dass du verstehst, dass zwischen dir und Chris ein Band geknüpft wurde, das eure Seelen verbindet. Es gibt verschiedene Möglichkeiten, seine Seele über eure Verbindung anzusprechen und vor Bösem zu schützen. Schutzschilder setzen wir zu diesem Zweck häufig ein, da sie zwar schwierig, aber sehr effektiv sind.«

Meine Seele war mit Chris verbunden. Ich war ein Wesen aus Energie. »Das ist ...«, begann ich, wusste aber nicht, was ich sagen sollte.

»Verrückt«, vollendete Xeron meinen Satz. »So kam mir das früher auch vor. Wir sind so etwas wie Schutzengel.«

»Das heißt, ich bin für Chris da, wenn er mich braucht?«, fragte ich.

»Du besuchst ihn, wenn es dir möglich ist. Aber wenn ihm etwas passiert, er einen Unfall hat oder stirbt, wirst du zu ihm gerufen.« Mit zerknirschter Miene betrachtete Xeron den Boden. Das Thema war ihm offensichtlich unangenehm.

»Früher«, wiederholte ich, griff seine Aussage von vorher auf und lenkte vom Thema ab. Ich wollte ihn mit meinen Fragen nicht bedrücken. »Wie lange bist du denn schon in Ankrov?«

»Einige Jahre«, sagte er vage. »Kaum der Rede wert. Aber es gibt Krähen, die sehen aus wie Teenager und sind schon älter als ihre Großeltern.«

»Dann ist Tamira auch eine Oma?«, fragte ich.

»Nein. Tami ist auch erst einige Jahre hier.«

Und trotzdem war sie mir im Kampf überlegen. Ich seufzte und sehnte mich bereits nach den Trainingshallen. Und das, bevor ich geduscht hatte! Hoffentlich würde ich nicht heute Nacht durch Ankrov joggen müssen, um schlafen zu können.

»Und wie bist du hier gelandet?«

Xeron versteifte sich. Er rieb sich über den Nacken und senkte den Blick. Die Frage war ihm unangenehm und ich überlegte bereits, ob ich das Thema wechseln sollte.

Doch Xeron zuckte mit den Schultern und sah mich an. »Ich war auf einer Party, die hoch oben auf einem Dach stattgefunden hat. Ein Mädchen wurde von einem Kerl belästigt ...« Er stoppte und sah mich mit einer Mischung aus Wut und Schuldgefühlen an. »Ich hätte mich nicht einmischen sollen. Ich war betrunken und fand das nicht okay. Also hab ich den Kerl geschubst.«

Mir schwante, was als Nächstes kam. Partys auf Dächern, betrunkene Rangeleien, das konnte nur ein Ende nehmen.

»Er ist gestolpert und hat das Gleichgewicht verloren.« Xerons Kiefer mahlte, während er sich sammelte. »Der Kerl wollte sich an mir festhalten, also sind wir beide gestürzt.«

»Aber es war ein Unfall«, beschwichtigte ich seine Erzählung. Deshalb war Xeron in Ankrov gelandet? Weil er ein Mädchen vor einem Idioten retten wollte?

»Das tut nichts zur Sache«, antwortete er leise. »Ich war betrunken und unvorsichtig. Jemand ist meinetwegen gestorben, weil ich mich nicht unter Kontrolle hatte. Ich hätte den Kerl wegziehen oder es der Security melden können. Aber ich habe ihn geschubst. Auf einem Dach.«

Ich presste die Lippen aufeinander und verkniff mir, erneut zu wiederholen, dass es doch nur ein Unfall gewesen war.

Bevor ich Worte fand, empfing uns ein lautes Rauschen. Wir bogen um eine Kurve und erreichten die Mondfälle. Sie befanden sich etwas außerhalb der bewohnten Flure, aber nah genug, dass man sie schnell erreichte. Wasser rauschte von hoch oben in der Höhle hinab. Doch anstatt Krähen zu sehen, die sich öffentlich wuschen, wurde das Wasser etwa fünf Meter über dem Boden abgefangen und über Rohre in Kabinen umgeleitet.

Privatsphäre – juhu!

Als wir nähertraten, fiel mir ein goldener Schimmer im Blau auf, der mich an das Getränk in der Cafeteria erinnerte.

»Was ist das?«, fragte ich und legte den Kopf in den Nacken, um mehr zu erkennen. Das Gold wand sich wie eine Schlange im Wasserfall und passte nicht zu der natürlichen Abwärtsbewegung.

»Mondlicht«, antwortete Xeron, als wäre es das Normalste der Welt.

»Mondlicht?«, wiederholte ich und wandte den Blick ab, um Xeron genauer zu betrachten. In seinem Gesicht lag kein Schalk.

»Davon ziehen wir unsere Energie«, bestätigte er und zeigte auf die Kabine, vor der wir stehen geblieben waren. Er deutete mir mit einer Geste an, einzutreten – und ich gehorchte.

Xeron wartete auf mich, während ich schnell in der Dusche verschwand. In einem kleinen Vorraum konnte ich mich ausziehen und meine Kleidung aufhängen.

Das Wasser fühlte sich nicht anders auf meiner Haut an, als ich es von meinem Menschsein kannte. Ich genoss die Dusche, auch wenn ich mehr erwartet hatte. Mehr Magie.

Auf meiner Haut flimmerte ein goldener Mondlichtfaden. Prickelnd wand sich die Energie über meine Schulter und meinen Arm hinab. Sie kitzelte wie ein Traum, aus dem man mit einem Lächeln erwachte. Kurz flackerte das Gold auf, ehe es von meiner Haut absorbiert wurde und das seltsame Gefühl verschwand. Diese Welt war eindeutig verrückt.

Nach wenigen Minuten und vier weiteren Erfahrungen mit dem Mondlicht stieg ich aus der Dusche. Schnell schlüpfte ich in meine frischen Kleider, wusch die alten gleich aus und trat wieder hinaus.

Xeron musterte mich interessiert. »Und?«

»Ihr habt doch etwas in das Wasser gemischt«, sagte ich und sah noch einmal zurück zu dem Wasserfall, bevor Xeron mich zu meinem Zimmer führte.

»Du wirst dich an das Mondlicht gewöhnen.« Ein wissendes Funkeln in seinen Augen verriet mir, dass er dasselbe am Anfang seiner Zeit in Ankrov gedacht hatte.

»Wie kommen wir eigentlich in die Zeitwelt?«, hakte ich nach und es kostete mich Überwindung, nicht Menschenwelt zu sagen. Es fühlte sich gut an, die Fragen loszuwerden. Jetzt, da ich mich mit dieser Welt arrangieren musste, um Karyn zu retten.

»Wie ich dir schon gesagt habe, müssen wir uns verwandeln, um Ankrov zu verlassen. Darauf musst du vorbereitet werden. Denn die Verwandlung verformt deine Energie. Je stärker du wirst und je besser du deine Form verstehst, desto leichter wird es dir fallen. Normalerweise lassen wir uns Wochen – wenn nicht sogar Monate – Zeit, um neue Krähen darauf vorzubereiten. Doch so lange können wir nicht warten.«

»Weil wir nicht wissen, wann der Unfall mit Karyn passiert«, schlussfolgerte ich.

»Und weil zu viel von Chris' Rettung abhängt. Nicht nur der Unfall«, erinnerte er mich und ich schwieg. Wir betraten mein Zimmer und ich hängte die feuchten Sachen über meinen Spiegel. Während ich mich auf die Bettkante setzte, lehnte sich Xeron gegen die Kommode.

»Die Zwischenwelt ist wegen Chris in Gefahr«, sagte ich. »Was heißt das genau?«

Xeron zuckte die Schultern. »Wenn ich das nur wüsste. Aber Chio hat den Untergang gesehen. Chris ist damit verbunden, doch wir finden nicht heraus, warum.« Ihm war anzusehen, dass ihn die ganze Situation belastete. In seinen Augen schimmerte eine Dunkelheit, die nur von Angst und Unsicherheit herrühren konnte. Ich hatte mich gewehrt und ihm diesen ersten Tag unnötig schwer gemacht. Mein schlechtes Gewissen meldete sich und ich schluckte mehrmals. Aber für mich war dieser Start auch hart gewesen.

Betreten schob ich die Hände in meine Hosentasche und stieß gegen meinen Gabenstein und das Lederband, das ich von Chio erhalten hatte.

Entschlossen richtete ich mich auf und holte die beiden Einzelteile hervor. Ich streckte beides Xeron entgegen. »Was mache ich jetzt damit?«

»Was du willst. Du kannst dir den Stein umhängen oder am Handgelenk tragen.«

»Wo ist deiner?«

Er wich meinem Blick aus. »Ich trage alle meine Steine zusammen an einer Art Schlüsselbund.«

»Alle deine Steine?«, fragte ich.

Er hielt die Hände wie eine Schüssel unter meine, damit ich den Stein und das Band hineinfallen lassen konnte.

»Du wirst auch mehr bekommen.« Er begann das Lederband als X um den grünen Stein zu wickeln. »Wir können mithilfe von Ritualen auch andere Gaben oder Kombinationen wirken. Es kostet uns mehr Energie und ist nicht so effektiv. Aber für manche Situationen sehr praktisch. Fertig.« Er hob den festgebundenen

Stein an einer Seite des Lederbands in die Höhe. »Wohin willst du ihn?«

Ich streckte ihm den Arm entgegen. »Hier.«

Er zögerte einen Moment und trat dann näher. Wieder stieg mir sein Geruch in die Nase. Regenfeuchtes Gras nach einem warmen Sommerregen. War auch das Einbildung, Imitation? Woher nahm ich die Verbindung, wenn er doch nur aus Energie bestand?

Langsam zog er meinen Ärmel etwas nach unten und begann das Lederband um mein Handgelenk zu wickeln. Aber warum über meinem Hemd? Sollte der Stein besser nicht meine Haut berühren?

Konzentriert beugte sich Xeron nach vorn. Er kam mir näher und ich erstarrte. Mir stockte der Atem, mein Herz schlug Saltos. Seine kantigen Gesichtszüge und der mürrisch wirkende Mund verliehen ihm etwas Hartes. Doch das Schmunzeln, das die meiste Zeit in seiner Miene spielte – oder das Grübchen unter seinem Auge – durchbrachen dieses Bild. In seinem Gesicht schlummerte so viel, dass ich es am liebsten berührt und erforscht hätte.

»Fertig«, sagte er und trat zurück. Die Spannung zwischen uns verflog.

»Muss ich es abnehmen, bevor ich mich ausziehe?«, fragte ich und betrachtete den Stein.

»Wie kommst du denn darauf?«, fragte Xeron und hielt inne. »Du willst dich ausziehen? Etwa jetzt?«

Ich sprang vom Bett auf. »Wie kommst du denn auf so was?« Ich schnappte nach Luft. In welche Richtungen entwickelte sich das hier?

»Das hast du gerade gesagt«, erinnerte er mich.

»Aber so habe ich das nicht gemeint!«

»Wie hast du es denn gemeint?« Seine grünen Augen glänzten intensiv.

»Der Stein. Du hast ihn mir über das Hemd gebunden. Ich dachte, er darf die Haut nicht berühren. Und deshalb hatte ich gefragt, ob ich ihn abnehmen muss, bevor ich mich ausziehe. Ich habe aber nicht vor, mich jetzt auszuziehen!«

Er gluckste und schüttelte den Kopf. »Er darf die Haut berühren, Lenna.«

»Warum hast du ihn dann so gebunden?«

Er wich meinem Blick aus. »Damit das Band nicht zu eng sitzt. So hat es etwas Spielraum, wenn du den Stoff darunter hervorgezogen hast.«

Ich sah auf meinen Arm und das mehrfach um mein Handgelenk gewickelte Band. Der grüne Stein schien durch seine intensive Farbe beinahe zu leuchten. »Du bist komisch.« Ich zog den Stoff darunter hervor und die kühle Oberfläche traf auf meine Haut.

»Du bist auch komisch«, antwortete er mit einem Schmunzeln.

»Dann wäre das ja geklärt.« Ich setzte mich wieder und fühlte mich seltsam wohl. Vor mir lag eine Aufgabe, der ich nicht gewachsen war. Aber die Aussicht, mein Leben in Ankrov zu verbringen, wirkte mit einem Mal okay.

Ich sah Xeron an. »Wie geht es jetzt weiter? Wann gibt es Abendessen?«

»Es gibt kein Abendessen.«

»Was?« Ich erstarrte. »Und Frühstück? Bitte sag mir, dass es Frühstück gibt! Wie soll ich sonst in den Tag starten?«

»Es gibt auch kein Frühstück.«

Ich ließ mich nach hinten auf die Matratze fallen und vergrub das Gesicht in den Händen. »Mein Leben hat keinen Sinn mehr!«, sagte ich theatralisch und Xeron lachte.

»Du wirst einen Monat lang nichts essen.«

Schockiert setzte ich mich wieder auf. »Einen Monat?«

»So lange brauchst du keine Energie«, erklärte er mir. »Das Getränk, das du heute zu dir genommen hast, war Mondlicht, das wir bei Vollmond geerntet haben.«

»Du veralberst mich.« Ich wackelte mit dem Finger, als wäre ich eine strenge Lehrerin. »Das erzählst du nur, um meinen Willen zu brechen. Es gibt einen Monat nichts zu essen? Und das, was ich zu mir genommen habe, war Mondlicht?«

»Ja und ja.«

Ich zog eine Schnute. »Das heißt, ich werde keine Pizza essen?«

»Nie wieder Pizza.«

Wieder vergrub ich das Gesicht in den Händen. Wann hatte ich das letzte Mal eine käselastige Pizza gegessen? Ich wusste es nicht einmal mehr. Und das war meine letzte gewesen? Hätte ich das doch nur früher gewusst!

Xeron schob die Hände in die Hosentaschen. »Du wirst keinen Hunger haben, solange deine Energie aufgefüllt bleibt. Weshalb du das Essen auch nicht vermissen wirst. In einem Monat, nach Vollmond, erhältst du eine neue Portion und füllst deine Energie wieder auf.«

»Hmm«, brummte ich. Nie wieder Pizza ...

»Also.« Xeron klatschte in die Hände und ich schenkte ihm wieder meine Aufmerksamkeit, auch wenn ein Teil von mir weiterhin meiner letzten Pizza nachtrauerte.

»Wir konzentrieren uns zuerst vollends auf dein Training. Alles andere wirst du erfahren, wenn es soweit ist. Es bringt nichts, wenn ich dir theoretisch alles erkläre – und wenn wir an den praktischen Teil kommen, verstehst du nicht, wie es funktioniert.«

»Du wirst mir alles zeigen?«

Er grinste. »Ja, ich. Als dein Mentor.« So, wie er in meinem Zimmer stand, mit den Händen in den Hosentaschen und einem verschmitzten Lächeln auf den Lippen, versprühte er eine Ruhe, die mich ebenfalls erfasste. Ich grinste zurück.

In Xerons Gesicht sah ich, dass er auf weitere Fragen wartete, auch wenn er mir die meisten wohl nicht beantworten würde, da es theoretisch angeblich keinen Sinn ergab. Doch er würde mir beistehen und für mich da sein.

Vielleicht war es hier sogar mehr als okay.

7. Kapitel

»Steh auf«, forderte mich Xeron zum vermutlich hundertsten Mal auf. Über mir stand Tamira und streckte mir eine Hand entgegen. Seit einer Woche war sie meine Trainingspartnerin für den Nahkampf. Xeron stand mit verschränkten Armen neben Marxem, während ich auf dem Boden lag. Nur einmal hatte er mich auf mein Drängen hin im Schwertkampf unterrichtet. Sein überheblicher Kommentar, er würde mich in die Enge treiben, hatte sich leider als wahr erwiesen. Seitdem trainierte ich hauptsächlich mit Tamira, bis ich bereit war für den Kampf mit Waffen. Doch leider hielt sich Xeron nur körperlich aus unserem Training zurück und nicht mit seinen Kommentaren. Anweisungen und blöde Sprüche hatte er mehr als genug für mich übrig.

Eine Woche war vergangen, in der mein Körper beansprucht worden war, bis meine Muskeln bei jedem Schritt ächzten und sich beklagten. Eine Woche, in der nicht mehr passiert war, als mich auf die erste Reise vorzubereiten. Für den Besuch in der Zeitwelt bei Chris musste ich mich verwandeln. Zwar würde ich früher aufbrechen, als es für neue Krähen üblich war, dennoch gab es keine Anzeichen, wann der erste Aufbruch anstand.

Es machte mich fast wahnsinnig.

Seit ich wusste, dass Karyn in der Sache drinsteckte, konnte ich kaum erwarten, Chris zu retten und meine Aufgabe zu erfüllen.

Dabei störte mich nicht, dass ich meinen Körper an seine Grenzen trieb, dass ich grün und blau abends ins Bett sank. Nein, im Gegenteil. Ich mochte das Training, die Anstrengung, das Gefühl, über mich hinauszuwachsen. Was meine Nerven aufs Äußerste spannte, war die Ungeduld, die sich in mir aufbaute. Der Ernst der Lage, in der ich steckte. Die Ungewissheit, wann der Unfall bevorstand. Ich trainierte und nichts, was ich tat, schien für Xeron gut genug zu sein. An jedem Schlag, jeder Finte und jeder Verteidigungshaltung hatte er etwas auszusetzen.

Ich biss die Zähne zusammen, blieb aber liegen. Fragen schoben sich in meine Gedanken. Was würde ich hier machen, wenn – falls – Karyn gerettet wurde? Würde ich das Training weiterhin genießen? Würde ich hierbleiben?

Würde meine Gabe mich dazu verleiten?

Ich wusste es nicht und schüttelte die Fragen ab.

»Lenna«, ermahnte mich Xeron.

»Nein, danke«, erwiderte ich und gab mich der Erschöpfung hin. Die Ungeduld wandelte sich langsam, aber unaufhaltsam in Frust. »Ich bin k. o.«

»Los«, forderte mich nun auch Tamira auf, die ich eigentlich Tami nennen sollte. Aber ich wollte nicht, weil wir uns dafür noch nicht gut genug kannten. Tamiras braunes, langes Haar war zu einem wilden Dutt frisiert. Schweiß glänzte auf ihrer Stirn und verlieh ihrem sowieso schon perfekt goldenen Teint einen beneidenswerten Schimmer. Wie konnte sie noch immer so gut aussehen? Wir kämpften schon seit zwei Stunden! Zwei. Ganze. Stunden.

Immerhin hob und senkte sich ihr Brustkorb unter ihren Atemzügen in einem schnellen Takt. Nach einer Woche schaffte ich es schließlich, sie aus der Puste zu bringen.

Wenn ich schon jedes Mal gegen sie verlieren musste.

»Kann ich nicht einen anderen Partner haben?«

Tamira grinste und wischte sich über das Gesicht. »Du wirst besser. Noch ein paar Mal und du könntest mich sogar schlagen. Du wirst schon sehen.«

Ich stöhnte auf, blieb aber liegen. Dass sie mich nicht für fähig genug hielten, mich zu verwandeln und Karyn zu retten, zermürbte mich. Xeron hatte sich nicht deutlich ausgedrückt, warum ich auf die Verwandlung vorbereitet sein musste und was mich dabei erwartete. Aber mein Körper fühlte sich kräftiger an. Warum war ich noch nicht bereit? Würde Karyn sterben, während Tamira mich wieder und wieder vermöbelte?

Die Hand, die Tamira mir entgegenstreckte, ließ sie langsam zurücksinken, als sie zum Eingang sah. In ihren Augen funkelte Aufregung, als sie sich die losen Strähnen, die sich aus ihrem Dutt gelöst hatten, hinter die Ohren schob. »Braucht ihr mich noch?«, hauchte sie, befeuchtete mit der Zunge ihre Lippen und warf einen schnellen Blick auf Xeron und Marxem.

Meine Augen suchten nach dem Grund für Tamiras schnellen Gemütswechsel. Mein Blick huschte über verschiedene Krähen, bis er an einem Mann hängenblieb.

Ich sprang auf die Füße und starrte in die Richtung, in die Tamira bereits eilte. Sie ging auf besagten Mann zu.

Und nicht irgendeinen. Es war der Mann, den ich bei meinem Fluchtversuch am ersten Tag getroffen hatte und den ich durch meine Aufgabe und die vielen Informationen über mein Leben in Ankrov ganz vergessen hatte. Der Modelverschnitt. Ich spürte das dümmliche Grinsen auf meinem Gesicht, aber hey, ich war auch nur ein Mädchen mit einer Schwäche für Schönheit.

»Erde an Lenna.« Xerons Hand tauchte vor meinem Gesicht auf. Er hatte seinen Mund in eine schmale Linie verwandelt und schien gar nicht erfreut über meine Abwesenheit. »Sollen wir dann mit dem Schwert fortfahren?«

»Können wir keine Pause machen?« Ich würdigte ihn nur eines flüchtigen Blickes.

»Wir könnten über deinen ersten Einsatz reden.« Marxem riss mit seinen Worten meine Aufmerksamkeit an sich. Vermutlich hatte er keine Ahnung, welche Erleichterung er damit in mir auslöste. Ein gequiektes *Endlich!* konnte ich mir nur schwer verkneifen.

»Glaubst du, sie ist soweit?«, warf Xeron ein und ich hätte ihn am liebsten mit meinem Blick erdolcht. Doch er verdrehte nur die Augen. »Du musst bereit sein für deine Verwandlung. Für den Einsatz«, belehrte er mich.

Um ihn zu imitieren, richtete ich mich auf und verstellte meine Stimme: »Deine Seele muss sich erst an ihre neue Form gewöhnen«, äffte ich seine ständige Ermahnung nach. Wie oft hatte er mir diese Worte in den letzten Tagen an den Kopf geworfen? Wahrscheinlich öfter, als mich Tamira zu Boden gerungen hatte.

Marxem ignorierte unsere Kabbelei und deutete auf die Türen am Rand der Trainingshalle. Ich warf dem Modelkerl einen letzten Blick zu und folgte dann Marxem in einen der angrenzenden Räume.

In der Mitte des Zimmers stand ein Tisch, um den mehrere Stühle platziert waren. Warmes Licht strahlte von Fackeln aus, die an der Wand angebracht waren. Ich setzte mich neben Marxem, während Xeron gegenüber von uns Platz nahm.

»Also«, begann ich, um das Gespräch umgehend in Gang zu setzen.

Marxem rollte ein leeres Stück Papier aus und platzierte einen Talisman in der Mitte. Seine Handfläche berührte den Stein, der mit einer rot-weißen Maserung durchzogen war.

»Die Gabe der Seher und Springer«, raunte ich Xeron zu, um mein neu gewonnenes Wissen bestätigen zu lassen. Die Seher waren nicht an Zeit gebunden, sondern hatten Macht über sie, wie ich gelernt hatte. Sie konnten die Gegenwart und die Zukunft wahrnehmen und hatten oft Visionen, die sich aber anders als meine festen Vorhersehungen zeigten. Während sich die Visionen bei mir monatelang um ein Ereignis drehten, war es bei den Sehern komplexer und schnelllebiger.

Bei den Springern verhielt es sich genau umgekehrt. Sie wurden von der Zeit beherrscht und konnten nur für einen begrenzten Moment Raum überbrücken. Diese Gabe kostete nicht nur dem Springer, der die Krähe an einen Ort brachte, große Energiemengen, sondern auch dem, der sprang. Das war also noch schwieriger als verwandeln, weshalb diese Option für einen Besuch bei Chris außer Frage stand.

Xeron nickte. »Korrekt. Eine Kombination der Gaben kann nützlich sein, um gewünschte Effekte zu erzielen. Sieh genau hin.«

Neugierig beugte ich mich nach vorn und musterte Marxem, der begann, fremde Worte aufzusagen: »Sjenfoar earm, om't taak dit plak.«

Ich prägte mir die Formulierung ein, da sie die Essenz für die Rituale war. Es bedurfte keiner theatralischen Gesten, um die Magie der Zwischenwelt zu wirken. Wenn ein Gabenstein berührt wurde, lag die Macht in den Worten.

»Die ersten aufgezeichneten Rituale stammen aus dem Norden«, erklärte Xeron, obwohl er mir das bereits bei einer unserer wenigen Theorieeinheiten gesagt hatte. Über die Energie aus uns oder einer externen Quelle wurde die Gabe gespeist, die in dem Stein gefangen war. So blieb sie erhalten und endlos einsetzbar – solange wir durch das Ritual Energie lieferten und die Gabe für unsere Zwecke aktivierten.

Marxem wiederholte die Phrase ein zweites Mal und schloss damit das Ritual ab. Als er die Hand zurücknahm, hielt ich gespannt die Luft an. Vom Stein aus breiteten sich Linien auf dem Papier aus, dann wölbte es sich, Gebäude entstanden, kleine Bäume, Zäune und Hecken. Eine dreidimensionale Karte bildete sich vor uns. Auf ihr bewegten sich kleine, halbtransparente Miniaturmenschen. Es erinnerte mich an die Karte des Rumtreibers. Ich grinste begeistert. Mit den Parallelen dieses neuen Lebens in Ankrov zu einer magischen Welt konnte ich mich problemlos anfreunden.

»Die Effekte sind nicht von Dauer, helfen aber bei der Planung.« Marxem deutete auf die Karte. »Die Gesichtslosen stellen Personen dar, die für die Fragen und Gedanken bei meinem Ritual bedeutungslos waren. Sie sind nur Statisten unserer Aufgabe.« Er zeigte auf die Figuren, die langsam über das Papier schwebten.

Ich beugte mich tiefer über den Tisch. »Das ist eine Karte«, murmelte ich immer noch überwältigt und ignorierte Xerons Schnauben.

»Natürlich ist das eine Karte.«

Ich gab ihm mit einem Wink zu verstehen, dass mich sein Gerede nicht interessierte. »Das ist unsere Schule.« Ich deutete auf ein Gebäude, dann auf ein weiteres. »Da sind der Supermarkt und der Park.« Ich verstummte, als mein Blick auf die Aussichtsplattform fiel, auf der mein neues Leben begonnen hatte. Dort war ich von der Ausreißerin zu einer Krähe geworden. Lenna, der neue Avenger.

»Das ist Chris.« Marxem deutete auf eine Figur, die nicht weiß, sondern bunt war. Nun verstand ich auch, weshalb die anderen die Gesichtslosen genannt wurden. Chris wirkte hingegen wie eine echte Miniaturversion von sich selbst. Blond, mit Kleidung, die er vermutlich gerade trug. Ich glaubte, sogar Gesichtszüge zu erkennen, obwohl er kaum größer war als ein Fingernagel. »Mit Hilfe dieser Karten kannst du sehen, wo sich dein Schützling aufhält, bevor du aufbrichst.«

»Die Springer können dich hinbringen, ohne vorher den Standort überprüfen zu müssen«, ergänzte Xeron.

»Aber das verbraucht viel Energie und belastet neue Krähen stärker als eine Verwandlung«, ergänzte ich mein Wissen.

Marxem brummte zustimmend. »Wir nutzen das hauptsächlich, wenn sich ein Schützling im Urlaub befindet. Dann dauert es zu lange, um hinzufliegen.«

Ich kniff die Augen zusammen. »Beschränken sich die Krähen von Ankrov nur auf Stuttgart?«

»Und Umgebung.«

»Du musst dir die Zwischenwelt wie eine Parallele vorstellen. Unsere Welt ist mit der Zeitwelt verankert und Entfernungen zwischen Orten sind identisch. Auch wenn es hier anders aussieht, sind wir sozusagen eine Spiegelung von Stuttgart. Andere Orte zu besuchen, ist zwar nicht unmöglich, aber es zehrt an unseren Kräften, große Distanzen fliegend zu überbrücken. Daher hat sich bei jeder größeren Stadt auch eine parallele Siedlung in der Zwischenwelt gebildet.«

Immer dieses Kauderwelsch. Zeitwelt – was war das auch für ein Begriff? Selbst nach einer Woche konnte ich mich nicht damit anfreunden. »Warum könnt ihr nicht Menschenwelt sagen?«

»Weil sie Zeitwelt heißt.«

Ich rollte mit den Augen und deutete auf die Karte. »Da ist also Chris. Und wie genau komme ich in die Zeitwelt? Ich muss mich verwandeln, das ist mir klar. Aber dann?« Wir hatten nie viel über das gesprochen, was nach der Verwandlung passierte. Ständig ging es nur darum, dass ich stark genug werden musste, um die Transformation durchzustehen. Xeron hielt nicht viel davon, mir theoretisch Erklärungen zu liefern, wenn ich diese Dinge praktisch lernen konnte.

»Wir fliegen«, meinte Xeron, als wäre das nichts Besonderes. »Über einen Dimensionsriss können wir zwischen den Welten wandeln und dann suchen wir Chris.«

Ich beugte mich weiter vor. Wieder nur so eine kryptische Aussage, die noch mehr Fragen aufwarf. Wie würde ich fliegen? Was war ein Dimensionsriss?

Doch die Fragen verkniff ich mir, da ich die Antwort darauf bereits kannte. *Das wirst du lernen, wenn es soweit ist.*

Mir ein frustriertes Schnaufen verkneifend, ließ ich stattdessen einen anderen Gedanken los. »Wie genau wird dem Schützling geholfen? Durch unsere Seelenverbindung beschwöre ich einen Schild herauf. Wie genau?«

»Das ist ein langwieriger Prozess. Xeron wird dir bei deinem ersten Besuch zeigen, wie das funktioniert.« Wieder diese Antwort. Marxem war kein Stück besser als mein miesepetriger Mentor. Ich seufzte und gab mich geschlagen.

Marxem rieb sich über den Hinterkopf. Sein dunkler Teint schimmerte im Licht der Fackeln. Mit einer geduldigen Geste forderte er mich dazu auf, den Stein vom Papier zu nehmen und ich gehorchte. Wenigstens etwas, das er bereit war, mir zu zeigen. Als ich den Talisman anhob, verblasste das Bild der Karte. Marxem wiederholte noch einmal die Worte für das Ritual, damit ich sie mir einprägen konnte. Doch anstatt den Talisman auf das Blatt zurückzulegen, sollte ich ihn in der Hand halten.

»Ersetze die letzten beiden Worte durch *yn e geast*«, wies er mich an.

Ich schloss die Augen, um mich besser zu konzentrieren, und dachte an Chris. Als ich die Worte murmelte, erschien ein Bild der Karte in meinem Kopf. »Wow«, hauchte ich.

»So kannst du dich informieren, bevor du aufbrichst.«

»Ich darf ihn behalten?«, fragte ich und sah auf den Talisman. Der marmorierte Stein war dreieckig und uneben. In einem kreuzartigen Muster war er mit einer Schnur umwickelt und an eine kleine Lasche befestigt. So konnte ich ihn wunderbar an mein Armband binden.

»Er gehört dir.«

Als Nächstes legte Marxem einen blauen Stein auf den Tisch. Er war gebogen und erinnerte mich sofort an einen Halbmond. Alle Steine, die ich bisher gesehen hatte, waren von unterschiedlicher Form. Die einzige Gemeinsamkeit war ihre Größe von etwa zwei Zentimetern im Durchmesser.

»Ein Stein der Lauscher.« Meine Augen waren auf das helle Blau gerichtet. »Helfen sie mir, Chris zu hören?«

»Ihn und seine Ängste. Willst du es versuchen?«

Ich nickte, nahm den Stein entgegen und ließ mir von Marxem die Worte vorsagen, die zum Ritual gehörten. *Hearrde earm, om't taal dit plak.* Die Worte am Ende beeinflussten dabei, ob der Effekt wieder nur in meinem Kopf stattfand oder für alle freigegeben wurde. Für den ersten Test wollte ich Marxem und Xeron miteinbeziehen.

Xeron beugte sich weiter nach vorn, als ich die Worte nuschelte.

Ein Knacken ertönte – wie aus einem defekten Lautsprecher, ehe ich Chris' Stimme hörte. Es klang, als wären wir in seinem Kopf.

Er wimmerte, stöhnte, brummte, bevor sich deutliche Worte bildeten.

»Nein«, presste er hervor, seine Stimme schmerzverzerrt. »Verschwindet! Raus aus meinem Kopf!«

Mein Blick wanderte zu Marxem. »Kann er uns spüren?«

Marxem schüttelte den Kopf, sein Gesicht wirkte blass. »Wir Krähen haben eine beruhigende Wirkung. Selbst unsere Anwesenheit über den Talisman müsste seine Stimmung positiv beeinflussen.«

»Geister«, zischte Xeron. »Sie suchen ihn heim.«

Als Chris das nächste leidende Keuchen von sich gab, zuckte ich zusammen. Es schmerzte mich, dass er litt. Meine Reaktion ging über gewöhnliche Empathie hinaus, wodurch ich annahm, dass es an unserer Verbindung lag. Sein Schmerz setzte mir auf ungewöhnliche Weise zu.

»Ich will nicht mehr darüber nachdenken«, presste Chris hervor und ich spürte die Trauer über den Verlust einer wichtigen Person, als wäre es mir selbst passiert. Keuchend knallte ich den Stein auf den Tisch und brach das Ritual ab.

Wir drei starrten auf den Talisman, fanden keine geeigneten Worte. Selbst ohne Erfahrung konnte ich spüren, wie heikel die Lage war. Vielleicht war der Drang, ihm zu helfen, auch nur auf meine Verbindung zu Chris zurückzuführen.

»Ihr solltet ihn morgen besuchen.« Marxem richtete sich auf.

Xeron öffnete den Mund und wollte vermutlich widersprechen. Ihm lagen offensichtlich die Worte auf der Zunge, dass ich noch nicht bereit war. Doch Marxem hob nur die Hand und ging nicht auf ihn ein.

»Xeron wird dich begleiten und dich bei deiner ersten Verwandlung unterstützen.«

Bei dem Gedanken daran, mich das erste Mal seit meinem Tod in dieses Krähenvieh zu verwandeln, stellten sich die Härchen in meinem Nacken auf. Ungeduldige Vorfreude vermischte sich mit Angst und Unsicherheit. Ich hatte das Gefühlschaos noch nicht bezwungen, als wir unterbrochen wurden.

Es klopfte und kurz danach öffnete sich die Tür. Der Mann trat ein, zu dem Tamira nach unserem Training geeilt war. Der Mann, dem ich an meinem ersten Tag begegnet war.

Ich musterte sein Gesicht, die schmale Nase und den klaren Blick. Ohne meine überstürzte Flucht in Gedanken konnte ich seine Züge deutlicher in mich aufnehmen. Und auch bei genauerer Betrachtung war er unglaublich attraktiv. Fast schon gespenstisch schön. Mit ihm wehte ein Hauch von Leder und Lavendel in den Raum.

Meine Mundwinkel verzogen sich unwillkürlich zu einem kleinen Lächeln und ich konnte nichts dagegen tun. Mit seinem Aussehen und seiner Ausstrahlung verdrehte er hier vermutlich nicht nur Tamira den Kopf.

»Ferlen«, begrüßte ihn Marxem und gab ihm endlich einen Namen. Nicht, dass ich in der letzten Woche groß über ihn nachgedacht hätte. Da hatten hauptsächlich meine Aufgabe und das Training meine Gedanken in Beschlag genommen. Und Xeron ...

»Chio hatte eine Vision.« Seine Stimme klang ruhig und klar. »Die Ajiva sollen sich versammeln.«

Marxem murmelte eine schnelle Entschuldigung und eilte hinaus. Doch Ferlen blieb, nickte Xeron zu und betrachtete mich ganz kurz. Mir wurde warm. »Warum denn so ernst, Xeron?«

Mein Mentor warf mir nur einen vielsagenden Blick zu. »Marxem will, dass wir morgen bereits aufbrechen.«

»So früh?«, fragte Ferlen und rieb sich das Kinn. Seine Verwunderung trug nicht zu meiner Beruhigung bei.

Xeron brummte nur missmutig.

»Viel Glück bei eurem ersten Einsatz.«

»Danke, Fer.« Xeron streckte sich. »Wird schon schiefgehen.«

Zur Antwort zwinkerte ihm Ferlen zu. Die Vertrautheit zwischen den beiden weckte eine tiefe Sehnsucht in mir, die ich mühsam hinunterschluckte.

»Wie immer«, raunte Ferlen und ein Lächeln zupfte an seinem Mundwinkel.

Xeron grinste zurück. »Wie immer.«

Ferlen verließ den Raum und ich starrte ihm hinterher.

»Lenna«, ermahnte mich Xeron und bevor ich verstand, was er meinte, fügte er hinzu: »Du sabberst gleich.«

Ich verdrehte die Augen und bedachte Xeron mit einem Grinsen. »Spiel nicht den Platzhirsch!«

»Platz-was?«

Ich schmunzelte, was Xerons Falte auf der Stirn noch vertiefte. »Du musst es einsehen. Gegen Ferlen hat dein hübsches Gesicht keine Chance.«

Er verschränkte die Arme vor der Brust. »Ferlen?«

»Ja«, antwortete ich und schaute wieder zur Tür. »Er ist heiß.«

Xeron fuhr sich durch die Haare und musterte mich. In seinen Augen schimmerte ein Ausdruck, den ich nicht ganz einordnen konnte. War er auf Ferlen und seine Wirkung auf Frauen eifersüchtig? Mein Blick blieb an Xerons Mund hängen, in dessen Winkel ungesagte Worte lagen. Seine geschwungenen Lippen kräuselten sich verführerisch und weckten in mir Wünsche, an die ich mir nicht erlaubte zu denken. Er hatte keinen Grund, eifersüchtig zu sein. Bedächtig musterte er mich. »Das sagst du nur, um von deiner peinlichen Erweckung abzulenken.«

Ich öffnete den Mund, spürte die Hitze, die in Rekordgeschwindigkeit in meine Wangen schoss. Meine Erweckung. Als ich dachte, Xeron würde mich im Himmel begrüßen. Oh Gott, ich hatte ihn Engel genannt.

Mit der Faust boxte ich nach Xeron, doch er wich aus. »So peinlich war das nicht!«, behauptete ich, doch die Hitze in meinem Gesicht verriet mich. »Konnte ich ja nicht wissen, dass hinter dem hübschen Gesicht ein Idiot steckt.«

»Idiot?«, keuchte Xeron und griff sich gespielt verletzt an die Brust. Das Funkeln in seinen Augen zeigte mir, dass er sich dennoch überlegen fühlte.

Mist, er wusste, dass er mich dran hatte.

Vielleicht würde er diese Auseinandersetzung gewinnen, doch noch gab ich mich nicht geschlagen. Ich zuckte möglichst lässig die Schultern. »Du bist ein Idiot. Und ein Langweiler.«

Er hob eine Augenbraue und verdeutlichte dadurch, dass er mir nicht glaubte. Stattdessen lachte er auf. »Und ich bin dein Mentor.«

Ich stand auf und sah auf ihn herab. Dieses Detail erwähnte er zu gern. »Ein toller Mentor bist du.«

»Das ändert nichts an der Tatsache.« Xeron erhob sich langsam und beugte sich zu mir herüber, ohne etwas zu sagen. Stattdessen bedachte er mich mit einem Blick, der mir eine Gänsehaut verpasste. Eine gute, erschaudernde Gänsehaut.

Kommentarlos wischte ich mir über die Arme und versuchte, das Gefühl zu vertreiben, doch ich konnte keinen klaren Gedanken fassen. Was hatte mir Marxem beigebracht? Wann musste ich los? Was tat ich hier noch gleich?

Xeron verschränkte demonstrativ die Arme vor der Brust. »Der Junge mit dem Engelsgesicht«, er deutete auf sich selbst, »hat hier das Sagen.«

8. Kapitel

Auf dem Weg aus dem Trainingsbereich versuchte ich, Xeron abzuschütteln. Doch er schien die Überlegenheit zu genießen, die er mich spüren ließ und wich nicht von meiner Seite.

Auf den Treppen vor der Halle trafen wir Tamira.

»Macht ihr Schluss für heute?«, fragte sie und schlenderte neben uns her.

»Ich werde Lenna noch ein bisschen Theorieunterricht geben, damit sie für morgen gewappnet ist.« Aus Xerons Stimme hörte ich deutlich die Zweifel heraus und dass er unseren Aufbruch für überstürzt hielt. Und Theorieunterricht bedeutete aus seinem Mund nur Wiederholung. Denn mit neuen Themen ließ er sich gern Zeit, bis sich die Grundlagen verfestigt hatten. Trotz der Bedenken erfasste mich Tatendrang und ich musste meine Füße stillhalten, um nicht ungeduldig zu wippen. Die Warterei war endlich vorbei und ich würde Chris in der Zeitwelt besuchen. An die Verwandlung versuchte ich dabei lieber nicht zu denken.

Die Sorge schien mir dennoch im Gesicht zu stehen, denn Tamira tätschelte mir aufmunternd die Schulter. »Das wird schon schiefgehen«, sagte sie. »Ich finde es super, dass du deine Aufgabe ernst nimmst.«

»Und ich fände es super, wenn ich Xeron los wäre.« Ich bedachte ihn mit einer hochgezogenen Augenbraue. »Kann ich nicht einen Abend meine Ruhe haben?«

»Du kannst dich so viel ausruhen, wie du willst, wenn Chris gerettet ist«, mischte sich Xeron ein.

Ich seufzte und ignorierte das Funkeln in seinen Augen, um ihn zu keinem dummen Spruch anzustacheln. Nach meiner Niederlage in unserem ewigen Überlegenheitsspiel würde ich ihm nicht die Genugtuung verschaffen. Er war mein Mentor, das musste ich endlich akzeptieren. Es fiel mir schwer, meinen Frust und meine Nörgelei zurückzuhalten, doch wenn es um Karyn ging, würde ich alles in Kauf nehmen. Und selbst wenn das bedeutete, dass ich Xeron bis zu ihrer Rettung Nonstop ertragen musste.

»Kann ich mit euch abhängen?«, fragte Tamira, als wir mein Zimmer erreichten.

»Klar.« Ich zuckte mit den Schultern. Eine Person mehr oder weniger machte auch keinen Unterschied mehr. »Treffen wir uns in zwanzig Minuten nach dem Duschen?« Tamira nickte und ging den Gang entlang.

Xeron hielt an meiner Tür inne, als wollte er noch etwas sagen, doch ich ließ ihn stehen, holte frische Kleidung und machte mich auf den Weg zu den Mondlichtfällen.

Fünfzehn Minuten später saß ich bereits in meinem Zimmer und wartete, bis es klopfte.

Tamira ließ sich neben mich auf mein Bett plumpsen und Xeron nahm seinen Stammplatz ein. Er lehnte sich gegen die Kommode, die Hände lässig in den Hosentaschen vergraben.

»Bringen wir es schnell hinter uns«, bat ich.

Bevor Xeron mit seinen Belehrungen beginnen konnte, musterte mich Tamira. In ihren Augen blitzte unverhohlene Neugier. »Darf ich fragen, was du angestellt hast?«

Ich blinzelte und sah sie an. Mein Gehirn ratterte, während ich versuchte, den Zusammenhang zu begreifen. Was meinte sie? Sie bemerkte meine Verwirrung und fuhr fort: »Dein Karma. Warum hattest du deinen Tod noch nicht verdient? Irgendetwas musst du getan haben.«

Ich schob die Hände unter die Oberschenkel und betrachtete den Boden. Mit dieser Frage hatte ich nicht gerechnet. Meine Flucht, das Training und Karyn hatten meine Aufmerksamkeit eingenommen, sodass ich kaum an den Grund dachte, der mich nach Ankrov geführt hatte. Aber wenn ich ehrlich zu mir selbst war, wusste ich längst, warum ich hier festsaß. Doch war ich bereit, diesen Gedanken zu teilen?

Während ich noch mit einer Antwort rang, beugte sich Tamira zu mir. Sie legte mir eine Hand aufs Knie. »Keiner wird dir einen Vorwurf machen«, plapperte sie drauflos. »Schließlich hatten wir alle Dreck am Stecken.« In ihren Augen funkelte eine Mischung aus Reue und Verständnis. »Ich bin auch nicht stolz darauf, dass ich mich früher nicht getraut habe, Nein zu sagen. Ich habe es gehasst, wie meine beste Freundin die Neue in unserer Klasse gehänselt hat. Doch ich wollte unsere Freundschaft nicht verlieren, habe Intrigen gesponnen, Streiche gespielt und Gerüchte verbreitet.«

Sie zuckte die Schultern, doch es wirkte alles andere als gleichgültig, sondern vielmehr, als würde sie ihren

Fehler und ihre neue Aufgabe akzeptieren. »Jetzt habe ich die Gelegenheit, anderen zu helfen und klüger zu sein.«

Sie zwinkerte mir zu und ich spürte das Mitgefühl, das sie für ihr altes Ich und ihre Mitmenschen empfand. Als hätte sie mehr aus ihren Fehlern gelernt als die Einsicht, dass sie sich falsch verhalten hatte. Sie gestand sich zu, nicht perfekt sein zu müssen. Und ich spürte, dass von ihr keine Erwartungen ausgingen, die sie an mich und vermutlich auch an andere richtete.

Plötzlich fühlte ich mich in Tamiras Nähe wohler als je in Ankrov zuvor.

»Ich ...«, begann ich, doch meine Stimme brach.

»Tut mir leid.« Tamira legte mir einen Arm um die Schultern und drückte mich kurz an sich. »Ich wusste nicht, dass du noch nicht bereit bist.«

Ich schüttelte den Kopf, doch anstatt Worte bauten sich Tränen in mir auf. Hastig blinzelte ich gegen das Brennen in meinen Augen an und senkte den Blick. Karyn hatte es mit mir nicht leicht gehabt. Intrigen, Streiche – ich wusste nur zu gut, wovon Tamira sprach. Doch auch, wenn ich nur Karyns Sicherheit im Sinn hatte, schmerzte mich die Erinnerung an den Tag, an dem sie unsere Freundschaft beendet hatte.

Als ich weiterhin schwieg, ergriff Xeron das Wort. »Wir alle haben falsche Entscheidungen getroffen. Es ist nicht zu spät, es wiedergutzumachen.«

War es das nicht? Meine Taten brachten mich – und Karyn – nicht dorthin, wo ich hinwollte. Würden meine Entscheidungen hier den Schmerz lindern, den ich ihr zugefügt hatte? Ich bezweifelte es. Aber ich konnte ihr Leben retten.

»Also morgen«, lenkte ich ab. »Wie funktioniert das mit der Verwandlung?«

Tamira setzte sich aufrecht hin. »Das macht total Spaß.«

Nachdenklich musterte Xeron sie. »Die ersten Male ist es vielleicht etwas ungemütlich.«

»Ungemütlich?«, wiederholte ich skeptisch und betrachtete den Blickkontakt der beiden. Sie verheimlichten mir doch etwas. In mir stiegen die Erinnerungen an meine Verwandlung bei meinem Tod auf, als mein Körper vor Schmerz gebrannt hatte. Ich befürchtete das Schlimmste. »Tut es weh?«

»Es zwickt«, meinte Tamira beschwichtigend. »Aber nicht schlimm.«

»Na ja ...«, begann Xeron, doch er zögerte.

»Was?«, hakte ich nach und spürte die Unruhe in mir ansteigen, die meine Aussichten auf die Transformation in mir auslöste. Schließlich würde ich mich in eine riesige Krähe verwandeln.

»Du hattest nur eine Woche, um dich vorzubereiten.« Das Lächeln, das Xeron mir zuwarf, sollte vermutlich ermutigend wirken. Doch meine schlechte Vorahnung ließ sich nicht vertreiben.

»Das wird schon«, beschwichtigte Tamira. »Marxem glaubt, dass du bereit bist.«

Aber Xeron nicht. Er versuchte, Marxem zu überzeugen, dass ich nicht so weit war. Was erwartete mich morgen?

»Hm«, brummte ich skeptisch. Mein Blick verlor sich in der Ferne, als ich an den Tag zurückdachte, als Xeron meine Seele ausgerissen und meine erste Verwandlung ausgelöst hatte. Auch wenn es sich wie eine Ewigkeit anfühlte, erinnerte ich mich an das Brennen unter meine Haut und an die Verzweiflung, die mich durchflutet hatte.

Kälte ergriff mich, nahm meine Gedanken ein. Egal wie sehr ich mich konzentrierte, Xerons weitere Worte gingen in einem Nebel unter, dem ich nicht mehr entkam.

Verdammt, ich musste aufpassen, seine Informationen aufnehmen und behalten, damit ich so gut wie möglich für Karyns Rettung vorbereitet war. Doch die Angst lähmte mich und machte es unmöglich. Worte rauschten an mir vorbei, während er mir in den nächsten Stunden mehr über die Ajiva und den Zugang von Ankrov in die Menschenwelt erzählte – wo er doch sonst so zurückhaltend mit theoretischen Ausführungen war. Jetzt sprach er Dinge an, über die ich ihn sonst ausgequetscht hätte, doch ich konnte mich kaum konzentrieren. Vielleicht hatte er recht – bei mir waren Worte vergebens. Ich brauchte Taten, Praxis, um die unglaublichen Informationen aufnehmen zu können.

Tamira ergänzte seine Erzählungen und als sie endlich mein Zimmer verließen, fiel ich todmüde ins Bett.

Doch mein Kopf gab keine Ruhe und selbst in meinen Träumen verwandelte ich mich unzählige Male in ein Monster. Da mir nur ein Vergleich blieb, spielte sich jede dieser Verwandlungen an dem Hang ab, an dem ich gestorben war. Einmal spürte ich eine Hitze im Bauch, ein anderes Mal war es, als fiele ich in einen halb zugefrorenen See. Wie tausend Nadeln tanzte die Kälte über meine Haut. Meiner Fantasie waren keine Grenzen gesetzt und jede Verwandlung lief anders ab. Nur eins hatten sie gemeinsam: Es tat weh.

Das Herz hämmerte in meiner Brust und ich schluckte vergeblich gegen die Aufregung an. Mit den Augen folgte ich dem rauen Gestein in die Höhe, weiter und weiter, bis das Gewölbe entfernt in Dunkelheit endete. Trotz der Fackeln und Scheinwerfer, die auch hier die Wände erhellten, konnte ich den Ausgang nicht sehen, der dort oben angeblich auf mich wartete. Dort war nichts als alles verschlingende Finsternis.

Ich schluckte erneut. Mein Herz flatterte wie ein aufgescheuchter Schmetterling. Übelkeit stieg in mir auf, die sogar meine Finger kribbeln ließ.

Mist.

Da sollte ich hoch? Und davor erwartete mich noch eine Verwandlung?

Ich kniff die Augen zusammen und flehte im Stillen, dass ich nicht dieselben Schmerzen durchstehen musste wie bei meiner ersten Verwandlung bei dem Unfall auf dem Hang.

Neben mir starteten Krähen, manche wirbelten bereits in ihrer Gestaltwandlerform aus einem der Gänge und schraubten sich hinauf, bis auch sie zwischen den Lichtpunkten in der Dunkelheit verschwanden. Andere schlenderten in ihrer Menschenform auf den Platz. Die meisten von ihnen benötigten nur einen Augenblick, einen kleinen Sprung in die Luft, um ihre Flügel auszubreiten und loszufliegen. Nur die wenigsten brauchten länger für ihre Verwandlung.

Auch wenn sie sich nicht für mich interessierten, sah ich in ihnen Zuschauer, die mich bei meinem Training beobachten würden. So hatte ich mir das nicht vorgestellt.

»Mach dich bereit«, sagte Xeron und winkte mich näher zu sich. Ich hatte gar nicht bemerkt, wie er in die Mitte des Platzes getreten war, während ich am Rand verharrte.

Ich öffnete den Mund, suchte nach einer flapsigen Erwiderung oder nach irgendetwas, um von meiner Angst abzulenken. Doch da war nichts. Keine Selbstsicherheit, kein Trotz, nicht einmal der Ehrgeiz, den ich in Bezug auf Karyns Rettung empfand. All das war fort und nur das kalte Gefühl von Angst blieb in meinen Gliedern zurück.

»Lenna?«, fragte Xeron. In seiner Stimme schwang Ungeduld mit.

Ich schüttelte den Kopf, wich ein paar Schritte weiter zurück und versteckte mich im Flur, durch den mich Xeron zu diesem Startplatz geführt hatte.

»Lenna!«, rief er energischer und kam auf mich zu.

Ich wusste, dass ich Xeron damit nur wieder eine Gelegenheit gab, um mich zu necken und aufzuziehen. Er würde es sich für die Zukunft bestimmt nicht nehmen lassen, mich an meine Panik zu erinnern. Aber das war mir in diesem Moment egal.

Zitternd stieß ich mit dem Rücken gegen eine Wand und sank langsam daran herab. Mein Atem kam stoßweise und flach, bis mir schwindlig wurde und sogar meine Sicht verschwamm.

Ich kann das nicht. Ich schaffe das nicht.

Mit Tränen in den Augen blinzelte ich dagegen an, spürte die Wut, die ich über meine eigene Schwäche empfand. Aber ich war nur ein Mädchen, das sich fürchtete. Keine Kriegerin. Keine Retterin.

Ich war nur Lenna.

Machtlos und überfordert.

Ein Schatten senkte sich über mich, dann strich sanft eine Hand über mein Knie. Nur für eine Sekunde. Doch die Berührung holte mich zurück aus dem Nebel, der mich verschlungen hatte. »Du musst keine Angst haben«, hauchte Xeron und seine Stimme war ganz weich.

Ich blinzelte, meine Sicht wurde klarer und ich erkannte, wie nah er mir war.

Er beugte sich zu mir, musterte mich mit einem Ernst in seiner Mimik, dass mir ganz warm wurde. Jeglicher Schalk war aus seinen Augen verschwunden und nur Verständnis blieb zurück.

Bevor er erneut mit dem Daumen über mein Knie strich, senkte er den Blick. Er betrachtete seine Finger, die ich nur sacht durch den Stoff meiner Hose spürte.

»Ich weiß, dass du es schaffst«, flüsterte er und stand auf. »Ich weiche keine Sekunde von deiner Seite.«

Ich klammerte mich an die Zuversicht, die seine Worte in mir entfachten. Es war nur ein winziger Funke, doch mehr brauchte ich nicht. Immer noch zitternd drückte ich mich vom Boden hoch und folgte ihm zurück auf den Startplatz.

Xeron stellte sich so dicht vor mich, dass ich seinen Atem auf meiner Haut spüren konnte. Ein Kribbeln meldete sich in meinem Bauch und lenkte mich von der Aufgabe ab, die vor mir lag.

Ich begrüßte das Gefühl, vor dem ich unter anderen Umständen weggelaufen wäre, denn jetzt nahm es den

Fokus von der Verwandlung, die mir mehr Angst machte.

Er hob eine Hand. Ein kleiner Teil in mir sehnte sich danach, dass er sie an meine Wange legte und mich für immer mit seinem Blick festhielt. Stattdessen deutete er auf meine Stirn.

»Dort hatte ich dich mit meinem Schnabel berührt, dort bündelt sich deine Energie.«

Mit staubtrockenem Mund nickte ich.

»Schließ die Augen, richte deinen Blick nach innen und spüre die Energie, die durch deinen Körper fließt.«

Widerspruchslos folgte ich seinen Anweisungen. So leicht wie jetzt hatte er es mit mir vermutlich noch nie gehabt. Keine dummen Sprüche lenkten uns ab, keine Streitereien machten es uns schwer.

Zuerst sah ich nichts als Schwärze, doch dann fühlte – sah – ich die Energie, aus der mein Körper bestand. Sie bündelte sich an der winzigen Stelle auf meiner Stirn.

»Siehst du sie?«, hauchte er und ich erschauderte. Er war mir so nah. Meine Lider flackerten, doch ich hielt sie geschlossen.

»Ja.«

»Lass die Energie los. Öffne das Zentrum in deiner Stirn.«

Irritiert wollte ich fragen, wie ich das anstellen sollte. Doch ein Gedanke reichte aus. Die Energie pulsierte.

Dann kam der Schmerz.

Alles überwältigender Schmerz.

Ich sank auf die Knie, keuchte, als ein Feuer in mir entflammte. Der Schmerz überdeckte alles, raubte mir fast den Verstand, und erst, als er langsam abebbte, blinzelte ich. Ich lag auf dem Boden, schwarze Federn bedeckten meine Haut, nur meine menschlichen Hände waren noch zu sehen. Energie pulsierte durch meinen Körper, kribbelte in meinen Augen und vibrierte in der Luft. Ein leuchtendes Orange umgab Xerons Silhouette und alle anderen Lebewesen, die den Startplatz erreichten und verließen. Es war derselbe Schimmer wie damals bei meiner ersten Verwandlung.

»War doch gar nicht so schlimm, oder?«, fragte Xeron. Für diese Aussage hätte ich ihn am liebsten erwürgt.

»Zieh deine Energie zurück in dein Zentrum.«

Mein erster Impuls bestand darin, nach dem Grund zu fragen. Kanalisierte das wieder meine Energie und beendete diese magische Sicht? Brauchte ich meine Kraft in meinem Zentrum gebündelt, um Rituale durchzuführen?

Ich setzte mich auf, bevor ich seiner Aufforderung folgte. Erneut überkam mich Schmerz, als erst das Leuchten der Magie, dann meine Krähenform verschwand und ich wieder mein menschliches Aussehen erlangte. Mit den Federn lösten sich auch meine Flügel auf.

»Was? Warum?«, presste ich hervor und sah an mir herab. Ich sollte Chris besuchen. Ich brauchte meine Flügel, um Ankrov zu verlassen.

»Verwandle dich nochmal«, wies mich Xeron an. Er stand nur zwei Schritte von mir entfernt.

Ich stützte die Handflächen auf den Boden und spürte den Stein an meinen Knien. Mein Rücken brannte, meine Hände kribbelten und mein Magen rebellierte. Ein Zwicken? Hatte Tamira das ernst gemeint?

»Warum quälst du mich?«, jammerte ich. Reichte eine Verwandlung für heute nicht aus?

»Mit jedem Mal wird es leichter.«

»Das macht es aber nicht weniger schrecklich.« Ich ließ mich zur Seite fallen und rollte mich auf den Rücken.

Xeron trat einen Schritt näher. »Nein, das macht es nicht.« Sein Gesicht war ohne Grinsen, ohne Hohn und ohne dieses Blitzen in den Augen, das zeigte, wie viel Spaß er hatte, mich zu ärgern.

Stattdessen schaffte er einen Moment, der sich ehrlich anfühlte. Als wäre er mir nah und würde mich und meine Gefühle verstehen.

Er ging neben mir in die Hocke, fuhr sich mit den Fingern durch die Haare und sah mich mit einem Ausdruck an, der mich den Schmerz für eine Sekunde vergessen ließ. »Wenn du die ersten zehn Verwandlungen hinter dir hast, wird es besser. Daher wirst du dich am Anfang öfter verwandeln, bevor wir aufbrechen. Das ist so üblich.«

Ich öffnete den Mund und fasste mir an die Brust. »Zehn Mal.«

Etwas in mir sträubte sich gegen die Spannung, die sich zwischen uns aufbaute. Gegen die Ehrlichkeit, mit der wir sprachen und einander ansahen. Ich wollte die Distanz zurück, die wir mit unseren Neckereien aufgebaut hatten.

Daher verdrehte ich die Augen und seufzte dramatisch. »Bitte verschone mich!« Meine Angst verlor ich dadurch nicht. Aber ich gewann mit meinem Humor ein Stück Kontrolle über die Situation zurück.

Zur Antwort stupste mir Xeron mit dem Fuß leicht in die Seite. »Noch einmal, dann bringe ich dich zu Chris.«

Ich schloss die Augen, nahm mir einen Moment, in dem ich mich auf die Schmerzen vorbereitete. Sofort schob sich das Bild von Karyn und ihren leblosen Augen aus meiner Vision in meine Gedanken. Die Angst in meinem Magen entfachte den Entschluss erneut, sie zu retten. Ich würde alles geben, um diese Version der Zukunft zu verhindern.

Mit zusammengebissenen Zähnen rappelte ich mich auf, sah aus dem Augenwinkel, wie Xeron wieder mehr Distanz zwischen uns brachte.

»Dieses Mal lässt du deine Augen offen. Versuche dennoch, dasselbe Gefühl wie vorhin hervorzurufen. Nimm die Energie wahr, die dich durchdringt.«

Als ich den Boden fest unter meinen Füßen spürte, fixierte ich einen Punkt an der Wand. Ich atmete ein, konzentrierte mich auf die Energie, die von meiner Stirn bis in meine Fingerspitzen strömte.

Die Luft flimmerte, Staubkörnchen tanzten bunt vor meinen Augen, meine Sicht veränderte sich.

Und wieder kam der Schmerz.

Flügel brachen aus meinem Rücken hervor, ich krümmte mich, schlang die Arme um den Bauch, während Federn aus meiner Haut schossen. Ich legte den Kopf in den Nacken und spürte meine andere Form.

Schneller als das letzte Mal verebbte der Schmerz und ich wandte mich an Xeron. Keuchend schnappte ich nach Luft, während er mich mit seinen grünen Augen betrachtete. Er blinzelte und verwandelte sich. Bei ihm dauerte es nicht länger als einen Wimpernschlag. Das

Orange flammte bei seiner Transformation auf wie ein Inferno.

»Spürst du das Pulsieren in deinen Augen?«, fragte er und ich nickte, während leuchtender Rauch seine Konturen umspielte. »Das nennen wir Energiesicht. Es ist nützlich, um Lebewesen zu orten und ihre Bewegungen zu verfolgen. Vielen wird davon jedoch übel«, erklärte er. »Stell dir vor, du schließt deine inneren Augen, die deiner Seele.«

Schweigend horchte ich in mich hinein und fand, was er meinte. Kaum hatte ich die Energiesicht beendet, verschwand der warme Schimmer.

»Bereit?«, krächzte er, schlug mit den Flügeln und schnellte hinauf. Einige Meter über mir verharrte er. Keine Anleitung, keine Hilfestellung. Eine Aufforderung, ihm zu folgen.

Aber wie? Wie flog ich?

Ich konzentrierte mich auf die Flügel, die wie Fremdkörper an meinem Rücken klebten und nahm den Übergang meines Organismus in die Schwingen wahr. Zuerst musste ich sie ausbreiten, oder?

Kaum hatte ich den Gedanken zu Ende gebracht, bewegten sie sich. Still stand ich auf dem Platz, ignorierte die Krähen, die kamen und gingen, und horchte tief in mich hinein. Als würden die Flügel schon immer zu mir gehören, reagierten sie auf mich. Langsam schlug ich einen Takt an.

Mein Körper wurde schwerelos und meine Füße verloren den Kontakt zum Boden.

Ich flog.

Langsam überwand ich die Meter zu Xeron. Er nickte, als wäre meine Leistung sein Verdienst. Kurz verharrte er, dann schraubte er sich weiter in die Höhe und ich folgte ihm in die Dunkelheit. Je höher wir stiegen, desto mehr formte sich einer der Lichtpunkte zu einem Ausgang.

Seite an Seite brachen wir hinaus in die warme Luft eines Sommertages.

Die Sonne stand hoch, wärmte meine Federn und meine Haut.

»Was jetzt?«, fragte ich Xeron. Die Stimme klang in meinen Ohren völlig normal – als wäre ich keine monströse Krähe mit einem Schnabel und menschlichen Händen.

Er drehte einen kurzen Looping, ehe er antwortete. »Dimensionsrisse.«

Mit seinen Händen deutete er auf eine Stelle über uns. Ich sah nur Wolken. »Folge mir.«

Einige kräftige Flügelschläge brachten ihn von mir fort und er erreichte die weiße Schicht, die wie eine Decke über dem Himmel lag und ihn verschluckte. Als ich ihm hinterherjagte, spürte ich die feinen Tröpfchen auf meinem Gefieder. Kaum hatte ich die dicke Wolkenschicht durchquert, war der Dimensionsriss nicht zu übersehen.

»Das ist …«, hauchte ich atemlos. Über uns zog sich ein Riss, als hätte jemand Papier mit einem Messer gewaltsam durchtrennt. Der Himmel schimmerte in einem Meer aus Blautönen, vermischte sich mit Lila, Schwarz und Orange. Es war wunderschön.

»So verbinden sich die Parallelen?«, wisperte ich, mehr Frage als Feststellung, obwohl Xeron das bereits erwähnt hatte. Widerwillig musste ich ihm recht geben. Wenn er mir all das nur beschrieben hätte, wäre es nicht genug gewesen. Das musste ich sehen, erleben, um es wirklich zu verstehen.

Xeron verharrte vor mir in der Luft, seine krähenhafte Gestalt ließ mich beinahe vergessen, dass ich diesen Jungen mittlerweile gut kannte. Die Tage in Ankrov fühlten sich an wie ein Traum, dennoch realer als dieses Wesen vor mir mit dem riesigen Schnabel. Xeron streckte mir einen seiner menschlichen Arme entgegen. »Zusammen?«, fragte er.

Ich verzog meine Mundwinkel zu etwas, das sich wie ein Grinsen anfühlte, doch in meiner Gestalt war ich mir nicht sicher, was es mit meinem Gesicht anstellte. Ich griff seine Hand, er verschränkte seine Finger mit meinen und zog mich mit sich. Geradewegs auf den Riss zu.

9. Kapitel

Wir tauchten in die Farben des Dimensionsrisses ein, verließen unsere Welt und landeten in einer anderen. Der Sog durch den Riss ließ mein Herz schneller schlagen. Ich drückte Xerons Hand, die immer noch da war und mir Halt gab. Doch als wir über Stuttgart schwebten, ließ er mich los.

Xeron steuerte auf einen Park zu, der in der Innenstadt lag. Ich folgte ihm und wir landeten zwischen Menschen, die picknickten oder eine Pause von ihrem Einkaufsbummel machten. Es war Samstag und Chris befand sich laut meinem Seherstein hier in der Nähe.

Als ich mich zu Xeron umdrehte, hatte er wieder seine menschliche Gestalt angenommen. Ich zögerte – aus Angst vor dem Schmerz der Verwandlung. Doch ich konnte nicht davor zurückschrecken und stellte mich ihm, suchte nach dem Energiefluss und zog die Kraft aus meinen Flügeln. Wieder bündelte ich sie in meiner Stirn und Hitze flammte durch meinen Körper. Doch ich biss die Zähne zusammen. Es wurde tatsächlich besser.

Zur Sicherheit betastete ich mein Gesicht, um zu überprüfen, ob ich diesen Schnabel los war, bevor ich mich an Xeron wandte. Mit wachsamen Augen beobachtete er mich.

»Prüfst du nochmal, wo Chris jetzt ist?« Xeron kam näher, blieb aber auf Abstand. Die Hände vergrub er in den Taschen, während seine Augen auf mir verharrten. Ich folgte seiner Kinnlinie hinab bis zu seinem Schlüsselbein. Vor wenigen Sekunden hatten wir noch Händchen gehalten. Meine Wangen wurden warm und ich wandte den Blick ab. Was machte Xeron mit mir? Der Schmerz der Verwandlung benebelte eindeutig meine Sinne! Bestimmt hatte ich einige Gehirnzellen eingebüßt – allem Anschein nach die, die mich gegen dümmliches Grinsen schützten.

Ich sah an mir herunter und betrachtete die Kleidung, die ich bereits vor der Verwandlung angehabt hatte. Sie war unversehrt.

»Das verwirrt mich immer noch«, sagte ich und zupfte an meinem Oberteil.

»In Ankrov ...«, begann Xeron.

»... besteht die Welt aus Energie«, vervollständigte ich den Satz, den er mir die letzte Woche an die hundert Mal gesagt hatte. »Schon klar.« Ich strich dennoch über meinen Ärmel, bevor ich den Stoff zurückschlug und den rot-weißen Stein betrachtete, der neben dem Lauscher- und meinem Kämpferstein an meinem Armband befestigt war. Bevor ich das Ritual durchführte, blieb mein Blick an einem Mädchen hängen, das geradewegs zu mir sah.

»Ich dachte«, presste ich überrascht hervor und stockte. Sie winkte mir zu. Das konnte doch nicht möglich sein. »Xeron, kann sie mich sehen?«

Xeron fixierte mich mit seinen grünen Augen, die nicht weniger leuchteten als der gepflegte Rasen. Ein Moment verstrich, in dem ich auf seine Reaktion wartete, doch er sah mich nur an. Hatte ich irgendetwas vergessen, das er mir beigebracht hatte? Das Mädchen und auch kein anderer Mensch konnten mich sehen. Ich war Energie, eine Krähe, ein Schutzengel. Nicht mehr.

Es dauerte einen Augenblick, bis mich seine Lektion traf. Ein Junge lief direkt durch mich durch. Mein Körper flimmerte, Eiseskälte durchflutete mich in einer rasenden Geschwindigkeit, die mich taumeln ließ. Ich japste nach Luft, schüttelte mich und versuchte, das Gefühl abzustreifen. Nur langsam ebbte es ab.

Ich sprang einen Satz zur Seite und hörte, wie Xeron losprustete. »Dein Gesicht«, keuchte er vor Lachen.

Wütend bedachte ich ihn mit einem Blick, der ihn zum Verstummen bringen sollte, doch vergebens. Er gluckste, während ich mich abwandte und den Stein an meinem Handgelenk betrachtete. Ich musste ihn nicht extra berühren, da er durch das Armband bereits auf meiner Haut lag. Doch es half mir, wenn ich hinsah. Mit der freien Hand rieb ich mir dennoch über das Schlüsselbein. Keine schöne Erfahrung, wenn ein Körper durch einen hindurchfegte. Ich hätte nicht erwartet, dass das so kalt war.

»Das ist so eklig, oder?«, fragte Xeron.

»Ich hätte gut darauf verzichten können«, murmelte ich und rieb mir noch einmal über das Schlüsselbein. Demonstrativ lenkte ich meine Konzentration auf den Stein an meiner Haut, legte mir die Worte für das Ritual zurecht. Doch ich verharrte, als ich Xeron betrachtete. Jegliches Lachen war aus seinem Gesicht verschwunden und er fixierte einen Punkt hinter mir.

»Komm her«, forderte er mich auf und streckte mir eine Hand entgegen. Als ich nicht sofort reagierte, zog er mich am Oberarm an sich und krallte seine Finger in meinen Ärmel.

Seine Reaktion löste augenblicklich Besorgnis in mir aus, die sich fast genauso kalt anfühlte wie meine ungewollte Begegnung mit dem Jungen. Ich folgte Xerons Blick und versteifte mich, als ich endlich entdeckte, was seine Aufmerksamkeit gefangen genommen hatte.

Geister.

Sie waren zu zweit, schwebten zwischen den Menschen über die Wiese. Diejenigen, die sie berührten oder bei denen sie länger verharrten, zeigten in einer kleinen Geste ihr Unwohlsein. Ein Mädchen strich sich über die Arme, obwohl es nicht kalt war. Ein Junge verstärkte den Griff um seine Colaflasche, ein anderer blickte mit gerunzelter Stirn über die Schulter. Sie spürten die Geister, die weiß und milchig als durchscheinende Masse nur für uns sichtbar waren. Ihre Form erinnerte an Menschen, die sie einmal gewesen waren. Doch etwas war anders, unheimlicher. Aus der Ferne konnte ich aber nicht ausmachen, was es war.

Ich kniff die Augen zusammen, atmete langsam, um meinen Puls zu beruhigen, doch ich erkannte nicht, was mich alarmierte. Was sie so furchteinflößend wirken ließ.

»Laufen Geister immer in der Menschenwelt umher?«

Xeron schüttelte den Kopf. »Sie kommen nur, wenn sie hungrig sind, in die Zeitwelt.«

»Hungrig?« Meine Stimme zitterte.

»Nach Gefühlen. Sie spüren den Schrecken, den sie auslösen. Mehr empfinden sie nicht.«

»Warum hast du mich nicht vorgewarnt?«, murmelte ich, ohne den Blick von den Geistern abzuwenden, die sich durch die Wiese futterten. Das hätte er mir wirklich schon vorher erzählen können. Dann hätte ich mich besser darauf vorbereitet.

»Wir vertreiben sie.« Xeron sah mich ernst an und marschierte los. »Bleib hinter mir.«

Ich folgte ihm still, beobachtete die Geister aufmerksam, während wir uns ihnen näherten. Als wir nur noch etwa fünf Meter entfernt waren, erkannte ich, was an ihnen so schrecklich war. Ihre Augen leuchteten weiß, es fehlte eine Iris oder Pupille, stattdessen flackerten Bilder von weinenden, schreienden und schmerzverzerrten Gesichtern in ihnen auf. Als hätten sie die Erinnerungen an die Schrecken gespeichert, die sie den Menschen einjagten. Die Deutlichkeit, mit der ich diese winzigen Bilder wahrnehmen konnte, jagte eine Gänsehaut über meine Arme. In diesem Moment hätte ich auf die bessere Sicht der Krähen verzichten können.

Als sie uns bemerkten, zischte der eine und der Mund des anderen verwandelte sich in einen Schlund mit rasiermesserscharfen Zähnen. Ein Kreischen fegte über die Wiese, so schrill und laut, dass ich mich krümmte. Mein Herz raste, es dröhnte in meinen Ohren und ich klammerte mich an Xeron fest, der mit angespannten Schultern vor mir stand.

Er hatte nicht übertrieben, als er meinte, ich würde mir wünschen, nie einem Geist begegnet zu sein.

»Sie können uns nicht berühren«, flüsterte ich und rief es mir selbst in Erinnerung. Diese Information hatte mich beruhigt, als Xeron sie mir das erste Mal anvertraute. »Sie können uns nichts tun!«

»So ist es«, stimmte mir Xeron zu und hob die Arme.
»Pass gut auf!«

Eine Druckwelle fegte über die Wiese, löste fröhliches Gelächter um uns herum aus. Das Mädchen, das vorhin noch über seine Arme gerieben hatte, sprang auf, drehte sich im Kreis und quietschte vergnügt.

Xerons Energie erfüllte den Platz, verdrängte das Negative, das die Geister mit sich gebracht hatten.

Wieder zischte eins der Wesen, schwebte auf uns zu und ich wich zurück. Doch Xeron blieb an Ort und Stelle und ich spürte, wie seine Energie die Umgebung tränkte. Die Geister schwebten durch Xeron hindurch, schlugen nach ihm, doch sie konnten ihm nichts anhaben.

Trotz der Angst, die ich verspürte, löste diese Szene meine Sorgen. Ich grinste triumphierend.

»Zeig es ihnen, Xeron!«, rief ich mutiger und verschränkte die zitternden Arme vor der Brust. Mein Ruf zog jedoch die Aufmerksamkeit der Geister auf mich, die uns Krähen im Gegensatz zu den Menschen wahrnehmen konnten. Als sie in rasanter Geschwindigkeit auf mich zuflogen, wich ich stolpernd nach hinten aus. Xeron wirbelte zu uns herum und schleuderte uns seine Energie entgegen. Durch die Druckwelle taumelte ich weiter zurück. Die Geister streckten die Arme nach mir aus, erreichten mich mit ihren Fingerspitzen, doch die Berührung blieb aus. Ihre Hände glitten durch mich hindurch, lediglich die Kälte, die ich auch bei dem Jungen empfunden hatte, wallte durch meinen Körper.

Ich schluckte und musterte ihre furchtbaren Augen, in denen sich weiterhin die Schreckensbilder zeigten. Ein letzter Schrei hallte über die Wiese, dann begannen die Geister sich zu drehen, wirbelten schneller, bis sie verblassten und verschwanden.

Wie das Mädchen zuvor strich nun ich unbehaglich über meine Arme und versuchte, das Grauen zu vertreiben, das die Geister ausgelöst hatten.

»Es kommt immer öfter vor, dass die Geister die Zeitwelt besuchen. In den Visionen sah Chio unzählige Geister, verwundete Krähen und den Tod«, presste Xeron angespannt hervor, während er den Blick auf die Menschen richtete. Sie verhielten sich durch seine verbreitete Energie entspannter als zuvor.

Beklommen schweifte mein Blick über die Wiese. Doch die Geister blieben verschwunden. »Aber sie können uns nicht berühren«, sagte ich mehr zu mir selbst.

»Nein, das können sie nicht.«

»Glaubst du ...«, brachte ich hervor und wunderte mich, woher dann die verletzten Krähen in der Vision stammen sollten. Ein ungutes Gefühl setzte sich in meiner Brust fest. »Werden sich die Krähen gegenseitig bekämpfen? Oder woher kommen verletzte Krähen? Wie ist das möglich?«

»Ich weiß es nicht.« Er sah noch einen Moment auf die Stelle, an der sich die Geister aufgelöst hatten. »Aber diese Sorge kam mir auch schon.«

Ich schluckte und dachte über die vielen möglichen Bedeutungen nach, die hinter Chios Vision stecken konnten.

»Jetzt kümmern wir uns erst einmal um Chris. Vielleicht werden wir dann nicht erfahren müssen, was Chios Visionen vorhersagen.«

Zögernd nickte ich, konzentrierte mich wieder auf den Seherstein an meinem Armband. Es brauchte nur ein paar gemurmelte Worte und die Kraft der darin versiegelten Gabe erwachte.

Durch das Ritual sah ich Chris' Position. Er saß einige hundert Meter entfernt in einem Café.

»Wo müssen wir hin?«, erkundigte sich Xeron.

Ich deutete über den Platz. »Vorne rechts in einer Seitenstraße.«

Den restlichen Weg wäre ich gern schweigend gelaufen, doch Xeron ließ mir keine Verschnaufpause und nutzte jede Minute, um mich weiter auszubilden. Nicht einmal unsere Begegnung mit den Geistern war für ihn Ausrede genug, um mir einen Moment der Ruhe zu gönnen. Also ließ ich es über mich ergehen. Wenn er sich doch nur nicht so oft wiederholen und mich mehr auf das Unbekannte vorbereiten würde!

»Alles an uns besteht aus Energie.« *Einhunderteins.* Er legte eine Hand an seinen Brustkorb. »Wir imitieren die menschliche Form, die uns bekannt ist, doch es täuscht. Deine Kleidung geht daher nicht kaputt, wenn du dich verwandelst. Menschen können dich nicht sehen und geradewegs durch dich hindurchmarschieren. Oder wir können die Geister und ihre Negativität verdrängen und neutralisieren, damit sie sich zurückziehen.«

»Das heißt, ich könnte auch durch Wände gehen?« Ich betrachtete die Geschäfte und die Menschen, die sich in Stuttgarts Innenstadt tummelten. Dabei wich ich entgegenkommenden Personen aus, die mich nicht sehen konnten. Bevor erneut jemand durch mich hindurchrannte. »Sind wir wie die Geister?«

»Wir sind den Geistern nicht unähnlich. Wir gehören nicht in die Zeitwelt.« Xeron blieb an einem Schaufenster stehen. Es dauerte eine Sekunde, bevor ich erkannte, dass er sich nicht im Glas spiegelte. Ich trat neben ihn und auch mein Abbild fehlte. In Ankrov konnte ich mich in den Spiegeln sehen, aber nicht hier. *Weil ich nicht mehr hierhergehörte.*

»Aber da endet unsere Gemeinsamkeit schon. Die Geister sind verdammt, auf ewig zu sehen, was sie nicht haben können. Sie spüren nur das Schlechte, das sie auslösen und nicht das, wonach sie sich sehnen.«

»Und die Krähen?«

»Wir bestehen … aus mehr. Wir spüren Freundschaft, Glück und Liebe.« Während er über Gefühle sprach, trat in seine Augen eine Wärme, die mich wohlig einhüllte. Doch gleichzeitig weckte sie eine Traurigkeit in mir. Freundschaft, Glück, Liebe. Ich hatte alles gehabt und alles verloren. Und durch die Visionen musste ich die Momente mehr als einmal ertragen. Der Verlust, den ich tief in mir vergraben hatte, drängte sich an die Oberfläche. Ich biss die Zähne zusammen.

»Wir können uns verbinden – miteinander, aber auch mit den Menschen«, fuhr Xeron fort.

»Durch die Seelenverbindung?« Ich betrachtete meine Hände und war froh, dass er weitererzählte.

»Dieses Band wird durch das Schicksal geknüpft. Aber wir können auch anders auf die Menschen einwirken, ohne das Band. Das zeige ich dir alles mit der Zeit. Am wichtigsten für dich ist Folgendes: Über die Verbindung können wir Energie effektiv wirken. Auf diese Weise unterstützt du ihn.«

»Und so rette ich ihn? Ist das einfach? Ich meine, ihr helft den Menschen. Könnt ihr sie immer beschützen?«

»Nein, es ist nicht einfach.« Xeron schüttelte den Kopf und wir setzten uns wieder in Bewegung. Chris war nicht mehr fern.

Ich wartete, ob er noch etwas sagte, doch er beließ es dabei. *Nein.* Ich betrachtete Xerons Gesicht, er hatte die Augen zusammengekniffen und eine Falte entstand zwischen seinen Brauen.

Wie viele Schützlinge hatte er schon gehabt? Wie vielen konnte er helfen? Wie vielen nicht?

Ich wandte mich nach vorn und ließ das Thema ruhen. Die Krähen, die ich bisher getroffen hatte, nahmen ihre Aufgabe sehr ernst. Mitgefühl überkam mich – ich hätte Xeron gern eine Hand auf die Schulter gelegt. Es musste schwer sein, zuzusehen, wie man versagte. Und wie ich Chio verstanden hatte, war die Rettung des Schützlings der einzige Ausweg aus der Zwischenwelt. Denn nur dadurch konnten die Taten beglichen werden, die uns nach Ankrov geführt hatten. Es war wie eine zweite Chance.

Wir erreichten schweigend das Café und ich entdeckte Chris mit drei anderen Jungen aus meiner alten Schule. Es war zu früh für das Weizenbier, das vor ihnen stand und zu früh für die Menge, die die Gruppe offensichtlich schon intus hatte.

Sie grölten, lachten und einer schlug so hart auf den Tisch, dass die Gläser wackelten.

Als wir näherkamen, schnappte ich die ersten Gesprächsfetzen auf: Sie redeten über Karyn. Und das alles andere als nett oder anständig.

Mein Körper versteifte sich und ich griff Xeron am Arm, damit auch er stehen blieb.

»Sicher, dass ich ihm sofort helfen muss?«, presste ich zwischen zusammengebissenen Zähnen hervor und war der Wut hilflos ausgeliefert, die in mir wallte. »Für diese Sprüche könnte er ruhig etwas länger leiden.«

Xeron wandte mir den Blick zu und ich tauchte in das Grün seiner Frühlingsaugen ein. Doch diesmal beruhigte es mich nicht. Schade, dass ich Chris nicht berühren konnte, sonst hätte ich ihm nur zu gern eine Ohrfeige verpasst.

»Idioten.« Xeron zuckte mit den Schultern. »Jeder benimmt sich mal daneben. Chris macht viel durch, vermutlich war sein Mundwerk schneller als seine Gehirnzellen.«

Während Xeron ihn verteidigte, bewegte Chris die Hände in der Luft und malte die Kurven einer Frau nach. »Ich sag' euch«, lallte er und grapschte nach ihren imaginären Rundungen. »Ihre ...«

Ich krallte mich fester in den Stoff von Xerons Hemd und ballte die freie Hand zur Faust. »Bitte sag mir, dass ich ihm wehtun kann.«

»Das könntest du.« Er grinste, griff meinen Unterarm und entzog sich meiner Umklammerung. »Aber das würde nichts ändern. Hilf ihm, dann muss er sich nicht mehr so aufspielen, um seine Sorgen zu vergessen.«

»Als ob das etwas ändert! Sieh ihn dir an!« Ich deutete auf Chris, der mit seinem Schauspiel lautes Lachen von seinen Freunden erntete. Ein Gast am Nachbartisch zog genervt die Nase kraus, während ein anderer nur sprachlos den Kopf schüttelte. Ich konnte es ihnen nicht verübeln. Hoffentlich würde einer von ihnen den Jungs die Meinung sagen!

Xeron zuckte mit den Schultern. »Menschen machen dumme Dinge, wenn sie sich verletzlich fühlen.«

Ich ließ mich von Xeron auf die Jungs zuschieben. Seine Hände an meiner Taille fühlten sich heiß durch den Stoff meines Oberteils an und ein Schauer jagte über meinen Rücken. Mein Widerstand schmolz dahin und ich straffte die Schultern. Für Karyn!

Als wir den Tisch erreichten, drückte sich Chris an den Armlehnen seines Stuhls hoch und schwankte.

»Bin mal kurz ...« Er deutete mit der Hand auf das Café und taumelte los.

Xeron führte mich ihm hinterher und als ich erkannte, worauf Chris zusteuerte, stemmte ich die Beine in den Boden. Xeron prallte von hinten gegen mich und ich spürte seinen Körper an meinem. Nur eine Sekunde, dann wich er zurück.

Ich drehte mich um und betrachtete den Meter, den er zwischen uns gebracht hatte. »Ich gehe da definitiv nicht rein!« Mit der Hand deutete ich auf das WC-Schild hinter mir.

Xeron setzte sich auf einen Tisch, an dem ein Pärchen aß. Sie redeten unbeirrt weiter, sahen nicht den Kerl, der seinen Hintern halb auf ihren Tellern platziert hatte.

»Wenn er wieder herauskommt, zeige ich dir, wie du dich mit ihm verbinden und ihn beruhigen kannst. Wir bauen die Verbindung langsam auf, nähren sie mit Energie und erzeugen so einen Schutzschild.«

Ich nickte, gespannt auf meinen ersten Feldversuch und erleichtert, Chris nicht ans Pissoir begleiten zu müssen.

Nach wenigen Minuten öffnete sich die Klotür erneut, Xeron sprang vom Tisch und stellte sich Chris in den Weg.

Bevor Chris durch ihn hindurchlaufen konnte, hob Xeron die Hände und ich spürte das Pulsieren seiner Energie – wie eben noch den Geistern gegenüber. Chris verharrte, sein Blick schweifte in die Leere.

»Befrag deinen Lauscherstein«, forderte mich Xeron auf und ich gehorchte. Ich konzentrierte mich auf den blauen Stein an meinem Handgelenk und startete mit dem Ritual. Als Chris' Stimme zu uns drang, glaubte ich zuerst, mir die Worte einzubilden.

»Ich habe Angst«, flüsterte er. »Es verfolgt mich.«

Ich sah zu Xeron, der die Augenbrauen zusammenzog. Die Frage, ob er uns sah, verkniff ich mir dieses Mal. Das konnte nicht sein, aber was spürte Chris dann? Etwa die Geister, die wir im Park getroffen hatten? Waren sie wegen Chris gekommen?

»Meint er die Geister?«, fragte ich an Xeron gewandt.

»Vielleicht«, antwortete Xeron und bestätigte damit meine Vermutung.

»Keiner versteht mich«, flüsterte Chris' Stimme weiter, während der echte Chris nur dastand und den Boden anstarrte. »Ich vermisse Karyn. Ich will sie sehen, mit ihr reden.«

Ich stöhnte auf. »Wie soll ich ihn hassen, wenn er solche Sachen sagt?«

Doch Xeron sprang nicht auf meine Frage an. Stattdessen sah er sich im Raum um, als würde er nach weiteren Geistern Ausschau halten. »Lenke deine Energie auf ihn. Stell es dir vor wie eine Umarmung, die du aus der Energie von deiner Stirn zu ihm führst.«

Ich trat neben Xeron und konzentrierte mich auf den Energiefluss. Chris kippte gegen die Wand und seufzte erleichtert. Seine Stimme änderte sich. »Ich bin nicht allein, ich habe Karyn. Ich sollte sie anrufen.«

Es funktionierte!

»Ja, gute Idee«, stimmte ich ihm zu, obwohl ich nicht wusste, ob meine Worte etwas bewirken konnten. »Besser, als über ihre Brüste zu reden.«

Xeron grinste – von der Seite erkannte ich das Grübchen in seinem Augenwinkel. Woher die Narbe stammte, die ihm diese Besonderheit verlieh?

Während ich Xeron musterte, veränderte sich Chris' Stimme.

»Da ist es wieder. Es lässt mich nicht in Ruhe, bitte lass' mich in Ruhe.«

Xeron zog mich zur Seite und schob sich vor mich. Er spürte vermutlich dieselbe Anspannung in der Luft wie ich. Wie auf Stichwort tauchten Hände neben Chris aus der Wand auf, griffen nach seinen Schultern. Als Nächstes erkannte ich eine Nasenspitze, dann Wangen, ein Kinn, ehe das ganze Gesicht aus der Wand hervorkam.

»Ein Geist?«, hauchte ich fast atemlos und konnte nicht anders, als wieder die Bilder zu betrachten, die in seinen Augen flackerten. Unzählige Opfer, deren Qualen er sich einverleibt hatte, erkannte ich darin.

Der Mund des Geists bewegte sich, doch ich konnte keine Worte hören, das Wispern war zu leise. Chris' Stimme wimmerte und ich brach die Verbindung zum Lauscher ab.

»Drei in einer halben Stunde«, presste Xeron ungläubig hervor und er fixierte den Geist dort, wo er Chris berührte.

Sah es nur so aus oder hielt das Wesen ihn tatsächlich fest?

Der Geist schob sich an Chris vorbei, die Lippen nah an seinem Ohr, und trat so zwischen uns und meinen Schützling. Er hielt inne und drehte sich zu uns um, als hätte er uns erst jetzt bemerkt.

Seine Wangen waren eingefallen, das Haar kurz geschoren und die Haut blass, transparent. Er trug dennoch ein T-Shirt und eine Jeans, die sich mit dem Weiß seiner Erscheinung vermischten.

Anders als bei den beiden auf der Wiese baumelte eine Kette um den Hals dieses Geistes, die etwas dunkler schien.

»Etwas stimmt hier nicht«, raunte Xeron und bevor er reagieren konnte, schnellte die Hand des Geistes vor. Er packte Xeron an der Kehle, die Finger nicht mehr so transparent wie Sekunden zuvor. Sie waren ... hautfarben.

Xeron keuchte, vermutlich mehr aus Verwunderung als aus Schmerz.

Das war doch nicht möglich!

Während in mir Panik aufstieg, reagierte mein Körper wie von selbst. Als würde mich meine Gabe leiten. Mit einem Satz sprang ich hinter Xeron hervor und trat nach dem Geist, doch mein Fuß ging einfach mitten hindurch. Lediglich ein Kälteschauer durchdrang mein Bein, ohne dass mein Tritt etwas bewirkte.

Immerhin gewann ich so die Aufmerksamkeit des Geistes. Xeron packte die Hand an seiner Kehle und verdrehte sie, um sich zu befreien.

»Ich ...«, keuchte er und sah auf den Unterarm zwischen seinen Fingern. Der Schock stand ihm so deutlich im Gesicht, dass das Ausmaß dieses Augenblicks über mir zusammenbrach. Geister dürften uns nicht berühren können. Dieser hatte Xeron gewürgt und er konnte das Wesen ebenfalls anfassen.

»Wie?«, stieß ich hervor und meine Stimme klang schrill.

Die Hand in Xerons Griff wurde blasser und seine Finger glitten hindurch. Bevor er reagierte, traf ihn ein Faustschlag im Gesicht. Xeron taumelte einen Schritt zurück, berührte seine Wange, die aufgeplatzt war und blutete. Ein Tropfen rollte hinab und als er Xerons Haut verließ, verpuffte er als Energie in der Luft. So wie es auch bei unserem Schweiß war.

Nur handelte es sich hier um Blut. Eine Verletzung durch einen Geist.

Bevor das Wesen erneut angreifen konnte, schlang Xeron mir einen Arm um die Taille und zog mich einige Meter zurück. Er ließ mich los. Zusammen rannten wir hinaus, verwandelten uns und jagten in den Himmel.

Das Gefühl, dass uns die Kontrolle entglitt, begleitete mich.

10. Kapitel

In der Krähengestalt griff Xeron nach meiner Hand, fegte mit irrsinnigem Tempo auf den Dimensionsriss zu und brachte mich zurück in die Zwischenwelt.

Wir erreichten den Start- und Landeplatz in Ankrov. Xeron war schneller zurück in seiner menschlichen Form als ich.

Seine Wange leuchtete rot und verkrustetes Blut klebte an der Stelle, an der die Haut aufgeplatzt war.

»Was war das eben? Warum konnte dich der Geist verletzen?«

»Ich weiß es nicht«, keuchte Xeron. Er eilte vom Platz und ich hatte Mühe, ihm zu folgen. Die erste Krähe, der wir begegneten, wurde von Xeron aufgehalten. Er stellte sich dem Mann in den Weg und presste hervor: »Wo ist Marxem?«

Die Augen des Mannes wanderten über Xerons Gesicht. Etwas lag in seinem Blick, das ich nicht deuten konnte. »Die Ajiva sind in der Versammlungshalle. Es ist ...« Der Mann wandte den Blick ab, wirkte gehetzt, bleich. Was war hier los?

Doch Xeron wartete nicht ab, er sprintete los und ich rannte hinterher.

»Xeron«, keuchte ich, erhielt aber keine Reaktion. Minutenlang folgte ich ihm in irrsinnigem Tempo durch Ankrov. Durch Gänge und an Türen vorbei, die für mich alle gleich aussahen.

»Xeron!«, sagte ich drängender. Wir passierten die Kantine und ich fand meine Orientierung wieder. Doch Xeron dachte nicht daran, langsamer zu werden. Erst als wir einen breiteren Gang erreichten, der an einer Flügeltür endete, bremste er. Ohne anzuklopfen, drückte Xeron schweratmend die Klinke hinunter und stürmte hinein.

Wir eilten einige Schritte in den Raum, der eine Versammlungshalle sein musste. Sternförmig führten Gänge an Sitzreihen vorbei in die Mitte des Raums, in der Marxem auf einem kleinen Platz gestikulierte, bevor er aufgrund der Störung stoppte.

Stühle waren im Kreis aufgestellt, auf denen mehrere hunderte Personen Platz finden konnten. Jetzt jedoch waren viele unbesetzt, nur etwa dreißig Personen saßen in den vordersten Reihen und sahen zu Marxem, der diese Versammlung offensichtlich leitete. Xeron hielt erst in der Mitte des Raums an, direkt vor dem Ajiva.

Ich konnte mich bremsen, ging langsam vor bis zur ersten Reihe und wartete im Gang auf das, was nun passierte. Alle Augen richteten sich auf Xeron und ich trat unruhig von einem Fuß auf den anderen, während ich die Arme in die Seite stemmte und Luft in meine Lungen zog.

Marxem musterte Xeron eindringlich. »Es ist kein guter Zeitpunkt.«

»Es ist wichtig«, hauchte Xeron atemlos. Er deutete auf die Platzwunde in seinem Gesicht.

»Das hier ist auch wichtig.« Marxems Stimme wurde ungeduldig.

»Das war ein Geist.« Xerons zeigte weiterhin mit dem Finger auf seine Wange. »Ein Geist, Marxem! Er hat mich geschlagen!«

Ein Raunen ging durch die Reihen und ich presste zitternd die Lippen aufeinander. Dass die Geister uns nicht berühren konnten, war das Einzige, das meine Angst vor ihnen geschmälert hatte.

»Xeron.« Marxem knetete seine Hände.

»Er konnte mich berühren. Und ich ihn.«

»Ich weiß«, raunte Marxem. Seine Stimme brach. Mein Herz blieb stehen.

»Du weißt es?«

Marxem schüttelte den Kopf. »Deshalb sind wir hier.« Er breitete die Arme aus und wies auf die Versammlung. »Ein Geist hat Ruben getötet.«

***

Xeron saß auf seinem Bett und starrte auf den Boden, ohne etwas zu sagen. Ich wollte ihn direkt nach Marxems Enthüllung in sein Zimmer führen, doch Xeron war mir wieder ausgewichen. Über eine halbe Stunde irrte er durch Ankrov und ich hinter ihm her – wie ein Schatten, den er nicht beachtete.

Warum hatte ich ihn nicht alleingelassen? Warum war ich immer noch hier?

»Xeron«, sprach ich leise. Ich ging vor ihm in die Hocke und versuchte, in sein Gesicht zu sehen.

Er wandte den Kopf ab.

»Kanntest du Ruben?«

Keine Antwort.

»War er ein Freund?«

Xeron atmete tief ein und lehnte sich zurück. Er rutschte von mir weg und zog die Füße zum Schneidersitz an. Damit brachte er noch mehr Distanz zwischen uns. »Das ist es nicht. Ich kannte ihn kaum.«

»Was ist es dann?«

Er zeigte wieder auf sein Gesicht, das immer noch lädiert aussah. Getrocknetes Blut klebte an seiner Wange und zeigte die Verletzung in seinem Energiefeld. Das Blut und die Wunde imitierten ein bekanntes Bild, das uns daran erinnerte, dass wir einmal Menschen gewesen waren.

Ich stand auf, ging ins Badezimmer und ließ etwas Wasser über die Spitze eines Handtuchs laufen. Keine Ahnung, ob das seiner Verletzung half, aber anders wusste ich mich nicht zu beschäftigen. Das Duschen nach dem Training belebte mich, also musste das Wasser hier doch auch irgendetwas mit Wunden anstellen. Bevor ich zurückging, atmete ich tief ein und verdrängte die Anspannung, die die Geister in mir auslösten. Xeron saß immer noch auf dem Bett und betrachtete mich interessiert, als ich zurück in sein Zimmer trat.

»Lenna«, raunte er mit kratziger Stimme. Er streckte die Hand aus, damit ich ihm das Tuch reichte. Doch ich schüttelte den Kopf, setzte mich zu ihm und hob das feuchte Tuch.

Wieder wich er mir aus.

»Stell dich nicht so an.« Ich griff sein Kinn und hörte, wie er die Luft scharf einzog. Einige Sekunden war ich in seinem Blick gefangen, der so intensiv und unerklärlich war.

Ich tupfte seine Wange ab – mit jeder Sekunde wurde die Wunde heller und das Blut verschwand. Xeron entspannte sich nur langsam unter meinem Griff. Was war nur mit ihm los?

»Ist es wegen der Geister?«, fragte ich, um ihn zum Reden zu animieren.

»Sie konnten uns nie berühren.« Er schüttelte den Kopf, soweit es in meinem Griff möglich war. »Nie.«

Ich schwieg einen Moment. Erinnerungen an meinen ersten Tag schoben sich in den Vordergrund – sowie Bedenken, ob sich die Krähen gegenseitig verletzen würden. »Du meintest, wir müssen kämpfen.«

»Das sagen die Visionen. Aber ich hätte nie damit gerechnet, dass mich ein Geist jemals schlägt.« Seine Stimme brach.

»Was passiert mit den Krähen, wenn sie sterben?«, fragte ich stattdessen.

Xeron zuckte mit den Schultern. Ich ließ das Tuch sinken, immerhin war seine Wange nun frei von getrocknetem Blut. Die Platzwunde hatte sich noch nicht geschlossen. Doch die Verletzung heilte schneller, als es bei Menschen möglich gewesen wäre. Ein Vorteil, wenn man nur aus Energie bestand und lediglich das Menschsein imitierte.

»Es ist ein verdammtes Glückspiel.« Er rutschte ein Stück von mir weg und ballte die Hände in seinem Schoß zu Fäusten. »Reinkarnation, Nirwana ...« Er schluckte. »Endwelt.«

»Was bestimmt, wo Ruben landet?«

Ich ließ den Namen auf meiner Zunge zergehen, versuchte, mir ein Gesicht vorzustellen. Eine Geschichte, einen Menschen. Doch es blieb ein Name, der für ein unglaubliches Ereignis stand.

Der erste Mord eines Geistes an einer Krähe.

»Keine Ahnung.« Xeron zuckte mit den Schultern. »Ich weiß nicht, was Ruben hier alles vollbracht hat. Das Ziel nach dem Tod als Krähe hängt von unseren Taten in Ankrov ab. Alles fließt in unser Karma, auch wenn wir hier für eine Aufgabe sind.«

»Für die Rettung der Menschen?«

»Für einen Ausgleich.« Xerons Augen nahmen mich gefangen. »Für uns war es noch nicht an der Zeit, zu sterben.«

»Daher sind wir hier? Für Wiedergutmachung?«

Ich streckte den Rücken durch und wandte den Blick ab. Mein Leben verlief anders, als ich es mir vorgestellt hatte. Ich wollte wegrennen, allein sein.

Und nun fand ich mich in einem Krieg wieder, der ungeahnte Formen annahm. In einem Krieg, der einzigartig war. Neu.

Ein Krieg zwischen Krähen und Geistern. Zwischen Beschützern und Unantastbaren.

11. Kapitel

Sieben Jahre zuvor

Ihr toter Körper sackte zur Erde, doch ihre Seele trat heraus, neblig und weiß. Sie betrachtete ihre durchscheinenden Hände, bevor sie ihn neben sich bemerkte. Ihr Kopf schnellte herum, während er seine Krähengestalt verließ und vor ihr seine menschliche Form annahm.

»Bist du schon die ganze Zeit hier?«, hauchte sie.

»Ja.«

»Ich habe dich davor nicht gesehen.«

»Das konntest du auch nicht. Als Mensch.«

Sie betrachtete den leblosen Körper, in dem ihre weißen Füße endeten. Sie trug noch das Sommerkleid, das sie in dieser Nacht angehabt hatte, doch der farbenfrohe Stoff war verblasst und umspielte weiß ihren Körper. »Ich bin tot.«

»Ja.«

»Was passiert jetzt?«

»Erinnerst du dich an gar nichts?«

Sie schaute ihn mit großen Augen an und wiegte den Kopf. Ihr Haar wehte in weißen Schlieren um ihre Schultern. Das atemberaubende Rot ihrer Locken war verschwunden.

»An was soll ich mich erinnern? Bin ich ein Geist?«

»Du hast die Endwelt betreten.« Er kam näher an sie heran, öffnete seine Finger und zeigte ihr den Stein, der darin lag. »Hier ist alles, was du brauchst.«

Ihre Augen schweiften von ihm zu ihrer Hand, die sie ausstreckte, als würde sie ihre Fingernägel prüfen. »Wie soll ich damit etwas greifen?« Ihr Blick huschte zu ihren Füßen, die sich halb transparent mit ihrer leblosen Statur vermischten. Sie konnte den Körper spüren, als wäre er aus Wasser und sie würde lediglich in einer Pfütze stehen. Trotzdem traute sie sich nicht, sich zu bewegen und deutete stattdessen darauf. »Ich stehe in meiner eigenen Leiche.«

»Du kannst es. Und das wird alles verändern.« Er streckte ihr die Hand ein Stück näher entgegen.

Sie schaute auf ihre Füße, als sie einen Schritt nach vorn setzte. Wacklig trat sie auf den Asphalt und näher an den Mann heran.

»Und was ist das?« Sie beugte sich über seine Hand.

»Liebe, Vergangenheit. Und wenn du es wünschst, unsere Zukunft.« Er hatte so lange auf diesen Moment gewartet.

Sie beäugte ihn mit einem letzten Blick, bevor sie neugierig nach dem Talisman griff. Ihre Finger materialisierten sich, als sie auf die kühle Oberfläche trafen und ihre Haut leuchtete auf. *Saira.* Der Name, der zählte, war Saira. Sie hatte unzählige Namen gehabt. Unzählige Leben gelebt und war wieder und wieder gestorben. Sie hatte ihn verlassen – wegen einer Gabe. Eine Gabe?

Mit den Erinnerungen, die im Stein gefangen waren, tauchte ein weiterer Name auf. *Christian.*

Sie betrachtete den Stein eine Sekunde, ehe er in ihrer Hand zu flackern begann. Schwarze und blaue Funken tanzten über ihre Haut, füllten ihre geisterhafte Gestalt mit Licht. Sie sackte zusammen und er fing sie auf. Wo seine Hände sie berührten, formte sich ein fester Körper.

»Ich ...« Sie hob den Blick zu ihm. Weitere Erinnerungen durchströmten sie, erfüllten ihre Gedanken, ihr Herz. Es hörte gar nicht mehr auf. Sie sah ihn, sich selbst und viele Jahrhunderte, die an ihnen vorbeistrichen.

»Am Anfang ... Du bist es. Du warst all die Jahre da. All die Leben!« Sie betrachtete den attraktiven Mann, der vor ihr stand. Noch Jahrhunderte, nachdem sie ihn verlassen hatte. Er sah genauso aus wie damals.

Er nickte. »Und jetzt können wir wieder vereint sein.«

Sie öffnete die Lippen, musterte seine Berührungen, die ihrem Körper Form verliehen.

»Ich war eine Lauscherin«, hauchte sie und mit der Erkenntnis bebte ihr Körper. Das war ihre Gabe gewesen.

Sie rutschte in seinen Armen zu Boden und presste die Hände auf die Ohren, als die Stimmen zurückkehrten. Das Leid, die Sehnsüchte und Schmerzen. »Die Stimmen!«

Irritiert blickte er zu ihr hinab. Diese Reaktion hatte er nicht vorhergesehen. Das hatte er nicht geplant. Konnte der Stein ihre Gabe auch in der Endwelt aktivieren? War das möglich?

»Das sind nur Erinnerungen. Sie werden vergehen.«

»Nein.« Mit großen Augen schaute sie zu ihm empor. »Es ist anders. Dieses Mal höre ich nicht die Menschen.

Ich höre meinesgleichen! Die Geister in Not. Ich höre sie leiden.«

Er ging neben ihr in die Hocke, griff ihre Schultern und sah ihr ins Gesicht. Er konnte sie nicht wieder wegen dieser Stimmen verlieren, nicht wieder leiden lassen.

»Ich werde dir helfen. Wir werden alle Geister retten, wenn es notwendig ist! Ich schenke ihnen Steine. Liebe, Hoffnung, Freundschaft, sogar Macht, wenn sie sich danach verzehren.«

Sie nickte schwach. »Das würdest du für mich machen?«

Er hatte Jahrhunderte auf diesen Moment gewartet. Nichts würde ihm Saira wieder wegnehmen. »Alles, was nötig ist!« Er zog sie auf die Beine, berührte ihre Haare, die ein leuchtendes Rot unter seinen Fingern annahmen. Das Rot, das er so geliebt hatte. Das seit all den Jahrhunderten unvergleichlich war. Egal wie oft sie wiedergeboren wurde. Immer und immer wieder, in jedem Leben waren ihre Haare rot gewesen.

»Und jetzt, Liebste, zeige mir den Weg in die Endwelt.«

12. Kapitel

Das Herz raste in meiner Brust und machte einem Presslufthammer Konkurrenz. Vor mir befand sich die verschlossene Tür von Chios Büro. Mein erstes Sehertraining stand an und seit Jahren hegte ich wieder Hoffnungen auf Normalität. Soweit das als Gestaltwandlerin in einer Zwischenwelt möglich war.

Konnte ich meine Visionen in den Griff kriegen?

Würde ich sie verhindern können?

Ich hob die Hand und zögerte. Es war ein großer Schritt, der vor mir lag. Und ich hatte tierische Angst, zu versagen.

Schnell warf ich einen Blick nach links und rechts und vergewisserte mich, dass Xeron nicht mehr da war und mich beobachtete. Er hatte mich hergeführt, da ich mich noch nicht allein in Ankrov zurechtfand. Vermutlich hätte ich mich dreimal verlaufen, bevor ich Chios Büro wiedergefunden hätte. Wenigstens war Xeron für seine Verhältnisse ernst und verständnisvoll gewesen und hatte sich sogar ein paar Informationen über die Verbindung von Schützling und Krähe entlocken lassen. Zum Beispiel, dass es Grenzen gab, die wir Krähen nicht überschreiten durften. Dazu zählte das Lenken des Schützlings. Unter hohem Energieaufwand konnte er zwar von der Krähe bewegt und so ein möglicher Unfall verhindert werden, doch der Eingriff war riskant, führte manchmal zum Tod der Krähe oder zu noch schlimmeren Auswirkungen für den Schützling. Deshalb war das eins der größten Tabus.

Stattdessen gab es andere Möglichkeiten. Den Energiefluss über das Band einzusetzen oder den Schutzschild, den Xeron schon erwähnt hatte. Aber auch Bilder konnten dem Schützling übermittelt und so seine Gedanken beeinflusst werden. Das funktionierte zwar nur vage, klang für mich aber wie eine abgeschwächte Version des Lenkens.

Die wirkungsvollste, aber eine der schwierigsten Methoden war der Hoffnungsschimmer, der im Schützling gepflanzt werden konnte. Er erforderte viel Energie, keimte aber selbstständig in der Seele des Menschen weiter und gab ihm neuen Mut.

Ich seufzte und betrachtete die verschlossene Tür vor mir. Die Theorieeinheit hatte mir den gemeinsamen Spaziergang mit Xeron hierher erleichtert, doch sie nahm mir meine bevorstehende Aufgabe nicht ab. Die Last, meinen Visionen gegenüberzutreten, musste ich allein tragen. Xeron hatte sich ziemlich knapp verabschiedet und gab mir das Gefühl, dass er meine Anspannung verstand.

Doch konnte er ahnen, was wirklich in mir vorging? Begriff er nur ansatzweise, welche Emotionen turbulent in mir miteinander rangen?

Angst und Hoffnung.

Es war ein Gefühlscocktail, der mich viele Jahre begleitet hatte, bis die Visionen selbst den letzten Funken Hoffnung ausgelöscht hatten und nur noch Resignation zurückblieb.

Ich spannte die Schultern an und hob die Hand, doch ich brachte kein Klopfen zustande.

Würde ich wieder versagen? So wie die Jahre, in denen ich gegen die Visionen gekämpft und verloren hatte?

»Wie lange willst du, dass ich warte?«, ertönte Chios Stimme von innen und ich fühlte mich ertappt.

Also öffnete ich die Tür. »Ich habe einen Moment gebraucht«, murmelte ich und setzte mich auf den freien Stuhl. Zwischen uns lag die breite Tischplatte, die eine ungewollte Berührung verhindern sollte.

»Löst jeder körperliche Kontakt eines Sehers eine Vision aus?«, platzte ich heraus.

Chio betrachtete mich eine Sekunde lang, als versuchte sie zu verstehen, was wirklich in mir vorging. »Ja«, bestätigte sie kurz und knapp.

Ich sank auf meinem Stuhl zusammen. Würde ich also in Ankrov versehentlich eine Krähe mit Sehergabe berühren, würde mich das geradewegs in eine Vision katapultieren. Na super.

Ich verschränkte die Finger und schmollte. Die Konfrontation mit meinen sonst tief in mir vergrabenen Gefühlen löste eine Trotzreaktion aus, die ich nicht verhindern konnte. Obwohl ich genau begriff, warum ich so handelte, änderte es nichts. Wut und Gleichgültigkeit versuchten, sich vor meine Angst zu schieben. Ich schluckte den Ärger hinunter und senkte den Blick auf meine verknoteten Finger. Warum fiel es mir so schwer, Schwäche zuzulassen?

»Das ist unser Fluch«, sagte Chio und holte mich aus meinen Gedanken. »Als Seher haben wir großen Einfluss auf die Gegenwart und Zukunft. Als Ausgleich stehen wir selbst wie Statisten neben unserem eigenen Leben.«

»Gibt es keine Ausnahmen?«, fragte ich und war dankbar für die Ablenkung.

Chio wiegte den Kopf. »Doch, die gibt es. Unter Sehern verursacht eine Berührung nicht immer eine Vision. Die Berührung mit der Gabe ist für uns nichts Besonderes, daher reagiert der Körper anders. Nur starke Visionen drängen sich bei Kontakt auch bei Sehern an die Oberfläche. Trotzdem führt es dazu, dass wir uns abschotten. Wie es bei dir ist, weiß ich nicht. Dein Brandmal könnte die Wirkung bei dir verändern. Aber das ist etwas, das wir erforschen müssen.«

Ich schluckte schwer. Sie wollte mich anfassen, um zu testen, ob es mich in Visionen warf?

»Die Berührung zieht doch Energie aus dem Gegenüber«, warf ich mein bereits gelerntes Wissen ein. »Ist das nicht gefährlich?«

»Wir werden vorsichtig vorgehen, da ich nicht weiß, ob es eine dauerhafte Wirkung auf dein Brandmal haben könnte. Außerdem werde ich externe Energiequellen verwenden. Du musst keine Angst haben.« Sie lächelte zuversichtlich und ich war mir sicher, dass Chio fähig genug war, um mich zu schützen. Die Vorstellung, so an meinen Visionen zu arbeiten, verursachte mir dennoch Übelkeit.

»Was meinst du mit *dauerhafte Wirkung*?« Ich zitterte und betrachtete Chio wachsam.

»Die Berührung mit einem Seher hat dir eine Gabe aufgezwungen, die nicht zu dir gehört. Ich weiß nicht, ob eine weitere Berührung das Brandmal nähren würde. Solange wir noch nicht viel über deine Situation wissen, sollten wir alle Möglichkeiten in Betracht ziehen und unser Training genau beobachten.«

Das Zimmer drehte sich und ich sank tiefer in meinem Stuhl. »Ich will das nicht«, presste ich leise hervor. »Ich will nicht, dass die Visionen schlimmer werden.«

Chio schüttelte den Kopf – noch nie war diese Bewegung so befreiend gewesen. »Keine Angst, Lenna. Wir fangen langsam an und sind vorsichtig. Zuerst suchen wir nach dem Brandmal. Es muss deinen Energiefluss stören. Vielleicht finden wir das Zentrum, in dem sich die fremde Gabe eingenistet hat.« Sie wedelte mit der Hand. »Steh auf«, bat sie und erhob sich.

Ich folgte ihrer Bitte und klammerte mich an der Tischplatte fest, um Halt zu finden. Blut rauschte durch meine Adern und die Aufregung machte mich plötzlich ganz wach. Es würde sich nun zeigen, ob Chio mir helfen konnte. Ich hoffte es inständig. Ihre Warnung, dass mein Brandmal noch unerforscht war, blieb mir aber deutlich im Gedächtnis.

In der nächsten Stunde versuchten wir, das Zentrum der fremden Gabe zu finden. Ich verwandelte mich dreimal in meine Krähenform und zurück und durchlitt den schwächer werdenden Schmerz der Transformation. Das war aber auch der einzige Erfolg an diesem Unterricht.

Das Zentrum meines Brandmals blieb versteckt. Chio befürchtete, dass es sich schon zu stark in mir verwoben hatte und daher nicht von meiner normalen Gabe zu unterscheiden war.

Es war mir egal, wie sie es begründete, für mich hieß das nur eins: Misserfolg. Noch immer hatte ich keine Kontrolle über meine Visionen und ich wusste nicht, ob sich das jemals ändern würde.

Chio blieb zuversichtlich. »Das war nur der erste Tag«, versicherte sie mir, als ich zur Tür trat. »Das nächste Mal versuchen wir etwas anderes.«

»Hm«, brummte ich und senkte den Blick. »Danke und bis dann«, murmelte ich und verließ das Zimmer. Xeron erwartete mich draußen und betrachtete mich interessiert. Er suchte in meinem Gesicht nach einem Zeichen, wie es gelaufen war. Ich wandte mich ab.

Wortlos führte er mich zurück. Durch eine Stadt, die in einer parallelen Welt existierte. Wo ich neu begann und wie eine Kampfmaschine trainierte.

Warum fühlte es sich dann so an, als würde ich auf der Stelle treten?

13. Kapitel

Frustriert zog ich mir das Hemd über den Kopf. Nichts konnte mich aufmuntern. Nicht das bevorstehende Training und auch nicht die Tatsache, dass ich Chris gestern und vorgestern zusammen mit Xeron ohne erneute Zwischenfälle besucht und einiges über die Bindung zu meinem Schützling gelernt hatte.

In Bezug auf mein Brandmal machte ich keine Fortschritte! Nichts, nada. Bereits das zweite Mal seit meiner Ankunft in Ankrov war ich bei Chio gewesen, doch sie hatte noch keinen Ansatz gefunden, wie ich meine Visionen kontrollieren konnte. Heute hatte sie mich aufgefordert, mit Ritualen auf das Brandmal zuzugreifen, als wäre es meine Gabe. Außer Kopfschmerzen hatte ich nichts von diesem Treffen mitgebracht. Keine einzige neue Erkenntnis. Wir wussten daher, dass sich das Mal mit meiner Gabe vermischt hatte und unauffindbar war.

Es war zum Verrücktwerden.

Das Klopfen an meiner Tür klang fordernd. Ohne meine Antwort abzuwarten, trat Xeron ein.

Ich stand in meiner Kampfmontur bereit, doch ich öffnete empört den Mund. »Schon mal etwas von Privatsphäre gehört?«, meckerte ich.

»Du hast nichts zu bieten, was ich nicht schon gesehen hätte.« Nach dem Schock über Rubens Tod hatte

Xeron nur langsam zu seinen blöden Sprüchen zurückgefunden. Ganz war der Schatten in seinem Gesicht jedoch nicht verschwunden.

Ich boxte ihm mit voller Kraft gegen die Schulter, doch mehr als ein paar Zentimeter trieb ich ihn damit nicht zurück.

»Ich habe sehr wohl etwas zu bieten.«

Er trat einen Schritt an mich heran, so dicht, wie er sich mir manchmal in den letzten Tagen genähert hatte. Etwas zwischen uns war anders, seit ich ihn in seinem Zimmer verarztet hatte. Er mied Körperkontakt nicht mehr so offensichtlich wie am Anfang. Vermutlich hatte er eingesehen, dass mein Brandmal nicht ansteckend war. Doch so schnell wie diese intimen Momente kamen, verschwanden sie auch wieder. Dieser Angsthase.

Manchmal glaubte ich, mir seine Nähe nur einzubilden. Doch jetzt machte er keine Anstalten, sich zurückzuziehen. Er hob die Hand und griff eine meiner Haarsträhnen. Mir blieb die Luft weg.

»Du kannst es mir gern zeigen, wenn du dich traust.« Seine Augen wanderten an meinem Körper hinab und hinterließen prickelnde Wärme auf meiner Haut. Mit hochgezogener Augenbraue verschränkte ich die Arme vor der Brust.

»Dieser Anblick würde dich für deine zukünftigen Liebschaften verderben«, säuselte ich und ging an ihm vorbei. Ihn mit meiner Schulter anzurempeln, ließ ich mir dabei nicht entgehen.

Ich hörte sein glucksendes Lachen, das meinen Nacken kribbeln ließ, doch ich drehte mich nicht um. Auf dem Weg zur Trainingshalle holte er mich nach wenigen Schritten ein.

»Wann wirst du Chris besuchen?«

Ich spannte die Schultern an und hoffte, dass er meine Unsicherheit nicht bemerkte. Denn dieses Mal wollte Xeron, dass ich allein ging. Er hatte seinen eigenen Schützling, den er für mein Training vernachlässigt hatte. Alles an diesem Leben war neu für mich. Und seit Rubens Tod brodelte eine Anspannung in den Krähen, die auch mich ansteckte.

»Würdest du …«, begann ich, doch die Worte blieben mir im Hals stecken. Es kostete mich große Überwindung, ihn zu bitten, mich zu begleiten. Verdammt, damit würde er mich ewig aufziehen!

»Ja«, säuselte Xeron mit zuckersüßer Stimme. Er schob sich vor mich und brachte mich zum Stehen. Seine Nähe war dennoch verhaltener als vorhin in meinem Zimmer. Etwa ein halber Meter trennte uns und als ich näher an ihn herantrat, wich er geschmeidig zurück. Ein enttäuschter Stich traf mich.

»Was hättest du denn gern?« Sein Grübchen zeigte sich. »Oder hast du es dir anders überlegt?«

Ich verdrehte die Augen, zog meine inneren Mauern hoch. Diese Genugtuung würde ich ihm nicht verschaffen. »Nein, danke.« Die Frage, die ich ihm eigentlich stellen wollte, schluckte ich hinunter. Lieber würde ich einen Besen fressen, als Xeron um Hilfe zu bitten.

Und wenn nochmal ein Geist auftauchte? Niemals war ich so taff, wie ich mich benahm. Doch mein Ego siegte, überzeugte mich davon, dass ich lieber einen Kampf riskieren würde, als Xeron Sticheleien nach dem Ausflug zu ertragen.

»Ich werde heute zu Chris gehen«, antwortete ich schnippisch. »Falls es dich interessiert und dein Kopf nicht vor lauter Schweinkram überläuft.« Ich zuckte mit den Schultern und überholte ihn.

»Ich würde doch nie an etwas Anzügliches denken«, keuchte Xeron gespielt empört.

»Niemals«, stimmte ich ihm sarkastisch zu. »Aber ich bin lieber mit Chris allein heute Nacht.« Ohne eine weitere Antwort abzuwarten, erreichte ich die Schlucht und stürmte die Treppen hinab. Ich ging in die erste Halle, in der wir immer trainierten.

Mein Blick huschte über die verschiedenen Grüppchen auf dem Trainingsplatz. Ich erkannte Tamira, die bei Ferlen stand, und obwohl mich seine Anwesenheit sofort nervös machte, steuerte ich auf die beiden zu.

»Tami«, rief ich den Namen, den sie von mir hören wollte. »Trainieren wir?«

Ihre Augen glitten nur langsam von Ferlen zu mir. Ihr Interesse an ihm war nicht zu übersehen und auch nicht der Fakt, dass ich sie gerade störte.

»Ich dachte, wir trainieren?« Xeron. Er war wieder da. »Mit dem Schwert?«, fügte er hinzu und es klang wie eine Frage.

»Wir haben uns doch schon einmal gesehen«, sagte Ferlen und musterte mich mit seinen hellgrauen Augen. »Lenna, nicht wahr?«

Ich nickte, grinste dümmlich und deutete dann mit einer genervten Handbewegung auf Xeron. »Ich brauche Rettung.«

Ferlen lachte und der Klang hallte in meinem Brustkorb wider. »Ich würde mich ja anbieten.« Seine Stimme wurde leiser, er trat einen Schritt auf mich zu.

»Aber ich stelle mich nur ungern zwischen einen Mentor und seine Schülerin.«

In meinem Bauch wurde es warm und ich schnaubte lachend. »Sondergenehmigung erteilt. Ich würde gern zur Abwechslung mal etwas lernen.«

Xeron schnappte nach Luft. »Kannst du das fassen, Tami? Sie zweifelt an meinen Fähigkeiten!«

»Nein, kann ich nicht«, presste Tamira hervor und ich merkte, dass ihre Geduld erschöpft war.

Die Sehnsucht, mit der sie Ferlen betrachtete, ließ mich zurückzucken. Verschwunden war die fröhliche Tamira, die sich engagiert am Training beteiligte. Stattdessen wirkte sie verbittert und unsicher. Ich war zu weit gegangen und hatte sie und ihre Gefühle völlig ignoriert. Schuldbewusst biss ich mir auf die Unterlippe. »Aber vielleicht hast du recht«, meinte ich und lachte nicht mehr ganz so entspannt. Im Gehen griff ich Xeron am Ellbogen und schleifte ihn durch die Halle.

»Wie komme ich zu der Ehre?«

»Halt die Klappe.« Meine Augen schweiften zurück zu Tamira, die Ferlen wieder in Beschlag nahm. »Wolltest du nicht mit dem Schwert kämpfen?«

»Nimm es ihr nicht übel«, antwortete er stattdessen. Ich sah ihn an und brauchte eine Sekunde, um zu begreifen, dass er von Tamira sprach. »Sie ist schon so lange hinter ihm her.«

»Macht es das nicht umso schlimmer? Vielleicht sollte sie loslassen?«

»Und warum? Damit du ihn haben kannst?«

Hitze schoss in meine Wangen, bevor ich meine Beherrschung wiederfand. Ja, Ferlen war attraktiv und die oberflächliche Reaktion meines Körpers konnte ich nicht leugnen. Aber bei ihm fehlte das atemberaubende Kribbeln, das einen durchströmte und schwerelos machte. Außerdem stand mir nach einer Liebschaft nun wirklich nicht der Kopf.

Und dann gab es da noch einen gewissen Mentor, der Ferlen in nichts nachstand ...

Aber das musste Xeron nicht wissen. Diese Gelegenheit, ihn aufzuziehen, ließ ich mir nicht nehmen. Ich näherte mich ihm. »Unbedingt, ich denke an nichts anderes als an Ferlens muskulöse Brust«, hauchte ich und beobachtete dabei sein Gesicht. Das Grün seiner Augen wurde dunkler und er kräuselte die Nase.

»Dann halte dich lieber ran, du hast viele Konkurrentinnen«, antwortete er rau, eine Spur abweisend.

Ich grinste und streckte ihm die Zunge raus. Doch Xeron holte schweigend zwei Schwerter und konzentrierte sich die nächsten Stunden ausschließlich auf unser Training.

***

Ich stand auf dem Startplatz und legte den Kopf in den Nacken, um das hohe Gewölbe über mir zu betrachten. Hart schluckte ich gegen die Nervosität an, die mich ergriff. In unregelmäßigen Abständen passierten mich Krähen, die zu ihrem Schützling eilten oder von dort zurückkehrten.

Ich war allein. Wartete auf niemanden, konnte mich aber auch nicht aufraffen, loszugehen. Das trotzige Gefühl in meinem Magen war abgeflacht, doch ich hatte Xeron nicht um seine Hilfe gebeten, mich zu Chris zu begleiten. Wie dumm ich doch war.

Ob ich ihn suchen gehen sollte?

Manchmal erschöpften mich diese ständigen Neckereien, wenn er mich zur Weißglut brachte oder sich über mich lustig machte. Würde ich das jetzt ertragen?

»Brauchst du Rettung?«, riss mich eine Stimme aus meiner Starre.

Ich wirbelte herum und schaute in Ferlens Gesicht. Er musterte mich mit wachen Augen und verbreitete eine angenehme Ruhe, als er lässig auf mich zukam.

In seinem Gesicht lag ein amüsierter Ausdruck und er schüttelte leicht den Kopf. »Ich hoffe, ihr habt euch wieder vertragen. Xeron ist ein guter Kerl.«

»Du sprichst doch nicht etwa von demselben Xeron?«, fragte ich gespielt fassungslos. Denn vor seiner Rettung, als ich nicht mit Xeron trainieren wollte, hatte ich Ferlen das letzte Mal gebeten.

Er lachte und ich entspannte mich.

Bevor ich verstand, was passierte, legte mir Ferlen einen Arm um die Schultern. Er sah hinauf in die Dunkelheit, die den Ausgang verschluckte. »Du könntest dir keinen besseren Mentor wünschen.« Ich hörte die Zuneigung in seiner Stimme und mir wurde warm ums Herz.

Aber warum erst, als Ferlens Worte Xerons Gesicht in meine Gedanken rief? Die Nähe von Ferlen müsste doch auch etwas in mir hervorrufen – schließlich war er hier der Anwärter für World's Sexiest Crow.

Die Berührung von Ferlen war angenehm und beruhigend, keine Frage. Doch wieder fehlten das Kribbeln unter der Haut, die Atemlosigkeit und das Herzrasen, das einen beflügelte. »Ich wünschte, ich würde ihn verstehen und wir würden einander nicht immer wegstoßen«, flüsterte ich dem Ausgang entgegen. Ich erkannte aus dem Augenwinkel, wie sich Ferlen mir zuwandte. Doch ich hielt den Blick fest nach oben gerichtet.

Hatte ich das gerade wirklich gesagt? Die Hitze in meinen Wangen konnte er unmöglich übersehen. Ich glühte mit Sicherheit wie eine Tomate. Oder ein Leuchtfeuer.

»Ich sollte los«, raunte ich und wand mich aus Ferlens Griff. Ohne auf eine Antwort zu warten, löste ich die Verwandlung aus und flog davon. Das Brennen der Energie bei der Transformation in meine Krähengestalt war mittlerweile erträglich. Bald würde ich bestimmt keine Schmerzen mehr empfinden.

Die Reise durch den Riss fühlte sich komisch an und ich vermisste Xerons Hand, die ich die letzten Male gehalten hatte. Ohne weiter nachzugrübeln, jagte ich hinab auf Chris' Haus zu. Denn ich hatte mir den Kopf genug zermartert und vor Ferlen auch mehr als genug Peinliches gesagt. Fehlte nur noch, dass ich mir ein T-Shirt bedruckte, auf dem in Glitzerschrift stand: *Lenna + Xeron*. So weit kam es noch.

Licht brannte in drei Räumen, doch durch den Seherstein wusste ich, wo sich Chris' Zimmer befand. Ich glitt durch das offene Fenster, das die kühle Abendluft in den Raum dringen ließ. Andernfalls hätte ich durch eine Wand eintreten müssen und das behagte mir immer noch nicht. Hindernisse zu durchdringen, war kalt und ich benötigte mehr Übung, damit es schnell und problemlos funktionierte.

Mein Schützling saß auf seinem Bett und tippte irgendwelche Texte in sein Smartphone. Ich verband mich mit dem Lauscher und es war, als würde er mir die Worte vorlesen, die er verfasste.

»Karyn, ich ...«, raunte er. »Nein.«

Er räusperte sich. »Was geht? Wie läuft's?«

Er ließ sich zurück in die Kissen sinken. »Noch schlimmer«, seufzte er dem Display entgegen.

Ich setzte mich zu ihm und grinste. Eine wohlige Wärme ergriff meine Brust und ich verspürte den Drang, Chris über die Haare zu streichen. Wenn er sich so benahm, konnte ich nicht anders, als ihn zu mögen. Große Klappe hin oder her. Er empfand etwas für Karyn.

Aber wenn ich ihn rettete, näher an Karyn heranbrachte, würde ich sie dann erst recht zu diesem Unfall treiben?

Ich schloss die Augen und versuchte, mir die Bilder der Vision ins Gedächtnis zu rufen. Sie waren im Park, auf dem kleinen Hügel. Hoch genug, um Karyn das Genick zu brechen.

»Du solltest die Sache mit Karyn ernster nehmen«, tadelte ich ihn und es war, als würde er innehalten. Erreichten ihn meine Worte?

Ich streckte die Energie nach ihm aus, wie es mir Xeron beigebracht hatte. Als sie ihn berührte, seufzte er.

»Karyn verdient mehr als ein Techtelmechtel im Park«, flüsterte ich. »Sie verdient es, ausgeführt zu werden. Sie verdient eine richtige Beziehung.«

Einige endlos wirkende Sekunden starrte Chris auf sein Smartphone.

»Ich will dich sehen«, hörte ich seine innere Stimme, während er die Worte tippte. »Ich will ...«, hauchte er, »mehr von dir.«

Er drückte auf *Senden*.

»Du willst vor allem mehr als unbedeutenden Sex im Park«, schimpfte ich. »Verstehst du das nicht?« Ich rutschte neben ihn, streckte die Hand nach seinen Fingern aus. Als ich sie berührte, kribbelte es auf meiner Haut. Es hatte nichts mit körperlicher Anziehung zu tun. Aber ich spürte die Bindung, die mein Schicksal mit seinem verwoben hatte. Chris' Gesundheit lag in meiner Verantwortung. Er war mein Schützling. Meine Aufgabe.

Ich umfasste seine Hand. »Ihr beide verdient mehr«, flüsterte ich, als mich eine erneute Welle an Zuneigung überkam. Lag das an meiner Krähenform? An meiner Verbindung zu ihm?

Ich hüllte ihn schützend in meine Flügel und suchte nach weiteren Worten. »Du kannst dich auf sie einlassen. Sie braucht einen aufrichtigen Freund.« Ich schluckte, kämpfte gegen den Kloß in meinem Hals an. Ja, Karyn verdiente jemanden, der für sie da war. Im Gegensatz zu mir, die sie hintergangen und verlassen hatte. Was wäre passiert, wenn ich ehrlich zu Karyn gewesen wäre?

Mit brennenden Augen schüttelte ich den Kopf. Sie hatte mich immer aufgezogen, wenn ich ihr von den Visionen erzählte. An dem Tag, als sie unsere Freundschaft beendete, hatte sie mir sogar an den Kopf geworfen, dass ich verrückt wäre. Und ich konnte es ihr nicht einmal übelnehmen. Ich hatte sie verletzt.

»Sei vorsichtig«, hauchte ich. »Beschütze sie. Lass sie nicht sterben.«

Ein Rascheln ließ mich aufschrecken. Ich sprang vom Bett und drehte mich im Kreis. Meine Augen huschten über das geöffnete Fenster, das mir einen schnellen Ausweg bot, ohne durch Wände gehen zu müssen. Vorgegebene Wege und Türen zu nehmen, war deutlich einfacher. Zumindest für mein Trainingslevel. Wieder ein Rascheln, dann ein Scharren. Etwas klirrte. Woher kamen die Geräusche?

»Hulk!«, rief Chris tadelnd. Ich sah zu ihm und entdeckte den Ursprung des Lärms.

Eine graue Katze sprang auf sein Bett und legte sich schnurrend zu ihm.

Hulk? War das sein Ernst? So nannte man doch keine Katze!

Lächelnd kraulte Chris dem Tier den Nacken. Ein wohliges Schnurren erfüllte das Zimmer und ich beobachtete die Szene mit einem Gefühl der Zuneigung.

Eine Minute verstrich und Hulk gab sich Chris' Streicheleinheiten hin. Dann wedelte Hulk kurz mit dem Schwanz, fauchte und schlug um sich, bevor das Tier aus dem Zimmer flitzte. Ich schmunzelte. Daher hatte es also seinen Namen. In ihm steckte eine Bestie.

»Durchgeknalltes Vieh«, seufzte Chris und rieb sich über die nackten Arme, obwohl es im Zimmer trotz des offenen Fensters sommerlich warm war. Die Geste erinnerte mich an das Mädchen im Park.

Augenblicklich änderte sich die Atmosphäre und ich fühlte mich unbehaglich. Wieder sah ich zum Fenster und spürte den Drang, abzuhauen. Doch etwas hielt mich zurück. Kam ein Geist, um Chris heimzusuchen? Was würde er mit Chris' Psyche anrichten? Ich hatte bisher nur kurz die Verbindung hergestellt und wollte ihm mehr Energie geben. Sonst war mein Ausflug vergeblich.

Chris sank in die Kissen und legte einen Arm über die Augen. Ich spürte, wie er abdriftete, und stellte mich in Position – immer noch in meiner Krähenform, bereit zu verschwinden. Und irgendwie doch nicht bereit, Chris zurückzulassen.

Und dann kamen sie. Die Geister waren zu dritt, schritten durch die Wand hinter dem Bett und verharrten, als sie Chris entdeckten. Mich nahmen sie gar nicht wahr. Oder es interessierte sie nicht, da ich deutlich in der Unterzahl war.

Der eine, der Xeron angegriffen hatte, befand sich nicht unter ihnen. Dafür zwei Frauen. Wieder trugen sie alltägliche Kleidung und Ketten, die dunkler schimmerten als ihre durchscheinenden Körper.

Ihre Gesichter waren auf Chris gerichtet und so musste ich wenigstens nicht ihre schrecklichen Augen sehen. Mein Schützling wimmerte. Die Geister öffneten ihre Münder und ich machte mich auf die schrillen Schreie gefasst, doch es war ein melodisches Murmeln zu hören, das mir eine Gänsehaut über den Rücken jagte. Wie von einer Welle, die vor und zurück schwappte, erklang das Lied der Geister und brachte eine Mischung aus Leid und Grausamkeit mit sich. Es war dumm, nicht sofort zu verschwinden. Ja, es war wirklich dumm, sich drei Geistern entgegenzustellen. Wesen, die ich nicht berühren konnte, die aber Xeron geschlagen und Ruben getötet hatten.

Warum also, verflixt nochmal, hob ich meine Hände in Angriffsposition? In Gedanken suchte ich nach meiner Energie und stellte mir einen Schutzschild vor, welcher Chris umgab, ihn einhüllte und vor diesen Wesen abschirmte. Xeron hatte etwas über die Schilde erzählt – hätte ich doch nur besser aufgepasst.

Auf Chris' Miene erkannte ich Erleichterung, er nahm seufzend die Hände von den Ohren und sank zurück auf die Kissen, obwohl die Geister weiter auf ihn einwirkten.

Keine Ahnung, was ich hier machte. Aber es zahlte sich aus. So funktionierte dieses Energieding schließlich. Ich stellte mir etwas vor und lullte Chris in meine positive Kraft ein. In Science-Fiction-Filmen war ein Schutzschild immer hilfreich!

Während sich flackernd die Barriere aufbaute, wandte sich mir eine der Frauen zu. Sie deutete mit ausgestrecktem Arm auf mich und ich wich zurück Richtung Fenster.

Doch der Schild war noch nicht komplett, hatte noch einige Lücken, die ich schließen wollte. Ich sah ihn bildlich vor mir, grün schimmernd wie eine Seifenblase. Meine Arme wurden schwer und ich stolperte beinahe über meine eigenen Füße. Die Energie, die ich in den Schutz steckte und von mir weggab, machte sich bemerkbar. Ich unterdrückte ein Gähnen, kniff die Augen zusammen.

Mittlerweile richteten auch die anderen beiden Geister ihre Aufmerksamkeit auf mich. Ihr Lied verstummte und sie kamen auf mich zu. Mein Hals fühlte sich trocken an.

Nur noch ein bisschen!

Meine Sicht verschwamm, ich taumelte. Dunkelheit schob sich in mein Blickfeld. Das letzte Stück des Schilds verschloss sich und ich kappte die Verbindung. Die Seifenblase um Chris blieb bestehen.

Ein triumphierendes Hochgefühl stieg in mir auf.

So ging das!

Mit dem Rücken stieß ich gegen den Fensterrahmen. Nachtluft traf auf meine verschwitzte Haut und ich fröstelte trotz der Schwüle, die nach wie vor die Luft beherrschte. Nichts wie weg hier.

Wenn ich mich auf den Widerstand der Wand konzentrierte und meine Energie lockerte, würde ich einfach hindurchfallen und könnte den Geistern entkommen. Aber in meiner erschöpften Verfassung war das keine gute Idee. Das würde nur mehr von mir fordern und ich wusste nicht, ob ich dann noch die Kraft hätte, davonzufliegen.

Also nutzte ich das geöffnete Fenster. Während ich in den Rahmen kletterte, waren die Geister nur noch wenige Schritte entfernt.

»Eine Krähe. Sie hat ihn uns weggenommen«, hauchte der Mann und deutete auf Chris. »Sie sind schuld.«

»Ja, die Krähen sind an allem schuld«, stimmte eine Frau mit ein.

»Schuld!«, rief die andere.

»Die Krähen«, spuckte der Mann die Worte geradezu aus.

»Schnappt sie«, kreischte eine der Frauen.

Panik durchflutete mich, ich verlor fast den Halt und klammerte mich fester in den Fensterrahmen.

Fliegen, Lenna! Verdammt, flieg los!

Die andere Frau sprang vor, versuchte, mich zu packen, doch ihre Finger glitten durch mich hindurch.

Eine kurze Welle der Erleichterung ergriff mich, doch dann schüttelte die Frau den Kopf und ihre Hände materialisierten sich.

Verdammte Scheiße.

Bevor ich mich selbst abstoßen konnte, spürte ich einen Windhauch im Rücken. Krallen griffen meine Schultern, zerrten mich mit sich. Die Geister drängten sich ans Fenster, glitten hinter uns durch die Wand und folgten uns einige Meter in den Himmel.

»Meine Güte, Lenna!« Xeron.

Das war doch Xeron!

Doch ich war so müde, dass meine Lider flatterten, meine Glieder sich schwer anfühlten und mein Atem langsamer wurde. Der Schreck über die Begegnung mit den Geistern und die Erleichterung über Xerons Rettung bildeten einen Strudel, der meine Gedanken mit sich nahm.

Noch bevor wir den Dimensionsriss erreichten, versank ich in einem traumlosen Schlaf.

14. Kapitel

»Lenna!«

Xerons Stimme war das Erste, das zu mir drang. Die Erschöpfung hatte mich fest im Griff, hielt mich in einem ohnmächtigen Zustand, aus dem ich mich nicht lösen konnte. Ich wollte die Augen öffnen, mich bewegen, doch mein Körper war schwer wie Blei.

Jemand schüttelte meine Schultern. Meine Form fühlte sich wieder menschlich an. Hatte ich die Krähengestalt verlassen? Hatte mir der Schutzschild so viel Kraft geraubt?

»Lenna!« Der Geruch von frischem Gras begleitete den Ruf meines Namens.

»Was ist mit ihr?« Eine weitere Stimme, der Duft von Leder und Lavendel. War das Ferlen?

»Die dumme Nuss hat sich verausgabt«, flüsterte Xeron rau. Doch die Beleidigung verlor durch den Klang seiner Stimme an Härte. Es hörte sich an, als wäre er aufrichtig besorgt.

»Ich helfe dir.« Wieder berührte mich jemand an den Armen.

»Ich schaffe das allein.«

»Xeron ...«

»Es geht schon«, presste Xeron hervor und kurz danach wurde ich vom Boden hochgehoben. Ich spürte starke Arme, die mich an eine feste Brust drückten. Mein Kopf war zu schwer und ich lehnte mich an, spürte die weiche Haut einer Halsbeuge und hörte das fremde Blut rauschen. Ein Hauch von Xerons Duft trat mir in die Nase. Ich atmete tief ein und der Geruch entführte mich auf eine Wiese, die von einem leichten Sommerregen erfasst wurde. Dann driftete ich wieder in die Bewusstlosigkeit ab.

Als ich das nächste Mal zu mir kam, spürte ich eine weiche Matratze unter mir. Ich drehte mich zur Seite und schlug die Augen auf. Ich befand mich in meinem Zimmer. Xeron saß auf dem Fußboden, lehnte mit dem Rücken an der Kommode. Seine Augen waren geschlossen und seine Gesichtszüge entspannt. Ich hatte es mir also nicht eingebildet. Xeron hatte mich aus den Fängen der Geister gerettet und hergebracht. Wie lange saß er schon hier bei mir?

Ein warmes Kribbeln erfüllte meinen Bauch, vermischte sich mit Dankbarkeit. Obwohl wir uns gezankt hatten, hatte er nach mir gesucht, um auf mich aufzupassen. Auf das dumme, stolze Mädchen. Ich schüttelte den Kopf über mich selbst. In diesem Moment entdeckte ich einen Energie-Smoothie, den Xeron im Schlaf umklammert hielt.

Beim Anblick der Mahlzeit knurrte mein Magen und ich streckte den Arm nach dem Becher aus. Es war zwar noch keinen Monat her, seit ich meine letzte Portion getrunken hatte, aber anscheinend war genug da, um mich wieder aufzupäppeln. Unendlich dankbar und hungrig gierte ich nach dem Mondlicht in Xerons Griff. Doch bevor ich den Becher an mich nehmen konnte, wachte mein Mentor auf.

»Lenna«, brummte er tief. Er räusperte sich und hielt mir den Drink entgegen.

Mit einem Grinsen stand ich auf, nahm ihn an, trank einige Schlucke und seufzte über die Energie, die in meinen Körper zurückfloss. Es war himmlisch.

Während ich den Becher in wenigen Zügen leerte, stand Xeron auf. Er fuhr sich mit den Fingern durch die Haare und ich erkannte auf seinem Gesicht, dass die Erleichterung über mein Erwachen seinen Ärger überbot. »Was hast du dir nur dabei gedacht?«

Noch mit dem Becher an den Lippen zuckte ich mit den Schultern.

»Hast du schon vergessen, was mit Ruben passiert ist?« Er kräuselte die Nase, während er mich fixierte.

Ich ließ die Hand mit dem Becher sinken. »Nein. Aber ich konnte Chris nicht schutzlos dort zurücklassen.«

»Und dann erstellst du einen Schutzschild? Ohne Übung, ohne Ahnung, wie viel Energie dich das kostet?« Xeron tigerte im Zimmer auf und ab. »Meine Güte, Lenna. Die Geister hätten dich töten können.«

Betreten sah ich zu Boden. Xeron hatte allen Grund, wütend zu sein. Ich war ihm unterstellt, er mein Mentor. Außerdem war ich die Krähe, die die Verantwortung für den Schützling erhalten hatte, der im Krieg der Welten eine Bedeutung spielte. Und auch wenn mir die Rettung der Welt nicht greifbar und zu abstrakt erschien, so war sie Xeron und den Krähen genauso wichtig wie mir Karyn. Und ich hatte mich unüberlegt in Gefahr gebracht.

Aber ich konnte nur daran denken, Karyn zu beschützen. Und wenn ich Chris nicht vor den Geistern bewahrte, würde er für ihren Tod verantwortlich werden.

»Ich musste es tun«, flüsterte ich.

»Rede dir das bloß nicht ein.« Xeron schüttelte den Kopf, vor mir blieb er stehen. »Es gibt immer einen anderen Weg.«

Ich trat näher und stellte mich ihm entgegen. Meine Schuldgefühle brannten in meinem Bauch, erzeugten eine leichte Übelkeit, doch ich weigerte mich plötzlich, das alles zu akzeptieren. Meine Aufgabe, die Verantwortung – und vor allem die Vision von Karyns Tod.

»Soll ich hinnehmen, dass Chris Karyn umbringt?«, zischte ich wütend.

»Du hättest deinen Stolz hinunterschlucken und mich fragen können, ob ich dich begleite.«

Ich lachte abfällig und hasste den Klang meiner Stimme. Xeron tadelte mich, weil ich unvorsichtig gewesen war und mich in Gefahr gebracht hatte. Trotzdem konnte ich nur den Vorwurf hören, dass ich mich falsch verhalten hatte. »Ach ja?«, fauchte ich.

Die Vision von meiner besten Freundin schwirrte deutlich in meinem Hinterkopf, kratzte an meinen Nerven, damit ich sie nicht vergaß. Chio hatte mir versichert, dass ich ihr Eintreten verhindern konnte. Doch ich fühlte mich ihr hilflos ausgeliefert. Ein Gefühl, das ich nur zu gut kannte.

»Dein Stolz steht dir im Weg, Lenna.« Xerons Augen schimmerten in solch intensivem Grün, dass mir warm wurde.

Ich trat näher an ihn heran. Er hielt die Luft an und seine Augen blitzten. Ein Kribbeln gesellte sich zu der Hitze, die in meinem Bauch brodelte. Warum brachte er mich so durcheinander?

»Ich wusste mir nicht anders zu helfen, okay?«, raunte ich, verwirrt über den Gefühlscocktail in mir. Aufgebracht und atemlos stand ich vor Xeron. Wünschte mir gleichermaßen, dass er mit seinen Vorwürfen von hier verschwand und bei mir blieb. Dass ich seine Nähe noch einmal so spüren konnte wie in dem Moment, als er mich halb bewusstlos in mein Zimmer getragen hatte.

»Das ist nicht nur dein Kampf. Frag das nächste Mal einfach nach Hilfe!«

Ich schnaubte, konnte aber meine Augen nicht von ihm abwenden. Wir standen nur Zentimeter voneinander entfernt. Die Luft zwischen uns knisterte und es kostete mich große Überwindung, der Versuchung zu widerstehen, ihn zu berühren.

Er seufzte und schüttelte den Kopf. Seine Wärme verschwand, als er zur Kommode ging, um sich anzulehnen. »Wie hast du das überhaupt angestellt? Ich hatte dir von den Schutzschilden erzählt, aber nicht, wie sie hergestellt werden.«

Ich grinste und hob abwehrend die Hände. »Ich bin wohl ein Naturtalent.« Die Anspannung und Nähe verschwanden, stattdessen legte sich die gespielte Unbekümmertheit auf uns, die ich seit meiner Ankunft in Ankrov verbreitete. Auch wenn ich mich hier mittlerweile wohlfühlte, war es nicht das, was ich wollte. Dieses Leben, Chris als Schützling, mich meinen Visionen stellen – vor dieser Verantwortung war ich davongelaufen. Trieb mich nicht Karyns Rettung an, würde ich für nichts garantieren. Dann würde ich mich dem Ganzen sicherlich nicht so bereitwillig fügen, wie ich es jetzt tat. Es gab zu viele Fragen, die mich beschäftigten.

Könnte ich durch eine Wiedergeburt neu anfangen? Ohne das Brandmal der Visionen?

Xerons Schnauben riss mich aus meinen Gedanken. »Fahrlässig passt eher zu dir«, presste er hervor. »Oder waghalsig, naiv.«

»Also bitte«, meinte ich empört.

Xeron schwieg und suchte nach Antworten in meinem Gesicht. Als ich ihm keine Erklärung lieferte, hakte er nach. »Jetzt im Ernst, Lenna. Wie hast du das angestellt?«

»Ich habe an das gedacht, was du mir erklärt hattest – wir bestehen aus Energie und die Verbindung zu unserem Schützling ist nichts anderes.« Unwillkürlich fasste ich mir an die Stirn. An den Punkt, in dem sich meine Kraft bündelte. »Ich habe mir einfach vorgestellt, wie der Schild Chris umgibt und ihn abschirmt.«

Xeron kniff die Augen zusammen, während Erkenntnis auf sein Gesicht trat. »Du hast die Energie nur von dir selbst genommen.«

Ich nickte. »Woher sollte ich sie sonst nehmen?«

»Du bist echt eine dumme Nuss«, fluchte er, schlug sich mit der flachen Hand gegen die Stirn, bevor er mich wieder fixierte. Mit dem Finger zeigte er auf mich. »Du hast mir nicht zugehört.«

»Und deshalb habe ich es ohne deine Hilfe geschafft?«, fauchte ich. »Weil ich dummes Mädchen dir nicht zugehört habe?«

»Das ist es nicht, Lenna. Was glaubst du, warum wir die Schützlinge nur alle paar Tage besuchen, anstatt sie ständig vor den Geistern zu schützen? Warum wir stetig eine immer stärkere Bindung aufbauen?«

Genervt zuckte ich mit den Schultern. »Weil ihr möglichst wenig Aufwand wollt und lieber hier trainiert oder Zeit vertrödelt?«

Dieses Mal lachte Xeron. Doch es hatte nichts Fröhliches oder Lustiges an sich. Bitter verzog er den Mund. »Wir bestehen aus Energie und wie du zu spüren bekommen hast, ist sie begrenzt. Wir bauen die Bindung zu unserem Schützling konstant auf, damit sie wachsen kann und wir genug Energie für den Schild daraus ziehen können. Wir nutzen die Bindung als Kraftquelle. Niemals uns selbst.«

Ich öffnete den Mund, doch Xeron ließ mich nicht zu Wort kommen. Stattdessen drückte er sich von der Kommode ab und näherte sich mir. »Wie du weißt, kommt unsere Energie aus dem Mondlicht. Wir sammeln es in Behältern auf dem Gebirge über Ankrov und stellen daraus die Getränke her, die uns wieder neue Kraft verleihen. Die Wasserfälle sind Quellen aus den Bergen. Sie und der Schein des Mondes geben uns etwas Energie. Aber wir brauchen das reine Mondlicht. Auch diese Ressource ist begrenzt.« Er zeigte auf den leeren Becher, der neben meinem Bett auf dem Boden stand, wo ich ihn abgestellt hatte. »Du hast in nicht einmal zwei Wochen zwei Monatsrationen verbraucht. Und wenn du deine Energie erschöpft hättest, wärst du gestorben.« Er blinzelte und das Grün seiner Augen verschwand kurz hinter seinen Lidern, bevor er mich wieder mit seinem Blick festhielt. »In deinem Zustand«, begann er leise, aber ernst, »ohne einem einzigen Schützling geholfen zu haben, wäre dein Schicksal in der Endwelt garantiert.«

Mein Blick schnellte zu dem Becher. Der menschliche Teil in mir, der immer noch verblüfft über die Tatsache war, dass Krähen, Dimensionsrisse und Gaben existierten und ich Mondlicht trank, hätte am liebsten gelacht. Der neuen Lenna in mir, die sich selbst in eine Krähe verwandelte und Geistern gegenüberstand, wurde speiübel. Ich schlug eine Hand vor den Mund. Ich hatte mich unmöglich verhalten, die Rationen der Krähen verbraucht und mich mit meiner waghalsigen Idee beinahe in den Tod getrieben. Und dann wäre ich als Geist wiederauferstanden? Mir wurde eiskalt und meine Brust schnürte sich zusammen, sodass ich nach Luft rang. Das lag also vor mir, wenn ich versagte, Chris nicht half und vorher starb? Ich würde ein Geist der Endwelt werden, die Menschen sehen, gegen die Krähen kämpfen und dem Leid meiner Visionen tatenlos ausgeliefert sein?

Dann war die Endwelt garantiert.

»Es tut mir leid«, würgte ich hervor. »Ich wusste nicht ...«

»Nein, du wusstest es nicht.« Xeron berührte mich leicht an der Schulter. Er schnippte mit dem Finger gegen den weichen Stoff meines Leinenhemdes. »Du musst noch so viel lernen. Und so hart wie jetzt waren die Zeiten noch nie.«

Ich sank auf die Bettkante. Alles drehte sich. Angst, fast als Geist wieder aufgewacht zu sein, drückte mich nieder. Die Schuldgefühle wurden übermächtig. Ich hatte die Rettung von Karyn und der Zwischenwelt auf Spiel gesetzt. Und dann war da noch diese Sehnsucht, dass Xeron mich berührte und mir verzieh.

Er setzte sich neben mich auf die Matratze. Sein Oberarm berührte mich nicht, doch ich spürte die Wärme, die von ihm ausging. »Bitte, mach das nie wieder«, raunte er.

Ich konnte nicht antworten und nickte nur.

Während er auf den Boden sah, rieb er sich mit der Hand über das Gesicht. »Wir müssen die Geister aufhalten.«

»Aber wie?«, fragte ich, dankbar für den Themenwechsel.

Er schüttelte den Kopf. »Im Café und als ich dich aus Chris' Zimmer geholt hatte und die Geister ans Fenster getreten sind, ist mir etwas aufgefallen.«

Ich zog die Beine auf das Bett und verschränkte sie zum Schneidersitz. Als ich Xeron berührte, wich er zurück. Auch wenn ich mich auf das ernste Gespräch konzentrieren wollte, konnte ich die Enttäuschung in meiner Brust nicht ignorieren. Weshalb näherte er sich mir manchmal, um beim nächsten Mal auszuweichen? Hatten die Krähen dieses Nicht-Anfassen-Ding unterbewusst verinnerlicht, da sie mit Sehern unter einem Dach lebten?

»Sie trugen ähnliche Ketten. Beim ersten Mal dachte ich noch, es wäre einfach nur ein Schmuckstück, das der Geist bei seinem Tod anhatte. Aber fast identische Ketten? Ich glaube nicht, dass es Zufall ist.«

Gespannt rückte ich näher an ihn heran und wartete auf die nächsten Worte seines Verdachts.

Xeron räusperte sich. »Ich glaube, es handelt sich um Talismane. Wie die, die wir für unsere Rituale einsetzen.«

Ich schluckte und betrachtete das Armband an meiner Hand. Die Geister trugen materialisierte Gaben? »Du glaubst, eine Krähe ist involviert?«, fragte ich verblüfft.

»Es muss so sein. Mit den Talismanen können sie sich materialisieren. Sie nutzen die Kraft der Former.«

Eine Weile betrachtete ich meine Hände, die in meinem Schoß lagen. »Könnte ein Geist die Steine hergestellt haben?«

»Nein.« Xeron musterte mich, doch die Distanz zwischen uns war weiterhin da. »Ich weiß nicht, ob die Geister genug Energie hätten, um die Talismane zu benutzen oder um Gaben zu wirken. Aber selbst wenn es theoretisch möglich wäre, sie haben keine Erinnerung an ihre vorherigen Leben. Nur beim Übertritt in die Zwischenwelt bleibt die Erinnerung an das vorherige Leben erhalten, da es noch nicht richtig vorbei ist. Nicht, solange eine Schuld zu begleichen ist. Das Wissen von hier«, er machte eine Geste, die ganz Ankrov einschloss, »existiert nur in der Zwischenwelt. Oder hattest du Erinnerungen an deine vorherigen Leben?«

»Nein.« Ich stellte mir vor, wie ich vor meinem letzten Leben etliche Male geboren wurde, lebte, liebte und starb. Wie oft war ich bereits in der Zeitwelt wiedergeboren worden? »Es gibt Menschen, die behaupten, von ihren vorherigen Leben zu träumen«, warf ich ein.

»Wenn so etwas vorkommt, sind es nur Fragmente. Ich habe noch nie davon gehört, dass ein Mensch – oder Geist – zusammenhängende oder ausführliche Flashbacks hatte. Derjenige müsste sich daran erinnern, ein Former gewesen zu sein und wie das Ritual durchzuführen ist.«

Ich tippte mir ans Kinn und dachte über Xerons Worte nach. Die Geister gewannen an Kraft, konnten das erste Mal seit Gedenken die Krähen verletzen. Und hinter all dem erwartete Xeron einen Former? »Wer kommt deiner Meinung nach in Frage?«

Xeron wiegte den Kopf, als würde er abschätzen. »Niemand ist so mächtig wie Nander, der Ajiva der Former. Aber was für Gründe könnte er haben?«

»Hast du jemandem von deinen Vermutungen erzählt?«

»Ja, Ferlen.«

»Und was hat er gesagt?«

Xeron zuckte kurz die Schultern. »Er meinte, ich soll keine voreiligen Schlüsse ziehen, indem ich Krähen verdächtige. Es gäbe keine Beweise.«

»Das stimmt«, pflichtete ich Ferlens Worten bei. »Es könnte Misstrauen auslösen, wenn alle anfangen, die Former mit Vorwürfen zu belasten. Aber es ist ein Anfang und wir sollten dem Verdacht nachgehen.«

»Es ist nur eine Vermutung ohne Beweise.«

»Dann besorgen wir uns Beweise.«

Xeron hob eine Augenbraue. »Und wie willst du das anstellen?«

»Wir finden schon einen Weg«, sagte ich energisch.

Doch Xeron schüttelte den Kopf. »Die Ajiva sind uns Jahrhunderte voraus. Ich vertraue auf sie. Wenn sie diesen Weg vorschlagen, bin ich bereit, dass die Former genauer unter die Lupe genommen werden. Aber bis dahin werde ich keine Zwietracht auslösen.«

»Xeron, das ist doch keine Zwietracht«, widersprach ich. »Die Geister haben ungeahnte Kräfte entwickelt.

Dass du vorsichtig sein und solchen Vermutungen nachgehen willst, ist doch verständlich.«

»Es ist impulsiv«, verbesserte mich Xeron. »Du bist erst seit kurzem hier, Lenna. Wir leben länger, sammeln mehr Erfahrungen, als es Menschen in ihrem ganzen Leben schaffen. Ich vertraue auf die Ajiva.«

»Und auf Ferlen«, flüsterte ich.

»Ja. Und auf Ferlen.« Mit einem zustimmenden Brummen richtete sich Xeron auf. Zwischen uns breitete sich eine Stille aus, in der wir unseren Gedanken nachhingen. Ich konnte verstehen, dass er keine voreiligen Schlüsse ziehen wollte, also schluckte ich meine Bedenken herunter. Wenn die Ajiva so allwissend waren, würden sie hoffentlich selbst schnell auf diese Idee kommen.

Ich stupste Xeron mit dem Fuß an, um die bedrückte Stimmung zu vertreiben. Mit Schalk in den Augen flüsterte ich: »Wenn Ferlen ein Former wäre, dann würde ich auf ihn tippen.«

»Fer?«, zischte Xeron, sichtlich entsetzt, dass ich sein Vorbild verdächtigt hatte. Er sprang auf und ging wieder im Zimmer hin und her.

Ich zuckte die Schultern und schmunzelte. Ich drückte mich von der Matratze hoch und ging zu Xeron. »Er würde super aussehen als Bösewicht.«

Xeron verdrehte die Augen. »Darum geht es also wieder? Dass Fer heiß ist?«

»Bin ich das?«, feixte jemand hinter uns.

Wir wirbelten herum. Ferlen stand in der offenen Tür, seine Hand ruhte auf der Klinke. Ich hatte ihn nicht hereinkommen sehen. Als Xeron vom Bett aufgesprungen war, war die Tür noch geschlossen gewesen.

Seit wann stand Ferlen dort? Noch bevor Xeron etwas erwidern konnte, stellte ich mich neben Ferlen in den Türrahmen und stupste ihn mit dem Ellbogen an.

»Xeron steht auf dich. Er sagst, du wärst heiß.«

Ferlen schmunzelte und bedachte Xeron mit einem langen Blick. »Ach ja?«

Xeron zog die Augenbrauen zusammen. Sein Blick huschte von mir zu Ferlen. »Ihr verschwört euch gegen mich!«

»Niemals.« Ich hob abwehrend die Hände.

Ferlen neigte den Kopf und betrachtete mich. Ich sah in seine hellen Augen und seufzte innerlich. Sein Anblick war jedes Mal aufs Neue eine Wohltat.

»Eigentlich wollte ich fragen, wie es dir geht.« Er schmunzelte. »Aber jetzt interessiert mich eine andere Frage.« Er deutete von sich zu Xeron. »Bin ich heißer als unser Engel?«

Hitze schoss mir in die Wangen und Xerons Augen blitzten amüsiert. Er genoss es sichtlich, dass mich Ferlen in die Enge trieb.

»Ich war verwirrt«, verteidigte ich mich, während ich den Tag meines Erwachens in Ankrov in den hintersten Winkel meiner Gedanken schob.

Xeron stemmte die Hände in die Seite und fing meinen Blick mit seinen grünen Augen ein. »Nicht verwirrt genug, um zu erkennen, wie schön ich bin.«

»Ihr solltet gehen«, sagte ich, doch Xeron reagierte nicht. Stattdessen legte er den Kopf schräg und wartete auf meine Antwort.

»Also, Lenna«, begann er und hatte sichtlich Probleme, sich zusammenzureißen. Ein Schmunzeln zupfte an seinem Mundwinkel. »Wer ist heißer? Fer oder dein Engel?«

»Ich bin müde«, sagte ich, ohne auf seine Frage einzugehen. Ich deutete auf die offene Tür, in der immer noch Ferlen stand. Um seine Augen bildeten sich kleine Lachfältchen.

»Es ist wahrscheinlich noch mitten in der Nacht«, fuhr ich fort und setzte mich aufs Bett. Auch wenn wir nur Seelen aus Energie waren, so hatte ich doch einen Körper, der Schlaf brauchte. Wie ich jetzt wusste, war das Mondlicht ein stark rationierter, monatlicher Zusatz. Und auch wenn ich mich nach der heutigen Sonderdosis besser fühlte, musste Xeron erschöpft sein. Er hatte schließlich im Sitzen vor meinem Bett gedöst. Wie lange hatte er bei mir gesessen und darauf gewartet, dass ich aufwachte?

Beim Gedanken daran breitete sich ein warmes Gefühl in meinem Bauch aus und ich betrachtete Xeron, der nach wie vor auf eine Antwort zu warten schien. Als er meinen Blick sah, wackelte er mit den Augenbrauen.

»Ich würde es auch gern wissen«, warf Ferlen ein. »Wer denn nun heißer ist.« Das Blitzen in Xerons Augen wurde wieder intensiver.

Ich seufzte theatralisch. »Wenn ihr ohne diese Antwort nicht schlafen gehen könnt, werde ich mich erbarmen.« Ich hob die Hand und wedelte mit dem Zeigefinger wie eine Lehrerin. Der amüsierte Ausdruck auf Xerons Gesicht war unverkennbar.

»Die heißeste Krähe in diesem Zimmer ...«, begann ich und pausierte, um Spannung aufzubauen. Ferlen verschränkte die Arme, lehnte sich gegen den Türrahmen, während sein Blick von mir zu Xeron und wieder zurückwanderte.

Xeron zupfte an einem Lederriemen seiner Kampfmontur.

»Die heißeste Krähe«, sagte ich erneut, »bin definitiv ich.«

Ich hob entschuldigend die Hände, als könnte ich nichts für diesen Umstand.

Ferlen lachte und verschwand ohne weitere Worte in den Flur. Die Tür ließ er offen, während Xeron den Kopf schüttelte.

»Das zählt nicht!«, warf er ein und deutete erst auf sich, dann zum Türrahmen, der leer war.

Ich musste mir ein Lachen verkneifen. »Ferlen hat die Niederlage akzeptiert«, sagte ich ernst. »Trage es mit Stolz, Xeron.«

Während er zur Tür ging, zeigte er mit dem Finger auf mich. »Das ist noch nicht vorbei.«

Ich winkte ihm mit einem Grinsen auf den Lippen und seufzte, als die Tür geschlossen wurde und ich allein in meinem Zimmer zurückblieb.

Das Mondlicht hatte meine Energie wieder aufgeladen, doch meine Gedanken wirbelten wild durcheinander. Müde schleppte ich mich zum Bett, kuschelte mich unter die Decke und sank in einen traumreichen Schlaf.

15. Kapitel

Blumenwiesen und Bäume zogen in Schlieren an mir vorbei und verschwammen zu einer farbigen Masse, während ich aus dem offenen Fenster des Autos blickte, das uns über die Schnellstraße nach Hause brachte. Die Visionen waren wie immer übermächtig und unausweichlich. Sie schoben sich in meinen Kopf, verdrängten alles, was in diesem Moment dort war und machten sich breit wie ein Eindringling. Sie zeigten mir Fetzen oder zusammenhängende Bilder, waren selten beruhigend und häufig schrecklich. An diesem Tag sah ich in der Vision ein schlingerndes Auto, sich überschlagend, dann brennend. War das unser Wagen?

Ich keuchte, schreckte auf dem Rücksitz zusammen und brauchte einen Moment, um die Vorhersehung abzuschütteln. Meine Mutter bemerkte meine Unruhe, sie schaute mich vom Beifahrersitz aus an. Mit fragenden, wissenden Augen.

»Alles klar, mein Schatz?«

»Nur ein Albtraum«, log ich und rieb mir mit den Handballen über die Augenbrauen. Die Umgebung war identisch. Blumenwiesen und Bäume. Das gleiche Tempo, in dem sie an uns vorbeizogen, bevor sich das Auto überschlug und falsch herum zum Stehen kam.

Ich schlang die Arme um meine Körpermitte und starrte den Hinterkopf meines Vaters an. Normalerweise sah ich die Visionen etliche Male, bevor sie eintrafen. Wir befanden uns aber auf dem Heimweg von einem Urlaub im Süden und auf keiner bekannten Straße, auf der wir häufiger fuhren. Die Vision war anders, fühlte sich dringlicher an, als ob sie jeden Moment eintreffen könnte. Die zitternden Finger krallte ich in den Stoff meines T-Shirts. »Können wir rechts ranfahren?«, fragte ich möglichst ruhig, in der Hoffnung, die unausweichliche Zukunft zu vertreiben. Kalter Schweiß trat mir auf die Stirn und machte meine Hände feucht.

»Wir sind bald da«, brummte mein Vater von vorn und meinte den Ort unseres Zwischenstopps, an dem wir ein Hotelzimmer gebucht hatten.

Meine Mutter warf mir wieder diesen Blick zu. Als würde sie zu viel ahnen, als wüsste sie, dass etwas mit mir nicht stimmte. Dachte sie, es wäre eine weitere Panikattacke? Hatte sie bereits die Zusammenhänge gesehen – dass diese immer dann kamen, wenn kurz darauf etwas Schreckliches passierte? Wie der Tod meines Hamsters oder als sich Karyn das Bein gebrochen hatte?

Nur dass bei diesem Unfall Menschen sterben könnten.

»Bitte halte an, ich muss pinkeln«, sagte ich und hörte den gehetzten Ton in meiner Stimme.

»Du warst erst, als wir Pause gemacht haben.«

»Ich muss aber wieder«, log ich.

Er seufzte und schüttelte den Kopf. »Halt noch ein bisschen durch, okay?«

»Nein!«, sagte ich viel zu schrill. Ich keuchte. »Bitte.« Er musste anhalten. Sofort.

Meine Mutter schob ihren Arm nach hinten und tätschelte mein Bein. »Fahr bitte raus, Liebling«, sagte sie zu Dad.

Er brummte, hielt nach der nächsten Ausfahrt Ausschau und setzte den Blinker.

Dann ging alles ganz schnell.

Eine Plane löste sich von dem LKW vor uns, schlackerte im Wind und landete auf unserer Frontscheibe. Unser Auto schlingerte und mein Vater fluchte. Er öffnete das Fenster und lehnte sich hinaus.

Ein Wagen schoss an uns vorbei und ein ekelhaftes Knacken vermischte sich mit dem durchdringenden Schrei meiner Mutter.

Unser Auto driftete zur Seite und kam von der Straße ab. Dann überschlugen wir uns.

Ich schreckte auf und saß senkrecht im Bett, als ich wieder begriff, wo ich war. Ankrov, mein Zimmer, in der Zwischenwelt. Doch die Erinnerungen an den Unfall ließen mich nicht los.

Kein einziges Mal konnte ich eine Vision als Mensch verhindern. Nicht als Karyn beim Klettern vom Baum gefallen war und sich das Bein gebrochen hatte, nicht als meine Eltern umkamen.

Mein Vater starb noch in dem Moment, als er den Kopf aus dem Auto streckte und die Plane entfernen wollte. Der andere Fahrer war angeblich betrunken gewesen, hatte unseren Wagen gestreift und meinen Vater getroffen. Danach war unser Auto von der Straße abgekommen und hatte sich überschlagen. Ich war erst im Krankenhaus wieder aufgewacht, hatte etliche Knochenbrüche davongetragen, aber die Ärzte meinten, dass ich einen Schutzengel gehabt haben musste, um das zu überleben. Meine Mutter war im Auto eingeklemmt gewesen und sie hatte es nicht geschafft.

Mit größter Anstrengung schob ich die Erinnerungen zur Seite, doch ich konnte nichts gegen die Wut ausrichten, die sich in mir aufbaute. Auch wenn die Vergangenheit nicht mehr zu ändern war, hasste ich das Brandmal, das mir die Visionen zeigte. Die blanke Panik und dann die schrecklichen Sekunden, die mir verdeutlichten, was mich in meinem Leben erwartete. Unfähig, etwas daran zu ändern.

Ich stieg aus dem Bett und lief unruhig durch mein Zimmer. In den letzten Tagen in Ankrov konnte ich mich ganz auf Chris' und Karyns Rettung konzentrieren. Zeitweise vergaß ich, wie ich hier gelandet und weshalb ich vor meinem alten Leben geflohen war.

Doch dieser Traum katapultierte mich zurück in die dunkelsten Stunden, die ich erleben musste. Ich presste die Hände auf die Ohren, wollte wieder vergessen, verdrängen. Wollte, dass es aufhörte, vorbei war.

Ich schluckte hart, versuchte, den Kloß in meinem Hals zu vertreiben. Mein Körper lechzte nach Anstrengung, Ablenkung. Also eilte ich zur Kommode, zog mir eine neue Garnitur der Kampfkleidung an und hastete aus meinem Zimmer.

Ich wandte mich nach links, ging zur nächsten Tür und klopfte an. Als Xeron nicht schnell genug öffnete, hämmerte ich ungeduldig dagegen.

Er riss die Tür auf und ich blieb mit erhobener Faust stehen. Seine Haare standen verstrubbelt nach allen Seiten ab, das Leinenhemd hing schräg über einer

Schulter und die Schnürung am Kragen hatte sich gelöst. Der Stoff entblößte blanke Haut und ermöglichte mir einen Blick auf den Ansatz seiner festen Brust. Unwillkürlich musste ich daran denken, wie es sich angefühlt hatte, von ihm getragen zu werden.

»Lenna?«, fragte er schlaftrunken und rieb sich die müden Augen. »Was ist los?«

Sein Anblick ließ mein Herz schneller schlagen und löste damit jeden Zweifel auf, dass mir Xeron gefiel. Doch deshalb war ich nicht hier.

»Lass uns trainieren«, sagte ich und packte ihn am Handgelenk. Er zuckte zurück und riss seinen Arm aus meinem Griff.

»Fass mich nicht an!« Verwirrt und plötzlich hellwach sah er mir ins Gesicht. »Ich ... warte einen Moment«, nuschelte er und schloss die Tür.

Ich erstarrte. Die Zurückweisung gesellte sich zu der Angst und der Wut, die in meinem Bauch brodelten. Wieso kümmerte er sich um mich, saß vor meinem Bett, als ich meine Energie überstrapaziert hatte, um dann vor mir zurückzuweichen, als wäre ich eine Seherin? Dachte er, mein Brandmal könnte auf ihn abfärben?

Ich ballte die Hände zu Fäusten und weigerte mich, dieses Spiel zu spielen. Ich sollte ihn nicht anfassen? Das ließ ich mir nicht zweimal sagen. Auf dem Absatz drehte ich um und stapfte zum Startplatz, um Ankrov zu verlassen. Einen Teufel würde ich tun und warten!

Je weiter ich mich von Xerons und meinem Zimmer entfernte, desto schneller lief ich. Als ich den Platz unter dem Ausgang erreichte, war ich aus der Puste, doch ich zögerte nicht, verwandelte mich in meine Krähenform und stob in den Himmel davon. Ich musste hier weg.

Als ich wenige Minuten später landete, war es immer noch mitten in der Nacht. Ich hatte also kaum geschlafen, bis ich aus dem Albtraum hochgeschreckt war. Der Mond lugte nur leicht hinter den Wolken hervor, doch sobald sein Licht zu mir drang, spürte ich die Energie, die auf meinen neuen Körper wirkte. Es war wie ein Windhauch, der mich berührte, an meinem Innern zog und mich beruhigte. Die Kraft war so zart wie die abnehmende Sichel des Mondes.

Ich verwandelte mich zurück, stieg den kleinen Hang hinauf und setzte mich auf die Hügelkuppe. Von hier aus hatte ich eine gute Sicht zum Ende der Aussichtsplattform, auf das Geländer und die Stadt, die sich winzig klein vor mir ausbreitete.

Hier hatte ich in der Nacht meiner Flucht Halt gemacht und zurückgesehen. Hier wollte ich neu beginnen. Stattdessen war ich in der Zwischenwelt gelandet, trainierte und kümmerte mich um meinen menschlichen Schützling. Ich wollte meinen Visionen entkommen und war ihnen jetzt nur mehr ausgeliefert.

Die letzten zehn Jahre hatte ich versucht, die Unfälle zu verhindern, und war gescheitert. Und jetzt sollte ich dazu in der Lage sein? Mich um Chris kümmern und Karyn retten?

Ich schlang die Arme um den Körper und zog die Beine an. Der Drang, mich auszupowern, bis ich vergessen konnte, war verflogen. Stattdessen saß ich da, betrachtete die Stadt, sah, wie immer mehr Lichter angeschaltet wurden, als sich der Morgen näherte.

Panik und Wut in meinem Bauch machten mich atemlos und betäubten mich. Ein Teil in mir wollte schreien, weinen und rennen, bis ich erschöpft zusammenbrach. Doch ich tat nichts davon, saß stattdessen einfach im Gras, während die Zeit verging, und starrte auf die Lichter.

Erst als die Krähe nur noch wenige Meter entfernt war, nahm ich sie wahr. Während sie den Boden erreichte, verwandelte sie sich in Xeron. »Wusste ich doch, dass du hier bist!«, keuchte er und trat näher an mich heran. »Na ja, zuerst hatte ich dich in den Trainingshallen gesucht, aber dann wurde mir klar, dass du hierher zurückkehrst. An den Ort ...« Er verstummte.

An den Ort deines Todes.

Ich sah zu ihm hinauf und wollte ihn anschnauzen und wegschicken. Bei seinem Anblick kehrte die Ablehnung in meine Gedanken zurück, schlug mir hart und kalt entgegen und löste mich langsam aus meiner Starre.

»Xeron«, brummte ich.

»Muss ich dir auch noch beibringen, was *warten* heißt?«, fragte er mit einem Schmunzeln, aber in seinen Augen lag etwas anderes. Ich konnte es nicht richtig deuten. War es Ungeduld? Störte ihn mein Verhalten? Der nächste Herzschlag fühlte sich eiskalt an und schnürte mir die Brust zusammen.

Ich wandte den Blick ab und stand auf. Das würde ich jetzt nicht ertragen – die hunderten Fragen, die mir bei seinem Anblick durch den Kopf geisterten. Was der

Ausdruck in seinen Augen bedeutete. Ob er sich sorgte, ob er mich wieder zurückweisen würde.

Auch wenn ich es nicht wollte, Xeron hatte mir mein Leben in Ankrov erträglich gemacht. Etwas zwischen uns war da – eine Verbindung, die ich nicht benennen konnte.

Die ich auch nicht benennen wollte.

»Was tust du hier?«, fragte ich stattdessen hart. Ich verschränkte die Arme und blickte stur an ihm vorbei auf die Stadt.

»Ich habe dich gesucht.« Er trat näher. »Was war los? Erst schickst du mich davon und eine Stunde später hämmerst du wie wild an meine Tür.« Ich hörte die Verwirrung in seiner Stimme, die Sorge, die nur mehr in meiner Brust schmerzte.

Ich konnte das nicht. Nicht jetzt. »Lass mich einfach in Ruhe.«

»Lenna!« Mit einigen, schnellen Schritten war Xeron direkt vor mir und packte mich an den Schultern. Sofort drang seine Wärme durch den Stoff meines Hemds. Ich schlug seine Arme weg. Die Berührung genügte mir nicht.

»Was interessiert es dich?«, zischte ich und verlor den Kampf gegen alles, was sich in mir aufstaute. »Hast du jetzt für fünf Minuten wieder Lust, mir zuzuhören? Und dann weist du mich wieder zurück?«

In meiner Wut sah ich ihn an. Seine Gesichtszüge lagen im Schatten, waren nur schwer erkennbar, während der Mond schwaches Licht von hinten auf seinen Körper warf. Er wandte den Blick ab und erwiderte nichts.

Der Ärger in mir schwoll an. Ich packte ihn am Hemd und schüttelte ihn, damit er mich ansah. Doch er befreite sich nur wieder von mir.

»Was hast du für ein Problem?«, schrie ich ihn an. Ich schlug ihm die Fäuste gegen die Brust und schnaubte. Die Wut ließ meinen Energiepunkt an der Stirn pulsieren und bevor ich mich beherrschen konnte, verwandelte ich mich. Mit wenigen kräftigen Flügelschlägen erreichte ich den Himmel.

Es dauerte nur einen Augenblick, dann preschte mir Xeron hinterher. Er packte mich und ich wand mich unter seinem Griff.

Wir wirbelten durch die Luft, näherten uns dem Boden, um kurz darauf wieder höher zu steigen.

»Du bist mein Problem«, blaffte mich Xeron an, während wir miteinander rangen. Seine Worte schmerzten mehr, als er vermutlich ahnte. Doch er hörte nicht auf. »Du hörst mir nie richtig zu, bringst dich in Gefahr, jammerst beim Training.« Er presste die Worte entnervt hervor, während er meine Schläge abblockte.

»Du lachst und alberst herum. Im nächsten Moment sehe ich die Panik in deinen Augen. Jedes Mal, wenn ich denke, ich würde dich durchschauen, verwirrst du mich erneut.«

Ich lachte abfällig und holte zum nächsten Schlag aus. »Du bist verwirrt?«, zischte ich und zielte auf seinen gefiederten Bauch, doch Xeron packte meine Faust, bevor ich ihn traf. Ich versuchte, mich loszureißen, aber sein Griff war zu stark. »Ich wollte diese verfluchten Visionen nicht«, spuckte ich aus. »Dieses verdammte Brandmal hat mir mein Leben zur Hölle gemacht. Es brachte mir sogar den Tod und was erwartete mich dort?« Ich befreite meinen Arm und wich ein Stück zurück. »Ein Leben als Krähe, in dem ich mich weiter meinen Visionen stellen muss, damit ich nicht als Geist ende!«

Wir schwebten in der Luft, in Xerons Gesicht lagen undeutbare Emotionen. Schnell schlug ich mit den Flügeln, raste auf meinen Mentor zu und rammte ihn. Er keuchte und packte meine Oberarme.

»Lenna«, raunte er, nah bei mir. Seine Stimme war leise und jagte mir einen Schauer über den Rücken.

Ich verfluchte meinen verräterischen Körper, der auf Xerons Nähe so reagierte.

Er hielt meine Arme weiterhin umklammert, schlug kräftig mit den Flügeln und änderte die Richtung. Wir jagten auf den Boden zu, ich mit dem Rücken voran. Wild schlug ich mit den Flügeln und wand mich, um Xerons Griff zu entkommen. Aber er hielt mich fest.

»Xeron«, keuchte ich, doch er hörte nicht auf mein Flehen. »Xeron!« Ich kniff die Augen zusammen und bereitete mich auf den Schmerz des bevorstehenden Aufpralls vor, doch kurz bevor wir die Erde erreichten, bremste er ab.

Er ließ mich los und ich fiel nur wenige Zentimeter, bis ich im Gras landete. Noch während Xeron die Füße aufstellte, war er zurück in seiner menschlichen Form.

Er fuhr sich mit der Hand durchs Haar und schüttelte den Kopf. »Scheiße«, flüsterte er.

Ich schnappte nach Luft, mein Puls raste immer noch.

»Wir alle haben unsere Päckchen zu tragen.« Er stand neben mir, blickte auf mich herab und betrachtete mich ernst. »Niemand kann sich aussuchen, wer er ist – oder als was er geboren wurde.«

»Willst du mir jetzt weismachen, ich soll das Beste aus meiner Situation machen?«, fragte ich spöttisch.

Sein Gesicht wurde weicher. »So kannst du es auch sagen.«

»Und der Rat ist von dir? Einer Krähe, die in ihrem Leben genug Fehler gemacht hat, um in Ankrov zu landen?«

Xerons Züge verhärteten sich wieder und ich bereute meine Wortwahl, obwohl weiterhin Wut in mir kochte. Er hatte mir die Geschichte über die betrunkene Schlägerei auf dem Dach anvertraut. Ich wusste daher, warum er seinen Tod nicht verdient hatte und dass ich zu weit gegangen war. Als er antwortete, war seine Stimme eiskalt.

»Der Rat kommt von jemandem, der nicht die ganze Zeit jammert wie du.« Er drückte den Rücken durch und wirkte plötzlich noch größer. »Der nicht die ganze Zeit leichtsinnige und dumme Entscheidungen trifft oder vor den Folgen davonläuft.«

Ich blieb im Gras liegen, unfähig, mich zu bewegen, während Xeron vor Wut bebte.

»Meine Güte, Lenna«, zischte er. »Nimm dein Leben endlich in die Hand.«

Er wandte sich ab, doch bevor er sich verwandelte und davonflog, fügte er noch hinzu: »Trag endlich die Verantwortung für dich selbst.«

16. Kapitel

Xeron ließ mich allein auf der Stuttgarter Aussichtsplattform zurück. Ich zweifelte an der Wut, die in mir kochte, an dem Schmerz, der in meiner Brust brannte und sogar an dem Hass auf meine Visionen. All diese Gefühle hatten mein Leben geprägt, sobald sich das Brandmal äußerte.

Empfindungen, die ich nur zu gut kannte, und deren Beständigkeit Xeron mit wenigen Worten zerstört hatte.

Ich war schon immer impulsiv gewesen, aber hatte ich mich von meinen Gefühlen beherrschen lassen?

Trag endlich die Verantwortung für dich selbst.

Hatte ich das nicht getan? Als ich davonlaufen wollte? Oder hatte ich mich lediglich versteckt?

»Blöder Xeron«, ärgerte ich mich und warf ein paar herausgerissene Grashalme zur Seite. Sie drehten sich träg im Wind, folgten nicht der Richtung, die ich ihnen vorgab, sondern suchten sich ihre eigene.

Xeron hatte mich in der Trainingshalle gesucht, bevor er mich hier gefunden hatte. Warum bemühte er sich so?

Während ich meinen Gedanken nachhing und den Streit immer wieder in meinem Kopf abspulte, wich die Nacht vollständig dem Tag. Die Sonne hob sich, färbte den Himmel erst in satte Rottöne, bevor ein klarer Spätsommertag anbrach. Ich versuchte abzuschätzen, wie spät es war, doch schon vor meinem Eintritt in Ankrov waren die Tage kürzer geworden. Vermutlich war es schon viel später, als ich annahm.

Tamira wartete bestimmt schon in der Trainingshalle – wenn sie nicht von Ferlens Anwesenheit abgelenkt wurde.

Ein Windhauch fegte über die Plattform und zerzauste mir das Haar. Er brachte den Duft von unterschiedlichsten Pflanzen mit, einigen, die ich benennen konnte, und anderen, die mir fremd waren. Gerüche, die ich in meinem Leben als Mensch nicht wahrgenommen hatte.

Ich sollte zurückgehen, mich meinen Pflichten widmen und zu meinem neuen Leben zurückkehren. Doch das verwirrte, stolze Mädchen in mir wollte Xeron noch nicht wieder begegnen. Selbst wenn ich zum Mittag zurückkehrte, war noch genug Zeit für meine Trainingseinheit und den geplanten Besuch bei Chris.

Ich stand auf und schlenderte den Hügel hinunter bis zum Geländer. Mit den Händen umschloss ich das Metall, das sich langsam durch die Sonne erwärmte.

Ich ließ das Geländer los und sah mich um. In einiger Entfernung führte eine kleine Treppe hinab, die sich zwischen dichten Gebüschen verlor. Äste bogen sich über den Weg und machten deutlich, dass schon lange keiner mehr die Hecken getrimmt hatte. Der Eingang war durch eine Metallkette abgesperrt. »Betreten verboten« stand auf einem kleinen Schild, das daran baumelte.

Ich trat näher, strich über die Worte und stellte mir das metallische Klirren vor, das die Absperrung vermutlich von sich geben würde. Doch sie bewegte sich nicht. Ich war kein Teil der Zeitwelt mehr und konnte keinen Einfluss auf diese Welt haben. Nicht einmal auf ein kleines Hinweisschild, das selbst ein sachter Windstoß bewegen konnte. Die einzige Ausnahme war Chris.

Den Widerstand spürte ich an meiner Hand, solange ich meine Energie nicht lockerte. Erst wenn ich mich auf meine Form konzentrierte und darauf, ihre Grenzen aufzulösen, konnte ich hindurchgleiten. Ich warf einen Blick über die Schulter.

Die kleine Treppe führte zwischen dichtem Gebüsch hinab und wurde nach wenigen Stufen von den Ästen verdeckt, die über den Weg wucherten.

Im ersten Moment wollte ich über die Kette steigen, um meine Neugierde zu stillen. Doch ich konnte das genauso gut mit einem Training verbinden. Also konzentrierte ich mich auf meine Energie und lockerte sie. Mit einem Schritt trat ich durch die Kette nach vorn. Die Kälte kam wie erwartet, war aber deutlich schwächer als an dem Tag meines ersten Besuchs bei Chris, als Xeron mich nicht vorgewarnt hatte und ein Junge geradewegs durch mich hindurchmarschiert war.

Ich folgte den Stufen hinab, spürte die Äste und Blätter, die durch die Energie meines Körpers glitten. Fast so, als wäre ich selbst ein Geist. Nach wenigen Metern erreichte ich eine verwitterte Bank, die morsch wirkte. Das Geländer war nicht aus Metall wie oben auf der Plattform, sondern aus einfachem Holz gefertigt – das mindestens genauso alt war wie die Bank. Ich trat nah heran, achtete auf meine Form und betastete die Brüstung. Die Oberfläche fühlte sich rau an. Durch meine neu ausgeprägten Sinne spürte ich jede Maserung, Rille und selbst den kleinsten Splitter.

Hinter dem Geländer führte der Hang nicht so steil hinab. Nach einigen Metern kristallisierte sich ein Vorsprung heraus, auf dem sich Müll angesammelt hatte, der vermutlich achtlos über die Brüstung geworfen worden war. Also kamen hier immer noch Menschen her, auch wenn es heruntergekommen wirkte.

Ich zuckte die Schultern. Vermutlich Jugendliche, die ein abgelegenes Plätzchen suchten.

Noch während ich den Gedanken zu Ende führte, spürte ich die Bilder. Unkontrolliert und unerwünscht drängten sie sich in den Vordergrund.

Die Vision zwang mich in die Knie. Während ich keuchte, brachen die Fragmente über mich hinein.

Karyn lag auf dem Boden, Chris kletterte den Hang wieder hinauf. Dann war es dunkel, eine mondlose Nacht. Karyn verharrte reglos in der gleichen Pose auf dem Felsen.

Als die Bilder verschwanden, blinzelte ich und versuchte zu Atem zu kommen. Mit schnellen Schritten eilte ich ans Geländer und betrachtete die Dosen, Zigarettenschachteln und die undefinierbaren Abfälle, die sich auf dem Vorsprung verteilten. Die Anordnung glich beinahe der in meiner Vision.

Keuchend wich ich zurück und hob den Kopf in den Himmel. Auch wenn die Sonne mittlerweile den Mond abgelöst hatte, sah ich das Bild vor mir, als ich in der Nacht auf die Plattform gekommen war. Eine schmale Sichel hatte sich in der Dunkelheit abgezeichnet. Wie lange würde es noch dauern, bis Neumond war?

Hatte ich nur noch wenige Tage, um Karyn zu retten?

Ich stolperte rückwärts und versuchte die aufkeimende Panik zu unterdrücken. Das ging viel schneller, als ich gedacht hatte! Zeit rann durch meine Finger, Karyns Tod stand bevor und ich verbrachte den Tag schmollend auf diesem Hügel.

Verdammt!

Mit einem Wimpernschlag verwandelte ich mich in meine Krähenform und sauste in den Himmel. Das musste ich sofort Xeron erzählen.

17. Kapitel

Als ich am Startplatz ankam, behielt ich meine Krähenform bei und flog sofort in Richtung Trainingshalle. In irrsinnigem Tempo jagte ich durch die Flure, drehte mich in den schmalen Gängen zur Seite, damit ich besser hindurchpasste.

Erschrocken huschten die Krähen zur Seite, über die ich hinwegfegte, bis ich die Schlucht erreichte. In Schlangenlinien flog ich an den Treppen und Brücken vorbei, bis ich die offene Seite der Trainingshallen entdeckte. Die Ebenen waren wie jedes Mal, wenn ich sie besuchte, gut gefüllt – und die ein oder andere Krähe verwandelte sich, um den Kampf in der Schlucht fortzuführen. Ich blinzelte, suchte Xeron, während ich auf die Öffnung der obersten Halle zusteuerte. Ich entdeckte ihn beim Schwertkampf mit Marxem, während Tamira danebenstand und sich dehnte.

Kurz vor ihnen bremste ich ab und landete auf meinen Krallen. Mein Herz raste und ich brauchte länger, um mich zurückzuverwandeln.

»Da bist du ja!«, sagte Tamira. »Können wir dann loslegen?«

Marxem bedachte mich mit einem schnellen Blick, während sich Xerons Schultern versteiften und er mir den Rücken zuwandte, um auf Marxem zuzustürmen.

»Karyn wird bald sterben«, keuchte ich und ignorierte Tamira.

Mit einer Handbewegung gab Marxem Xeron zu verstehen, dass sie den Kampf unterbrachen. »Wie kommst du darauf?«, fragte er und rieb sich den Schweiß von der Stirn.

»Ich war auf einem Hang und entdeckte einen abgesperrten Bereich«, erklärte ich. »Ich habe Karyn dort gesehen – es gibt keinen Zweifel.«

»Wann ist es soweit?«, hakte Marxem nach und steckte sein Schwert weg.

»Nächsten Neumond.«

»Das ist schon in drei Tagen!«

Xeron schüttelte den Kopf. »Wir sind nicht bereit«, sagte er zu Marxem. Seit ich angekommen war, hatte er mich nicht einmal angesehen. »Nach der aktuellen Situation können wir nichts ausrichten.«

Marxem verschränkte die Arme, auf seine Stirn trat eine tiefe Falte, als er nachdachte. »Wann besucht ihr Chris das nächste Mal?«

»Heute«, antworteten Xeron und ich gleichzeitig.

»Seine Sicherheit hat oberste Priorität.« Marxem fuhr sich mit den Fingern über den getrimmten Bart. »Tamira«, sagte er und sah zu ihr. »Trommel alle für ein Treffen zusammen. In zwei Stunden sollen sich die Krähen in der Versammlungshalle einfinden.«

Sie nickte und eilte davon, hielt bei den Grüppchen in der Trainingshalle, bevor sie die Treppe hinaufrannte, um die Nachricht zu verbreiten.

»Und was machen wir?«, fragte ich hitzig. Jede Faser meines Körpers schien die Eile zu spüren, mit der wir nun handeln mussten.

»Ihr kommt zu der Versammlung, aber vorher holt ihr euch neue Energie«, sagte Marxem.

»Schon wieder?«, frage ich verblüfft. »Ich habe erst heute Nacht einen Smoothie erhalten.«

»Das ist egal.« Marxem eilte zur Treppe und Xeron und ich folgten ihm. »Ihr braucht die Energie.«

»Wofür?«, hakte ich nach, doch Marxem wandte sich beim Gehen an Xeron.

»Knüpft für den Besuch bei Chris ein Band«, forderte Marxem ihn auf. Auf Xerons Gesicht erkannte ich, dass ihm diese Idee gar nicht gefiel. Doch er widersprach nicht und nickte.

»Wie stark?«, fragte er.

»Stark genug, um den Schutzschild zu verdoppeln und einen Hoffnungsschimmer in seinen Kopf zu pflanzen. Beginnt sofort. Noch vor der Versammlung.«

Marxem bog ab und ich wollte ihm folgen, doch Xeron schlug eine andere Richtung ein.

»Was ist das für ein Band?«, fragte ich.

»Als dein Mentor kann ich zu dir ein Band knüpfen – wie die Krähen zu den Schützlingen.«

Ich dachte an seine Worte, erinnerte mich daran, woher die Krähen ihre Energie zogen – nicht nur aus sich selbst, sondern aus der aufgebauten Verbindung zu ihrem Schützling.

»Du leihst mir deine Energie?«, fragte ich, um meine Vermutung auszusprechen.

Xeron nickte, er war sichtlich angespannt. Seine Kiefermuskeln mahlten, während er in der Cafeteria die Smoothies abholte und mich zu meinem Zimmer führte. Die restliche Zeit strafte er mich mit eisigem Schweigen.

»Hier«, sagte er, drückte mir einen der Becher in die Hand und hielt mir meine Zimmertür auf.

»Was jetzt?«, fragte ich und trat ein. In der Mitte des Raums blieb ich stehen, unsicher, was mich nun erwartete oder wie das Ritual ablief. Ähnlich wie bei unseren Schützlingen, indem er seine Energie nach mir ausstreckte?

»Wie wird das Band geknüpft?«

»Sex«, antwortete Xeron mit ernster Miene und schloss die Tür hinter sich.

Ich riss die Augen auf, schlang schützend den freien Arm um mich, während mein Körper bei dem Gedanken kribbelte. Wir würden Sex haben?!

Xeron stieß ein kurzes Schnauben aus. Wenn zwischen uns nicht der ungeklärte Streit stehen würde, hätte er sich vermutlich mehr über meine Reaktion amüsiert. Stattdessen blitzte der Schalk nur kurz in seinen Augen, während er auf das Bett deutete. »War ein Witz«, sagte er trocken und ich vermisste seinen spöttischen Unterton, mit dem er mich sonst aufzog. Er konnte seine Späße nicht ganz lassen, aber die Halbherzigkeit, mit der er agierte, drückte noch mehr auf meine Stimmung – als wäre sie nicht bereits mies genug.

»Wenn wir uns also nicht in den Laken räkeln müssen, was erwartet mich dann?«, hakte ich nach, griff seinen Witz auf, doch die Kälte der ausgesprochenen Worte unseres Streits lag undurchdringbar zwischen uns. *Du bist mein Problem.*

Xeron räusperte sich und als er mich betrachtete, erkannte ich in seinen Augen, wie schwer diese Aufgabe auf ihm lag. Als wäre es schrecklich, mit mir verbunden sein zu müssen.

»Das Band äußert sich zwischen den Krähen anders als zwischen Mensch und Krähe.« Er deutete von sich zu mir. »Wir können einander wahrnehmen, also wird das Band auch in beide Richtungen funktionieren.«

»Was heißt das?«, fragte ich und schluckte. Meine Kehle fühlte sich plötzlich trocken an.

»Während beim Band zwischen Krähe und Schützling der Mensch nur die Energie als Hoffnung, Wärme und Geborgenheit spürt, kann die Krähe über Rituale die Gefühle und Gedanken des Schützlings wahrnehmen und hören.«

Ich schüttelte langsam den Kopf. Dachte an die Momente, in denen ich Chris nahe war, den Lauscherstein nutzte, um zu merken, was in ihm vorging. Als er sich nach Karyn sehnte, sich einsam und schutzlos fühlte.

Das erwartete mich mit Xeron? Dass er in mich hineinblicken konnte?

»Nein«, krächzte ich. Der Gedanke, ihn in meinem Kopf zu wissen, gefiel mir gar nicht. Die Mauern in meinem Innern waren mühsam und langjährig errichtet worden. Es gab Schmerz in mir, den ich niemandem zeigen wollte – der niemanden etwas anging.

Xeron lachte auf. Es klang so hart und kalt wie bei unserem Streit. »Glaubst du etwa, ich bin wild darauf?«

Er fixierte mich, hielt mich fest mit einem ernsten und bitteren Funkeln seiner grünen Augen. Dieser Blick reichte, um mir zu zeigen, dass auch in ihm mehr steckte, als er preisgab. Mehr, als jemand anderes sehen sollte.

»Es muss eine andere Möglichkeit geben!«, beharrte ich. Doch Xeron schüttelte den Kopf und deutete auf den Becher in meiner Hand.

»Trink«, bat er mich.

Ich nippte an dem Smoothie und genoss die wohlig-warme Energie, die mich erfüllte. Mit jedem Schluck füllte sich mein Bauch mit Mondlicht, das zurück auf die Erde geworfen wurde und Erinnerungen an den Tag mit sich brachte. Sonnenstrahlen und Meeresrauschen, Blumen, die im Wind wiegten, und weiße Wolken, die um Berggipfel waberten. Ich unterdrückte ein genüssliches Seufzen.

»Es gibt zwei Möglichkeiten, wie du dich vor der Verbindung schützen kannst.« Xeron hob die freie Hand. »Erstens: Je weiter wir voneinander entfernt sind, desto schwächer wird das Band.«

Ich trank den Energie-Smoothie leer und nickte. »Wie bei den Schützlingen.«

»Ja.« Xeron kippte ebenfalls den Rest seines Mondlichts in sich hinein und leckte sich über die Lippen. »Und zweitens: Indem du etwas anderes vorschiebst. Eine Erinnerung oder ein Gefühl. Du kannst es aufsagen wie ein Mantra, um damit andere Gefühle und Gedanken zu überlagern.«

»Wenn ich also ständig wiederhole, dass du ein Idiot bist, dann hörst du nichts anderes?«, fragte ich und schnaubte.

Xeron presste die Lippen aufeinander und nickte. »Bereit?«, fragte er.

»Nein, aber ich habe keine andere Wahl, oder?« Chris' Schutz hatte nun oberste Priorität. Wenn ich Karyns Leben retten wollte, musste ich mich überwinden und Xeron in meinen Geist eindringen lassen. Wie schwer konnte es schon sein, die ganze Zeit an eine Beleidigung zu denken?

Xeron streckte die Hände aus, ohne mich zu berühren. »Sobald wir Chris besucht haben, löse ich die Verbindung.«

Ich nickte und konzentrierte mich auf das Wort, das ich ihm zeigen wollte: Idiot.

Es dauerte einen Moment, bis ich begann, seine Energie als Wärme wahrzunehmen. Wie ein Schleier legte sie sich um mich, hüllte mich ein und gab mir ein wohliges Gefühl. Ich spürte, wie sie in mich eindrang, Teil meiner Zellen wurde und sich mit meiner Energie vermischte.

Xeron hatte mich gewarnt, dass wir einander wahrnehmen würden, doch es war mehr, als ich mir vorgestellt hatte. Seine Existenz überwältigte mich. Fremde Gefühle und Erinnerungen, die ich nicht auseinanderhalten konnte, wurden Teil von mir. Ich keuchte und konzentrierte mich auf meine Energie, die heiß in meiner Stirn pochte.

»Was?«, keuchte ich, während Hitze in mir anschwoll. Es fühlte sich an, als würde mein Körper überlaufen, als wäre es zu viel, um es in mir zu halten.

»Drei Monatsportionen für dich, zwei für mich«, sagte Xeron und ich erkannte die Schweißperlen auf seiner Stirn. Er atmete schnell, als würde er sich konzentrieren. »Das Aufbrausen der Energie wird gleich vergehen.«

Noch während er sprach, ebbte das Gefühl ab, die Spannung in der Luft blieb aber greifbar, als schwebte das Mondlicht zwischen uns, bereit, eingesetzt zu werden.

»Je länger das Band besteht, desto stabiler wird es.«

Ich nickte. Deshalb wollte Marxem, dass es so schnell wie möglich geknüpft wurde. Damit Chris davon profitieren konnte.

Die Welle an Energie flachte weiter ab und schien in die Luft zwischen uns zu treten. Je leiser das Rauschen in meinem Inneren wurde, desto deutlicher spürte ich Xerons Präsenz und sein Unbehagen, das von geflüsterten Worten überlagert wurde.

Lenna ist eine dumme Nuss. Lenna ist eine dumme Nuss.

Hätten seine Worte nicht noch an mir genagt, wäre der Streit nicht immer noch zwischen uns, hätte ich Xeron getreten und mit einem blöden Spruch gekontert.

Ich schüttelte den Kopf. Diese Verbindung war zu viel. Schmerz wallte in mir auf und ich drängte selbst Gedanken in den Vordergrund, versuchte zu überlagern, was wirklich in mir vorging. Doch für weitere Witze war mir die Lust vergangen.

Stattdessen dachte ich nur immer wieder daran, dass ich genug hatte. Ich wollte nur noch Karyn retten. Alles andere war mir egal.

18. Kapitel

»Sei pünktlich bei der Versammlung«, presste Xeron hervor, ehe er aus dem Raum verschwand. Er ließ mich zurück, doch ich spürte, wie er in sein eigenes Zimmer nebenan ging. Es war, als verband uns zäher Kaugummi, der sich dehnte, aber nicht riss. Xerons Bewusstsein vibrierte in meinem Kopf und seine Gefühle tasteten sich in mein Herz. Doch am lautesten klangen seine Worte in mir, mit denen er versuchte, mich abzulenken. Seine Stimme in meinen Gedanken löste eine Gänsehaut auf meiner Haut aus. Dieses Band nahm mir meine eigenen Grenzen und ließ einen anderen in meine Seele eindringen. Am liebsten hätte ich mir die Ohren zugehalten und laut geschrien, um die Worte zu übertönen. Aber ich bezweifelte, dass es etwas half. Schließlich war seine Stimme in mir. Wie sollte ich sie da ausschließen?

Zitternd sank ich auf die Bettkante und vergrub den Kopf in den Händen, während ich mich bemühte, meine Gefühle hinter belanglosen Gedanken zu verstecken.

Er hielt sich nur einige Minuten nebenan auf, ehe er sich weiter von mir entfernte. Als die Distanz das Band noch mehr streckte, wurde seine Präsenz langsam schwächer. Ich stand auf.

Die Uhr zeigte mir, dass es bald Zeit war, dass auch ich zur Versammlung aufbrach, doch ich blieb noch eine

Weile in meinem Zimmer, um die Ruhe unseres Bands auszukosten.

Die Entfernung legte sich wie ein Schleier über mich, schwächte seine Gefühle ab, bis nur noch eine vage Ahnung übrigblieb, die mir die Richtung wies. In unserem Band lag eine Anweisung. *Komm pünktlich hierher.* Xeron war bereits zur Versammlungshalle gegangen und ich musste nur der Verbindung zu ihm folgen.

Dreimal atmete ich tief durch, bevor ich mein Zimmer verließ und mich dem Gefühl stellte, das das Band in mir auslöste. Mit jedem Schritt, den ich mich näherte, wurde seine Präsenz stärker, bis seine Gedanken wie ein Rauschen dröhnten, das weiterhin von Worten überlagert wurde. Immerhin hatte er die Beleidigung aufgegeben und war zu einem anderen Mantra übergegangen. In mir hallten seine Worte wider, in denen er betonte, dass er die Zwischenwelt retten wollte.

Ein edles Ziel, das zeigte, wie wichtig ihm seine Aufgabe war, für die Menschen und Krähen zu sorgen. Sofort fragte ich mich, wie viele Jahre Xeron bereits in Ankrov verbracht hatte. Wie viele Leben er gerettet und bei wie vielen er versagt hatte.

Er wollte den bevorstehenden Krieg verhindern und ich konnte nur daran denken, meine ehemalig beste Freundin zu beschützen. Ein Mädchen, das sich von mir abgewandt hatte, nachdem ich Lügen und Intrigen gesponnen hatte. Ich wollte nicht mehr länger mitansehen, wie sie bei diesem Unfall starb.

Hatte ich als Krähe wirklich die Kraft, sie davor zu bewahren?

Als ich die Versammlungshalle erreichte, begegnete ich Tamira, die an der Tür stand.

»Lenna!«, rief sie mir zu. Sie hakte sich bei mir unter und führte mich in den Raum.

Ich war bereits einmal hier gewesen, als Xeron und ich von unserem ersten Besuch bei Chris zurückgekehrt waren – er hatte Marxem von dem Schlag des Geists erzählt und Marxem uns die Nachricht über Rubens Tod übermittelt. Anders als damals standen die Krähen in den Gängen und hatten nicht Platz genommen. Anspannung hing in der Luft und spiegelte sich in den aufgeregten Gesprächen wider, die geführt wurden.

Während ich Tamira folgte, spürte ich, wohin sie mich brachte. Näher an Xeron heran. Sein Mantra hallte in mir wider wie ein Ohrwurm, der sich abspielte und den ich nicht von allein loswurde.

Ich blieb schlagartig stehen. »Halt.«

Tamira sah mich über die Schulter an und stolperte. »Was ist?«, wollte sie wissen.

»Können wir uns nicht dort drüben hinsetzen?«, fragte ich und deutete in die entgegengesetzte Richtung. Je weiter ich von Xeron entfernt war, desto besser.

Tamira sah kurz in die Richtung, in die ich zeigte, doch ihr Blick wanderte wieder zurück und ich erkannte, was sie antrieb. Ferlen saß neben Xeron.

»Geh ruhig«, forderte ich sie mit einer Kopfbewegung auf. »Aber ich setze mich auf die andere Seite.«

Tamira sah mich einen Moment an, als wägte sie ab, ob sie mir eine Freundin sein und bei mir bleiben musste. Doch davon waren wir meilenweit entfernt. Sie war von Ferlen besessen, ich wusste nicht, ob für sie jemals etwas wichtiger sein würde, als er es war.

»Okay«, hauchte sie und ließ von mir ab, als würde sie die Gelegenheit nutzen, bevor sie verstrich. Während sich Tamira durch die Krähen schlängelte – darauf bedacht, niemanden zu berühren, um potenziellen Sehern zu entgehen – ging ich ans andere Ende der Halle. Die Krähen wichen einander aus, berührten Freunde, von denen sie die Gabe wahrscheinlich kannten und vermieden jene, die ihnen unbekannt waren. Es war ein Tanz aus Nähe und Abstand, Intimität und Unsicherheit. Das gleiche Spiel, das zwischen mir und Xeron stattgefunden hatte. Der Wechsel aus Berührung und Ablehnung, der uns zu unserem Streit getrieben hatte. Der mir nur umso deutlicher zeigte, dass mir etwas an diesem Idioten lag, der mich mit seinen Sprüchen und Witzen zum Lachen brachte.

Eine Welle aus Schuldgefühlen schwappte zu mir herüber und ich begriff, dass ich meine Mauern hatte sinken lassen. Ich riss den Kopf herum, suchte nach Xeron und entdeckte ihn. Er sah mich an, wandte sich nicht ab, als hätte er gespürt, was ich dachte. Ich hatte mein Mantra vergessen und ihm einen Einblick in meine Seele gewährt.

Er hielt meinen Blick fest, genau wie das beklemmende Gefühl meinen Körper lähmte. Die Grenzen zwischen uns verschwammen – was fühlte ich, was davon gehörte Xeron? War es meine Wut, die in mir brodelte oder verärgerten ihn meine Gefühle, die ich bisher unterdrückt hatte? Lehnte *er* mich ab – oder *ich* das Wissen, dass er in meinen Kopf blickte? Dass ich unfähig war, mich zu bewegen, zu reagieren, irgendetwas dagegen zu tun?

»Setzt euch bitte«, forderte uns eine Stimme auf. Xeron wandte sich an Tamira, die sich zu ihm beugte.

Plötzlich hörte ich wieder Worte in meinem Hinterkopf, die alle möglichen Kampftechniken aufsagten, bis zehn zählten oder ein Kinderlied anstimmten. Ich konzentrierte mich selbst auf ein Mantra, das unverfänglich war und meine wahren Gefühle verbarg.

Marxem stand in der Mitte und ich folgte den letzten Krähen, die sich auf freie Stühle sinken ließen.

»Wir müssen uns gegen die Geister schützen«, eröffnete Marxem die Versammlung ohne große Umschweife. »Unsere Zeit wird knapp.«

»Was heißt knapp?«, warf eine Stimme dazwischen, die unruhiges Gemurmel auslöste.

»Drei Tage.«

Ein Raunen ging durch die Reihen, löste vereinzelte Ausrufe und etliche Flüche aus.

»Wie sollen wir uns gegen die Geister durchsetzen?«, rief einer.

»Woher nehmen sie ihre Kraft?«, fragte eine Frau.

Ein Mann lachte dröhnend. »Dann können die Kämpfer endlich mal nützlich sein.«

»Halt die Klappe«, zischte eine Krähe, die vermutlich zu den Kämpfern gehörte. Sofort sprangen einige auf, stritten miteinander, ohne eine Rangelei zu beginnen. Ich erwartete, dass die ersten Fäuste flogen, doch die Auseinandersetzung beschränkte sich auf wilde Beschimpfungen und spöttische Kommentare. Deutlich konnte ich die Angst der Streitenden spüren, einen Seher zu berühren und Energie entzogen zu bekommen.

»Ruhe!«, befahl Marxem etliche Male, bis sich die Menge wieder fing. »Ich dulde keine Beleidigungen. Die

Lage ist ernst. Und die Gabe der Kämpfer wird uns womöglich in dem Krieg helfen, der uns bevorsteht.«

»Dieses Pack mit ihren tierischen Instinkten«, flüsterte eine Stimme hinter mir. Auch wenn ich lieber woanders wäre, in einem anderen Leben ohne diese Aufgaben und Fähigkeiten, konnte ich dennoch nichts gegen den Groll ausrichten, der in mir brodelte. Ich wusste nicht, ob es nur mein eigener war, oder ob Xeron die intolerante Bemerkung über mich ebenfalls wahrgenommen hatte.

Ich drehte mich um, suchte nach dem abfälligen Grinsen, das ich mir zu der Stimme ausmalte. Doch ich konnte nicht ausmachen, wer die Worte ausgesprochen hatte. Also rief ich einfach in die Menge, ließ meinen angeblich tierischen Instinkten freien Lauf. »Wer hat das gesagt?«, zischte ich. »Hätte da jemand gern eine Kostprobe?«

Meine Worte waren lauter als beabsichtigt – so laut, dass Xeron sie vermutlich gehört hatte. Denn das Mantra in meinem Kopf änderte sich, flüsterte unentwegt: *Zeig es ihnen, Lenna.*

»Lenna«, tadelte mich Marxem.

Ich warf einen letzten, möglichst wütenden Blick in die Runde, ehe ich meine Arme verschränkte und mich wieder Marxem zuwandte.

»Die Lage ist ernst. Die Geister gewinnen an Macht. Wir müssen handeln, bevor es zu spät ist.«

»Warum so plötzlich?«, rief einer aus.

Ein anderer fragte, wie Marxem sich das alles vorstellte.

»Ruhe, bitte«, wiederholte Marxem und hob die Hände. »Aufgrund einer neuen Vision wissen wir, dass der Junge in drei Tagen ein Mädchen in einen tödlichen Unfall verwickeln wird. Wir müssen ihn daran hindern, um sein Karma zu schützen. Wann er in die Endwelt übertreten wird, ist uns nicht bekannt – der Unfall könnte aber eine wichtige Rolle bei seiner Entwicklung spielen.«

Zustimmendes Gemurmel brandete durch die Reihen, ehe Marxem fortfuhr: »Die Geister gewinnen an Stärke. Das erste Mal seit Gedenken haben sie Krähen angegriffen, verletzt und sogar getötet.«

Im Raum breitete sich eine gedrückte Stille aus, keine Kommentare, Zurufe oder Beleidigungen waren mehr zu hören. Nur Totenstille in Erinnerung an die Krähe, die wegen eines Geists ihr Leben gelassen hatte.

»Die Kämpfer bereiten sich schon seit Jahrhunderten auf eine Konfrontation vor, trainieren und geben ihr Wissen weiter. Und auch wenn sie bisher als nutzlos angesehen wurden«, Marxem hielt inne und ließ seinen Blick über die Anwesenden gleiten, »so verschafft uns diese Gabe nun einen Vorteil. Wir sind auf einen Kampf vorbereitet. Doch ohne Form sind die Geister unantastbar.«

Hinter mir ertönte ein leises, schnaubendes Lachen und ich spürte wieder den Drang, mich umzudrehen, doch niemand sonst wagte es, die Anspannung in der Luft zu durchbrechen. Also hielt auch ich still, unterdrückte die Emotionen und wartete, gespannt, was Marxem uns offenbaren würde.

Denn die Konfrontationen der letzten Tage hatten gezeigt, dass wir uns nicht wehren konnten. Mein Tritt war durch den Geist hindurchgeglitten, ohne ihm etwas anhaben zu können. Xeron hatte die Hand gepackt, die ihn im Würgegriff hielt, doch sobald der Geist seine feste Form auflöste, konnte Xeron ihn nicht mehr halten. Wie also sollten wir einen Geist bekämpfen oder verletzen?

»Wie kommt es, dass die Geister ein Messer führen konnten?« Eine Frau stand auf, die Augen verquollen, als hätte sie geweint.

»Das wissen wir noch nicht«, antwortete Marxem.

Sofort drangen Xerons Worte zu mir ins Gedächtnis – er hatte die Ketten bemerkt. Ob der Geist, der Ruben getötet hatte, auch eine getragen hatte?

Ein Former musste mit diesem Komplott zusammenhängen. Das war die einzig logische Erklärung. Das musste der Grund sein, wieso die Geister in der Lage waren, sich zu materialisieren.

Sag es nicht, sag es nicht, sag es nicht.

Das Mantra in meinem Kopf veränderte sich und ich schaute zu Xeron. Er betrachtete mich mit wachsamen Augen und deutete ein Kopfschütteln an.

Sie sollten deine Theorie erfahren, dachte ich, in der Hoffnung, Xeron konnte mich verstehen.

Wieder neigte er den Kopf und änderte das Mantra. Er versuchte, mich zu überzeugen, dass Ferlen recht hatte, dass diese Anschuldigungen zum jetzigen Zeitpunkt nur Unsicherheit auslösen und zu Zwiespalt in unseren Reihen führen würden.

Bevor ich Xeron erneut antworten konnte, fuhr Marxem fort: »Und solange wir nichts Genaues wissen, sind alle Theorien nur Spekulationen.« Seine Worte unterstützten Xerons Mantras in meinem Kopf. »Die Geister verfügten über die Möglichkeit, sich stellenweise zu materialisieren und so zu Waffen zu greifen oder körperliche Gewalt anzuwenden. Wir werden diesen Vorfall genau untersuchen.« Er drehte sich und betrachtete die Zuschauer nacheinander. »Bitte teilt uns daher Auffälligkeiten mit, die ihr auf euren Ausflügen beobachtet. Es könnte unterschiedliche Gründe geben, daher sind wir für alle Hinweise dankbar. Aber vermeidet es bitte, Gerüchte und Theorien zu verbreiten. Das ist nur hinderlich.«

Vereinzelt begannen Krähen zu nicken, bevor Zustimmung laut wurde.

»Danke«, sagte Marxem. »Doch auch wenn wir noch herausfinden müssen, was hier vor sich geht, können wir nicht tatenlos herumsitzen. Daher haben Xeron und Lenna heute eine weitere Monatsration erhalten.«

Beim Klang meines Namens zuckte ich zusammen. Marxems Worte lösten eine hitzige Diskussion aus, wessen Ration im Austausch für mich und Xeron gekürzt werden würde. Ich war froh, dass Marxem nicht erwähnte, dass es sich bereits um meine dritte in zwei Wochen gehandelt hatte.

»Es ist wichtig, dass sie den Jungen vorbereiten«, ergriff Chio das Wort. Sie saß in der ersten Reihe, und erst jetzt bemerkte ich, dass sich auch die anderen Ajiva neben ihr befanden.

»Es war richtig«, sagte der Jüngste der Ajiva – Nander, der Former. Er wirkte kaum älter als ich, doch das zeigte nur, wann er sich in die Zwischenwelt begeben hatte. Sein Aussehen, das unscheinbare Gesicht mit dem zerstreuten Lächeln, gab nichts über sein wahres Alter preis. Er lieferte keine Anzeichen, ob er ahnte, was mit den Geistern wirklich passierte. Während in mir

Vermutungen aufkeimten, ob Nander etwas mit der Stärkung der Geister zu tun haben könnte, wallten direkt wieder Xerons Worte durch meinen Geist. Er tadelte mich für meinen Verdacht, für den er überhaupt erst verantwortlich war. Seine grenzenlose Loyalität, die er gegenüber den Krähen empfand – vor allem weil Ferlen ihn dazu aufgefordert hatte – ging mir auf die Nerven. Am allermeisten, weil er die Situation nicht sachlich betrachtete und mögliche Vermutungen zuließ. Es ging hier nicht darum, die Former zu beschuldigen, sondern darum, alle Eventualitäten durchzuspielen.

Stattdessen bewertete er jeden Gedanken, jede noch so kleine Idee, die ich aufgriff und betrachtete.

Nander hob seine Hände, in denen etwas silbrig aufblitzte. Ich lehnte mich zur Seite und spähte an den Krähen vorbei, die vor mir saßen, um besser sehen zu können. Der Gegenstand, den Nander präsentierte, wirkte wie ein Schlüsselbund oder eine Metallkette, an der mehrere schwarze Ovale hingen – vermutlich Formersteine. »Die Geister materialisieren sich, um uns anzugreifen. Wir werden den Spieß umdrehen.« Er grinste aufgeregt über das ganze Gesicht, als er Marxem den Anhänger reichte.

Marxem hob die Talismane in die Höhe und zeigte sie so den Anwesenden der Versammlung. »Jede Krähe sollte von nun an einen Stein, der Teile der Formergabe trägt, auf ihren Ausflügen mitnehmen. Jeder, der keinen besitzt, wird in den nächsten Tagen einen von uns erhalten. Solange leiht euch bitte entsprechende Steine aus.« Er ließ die Hand sinken und betrachtete sie. »Das Ritual bewirkt, dass euer Ziel materialisiert wird. Dafür nutzt ihr die Worte: *joan siel diz foarm*.« Er erklärte außerdem, wie sich der Energieentzug anfühlte, ab wann die Verwendung eingestellt werden musste und wie wir die Gabe lenkten. Ich lauschte seinen Worten, prägte mir alles ein – denn mit den Formern hatte ich bisher keinen Kontakt gehabt.

Einige der Anwesenden wurden unruhig, für sie schien dieses Wissen nicht neu zu sein.

»Wir werden in zwei Tagen wieder eine Versammlung abhalten«, schloss Marxem seine Erzählungen. »Bis dahin werden Kämpfer für die Neumondnacht zusammengestellt. Jeder Freiwillige ist willkommen. Die Former bleiben bitte auch hier, alle anderen sind entlassen.«

Die meisten Krähen erhoben sich, drängten zum Ausgang. Wieder begann dieser Tanz aus Berührung und Distanz.

»Xeron, Lenna!«, rief Marxem und winkte uns über die Menge hinweg zu. Ich wich den Krähen aus, die an mir vorbei auf die Tür zusteuerten und schlängelte mich in der Mitte durch. Mit jedem Schritt, den ich mich näherte, spürte ich das Vibrieren in der Luft, das das Band zwischen Xeron und mir hervorrief.

Wortlos reichte mir Marxem den Talisman, den er in der Versammlung gezeigt hatte. Ich strich mit den Fingern über den kühlen Stein. »Seid vorsichtig«, ermahnte er uns.

Ich nickte, wartete auf weitere Erklärungen, doch Xeron wandte sich ab und ging Richtung Ausgang. In einigem Abstand folgte ich ihm, unterdrückte den Drang, mehr Distanz zwischen uns zu bringen, um das Band abzuschwächen. Selbst die wenigen Meter bei der Versammlung hatten ausgereicht, um die Wirkung des Bands zu beeinflussen. Trotzdem hatte ich mehr entblößt, als ich wollte. Jetzt, mit vielleicht zwei Metern zwischen uns, forderte mein Mantra höchste Konzentration.

Und ich hörte auch Xerons Worte in meinem Kopf, die sich auf das Ritual mit den Formersteinen fokussierten. *Joan siel diz foarm. Joan siel diz foarm.* Ob er mir so helfen wollte, mir den Text einzuprägen?

»Brechen wir sofort auf?«, frage ich, als wir die Halle verließen und durch die Flure schritten. Im Gehen nahm ich mein Armband ab und befestigte den Formerstein daran.

»Ja«, antwortete Xeron knapp und schlug die Richtung zum Startplatz ein.

»Und das Band?«, fragte ich.

»Es ist jetzt fest genug.« Xeron drehte sich zu mir um. Die Verbindung zwischen uns surrte, zog mich an wie ein Magnet das Eisen. Das Band streckte seine unsichtbaren Finger nach mir aus, erweckte den Drang, mich an Xerons Brust zu schmiegen, seinen vertrauten Duft einzuatmen und in eine innige Umarmung zu versinken.

Mit aller Kraft verdrängte ich die Gedanken, doch das Zucken in Xerons Mundwinkel ließ mich daran zweifeln, dass diese Sehnsüchte vor ihm versteckt geblieben waren.

»Sei vorsichtig«, wiederholte er Marxems Worte und im ersten Moment dachte ich, er meinte meine Gefühle. Doch dann fuhr er fort, während er sich umdrehte und weitermarschierte. »Höre auf meine Befehle, tu genau, was ich dir sage, wenn wir bei Chris sind.«

Ich brummte zustimmend, doch in mir regte sich der Trotz, Xeron aufs Wort zu gehorchen. Der stolze, verbissene Teil in mir begehrte auf und ich erntete einen schnellen Blick von meinem Mentor, der meine Gedanken wohl erahnte, ehe wir den Startplatz erreichten.

Er wartete nicht, als er sich verwandelte und in die Höhe schoss. Als ich ihm eilig folgte, hörte ich nur immer wieder seine Worte.

Reiß dich zusammen, Lenna. Sonst führst du uns in den Untergang.

19. Kapitel

Ich biss die Zähne zusammen und kämpfte gegen das Grummeln in meinem Bauch an. Ich gab Xeron zu verstehen, dass ich mich zusammenreißen würde, trotzdem konnte ich den Teil in mir nicht kontrollieren, der sich nicht herumkommandieren lassen wollte. Ich versuchte, ihn so gut es ging zu überlagern, dachte stattdessen an das Ritual der Former und an unser Ziel, Chris' Schutz weiter auszubauen.

Doch es gelang mir nur spärlich.

Xerons Ärger und seine Anspannung sickerten vage zu mir durch und ich konnte nicht erkennen, was der Ursprung dieser Gefühle war. Ob es an unserem Streit, an mir oder an der Last lag, die auf unseren Schultern ruhte.

Zum Durchqueren des Dimensionsrisses nahm Xeron nicht meine Hand. Er war mir immer einige Meter voraus, drehte sich kein einziges Mal um.

Als wir Chris' Zimmer erreichten, hatte sich die Stille wie eine Eiseskälte über uns ausgebreitet. *Bleib dicht hinter mir*, befahl Xeron über unser Band und flog durch das geschlossene Fenster ins Zimmer.

Ich folgte ihm widerwillig, spürte die Kälte, die die Glasscheibe auslöste, als ich hindurchglitt. Die eisige Temperatur spiegelte unsere Stimmung passend wider.

Chris' Zimmer war leer, trotzdem blieb ich wachsam und horchte auf mögliche Gefahren.

Leise, flüsterte Xeron lautlos in meinem Kopf. Er war bereits zur Zimmertür geschlichen und spähte in den Flur.

Ich sah mich währenddessen im Raum um. Chris hatte vermutlich in der Zeit unseres Flugs das Zimmer verlassen. Falls ihn Geister heimsuchten, waren sie ihm gefolgt. Stille breitete sich aus, legte sich auf meine Sinne, ließ mich vorsichtig die Umgebung scannen.

Komm. Xeron verließ das Zimmer und ich eilte ihm hinterher. Der Gang führte einige Meter dunkel geradeaus. Die Türen, an denen wir vorbeikamen, waren geschlossen. Wir horchten auf mögliche Geräusche, doch im oberen Stockwerk blieb es still.

Mit einem Nicken gab mir Xeron zu verstehen, dass ich den Lauscherstein befragen sollte. Ich konzentrierte mich auf mein Armband und das Gefühl der Steine an meiner Haut. Leise murmelte ich die Worte des Rituals. Sofort hallte Chris' Stimme in meinem Kopf wider. Er grübelte über mathematischen Formeln und ich seufzte erleichtert.

»Hausaufgaben«, flüsterte ich und entspannte mich. Keine Anzeichen von Geistern.

Xeron lockerte die Schultern und ging die Treppe am Ende des Flurs hinab. Er wirkte sichtbar entspannt, doch er sah sich aufmerksam um und ich ahmte ihn nach.

An der Wand hingen Bilder von Chris, die ihn als Baby zeigten, im Kindergarten und bei der Einschulung. Danach hörte die Galerie abrupt auf, nur einige einsame Nägel deuteten auf abgehängte Rahmen hin. Jeder in der Schule wusste, dass Chris' Mutter aus einer

Psychiatrie ausgebrochen war und Selbstmord began-
gen hatte. Die ungepflegte Fotowand ließ mich vermu-
ten, dass sich sein Vater keine Mühe gemacht hatte, ak-
tuelle Bilder anzubringen. Stattdessen hatte er jene ab-
gehängt, auf denen Chris' Mutter zu sehen gewesen
war.

Ich hatte bisher nicht darüber nachgedacht, aber befand sich Chris' Mutter vielleicht in Ankrov? War ich
ihr bereits begegnet? Wusste sie von dem Schicksal ihres Sohnes, dass er im Krieg eine entscheidende Rolle
spielte? Oder wohin hatte sie ihr Tod geführt?

Während ich hinter Xeron die Treppe hinabstieg, beschloss ich, mich in Ankrov nach ihr zu erkundigen.
Vielleicht wusste auch Xeron etwas darüber.

Am Fuß der Treppe angekommen, vernahm ich gemurmelte Worte. Chris saß am Esstisch, die Lampe
über ihm war eingeschaltet und er beugte sich über ein
Buch, während er Antworten hineinkritzelte. Chris'
Katze Hulk hatte sich unter seinem Stuhl zusammen-
gerollt und schlief.

»Wir fangen mit dem Schutzschild an«, sagte Xeron.
Er trat neben Chris und streckte die Hand nach mir aus.
»Die Energie fließt über Körperkontakt zielgerichteter.
Der Wirkungsgrad der Umwandlung ist so viel besser.«

Ich nickte, berührte Chris an der Schulter und fasste
Xerons Hand. Hitze wallte durch mich hindurch, als
sich Xerons Finger mit meinen verwoben. In Anbe-
tracht der Aufgabe, die vor uns lag, versuchte ich den
Gedanken an seine Nähe abzuschütteln.

Energie schwappte wie eine Welle von Xeron durch
meinen Arm bis in das Zentrum an meiner Stirn. Ich
keuchte, schwindlig von der Kraft, die in mich strömte.

Ich konzentrierte mich auf den Schutzschild, der geschlossen und unversehrt aufflackerte.

»Je mehr Energie du hineinführst, desto stärker wird der Schild«, sagte Xeron. Sein Gesicht wirkte angespannt und kleine Schweißperlen bildeten sich auf seiner Stirn. Anstelle wie beim ersten Mal, als sich das Kraftfeld bildete und schloss, begann es jetzt zu flimmern und zu leuchten, als ich die Energie hineinfließen ließ.

Einige Sekunden behielten wir den Energiefluss bei, bis Xeron meine Hand drückte.

»Das reicht«, raunte er. Sein Gesicht war bleich. »Den Rest brauchen wir für den Hoffnungsschimmer.«

Ich wartete darauf, dass er meine Hand losließ, doch er hielt sie fest.

»Stell es dir wie einen Samen vor, den du aussäst. Denke an einen schönen Moment, an ein Lachen oder etwas, das dich selbst glücklich gemacht hat. Stell dir vor, du nimmst dieses Gefühl und überträgst es zu Chris.«

Während ich Xerons Gesicht musterte, versuchte ich, mir einen Moment vorzustellen, in dem ich wirklich glücklich gewesen war. Doch jede Erinnerung an mein menschliches Leben war von dem Verlust meiner Eltern überlagert. Jeder Gedanke an die vergangene Zeit war begleitet von dem Schatten, der sich seit dem Unfall über mich gelegt hatte.

»Beeil dich«, flüsterte Xeron. »Wir sollten nicht so lange hierbleiben.«

Fieberhaft durchwühlte ich meine Gedanken, versuchte Situationen zu finden, die ich für die Hoffnung in Chris' Seele verwenden konnte. Doch ich fand nichts.

»Ich ...«, stammelte ich und fixierte Chris' Hinterkopf. Irgendetwas musste doch da sein!

Hulk sprang auf den Tisch und legte sich auf Chris' Mathebuch. »Hau ab!«, schimpfte Chris und zerrte an seinem Buch. Hulk drehte sich auf den Rücken und schlug mit der Pfote nach Chris' Fingern.

Als Xeron ruckartig seine Hand zurückzog, sah ich auf. Er spannte den Körper an und nahm eine Abwehrhaltung ein. In seiner rechten Hand hielt er den Talisman der Former, während er auf einen Punkt hinter mir starrte.

Ich drehte mich langsam um und sah sie. Zwei Geister schwebten in den Raum, und als sie uns erblickten, verharrten sie. Um ihre Hälse trugen sie die Ketten, die Xeron und ich schon an den anderen Geistern wahrgenommen hatten.

Sie sahen von uns zu Chris, ehe sie den Mund verzogen. Die linke Gestalt fletschte die Zähne.

Ich wurde mir dem neuen Formerstein an meinem Handgelenk bewusst, den ich noch vor dem Aufbruch an meinem Armband angebracht hatte. Ich war bereit, die Worte für das Ritual zu sprechen, um die Geister anzugreifen, und hoffte, dafür genug Energie übrigzuhaben. Der Schutzschild hatte mir – und offensichtlich auch Xeron – viel Kraft entzogen.

»Krähen«, knurrte der Geist.

»Sie sind schuld«, stimmte der andere ein und wiederholte damit die Worte, die ich bei meinem letzten Besuch gehört hatte.

»Was haben die nur gegen uns?«, flüsterte ich Xeron zu, doch seine Miene blieb ernst.

»Du musst die Hoffnung übertragen!«, sagte er bestimmt, während er sich vor mich schob. »Denk an etwas Schönes, Lenna. Das kann doch nicht so schwer
sein.«

Ich lachte auf und legte meine Hand fester auf Chris'
Schulter. »Das sagst du so einfach!«

Doch bevor mein Mentor etwas erwidern konnte,
stürzte sich der erste Geist auf ihn. Xeron murmelte die
Worte, während er zur Seite wirbelte. Schulter und
Rumpf des Geists verfestigten sich und er landete einen
Schlag auf den Rippen seines Gegenübers. Der Geist
taumelte einige Schritte nach hinten und Xeron folgte
ihm, ließ den Körper der Gestalt immer wieder fest
werden, während er nach ihm trat und schlug.

Die Kampfszene hielt mich einige Herzschläge lang
gefangen, löste das Verlangen in mir aus, ebenfalls
meine Gabe einzusetzen. Doch ich riss mich los, konzentrierte mich auf das Gefühl der Vorfreude, das ich
in dieser Sekunde verspürte. Mehr würde ich nicht her-
vorbringen. Ich hoffte, dass es reichte.

Während ich die Vorfreude bündelte, hörte ich Xerons Keuchen und die dumpfen Schläge seiner Treffer.

Ich versuchte, mir vorzustellen, wie ich meine Emp-
findung an Chris übergab. Doch bevor ich ihn erreichte, hallte ein Schrei durch den Raum.

»Lenna!«

Ich blickte auf und wurde von einem Tritt zur Seite
geschleudert. Der zweite Geist war aus seiner Starre erwacht und griff an. Sein Fuß wurde erneut dunkler, far-
biger, als er sich materialisierte. Ich wich aus und rollte
über den Boden. Sofort sprang ich auf die Beine, murmelte die Worte und schlug zurück. Ich landete einen

Treffer in seinem Bauch und an der Schulter des Geists. Doch die Formierung zu kontrollieren, war deutlich schwieriger, als ich gedacht hatte. Manchmal flackerte die geformte Stelle und meine Treffer gingen durch den Körper hindurch, ohne Schaden anzurichten.

Der Geist packte mich an den Haaren und riss meinen Kopf nach hinten. Ich stieß einen erstickten Schrei aus und wand mich in seinem Griff. Kurz darauf tauchte Xeron hinter ihm auf und trat ihm in den Rücken. Der Geist ließ von mir ab und umkreiste Xeron, der sich dicht zu mir schob.

»Hast du es geschafft?«, fragte er keuchend. Schweiß rann ihm den Hals hinab und verfärbte sein Hemd dunkel.

»Nein«, presste ich hervor. Mein Atem ging mindestens genauso schnell wie Xerons. Wie lange würden wir das noch durchhalten? Meine Energie fühlte sich fast vollständig erschöpft an.

Xeron fluchte. »Kannst du es nochmal versuchen?«

»Ich weiß es nicht«, sagte ich atemlos. »Vielleicht.«

Er nickte knapp und fixierte die Geister, die sich uns langsam näherten. Neben Chris blieben sie stehen, als wirkten sie unsicher, ob sie weiter mit uns kämpfen oder sich an Chris laben wollten.

Als würde er ihre Anwesenheit spüren, sah Chris auf. Doch der Schutzschild und meine Mühe schienen sich zu bewähren. Anders als beim letzten Mal blieb Hulk ruhig und rekelte sich weiterhin auf den Schulunterlagen. Der Schutzschild flackerte, als die Geister ihn berührten. Sie stöhnten und knurrten, kamen aber nicht an ihn heran.

Chris war sicher, doch in seinem Gesicht spiegelte sich Unruhe, als spürte er die Geister am Rande seines Bewusstseins. Er erhob sich vom Stuhl und sah sich um. Dabei glitt sein Blick durch das Wohnzimmer und zur Treppe, die an der gegenüberliegenden Wand nach oben führte. Die Geister hatten uns an die andere Seite des Raums gedrängt und befanden sich zwischen uns und meinem Schützling.

»Verdammt!«, fluchte Xeron. »Wir müssen ihm nach.«

Die Geister folgten Chris ein paar Schritte zur Treppe, doch statt ihn hinaufzubegleiten, wandten sie sich wieder uns zu.

»Krähen«, zischte der eine. »Wir sollten sie beseitigen.«

»Ja«, grollte der andere und legte den Kopf schräg. »Lass sie uns töten.«

Ich wich einen Schritt zurück, doch Xeron packte mich am Handgelenk. »Lass uns verschwinden.«

»Aber ...«, widersprach ich. »Der Schimmer. Wir müssen es nochmal versuchen.« Ich reckte das Kinn, verstand selbst nicht, warum die Worte so überzeugt aus meinem Mund kamen. Am liebsten würde ich davonfliegen und so schnell wie möglich nach Ankrov zurückkehren.

Doch würde ich vor Neumond eine weitere Chance erhalten, Chris den Hoffnungsschimmer einzusetzen? Und würde er ohne diesen verloren sein, Karyn töten und den Krieg der Welten auslösen?

Etwas in mir schrie, dass ich jede noch so kleine Möglichkeit ergreifen musste – und zwar jetzt!

»Lenk' sie ab«, befahl ich Xeron und befreite mich aus seinem Griff. Die Verbindung zwischen uns schien trotz der schwindenden Energie plötzlich unbeschreiblich stark, als brachte Xeron keine Konzentration mehr auf, um sich von mir abzuschirmen. Ich durchlebte jede seiner Emotionen, als wären sie meine eigenen. Angst, Vorsicht, Anspannung. Aber auch etwas anderes – Schuldgefühle.

Befürchtete er, dass unsere Mission scheitern würde? Dass ich ohne geretteten Schützling selbst in die Endwelt eintrat und er dafür verantwortlich war, wenn er mich nicht beschützte?

Ich spannte die Schultern an, sandte ihm meine Entschlossenheit. Auch wenn ich am liebsten vor Furcht gezittert hätte, wusste ich, dass ich jetzt diesen Moment ergreifen musste. Vielleicht war das die Krähe in mir, die in Ankrov erwacht war. Die Verbindung zu Chris, die mich zu diesem wahnsinnigen Schritt antrieb. Aber ich musste es riskieren. Ich musste ihm helfen.

Xeron packte mein Kinn. Seine grünen Augen fingen mich für eine Sekunde ein, ehe er mich losließ und sich zwischen mich und die Geister stellte. »Ich zähle auf dich«, raunte er, während er die Hände zum Kampf hob. Innerlich hörte ich ihn zählen. *Drei. Zwei. Eins. Los.*

Auf Kommando stürmte Xeron auf die Geister zu, tauchte unter ihren Armen hindurch, die sie nach ihm ausstreckten. Er verpasste dem linken einen Tritt gegen das Knie, das sich nur für diesen kurzen Moment verfestigte. Der Geist knickte ein, aber es reichte nicht, um ihn zu Fall zu bringen. Der zweite griff nach Xeron, welcher sich mit einer Rolle rettete.

Ich nutzte den Aufruhr und stürmte die Treppe hinauf. Ohne mich umzudrehen, ohne mich zu vergewissern, ob mir einer der Geister folgte, hastete ich in Chris' Zimmer.

Mein Schützling kauerte neben dem Bett. Ich musste den Lauscher nicht nutzen, um zu wissen, dass die Geister ihn in seine üblichen Angstzustände versetzten.

Stattdessen ging ich neben ihm auf die Knie, und nachdem ich mich vergewissert hatte, dass wir allein waren, legte ich ihm die Hände auf die Wangen. Ich konzentrierte mich auf die Euphorie, in die mich der Kampf versetzt hatte, ignorierte jede Gefühlsregung, die den Schrecken der Begegnung mit den Geistern widerspiegelte.

Die Hochstimmung meiner Gabe verdichtete sich und ging auf Chris über. Es gab kein Leuchten, keine Murmel oder kein Licht, nichts, was mir den Hoffnungsschimmer gezeigt hätte, doch ich wusste, wo er sich befand, wie er die Luft zwischen uns streifte und langsam auf Chris' Haut am Hals sank.

Fast hatte ich es geschafft, bald würde der Schimmer in Chris eindringen und in ihm wachsen – und hoffentlich würde er ihn vor dem Unheil bewahren, das ihm bevorstand.

Meine Hände wurden schwitzig, doch ich umfasste Chris' Gesicht fester. Er sah auf und ich hätte schwören können, dass er mich wahrnahm. Vielleicht war ich für ihn so etwas wie ein Schutzengel.

Mir wurde schwindlig, aber etwas in mir wusste, dass ich es fast geschafft hatte, also verharrte ich. Ein Schrei ließ mich aufschrecken, doch ich nahm die Hände nicht von Chris' Gesicht.

Wieder ertönte ein gequälter Ruf, und ich erkannte Xerons Stimme. Qualen schwangen darin mit, lösten eine Gänsehaut auf meinen Armen aus. Je öfter er schrie, desto deutlicher erkannte ich, dass er meinen Namen rief.

Mir wurde schlecht.

»Komm schon«, flehte ich den Schimmer an, der nur langsam durch Chris' Haut drang. Sekunden verstrichen, fühlten sich nach einer Ewigkeit an.

Dann, als der Schimmer endlich in Chris versank, sprang ich auf und stolperte zur Tür hinaus, folgte Xerons leiser werdendem Wehklagen.

Ich entdeckte ihn auf den unteren Stufen der Treppe, sein Gesicht war überströmt von Blut, das aus seiner Nase und etlichen Platzwunden zu tropfen schien. Sobald es seine Haut verließ, verschwand das Blut und löste sich in Energie auf. So wie auch unser Schweiß, wenn er unserer Gestalt entwich.

Die Geister standen über ihm, traten immer wieder auf ihn ein. Ich stützte die Hände links und rechts an die Wand. Mein Körper war erschöpft, ich wusste, dass ich das Formerritual nicht noch einmal aufrufen konnte, ohne selbst das Bewusstsein zu verlieren. Und was sollte das auch bringen? All die Schläge und Tritte hatten die Geister zwar abgelenkt, aber sie wirkten kein bisschen erschöpft.

Das Bild begann sich vor meinen Augen zu drehen. Xeron, der still auf der Treppe lag und wieder und wieder getreten wurde. Ich schob die aufsteigende Panik beiseite, konzentrierte mich auf den Energiepunkt an meiner Stirn. Die Kraft pulsierte nur noch vage, und als

Xerons Gefühle aus meinem Kopf verschwanden, gab ich jede Vernunft auf.

Ich schrie vor Wut, verwandelte mich in meine Krähenform und drehte mich in einer Schraube die Treppe hinab. Die Geister sahen auf, wichen einen Schritt zurück, und ich packte Xeron mit meinen Krallen.

Die Geister reagierten schneller, als ich gehofft hatte, und griffen nach mir. Mit einer Rolle wich ich aus, bevor ich kräftig mit den Flügeln schlug und mich aus ihrer Reichweite entfernte. Ein Schleier legte sich vor meine Augen, doch ich gab nicht auf. Durch die nächste Wand hetzte ich – mit Xeron im Schlepptau – in die anbrechende Nacht.

Und hatte es geschafft.

Den Flug durch den Dimensionsriss und in die Zwischenwelt nahm ich nur durch einen Nebel wahr.

Einige Meter über dem Boden des Startplatzes in Ankrov entglitt mir Xeron aus den Krallen, und noch bevor er auf dem Boden aufprallte, verlor ich selbst das Bewusstsein.

20. Kapitel

Das Erste, was ich wahrnahm, war eine stille Unruhe, die in meiner Brust bebte. Ich öffnete die Augen und fand mich in meinem Zimmer wieder.

»Du bist wach!« Tamira kniete sich neben mein Bett und griff meine Hand. Während sie meinen Arm tätschelte, füllten sich ihre Augen mit Tränen. »Ich war auf dem Platz, als ...«, begann sie und schluckte schwer.

Ich setzte mich etwas auf, wollte nach Xeron fragen, ehe ich begriff, dass die Anspannung in meiner Brust nicht meine eigene war. Der Hauch eines mir unbekannten Albtraums schwang in ihr mit.

»Xeron ist in seinem Zimmer?«, fragte ich stattdessen, um mich zu vergewissern.

Tamira nickte. »Er sah schrecklich aus. Dass die Geister ihn so zurichten würden ...« Wieder stockte sie, gewann ihre Fassung dieses Mal aber schneller zurück. »Haben die Formersteine nicht geholfen? Wurdet ihr von den Geistern überrascht?«

Ich schüttelte den Kopf, sah, wie ich Tamiras Befürchtungen bestätigte. »Es hat nichts gebracht. Wir haben sie vielleicht etwas aufgehalten. Doch die Treffer haben ihnen kaum etwas ausgemacht.«

Tamira sackte in sich zusammen. »Ich hole die Ajiva«, flüsterte sie, als sie aufstand. Bevor sie das Zimmer verließ, griff sie nach einem Becher, der auf meiner Kommode stand.

»Noch eine Portion?«, fragte ich verblüfft und nahm den Energiedrink von Tamira entgegen. Das machte vier.

Tamira nickte zur Antwort nur schwach, ehe sie den Raum verließ.

Kurze Zeit später kam sie mit allen Ajiva zurück. Ich hatte es in der Zwischenzeit geschafft, mich aufzusetzen und zweimal am Becher zu nippen. Ich wollte aufstehen und nach Xeron sehen, doch die Ajiva löcherten mich mit Fragen über unsere Begegnung und den Kampf. Chio stand außerhalb des Raums, um ihren gewohnten Abstand zu wahren. Sie übertrieb es wirklich.

Während ich von den Geschehnissen erzählte, verdunkelte sich der Ausdruck auf Marxems Gesicht. Auch Nander, der Former, verlor seine kindliche Entschlossenheit und sah ernst zu Boden.

Licia legte die Stirn in Falten und griff Marxems Arm. »Wir müssen uns etwas überlegen. So können wir den Geistern bei Neumond nicht entgegentreten.«

Marxem nickte mitgenommen und fuhr sich mit der Hand über den getrimmten Bart. »Wir brauchen einen Plan.«

Die anderen Ajiva brummten zustimmend. Bis auf Marxem verließen sie mit Licia mein Zimmer. Er blieb einige Minuten bei mir und ließ sich noch einmal jede Einzelheit erzählen.

Erschöpft sank ich auf die Bettkante, als mich Marxem endlich aus seiner Befragung entließ. Ich verschnaufte, spürte die ansteigende Unruhe, die eigentlich Xeron gehörte, bevor ich mich hochstemmte und zu seiner Tür ging.

Ich klopfte nicht an, denn ich wusste, dass er schlief. Doch es war noch jemand anderes im Raum.

»Ferlen«, stieß ich verblüfft aus, als ich Xeron nicht allein antraf. Ferlen lehnte an der Kommode und betrachtete Xeron, dessen Brust sich langsam unter gleichmäßigen Atemzügen hob und senkte.

»Lenna«, antwortete er, wenig überrascht, mich zu sehen. Ob er den Aufruhr in meinem Zimmer mitbekommen hatte?

»Wie geht es ihm?«, fragte ich und trat an Xerons Bett. Seine Wunden waren verarztet, das Blut aus seinem Gesicht gewaschen, und auch wenn die Haut bereits heilte, schockierte mich sein Anblick. Sein Gesicht war übersät von Krusten, blauen Flecken und Schürfwunden. Die Geister hatten ihn übel zugerichtet.

»Er wird sich bald erholen«, antwortete Ferlen und drückte mir ein Energiegetränk in die Hand. »Gib' ihm das, sobald er aufwacht.« Ohne weitere Worte verließ er den Raum und ich blieb allein mit Xeron zurück.

Ich setzte mich auf die Bettkante und betrachtete Xerons Gesicht. Er kräuselte die Nase im Schlaf und keuchte. Ich legte ihm die freie Hand auf die Stirn, strich ihm die Haare zur Seite und betrachtete seine Gesichtszüge.

Das Band zwischen uns bestand weiterhin und ohne groß nachzudenken, ließ ich einen Teil meiner neu gewonnenen Energie in ihn fließen. Die Heilung seiner Wunden begann, während ich ihm Kraft schenkte.

»Danke«, murmelte er, die Augen noch geschlossen.

Ich zuckte zurück, doch Xeron griff meine Hand, umschloss sie mit seinen Fingern und legte sie auf seine

Brust. Ich spürte seinen Herzschlag, der kräftig in seiner Brust pochte. Verrückt, wie viel wir von unserer Menschlichkeit imitierten.

Ich überlegte, wie ich reagieren sollte, und als ich den Mund öffnete, um ihm zu versichern, dass ich die Energie gern teilte, sprach er weiter.

»Du legst es darauf an, zu sterben, oder?« In seinem Mundwinkel spielte ein kaum erkennbares Lächeln. Ich wartete darauf, dass er seine Augen öffnete und ich in das Grün eintauchen konnte, doch er tat mir diesen Gefallen nicht.

Stattdessen wurde mein Herz schwer – und ich wusste, dass es eigentlich Xerons Gefühle waren.

»Wir müssen das Band beenden«, sagte er schwach. »Bitte.«

Ich schluckte die Enttäuschung über seine Ablehnung hinunter und konzentrierte mich auf die Verbindung unserer Energiepunkte. Das Band schwirrte nur schwach zwischen uns. Wie ein schattenhaftes Abbild von der Intensität, die es vor unserem Aufbruch und mit insgesamt fünf Monatsrationen gehabt hatte. Ich zupfte an der Energie, doch nichts geschah.

»Schneide es durch«, wisperte Xeron. »Trenne es in einem klaren Schnitt.«

Ich schloss die Augen, um mich besser konzentrieren zu können. Wie mit einem imaginären Schwert, das ich kraftvoll hinabsenkte, teilte ich das Band aus Energie. Die Luft zwischen uns kräuselte sich ein letztes Mal und die Verbindung brach ab. In mir blieben nur meine eigenen, schweren Gefühle zurück.

»Danke«, flüsterte Xeron erneut.

Ich zögerte, wollte ihm meine Hand entziehen, doch er ließ mich nicht los. *Danke.* Was sollte das bedeuten?

»Ich konnte Chris nicht aufgeben. Nicht in diesem Moment«, sagte ich, lenkte das Thema weg von dem Gefühl der Leere, das sich mit dem Verschwinden unserer Verbindung in meiner Brust ausbreitete. »Glaub mir«, versicherte ich, »ich habe kein Bedürfnis, als Geist zu enden.«

»Das hoffe ich«, flüsterte er, zog mich näher und drückte seine Wange gegen meinen Handrücken.

Mein Herz setzte einen Schlag aus, während ich nur noch Zentimeter von ihm entfernt war.

Endlich öffnete er die Augen, fing meinen Blick ein und hielt mich fest. Ich verlor jedes Zeitgefühl, die Sekunden wurden zu Minuten und ich wusste nicht, wie lange wir uns einfach ansahen.

»Du bist ...«, raunte er, und während ich die Luft anhielt, um auf seine Worte zu warten, drückte er sich von der Matratze hoch. Er überbrückte die Distanz zwischen uns, und ich hielt still, aus Angst, er könnte seine Meinung wieder ändern und sich von mir zurückziehen. Als seine Lippen warm auf meine trafen, spürte ich seine Hand an meiner Wange, wie sie in meine Haare wanderte und sich darin vergrub. Ich wollte es ihm gleichtun, die Arme um ihn schlingen und mich an ihn schmiegen, doch ich hielt immer noch den blöden Smoothie in der Hand.

Leicht öffnete er die Lippen, tastete mit seiner Zunge nach mir und ich schauderte. Kurz schnappte ich nach Luft, schmeckte nur noch Xeron, die grünen Wiesen und den Regen. Dann schloss ich die Augen und tauchte mit meinen anderen Sinnen in den Kuss ein.

Ich verlor mich in einem Strudel aus alten Erinnerungen an längst vergessene Orte, nahm seinen Duft wahr, seine Berührungen.

Doch noch bevor ich die Gefühle, die in mir explodierten, mit Worten benennen konnte, stieß er mich von sich. Ich landete mit dem Hintern auf dem Boden und keuchte auf, als ein stechender Schmerz in mein Steißbein fuhr. Etwas vom Mondlicht schwappte aus dem Becher über meine Hand. Die Energie prickelte auf meiner Haut, bevor mein Körper sie aufnahm.

»Was sollte das?«, schimpfte ich.

»Ich ...«, stammelte Xeron, die Hand an seinen Lippen, auf seinem Gesicht ein Wirrwarr aus Gefühlen. »Sorry.« Er lächelte gezwungen, doch es war nicht echt. Das Grübchen von seiner Narbe am Auge blieb verschwunden. Stattdessen wirkte er so erschöpft, wie ich ihn noch nie gesehen hatte. »Ich wollte nicht ...« Er räusperte sich, sank zurück in sein Kissen und schloss die Augen. »Wir sollten uns ausruhen.«

Ich nickte, auch wenn er das nicht sehen konnte, marschierte zur Tür und hielt inne, als ich den Becher in meiner Hand bemerkte. »Hier«, sagte ich und ging zurück an sein Bett. »Das sollst du trinken.«

Xeron öffnete die Augen und betrachtete den Energiedrink. »Schon wieder?«

»Die Ajiva wollen es so.«

»Danke.« Er griff nach dem Getränk und leerte es in wenigen Zügen. Seine Haut nahm mit jedem Schluck eine gesündere Farbe an, die Wunden schlossen sich etwas mehr und seine Erschöpfung fiel sichtlich von ihm ab.

Vermutlich würde es dennoch einige Tage dauern, bis er wieder frisch und unverletzt aussah.

Ich wandte mich ab und trat zur Tür. Die Wut, die in mir brodelte, konnte das Kribbeln in meinem Körper nicht vertreiben. Der Kuss war berauschend gewesen. Und längst nicht genug.

Als ich die Klinke ergriff, hoffte ich auf einige Worte, auf eine Entschuldigung oder eine Erklärung, warum er mich geküsst und wieder von sich gestoßen hatte.

Doch er sagte nichts und ich verließ den Raum, ohne ihn noch einmal anzusehen.

21. Kapitel

»Muss das sein?« Genervt saß ich in Chios Büro und verschränkte die Arme vor der Brust. Die rote Lavalampe warf schimmerndes Licht auf Chios weißes Haar, das sie heute zu einem französischen Zopf geflochten hatte. Mit den Gedanken war ich bei Xeron und dem Kuss, der meine Gefühlswelt noch mehr durcheinanderbrachte, als ich es für möglich gehalten hatte.

»Es kann nicht schaden, die freie Zeit für ein Training zu nutzen. Die anderen Ajiva tüfteln an einer Lösung für die Neumondnacht«, sagte sie mit ihrer angenehmen Stimme.

»Und deshalb muss ich an meinen Visionen arbeiten? Als ob wir dieses Mal mehr Erfolg haben werden.« Ich löste meine Arme. Mit den Fingernägeln fuhr ich die Kante der Tischplatte entlang und biss auf meine Unterlippe. Unsere letzten gemeinsamen Stunden hatten stets in neuen Niederlagen geendet. Chio blieb die Ruhe selbst und überlegte sich für jedes Mal einen anderen Ansatz. Es reichte mir. Und den Kopf dafür hatte ich erst recht nicht. Die Lippen meines Mentors drängten sich ständig in meine Gedanken.

Warum hatte Xeron mich geküsst?

Dass dieser Kuss gut gewesen war, konnte er nicht leugnen. Er war sogar besser als das. Großartig.

»Wenn das Training eine Vision bei dir auslöst, sehen wir vielleicht mehr Details für die bevorstehende

Schlacht«, antwortete die Ajiva und legte ihre Hände flach auf den Tisch. Aufmunternd nickte sie mir zu. »Bereit?«

Daher wehte also der Wind.

Ich seufzte. »Und was jetzt? Energie bündeln, Seherstein, Meditation? Wir haben schon etliche Varianten durchgespielt.«

Chios Stimme blieb ruhig. »Dieses Mal berühre ich dich.«

Ich zuckte zurück. »Das ist nicht dein Ernst!«, presste ich hervor. Mein Puls raste. »Du sagtest, du weißt nicht, ob das eine dauerhafte Auswirkung auf mein Brandmal hat.«

»Ja.«

»Und dennoch willst du es riskieren?«

»Lenna.« Chio stand auf und kam um dem Tisch herum auf mich zu. Schwer atmend sank ich tiefer in den Stuhl. »Uns rennt die Zeit davon. Wir können an deinem Mal nicht arbeiten, wenn wir nicht wissen, wie es aktiviert wird. Und wir brauchen Informationen, wenn wir deine Freundin retten wollen.«

Ich schluckte. Chio wusste, wie sehr sie mich mit diesen Worten traf. Wieso tat sie mir das an? Ich hasste die Visionen und würde lieber einen ganzen Tag eingepfercht mit Xeron in peinlichem Schweigen verbringen, als eine Vision zu durchleben.

Mein verräterisches Herz machte einen Sprung, als ich sein Gesicht vor mir sah. So dicht an meinem. Ich schüttelte den Kopf und stand ruckartig auf.

Vielleicht war das doch keine schlechte Idee. Wenn ich mich auf meinen Hass konzentrierte, würde ich wenigstens meine Gefühle für Xeron während des Trainings vergessen können.

»Was soll ich machen, wenn ich die Vision spüre?«, fragte ich leise und Chio grinste siegessicher.

»Du hast durch unser Training ein gutes Auge für den Fluss deiner Energie entwickelt. Sieh zu. Wenn sich eine Vision anbahnt, dann suche nach einer Veränderung. Vielleicht findest du so dein Brandmal.«

Aufregung kam in mir auf und ich hieß die Ablenkung widerwillig willkommen. Vielleicht war das besser, als wenn mein Herz vor Sehnsucht und Zurückweisung schmerzte.

»Okay«, sagte ich und Chio trat zu mir. Sie streckte ihre Hand aus und berührte mich an der Wange. Ihre Haut fühlte sich kalt und rau an.

Einen Moment passierte gar nichts und ich erwartete, dass auch diese Idee fehlschlagen würde.

Doch dann brachen die Bilder über mir zusammen. Wie immer wurde mir schwindlig, ich sank auf die Knie, als mich die Kraft verließ. Konzentriert achtete ich auf das Flimmern meiner Energie, um herauszufinden, ob sie von einem speziellen Fleck aus strömte. Doch zu schnell schoben sich mir bekannte, grausige Bilder in den Vordergrund. Karyn auf dem Hang, Chris mit panisch aufgerissenen Augen.

Dann war ich zurück in Chios Büro.

»Und?«, fragte sie ungeduldig.

Ich schüttelte den Kopf. »Nichts Neues. Und die Bilder waren vorherrschend. Ich wollte hinsehen, aber ...« Ich brach ab, als Chio winkte.

»Steh auf, wir machen es erneut.«

Ich seufzte und schüttelte den Kopf. Doch ich wusste, dass ich mich beugen würde. Immerhin hatte ich für einige Sekunden nicht an Xeron gedacht. Und vielleicht würde ich ja wirklich etwas Entscheidendes für die Neumondnacht sehen. Auch wenn ich bezweifelte, dass mich das der Kontrolle meines Brandmals näherbrachte.

»Ich bleibe sitzen«, sagte ich und zog die Beine zum Schneidersitz an. »Dann kann ich nicht so tief fallen.«

Chios Lächeln enthielt so viel Mitgefühl, dass ich ihr nicht böse sein konnte. Auch nicht, nachdem sie mich wieder und wieder in Visionen schickte, die alle erfolglos waren.

****

Am Nachmittag riefen die Ajiva uns zu einer erneuten Versammlung, anstatt auf die bereits angesetzte am folgenden Tag zu warten. An Marxems Augenringen erkannte ich, dass er die letzte Nacht zu wenig geschlafen hatte. Auch wenn unsere Körper aus Energie bestanden, benötigten wir Ruhe, um wieder Kraft zu tanken. Im Schnitt schlief ich jedoch nur etwa vier Stunden, seit ich in Ankrov angekommen war.

Tamira hatte mich abgeholt und darauf bestanden, auch Xeron zur Versammlung mitzunehmen. Sie behandelte uns, als wären wir immer noch schwer verletzt. Dank dem Trank aus Mondlicht fühlte ich mich trotz der mehrfach durchlebten Visionen frisch und ausgeruht – und voller Schuldgefühle. Denn eine andere Krähe musste erneut auf ihre Portion für mich verzichten.

Als wir den Versammlungsraum betraten, wollte ich Tamira dazu bringen, sich zwischen Xeron und mich zu setzen, doch sie hatte nur Augen für Ferlen. Sie hatte uns zu ihm geschleift und nun saß ich zwischen ihr und Xeron.

Mir wäre es lieber gewesen, wenn zwischen ihm und mir eisiges Schweigen geherrscht hätte, doch Xeron war wieder zu seiner Topform zurückgekehrt. Er machte Witze, zog mich bei jeder Gelegenheit auf und benahm sich völlig normal.

Als hätten wir nicht wild geknutscht.

Als hätte dieses Band zwischen uns nicht zu unzähligen verwirrenden Gefühlen geführt.

Zumindest meinerseits.

Und so sehr ich es mir auch einredete und wünschte – ich bezweifelte, dass ihm meine Emotionen entgangen waren.

Umso deutlicher war mir sein Verhalten: Er versuchte, die Peinlichkeiten zwischen uns zu überspielen. Ob sein Kuss nur ein Reflex gewesen war? Oder ob er sich einfach so erschöpft und benebelt gefühlt hatte, dass er unzurechnungsfähig agierte?

Ich schüttelte den Kopf und stellte meine Ohren auf Durchzug. Egal, was Xeron mir erzählte, ich hatte keine Nerven für dieses Spiel übrig. Stattdessen ließ ich mich auf die Unruhe und Anspannung ein, die ich in der Luft spürte. Welchen Plan hatten Marxem und die anderen Ajiva in der kurzen Zeit aufgestellt?

Was, wenn wir Karyn nicht retten konnten? Was, wenn wir bei der Konfrontation an Neumond auf zu viele Geister trafen und weitere Krähen verletzt wurden? Oder sogar getötet?

Ich schluckte schwer, richtete mich auf meinem Stuhl auf und wartete darauf, dass Marxem das Wort ergriff.

Ich rechnete damit, dass er erschöpft klang, oder ihn die Beunruhigung einnahm, die ich am Tag zuvor an ihm gesehen hatte. Stattdessen versprühte er wieder diese ruhige Entschlossenheit, die ihn ausmachte.

Als er in die Runde blickte, wirkte er zuversichtlicher, als ich mich fühlte. Wir hatten gekämpft und keinen Schaden angerichtet. Die Aussichtslosigkeit der Situation versetzte mich in Panik. Doch Marxem schien für die Neumondnacht eine Lösung gefunden zu haben, auf deren Erfolg er vertraute.

»Der Einsatz der Formersteine hat nicht wie gedacht funktioniert«, begann er die Versammlung, als alle verstummt waren. »Die Geister konnten zwar getroffen werden, doch die Schläge und Tritte haben bei ihnen keinen Schaden angerichtet.«

Diese Nachricht beunruhigte die Anwesenden sichtlich, die zu flüstern begannen und sich nervös und angespannt umsahen. Die Geister bedrohten die Menschen und hatten ihnen schon immer geschadet. Aber sie waren nie eine körperliche Gefahr für die Krähen gewesen und plötzlich schienen sie den Gestaltwandlern überlegen.

»Es gibt kaum Aufzeichnungen im Archiv, die sich auf die Natur der Geister beziehen«, ergriff Licia das Wort und stellte sich neben Marxem. »Bisher hatten wir keine Informationen und Hinweise über die Geister sammeln müssen, da sie keine Gefahr für uns dargestellt hatten. Ihre Wirkung auf die Menschen und unsere Rituale sind alles, auf das sich unsere Schriften im Zusammenhang mit der Endwelt konzentrieren. Wir waren nie gezwungen gewesen, uns gegen etwas zu wappnen. Das macht unsere Situation umso schwieriger. Wir wissen nicht, ob die Geister aus derselben Energie bestehen wie wir. Doch wir sind uns mittlerweile sicher, dass ihre Existenz derer im Nirwana ähnelt.«

»Was bedeutet«, griff Marxem auf, »dass die Geister durch Angriffe nicht verletzt werden konnten, da es für sie keinen Tod gibt.«

»Was?!«, rief ein Mann entsetzt und sprang auf. Marxems Worte ließen eine Gänsehaut über meine Arme wandern. Geister konnten nicht mehr sterben? Wie sollten wir dann gegen sie kämpfen und gewinnen?

»Dass sie nicht sterben können, heißt nicht, dass wir machtlos sind.« Licia hob einen schwarzen Formerstein in die Höhe. »Wir haben eine Idee, wie wir die Formergabe einsetzen können, um die Geister zu schwächen.«

»Und wie?«, rief eine Frau dazwischen.

Licia und Marxem tauschten einen schnellen Blick. Die Zuversicht in ihren Gesichtern hob meine Stimmung nur wenig.

»Jedes Lebewesen besteht aus Energie«, sagte Marxem. »Menschen, Krähen, die Seelen im Nirwana. Daher gehen wir davon aus, dass die Geister keine Ausnahme bilden. Sie müssen den Naturgesetzen genauso untergeordnet sein wie wir, auch wenn sie in ihrer Existenzform feststecken.«

Licia ließ den Talisman in der Luft pendeln. »Die Formergabe benötigt Energie. Wenn wir die Geister wie eine externe Energiequelle nutzen, können wir sie schwächen, indem wir etwas anderes aus ihnen materialisieren. Wir zwingen sie in eine neue Form, in der sie uns nicht mehr gefährlich werden können.«

Die Atmosphäre im Raum änderte sich. Die Krähen wirkten zuversichtlicher, hoffnungsvoller und von der Idee überzeugt.

Mein Herz hämmerte. Endlich gab es einen greifbaren Ansatz, der funktionieren konnte.

»Wir haben noch zwei Tage«, warf Xeron ein, und es wurde still im Saal. »Wie lernen wir die Verwendung der externen Energiequellen?«

Marxem nickte, als wäre das die entscheidende Frage. »Die Former werden alle unterrichten, die an Neumond mit uns in den Kampf ziehen. Wir haben weitere Talismane angefertigt, die ihr erhaltet und mit denen ihr trainiert.«

»Wir werden so wenig unserer Energie verwenden, wie nötig«, fuhr Licia fort. »Zudem werden alle weiteren Mondrationen für die Krähen abgezogen, die am Kampf teilnehmen.«

Ich erwartete aufgeregte Proteste, doch die Menge blieb ruhig, als hätte sie verstanden, dass etwas schier Unmögliches bevorstand. Und dass der Abzug ihrer Energietränke nur das kleinste Übel darstellte.

»Wir beginnen sofort«, sagte Marxem. Er forderte die Kämpfer und Former auf, zu bleiben. Alle anderen waren entlassen.

Die Menge setzte sich in Bewegung und teilte sich. Neben Marxem und Licia versammelten sich zwei Gruppen. Einige der Krähen, die zu den Kämpfern gehörten, hatte ich schon in der Trainingshalle gesehen. Bei den Formern erkannte ich nur Nander, den Ajiva.

»Ich habe die Formergabe noch nie eingesetzt«, raunte Tamira aufgeregt und sah Ferlen mit großen Augen an.

»Auch nicht mit einem Talisman?«, hakte er nach.

Tamira schüttelte den Kopf. »Ist es so schwierig, wie alle sagen?«

»Ich fand es eigentlich ganz okay«, warf ich ein und dachte an meine Versuche, den Geist zu materialisieren.

»Deine Ergebnisse waren aber nur dürftig«, sagte Xeron mit einem neckischen Ton in der Stimme.

Tamira betrachtete uns nacheinander interessiert. Auch wenn sie mit den Gedanken voll bei der Formergabe zu sein schien, musste sie doch sehen, welche Anspannung zwischen mir und Xeron herrschte. Oder erzeugte er mit seinen blöden Witzen einen Anschein von Normalität?

Ferlen rieb sich mit der Hand über den Nacken. »Der Einsatz von externen Energiequellen soll um einiges komplizierter sein.«

»Dann will ich nicht neben Lenna stehen«, meinte Xeron und hob eine Augenbraue.

Ich warf ihm einen finsteren Blick zu und schnaubte. Doch bevor ich etwas erwidern konnte – leider war mir sowieso nichts Schlagfertiges eingefallen, – wurden wir aus dem Versammlungsraum geführt. Ich hatte mich bereits an die Gänge in Ankrov gewöhnt, die stellenweise nur schummrig erleuchtet wurden.

Wir passierten die Schlucht, in die die Treppen zu den Trainingshallen hinabführten und erreichten ein Gebiet, in dem ich bisher noch nie gewesen war. Äußerlich unterschied es sich nicht von den Fluren, in denen mein Zimmer lag. Es gab keine beeindruckenden Lichter, keine Schlucht, kein Gewölbe.

Doch als wir den Übungsraum der Former betraten, stockte mir der Atem. Vom Grundriss erinnerte er an die Versammlungshalle, doch es befanden sich keine Stühle im Raum, dafür Säulen und Sockel, die den Saal in mehrere kleine Quadrate gliederten. Auf jeder freien Fläche, an jedem Zentimeter der Wand oder auf dem Boden außerhalb der abgegrenzten Bereiche befanden sich Leuchter, Fackeln oder Kerzen, die auf einer dicken Schicht Wachs klebten. Nur schmale Wege waren freigelassen, damit man zu den viereckigen Plätzen gelangen konnte. Kerzen schlossen sich zu einem Flammenmeer zusammen, das sich wiegte, wenn eine Krähe einen Weg entlanglief oder ihre Energie anzapfte.

»Es ist wunderschön«, raunte Tamira. Licht tanzte in ihren Haaren und schimmerte in ihren Augen.

»Wofür brauchen sie das alles?«, fragte ich an Xeron gewandt. Noch nie zuvor hatte ich so viele Kerzen in einem Raum gesehen. Der Anblick war überwältigend und ließ mich vergessen, dass ich Xeron eigentlich ignorieren wollte.

»Energie«, antwortete Nander, der hinter mir auftauchte und sich an mir vorbeischob. »Die Former benötigen Energie. Am einfachsten ist es, wenn man sich an der eigenen Kraft bedient. Doch Wärme ist eine effiziente Quelle, die uns bei der Erstellung der Talismane hilft.« Er bat mich und Xeron, ihm zu folgen und ging auf einen der Plätze zu, der uns am nächsten war. Die anderen Krähen verteilten sich ebenfalls in der Halle.

Wir folgten Nander einen schmalen Pfad entlang. Kerzen flackerten an unserer Seite, erinnerten mich an ein Meer, dessen Wellen sich stetig bewegten.

Nander drehte sich zu uns um, wartete, bis wir uns vor ihm positioniert hatten. Über uns hingen dutzende Fackeln, und ich legte den Kopf schräg, um zu erkennen, wie sie dort befestigt waren.

»Drahtseile«, erklärte Nander, und als ich mich ihm zuwandte, grinste er stolz.

»Es ist beeindruckend.«

»Das ist es«, stimmte Xeron mir zu und musterte mich.

Ich kämpfte gegen die Erinnerung an, wie weich seine Lippen waren, und wandte mich an Nander.

»Und jetzt?«, fragte ich.

»Jetzt legen wir los«, sagte er und schloss die Augen. Er zog seinen Gabenstein hervor, der an einem Lederband um seinen Hals hing und begann die Worte des Rituals zu murmeln. »*Joan siel diz foarm diz boarne.*« Die Kerzen um ihn herum flackerten, vibrierten und reagierten auf Nanders Worte wie Lebewesen. Je lauter er wurde, desto wilder kräuselte sich das Feuer und beruhigte sich wieder. Nander schloss das Ritual und einige Kerzen erloschen – sie waren heruntergebrannt, wurden Teil der dicken Wachsschicht am Boden.

Als Nander die Augen öffnete, streckte er uns die Hand entgegen. Xeron und ich traten interessiert näher. In Nanders Handfläche lag ein gelber, zackiger Stein.

»Was ist das?«, hauchte ich und griff zögerlich danach. Ich erwartete, dass Nander die Hand zurückzog, doch er verharrte. Ich nahm den Stein entgegen und betrachtete ihn. »Es gibt keine Gabe, die gelb ist«, sagte ich und warf einen Blick zu Xeron, der mir mein theoretisches Wissen vermittelt hatte.

Er nickte zustimmend. »Ist es ein Gefühl?«, fragte er. »Oder ein Geruch?«

Nander grinste schelmisch. »Probiert es aus.« Er deutete auf den Stein zwischen meinen Fingern. »Xeron, komm einen Schritt näher. Lenna, lege den Stein an deine Wange.«

Ich folgte seiner Anweisung, und als der Stein nur noch wenige Zentimeter entfernt war, traf mich ein kleiner Stromschlag. »Au«, rief ich erschrocken aus und rieb mir über die Wange.

Xeron kommentierte meine Reaktion mit einem Lachen und zur Strafe drückte ich ihm den Stein ins Gesicht. Ein kleiner Funken entlud sich und Xeron keuchte. Er drückte meine Hand weg und wollte mir den Stein entnehmen, doch ich hielt die Finger fest darum.

»Ist das Strom?«, fragte ich, während Xeron weiterhin versuchte, meine Faust zu öffnen.

»Oder Energie?«, hakte Xeron nach, und ließ mich nicht los. Er schätzte mich richtig ein – denn wenn er mich freigeben würde, würde ich mich erneut mit einem Stromschlag an ihm rächen. Nicht nur für sein Gelächter, sondern auch für den Kuss und den ständigen Wechsel aus Ablehnung und Nähe.

Nanders Grinsen wurde breiter. »Nein und nein«, beantwortete er unsere Fragen. »Das in eurer Hand«, sagte er und deutete auf unsere verkrampften Finger, »ist der Funke – die Anziehungskraft zwischen euch.«

Als hätten wir uns verbrannt, stoben Xeron und ich auseinander. Der Stein fiel zu Boden und zerbrach in mehrere Teile.

Mit einer Handbewegung und einigen gemurmelten Worten von Nander löste sich der Stein auf. »Als Former habt ihr nur eine einzige Einschränkung: Die Energie, die ihr für das Ritual benötigt, ist begrenzt. Eine Kerze brennt herunter, eure eigene Energie kann erlöschen«, erklärte er uns, als hätte er uns eben nicht bloßgestellt. Oder wollte er uns damit etwas klarmachen? Dass zwischen uns etwas war, auch wenn wir uns ständig annäherten und dann wieder Distanz suchten?

Ich schüttelte den Kopf und unterdrückte den Drang, Xeron anzuschauen.

»Holt eure Formersteine hervor«, wies Nander uns an. »Wenn ihr das Ritual sprecht, konzentriert ihr euch meistens darauf, was ihr verfestigen wollt. Beim Einsatz externer Energiequellen müsstet ihr an beides denken – den Ursprung und das Ziel des Rituals.«

Ich schlug meinen Ärmel zurück, um Nander zu zeigen, dass ich den Stein bereits auf der Haut trug.

Er nickte und fuhr fort. »Eure Konzentration zweizuteilen ist viel zu kompliziert, um es in zwei Tagen zu lernen.«

»Und was sollen wir dann hier?«, fragte Xeron leicht bissig. Nanders Spiel schien nicht seinen Humor getroffen zu haben, obwohl er selbst gern andere aufzog. Seine Reaktion warf in mir etliche Fragen auf, über die ich nicht nachdenken wollte. Empfand er doch etwas für mich? Schließlich hatte *er* mich geküsst und nicht umgekehrt. Ich verkrampfte die Finger und schüttelte die Gedanken ab.

»Ihr werdet lernen, die externe Energie, den Ursprung, zu begreifen und einzusetzen. Was ihr dabei materialisiert, ist egal. Beim Kampf gegen die Geister wird es wichtig sein, ihnen die Energie zu entziehen. Ob ihr nun einen Geruch oder eine Erinnerung verfestigt, spielt dabei keine Rolle.«

Er klatschte in die Hände. »Also gut. Lenna!« Er winkte mich in die Mitte des abgesperrten Bereichs. »Schließe deine Augen. Achte auf den Formerstein, und wenn du die Worte des Rituals sprichst, konzentriere dich darauf, welche Energiequellen sich hier befinden – und greife nach den Kerzen.«

Ich nickte und folgte seinen Anweisungen. So schwer konnte das ja nicht sein. Die Sorge, welche Erinnerung ich verfestigen könnte, schob ich weit in den Hintergrund. Hier ging es um mehr als meinen Stolz. Es ging um Karyns Leben, um den Kampf gegen die Geister. Als ich die Augen schloss, umfing mich keine vollständige Dunkelheit. Tausende Lichter flackerten rot hinter meinen Lidern.

»Joan siel ...« Während ich mit dem Ritual begann, versuchte ich meinen Kopf auszublenden, nicht an das Gefühlschaos in meinem Inneren zu denken, das Xeron auslöste. Und vor allem nicht an den Kuss.

»... *diz foarm* ...« Je mehr Worte ich wiedergab, desto heller leuchteten die Kerzen, formten sich zu einem brennenden Meer. Ich erkannte zwei Gestalten – waren das Nander und Xeron? Ich spürte die Energie in meiner Stirn pulsieren, doch ich wollte nicht sie einsetzen, sondern streckte meine Sinne nach den Flammen aus. Es war, als bewegten sie sich auf mich zu und wieder fort. Ich spürte die Hitze auf meiner Haut, die stetig zu wachsen schien.

»... *diz boarne.*« Als ich das letzte Wort sprach, flackerte das Licht und mir entglitt die Kontrolle. Es wurde wieder dunkel. Ich spürte, wie die Energie aus meinem Zentrum an der Stirn in meine Finger schoss und sich ein Stein in meiner Hand formte.

Verdammt.

»Das war schon ganz gut«, sagte Nander. »Aber du hast gezögert. Du musst die Flammen spüren, sie müssen die Energie liefern. Nicht du selbst.«

»Und was hast du geformt?«, fragte Xeron und trat näher. Ich wandte mich ab und betrachtete den Stein in meiner Hand. Er war durchsichtig mit einem hellen, roten Punkt in der Mitte.

»Was ist das?«, fragte ich.

Nander warf einen schnellen Blick auf das Ergebnis in meiner Hand. »Ein Kuss.«

Ich schloss die Finger um den Stein. Das Gefühl, ertappt worden zu sein, schlich sich in meine Brust, und ich warf Xeron einen Blick zu. Er lachte nicht. Stattdessen presste er die Lippen zusammen, während er mich mit seinen Augen fixierte.

Mein Herz schlug schneller, doch ich konnte mich nicht abwenden. Die Stelle auf meiner Wange, an der mich der Funken getroffen hatte, kribbelte. Ging das wirklich nur von mir aus?

»Machen wir weiter«, sagte Nander und klatschte in die Hände. »Wir haben noch viel zu tun.«

22. Kapitel

Ich trank den letzten Schluck Mondlicht und spürte, wie die Energie in mir beinahe explodierte. Die letzten Stunden bei Nander waren anstrengend gewesen, doch er achtete darauf, dass wir uns nicht zu sehr verausgabten und etwas unserer Energie behielten. Nach einigen Versuchen schaffte ich es endlich, die Kerzen als Energiequelle zu verwenden. Zeitgleich waren auch in den anderen Trainingsbereichen Flammen erloschen. Einige Krähen waren damit beschäftigt gewesen, neue zu holen, zu platzieren und wieder anzuzünden.

Ich stellte den Becher zurück auf das Tablett und betrachtete die Anwesenden, die sich für den Kampf der Neumondnacht versammelt hatten. Es war dieselbe Gruppe, die nach der letzten Versammlung bei Marxem zurückgeblieben war. Kämpfer, von denen ich einige kannte, und Former, deren Gesichter mir nach den letzten zwei Tagen vertraut geworden waren.

»Lenna«, rief Tamira und winkte mich zu sich. Sie stand wieder bei Ferlen und Xeron.

Widerwillig schloss ich zu ihnen auf. Die Ungewissheit über die nächsten Stunden nagte an mir. Was würde uns auf der Lichtung erwarten? Konnte ich Karyn retten?

Ich schüttelte den Kopf bei dem Gedanken, dass ich wieder versagen würde und die Vision nicht verhindern konnte.

»Alles okay?«, fragte Xeron. Seine Stimme klang sanft und jagte mir einen Schauer über den Rücken. Mein Mund trocknete schlagartig aus und ich nickte nur.

Sein Blick ruhte auf mir, und ich wandte mich ab, ließ die Augen über die Krähen in der Cafeteria schweifen, mit denen wir bald aufbrechen würden.

Beim Training mit Nander hatte ich versucht, mich auf etwas anderes zu konzentrieren, doch insgesamt formte ich die Erinnerung an den Kuss in sieben verschiedenen Variationen. Das Gefühl von Xerons weichen Lippen, das Kribbeln in meinem Bauch, als mich seine Hand berührte oder der Duft nach Regen, den er verströmte. Nander hatte mich nicht erneut bloßgestellt. Doch jedes Mal, wenn ich mit einem Ritual die Steine der geformten Erinnerung wieder in Energie auflöste, musste ich sie erneut durchleben, riechen oder spüren. Dieser Kuss hielt mich gefangen.

Und ich hatte keine Ahnung, wie viel Xeron davon mitbekam. Ahnte er, was ich durchmachen musste? Amüsierte es ihn? Oder war es ihm unangenehm, dass ich mich wie eine verliebte Göre verhielt?

»Wir werden Karyn beschützen«, sagte Xeron, und ich trat intuitiv ein Stück näher, als würde ich mich nach der Geborgenheit dieser Worte sehnen.

»Und was, wenn nicht?«, krächzte ich.

»Daran darfst du jetzt nicht denken.«

Ich schnaubte. »Und woran soll ich sonst denken?«

Seine Augen wanderten über mein Gesicht und an mir hinab. »An das Ritual. An Chris und seinen Schutzschild. An die Möglichkeiten, die sich uns offenbart haben – wir werden die Geister besiegen.«

»Hoffentlich«, murmelte ich und verdrängte die Bilder der Visionen, die sich in den Vordergrund schieben wollten. Ich hatte etliche Vorhersehungen durchlebt und bisher nie die Kraft gehabt, etwas dagegen auszurichten. Chio hatte mir versichert, dass ich die Fähigkeit besaß, die Zukunft zu verändern. Ich hoffte inständig, dass es heute so weit war. Dass Karyn lebend den Hang verlassen würde.

»Bereitmachen!«, rief Marxem. Ich spannte die Schultern an, drückte den Rücken durch und folgte den Krähen zum Startplatz.

Xeron und ich verließen Tamira und reihten uns bei Marxem und Nander ein, die als Ajiva Former und Kämpfer anführten.

Wir verwandelten uns und starteten zur viert in den Himmel. Uns folgten die anderen Krähen. Als wir die Wolken durchbrachen, die den Himmel verhängten, spürte ich warme Finger, die sich mit meinen verschränkten. Xeron hatte meine Hand genommen, und ich fühlte die Aufmunterung, die er damit bezweckte.

Die Berührung beruhigte mich, gab mir das Versprechen, nicht allein zu sein. Nicht allein kämpfen zu müssen. Das erste Mal seit Tagen erfüllte mich Xerons Nähe wieder mit Geborgenheit. Ich schloss die Augen, genoss das Gefühl und dachte nicht an all die Unsicherheit und Zurückweisung, die zwischen uns standen.

In diesem Moment gab es nur uns und die Aufgabe, die vor uns lag. Und ich wusste, dass ich mit niemandem lieber in den Kampf gezogen wäre.

»Wir schaffen das!«, raunte Xeron mir zu, und jede Faser in meinem Körper wollte, dass er recht hatte.

Ich öffnete die Augen und spürte den Sog des Dimensionsrisses. Jetzt war die Zeit gekommen, es diesen Visionen zu zeigen.

Während des Flugs zum Hang hielt Xeron meine Hand. Erst als wir landeten, ließ er mich los. Wir behielten unsere Krähenform bei und stellten uns direkt in Kampfstellung auf.

Die Plattform lag verlassen vor uns, die Nacht war angebrochen und ohne das Licht des Mondes war es finster. Dank der verbesserten Sicht der Krähenform erkannte ich die Insekten und Staubpartikel, die in der Luft wirbelten. Davon abgesehen waren wir allein.

Die Vision hatte mir eine Ahnung für den Tag des Unfalls gegeben, doch wann Karyn und Chris hier auftauchen würden, war uns unbekannt. Nachdem wir die Gegend abgesucht und uns einen Überblick über die Lage verschafft hatten, positionierten wir uns. Da wir die beiden noch nicht entdeckt hatten, verharrten wir in der Nähe des Eingangs zu dem versteckten Hang.

Minuten verstrichen und wurden zu Stunden.

Endlich torkelten zwei Gestalten auf uns zu. Chris hatte den Arm um Karyn gelegt, die leise kicherte. Ich war noch einige Meter entfernt, doch selbst aus der Distanz wurde deutlich, dass die zwei betrunken waren. Vermutlich kamen sie aus dem nahegelegenen Club. Meine beste Freundin zu sehen, versetzte mir einen Stich. Meine Augen brannten und die unterdrückten Tränen feuerten meinen Entschluss zusätzlich an: Ich würde alles geben, um sie zu beschützen.

Hinter Chris erkannte ich eine Horde Geister, die nach ihm griff. Sein Schutzschild leuchtete und wehrte die Berührungen ab. Für Karyn schienen sie kein Interesse zu hegen. Mein Blick huschte über die milchigen Gestalten. Ich versuchte, sie zu zählen. Waren es zwanzig? Oder mehr?

»Warum sind es so viele?«, knurrte Xeron. Er hob die Hände, so wie die anderen Krähen, und machte sich bereit für den Kampf, den Talisman im Griff.

»Sie haben das geplant«, presste Marxem hervor, und das Entsetzen in seiner Stimme jagte mir einen Schauer über den Rücken. »Wie …?« Er unterbrach sich selbst und hob eine Hand. »Macht euch bereit!«

Noch während Marxem sprach, entdeckten uns die Geister. Ein Teil löste sich von Chris und kam auf uns zu. Der linke Flügel unserer Formation eilte den Geistern entgegen. Ich hörte die gemurmelten Worte und konzentrierte mich auf meinen eigenen Talisman, doch Marxem winkte uns fort. »Wir folgen Chris!«, rief er und eilte meinem Schützling und Karyn hinterher, die den kleinen Eingang erreichten.

Als wir uns der Gruppe Gegner näherten, die bei Chris zurückgeblieben war, wirbelten ein paar der Geister zu uns herum. Sie trugen wieder die Ketten, und als sie die Arme hoben, entdeckte ich bei einigen Waffen. Messer und Dolche wurden uns entgegengestreckt. Karyn und Chris liefen währenddessen die kleine, zugewachsene Treppe hinab und verschwanden aus unserem Blickfeld.

Zwischen uns und dem Eingang standen fünf Geister, während hinter uns die Krähen mit weiteren kämpften.

Ich murmelte die Worte des Rituals, meine Energiesicht verstärkte sich, und die Schemen vor mir leuchteten orange auf. Die Ketten an den Hälsen der Geister strahlten heller, und manche unserer Gegner trugen am Körper kleine, runde Gegenstände, die ebenfalls stärker schimmerten. Waren das Formersteine oder materialisierte sich sogar Energie? Wer hatte die Geister so ausgestattet?

Nander brüllte Befehle, teilte ein, welche Krähe sich um welchen Gegner kümmern sollte, während er selbst sich zweien gegenüberstellte.

Worte von geflüsterten Ritualen ertönten unterschiedlich laut und schnell. Ich richtete meine Konzentration auf den Geist, den ich als externe Quelle einsetzen wollte, um irgendetwas zu materialisieren. Ich fokussierte mich auf die Energie, die durch das Ritual in schmalen Bahnen in der Luft zu fließen begann. Ein Stein verfestigte sich in meiner Hand, doch ich achtete nicht auf ihn, sondern ließ ihn zu Boden fallen – was auch immer ich gerade erschaffen hatte.

Geister wichen zurück, zwei waren verschwunden und die übrigen wirkten heller. Die Messer glitten aus ihren Fingern und fielen scheppernd zu Boden. Wieder wurden Worte gemurmelt, und ich schloss mich an. Die nächsten Rituale löschten auch die letzten Geister aus, und ich konnte nichts gegen das Grinsen ausrichten, das sich in meinem Gesicht ausbreitete.

»So muss das sein«, raunte Xeron und stieß euphorisch eine Faust in die Luft.

»Hinterher!«, brüllte Marxem, und wir eilten auf den Eingang zu. Doch bevor wir die Treppe erreichten, hörte ich Schreie hinter uns. Ich warf einen Blick über die Schulter und stolperte vor Schreck. Krähen kämpften gegen Geister, die sich zu Beginn von der Gruppe gelöst hatten. Zusätzlich strömten von allen Seiten weitere Gegner auf die Aussichtsplattform. Ich konnte sie nicht mehr zählen und wagte es nicht, zu schätzen.

Gegen diese Anzahl würden die Krähen nicht standhalten können. Aber konnten sie sie wenigstens ablenken oder beschäftigen, bis wir Karyn gerettet hatten?

Mein Herz schlug so schnell, dass ich bezweifelte, dass ich das als Mensch ausgehalten hätte. Ich hoffte nur, dass ich als Krähe mehr Kraft besaß.

Und vor allem genug.

Xeron nahm meine Hand und zog mich mit sich den Weg entlang zu dem kleinen, abgesperrten Bereich. Ich hatte Mühe, mich von dem Anblick der kämpfenden Krähen loszureißen und nahm die Äste, die durch meinen aus Energie bestehenden Körper hindurchglitten, nur vage wahr. Zitternd lenkte ich meinen Fokus auf die Wärme, die mir Xerons Berührung vermittelte und klammerte mich fester an ihn.

Die Schreie hinter mir lösten Übelkeit in mir aus. Ob bereits jemand verletzt oder sogar getötet worden war?

Ich schüttelte den Kopf und versuchte, mich auf das zu konzentrieren, was uns bevorstand: Gegen weitere Geister zu kämpfen und einen Tod zu verhindern, der Chris' Leben ins Chaos stürzen würde und damit unsere gesamte Existenz bedrohte. Er war mit den Visionen verknüpft, die Ankrovs Untergang zeigten. Auch wenn mir nicht klar war, wie die Geister ihn für ihr Ziel nutzen wollten.

Als wir den Platz erreichten, an dem das brüchige Geländer den Hang zäumte, entdeckte ich Chris und Karyn, die wild fummelnd auf der Bank lagen.

Chris stöhnte Karyns Namen, während sich weitere Geister über ihn beugten und schimpften, da sie ihn durch den Schild nicht erreichen konnten. Der Schutz flackerte unter den Berührungen und hielt sie von Chris fern. Doch mit Erschrecken stellte ich fest, dass das Licht der Barriere schwächer wurde.

Marxem und Nander murmelten die Worte des Rituals, und die ersten Geister begannen zu verblassen. Eins der Wesen sah auf und stürzte sich auf Xeron und mich.

Mutig begab sich Xeron in den Kampf. Er materialisierte den Bauch des Gegners und trat ihn heftig. Der Geist taumelte wenige Schritte nach hinten, bevor er sich wieder auf uns stürzte.

Erneut landete Xeron einen Schlag, und ich konzentrierte mich auf den Formerstein an meinem Handgelenk. Während ich mich auf die Energiequellen fixierte, wurde Xeron im Gesicht getroffen. Blut spritzte aus seiner Nase. Sobald es in die Luft flog, begann es zu zischen und löste sich auf. Trat aus einer Energieform in die nächste über und wurde von einem Trugbild zu Wärme, die sich mit der Umgebung vermischte.

Ich schluckte, murmelte die Worte schneller und konzentrierte mich auf den Geist, der Xeron attackierte. Ich bemerkte erst zu spät einen weiteren Schemen aus Energie, der von der Seite aus auf mich zukam.

Ich wurde zu Boden geschleudert, Schmerz schoss durch meinen Körper, und ich stöhnte auf. Als hätte Chris unsere Verbindung gespürt, hob er den Kopf und sah in meine Richtung. Sein Blick verharrte einige Sekunden ein Stück neben mir, ehe er den Kopf schüttelte und sich wieder Karyn widmete, die genüsslich seufzte.

Der Geist trat nach mir, erwischte mich an der Seite, während ich mich aus seiner Reichweite rollte. Ich spürte den harten Boden unter mir und Gras kitzelte mich an der Wange.

»Lenna«, rief Xeron, was mich die Zähne zusammenbeißen ließ. Der Geist trat erneut nach mir, und dieses Mal konzentrierte ich mich auf das Ziel, das ich formen wollte und nicht auf die Energie meines Gegners. Sein Fuß wurde dunkler, und ich packte ihn, zerrte daran, sodass der Geist stolperte. Diese Sekunde nutzte ich, sprang auf die Füße und hechtete auf die Büsche zu. Ich verschwand in der kühlen Umarmung der Äste und Blätter und startete das Ritual ein weiteres Mal.

»*Joan siel diz foarm diz boarne.*« Die Worte kribbelten wie Magie auf meiner Zunge. Wieder erkannte ich die hellen Figuren aus Energie, die sich auf Krähen stürzten. Leuchtende Schemen rangen miteinander. Geister und Krähen. War das links vor mir Xeron?

Ich fixierte die Energie des Geists und wiederholte die Worte, während ich die Kraft weiter und weiter bündelte. Der Stein in meiner Hand wog schwer, doch ich hielt mich nicht damit auf, ließ ihn zu Boden fallen und stürzte wieder aus dem Gebüsch.

»Danke«, keuchte Xeron. Blut lief über seine Lippen und er wischte es mit einer Bewegung weg.

Chris war bereits aufgestanden, Karyn umklammerte seine Hüfte mit den Beinen, während er sie zum Geländer trug.

»Er darf dort nicht hin!«, presste ich hervor und hechtete ihm hinterher.

Es waren noch drei Geister übrig, die sich um die Bank scharten und mit Krähen kämpften. Nichts, womit Marxem und Nander nicht fertig wurden. Das hoffte ich zumindest.

Also ignorierte ich die Kampfszene und folgte Chris. »Geh zurück zur Bank!«, schrie ich. »Setz sie nicht aufs Geländer! Chris, bitte!« Meine Stimme klang weinerlich und flehend. Ich spürte die Tränen in mir aufsteigen. »Geh da weg!«

Kurz vor ihnen hielt ich inne, konzentrierte mich auf die Verbindung, die unsichtbar und doch greifbar zwischen Chris und mir hing. »Geh zurück zur Bank. Es ist mir egal, was ihr heute Nacht anstellt, nur bitte, bitte, bring Karyn nicht um.« Doch er hörte nicht auf mich, setzte sie auf dem Geländer ab und fummelte mit einer Hand an seinem Gürtel herum.

Xeron tauchte neben mir auf und ich tastete nach seiner Hand. Ich brauchte Halt. »Schicke ihm Bilder«, riet mir mein Mentor. Als ich ihn ansah, war mein Sichtfeld verschwommen.

Ohne zu zögern, hob er seine freie Hand. Wir waren immer noch in unserer Krähenform. Er streckte mir seinen menschlichen Arm entgegen, der aus dem Gefieder ragte, und berührte mein Gesicht. Mit einer sanften Bewegung wischte er mir Tränen von der animalischen Wange.

»Zeig ihm, dass er dort weg muss.«

Ich nickte, sandte die schrecklichen Bilder der Vision aus, zeigte Chris, wie sicher die Bank Karyn vor einem Unfall bewahren würde.

Das Zögern meines Schützlings zeigte, dass er verstand. Er warf einen Blick nach hinten, und ich atmete erleichtert aus, als er die Bank betrachtete.

»Ja«, bekräftigte ich ihn. »Geh zurück zur Bank.«

Er packte Karyn und machte Anstalten, sie hochzuheben, doch dann verharrte er erneut.

»Nein, nein, nein!«, rief ich aus. »Bring sie zur Bank! Verdammt, Chris!«

Doch er ignorierte mich, sein Schild flackerte, als er zur Treppe sah. Ich folgte seinem Blick, doch fand keine Ursache für Chris' Unruhe. Marxem und Nander hielten die restlichen Geister in Schach, die aus fast verblassten Gestalten bestanden.

Xeron knurrte neben mir, und die Spannung, die sich über den kleinen, abgesperrten Garten legte, war beinahe greifbar. Dann sah ich es auch. Auren, die vor Energie strahlten. Noch waren die Neuankömmlinge teilweise von den dichten Hecken verborgen, doch das orange flackernde Licht drang durch die Blätter und kündigte sie an.

Ein Geist schritt voraus, trat die Stufen hinunter. Es war eine Frau. Sie trug ein langes, blasses Gewand, das um ihren Körper waberte wie Wasser. Ihre Haare umflossen ihre Schultern und reichten fast bis zu ihrer Taille. Hinter ihr folgten weitere Geister, schwebten die Treppe hinunter und durch das Gebüsch oder seitlich vom Geländer entlang.

Mein Körper verlor jedes Gefühl, wurde taub, und ich konnte kaum schlucken. Die Vielzahl an neuen Gegnern versetzte mich in Panik, doch größer war die Angst davor, was mit all den Krähen passiert war, die oben zurückgeblieben waren. Waren sie verletzt? Tot? Oder rechtzeitig entkommen?

Xeron packte mich am Arm und zog mich einige Schritte zurück. Auf seinem Gesicht lag Entsetzen, als hätte er in all seinen Jahren als Krähe nichts Vergleichbares gesehen.

»Verschwindet«, ertönte eine liebliche Frauenstimme. Der harmonische Klang passte nicht zu der Härte, mir der sie das Wort aussprach.

Sie trat die letzte Stufe der Treppe hinab und hob die Hände. Die Geister, die Marxem und Nander an die Seite des Gartens getrieben hatten, wurden bei ihrer Handbewegung dunkler, erhielten mehr Form.

»Verdammt«, zischte Marxem. Er und Nander reagierten auf die Niederlage mit einem erneuten Ritual.

»Lasst meine Kinder in Ruhe!«, kreischte die Frau. Während sie sprach, wurde ihr Körper fest. Zuerst die Füße, die bei jedem Schritt, den sie sich auf uns zubewegte, unter ihrem Kleid hervorschauten. Dann ihr Körper, ihre Arme und zum Schluss ihre Haare, die ein feuriges Rot annahmen.

Xeron zog mich weiter zurück, fort von Chris und Karyn, die sich nun zwischen uns und der Frau befanden.

»Mischt euch nicht ein«, ermahnte sie uns.

»Rückzug!«, schrie Marxem und flog einige Meter in die Luft. Nander folgte ihm.

»Nein«, presste ich hervor, immer noch unfähig, mich richtig zu bewegen. Doch ich konnte nicht schon wieder gegen die Vision verlieren. Karyn durfte nicht sterben und Chris sollte nicht zum Mörder werden. Das konnte ich nicht zulassen.

Ich riss die Hände hoch, spürte, wie ich Xerons Griff entglitt, und schrie die Worte des Rituals der Former. Als die Energie vor meinen Augen zu leuchten begann, strahlte die Gestalt der Frau wie die Sonne.

War sie wirklich nur ein Geist? Woher hatte sie diese Energie?

»Lenna«, raunte Xeron, doch seine Stimme versank fast vollständig in meinen lauten Worten. Ich konzentrierte mich auf die Frau, die mittlerweile Chris erreicht hatte. Sie schmiegte sich an seinen Rücken, streichelte ihm über das Haar, und der Schild brach schneller, als ich es für möglich gehalten hatte.

Die Worte kamen wütender und lauter aus meinem Mund. Ich hatte fast geendet, als sie hochblickte und mich ansah.

»Ihr sollt verschwinden, hab ich gesagt!« In einem irrsinnigen Tempo jagte sie auf uns zu, doch ich konnte nicht ausweichen. Ich musste sie schwächen, besiegen.

Xeron sprang an mir vorbei, wirbelte im Kreis und schlug ihr ins Gesicht. Sie kreischte lauter, erwischte Xeron mit einem Schlag am Kinn, und er taumelte rückwärts auf mich zu.

Energie begann sich zu bewegen und ich leitete ihre um, formte irgendetwas, auf das ich nicht achtete.

»Lenna, Xeron!«, schrie Marxem über uns.

Die Frau blieb stehen und betrachtete mich, während in meiner Hand ein Stein entstand. Es war ein kleiner Triumph, doch änderte es nichts daran, wie hell sie leuchtete. Ich wartete darauf, dass sie mich angreifen würde, doch stattdessen lachte sie. Das Geräusch hallte durch den Garten, schmerzte in meinen Ohren und in meiner Brust.

»Ihr seid zu spät!«, brachte sie hervor und deutete hinter sich.

Ich traute mich kaum, den Blick von ihr abzuwenden, doch als ich Karyns erstickten Schrei hörte, wusste ich, was passiert war.

Chris stand am Geländer, die Hose offen, und Karyn war nicht mehr zu sehen. Anders als in meiner Vision zückte er nicht sein Smartphone, sondern kletterte den Hang hinab. Obwohl ich kurz aufgrund der Änderung stutzte, wusste ich, was nun passieren würde. Zu oft hatte ich die Szene, wie er sich zu Karyns leblosem Körper begab, aus diversen Perspektiven gesehen.

»Nein!«, schrie ich aus vollem Leib. Meine Stimme brach und zu hören blieben nur Chris' Wimmern und das Lachen der Frau.

Ich taumelte einen Schritt nach vorn, doch Xeron war sofort an meiner Seite, um mich festzuhalten. Keuchend kämpfte ich gegen seinen Griff an, aber er zerrte mich zurück. Weg von der Frau, weg von Chris und Karyns Leiche.

Meine Augen brannten und ich schluckte schwer. Wir hatten nichts erreicht. Wir hatten kaum etwas gegen die Geister ausgerichtet und die Zukunft nicht geändert. Stattdessen war meine Vision erneut eingetreten.

Und wieder musste ich machtlos zusehen.

»Komm mit!«, schrie Xeron und riss mich in die Lüfte. Ich spürte den Gegenwind auf den Wangen, die feucht von meinen Tränen waren.

Ich wusste, ich musste mit den Flügeln schlagen, Xeron helfen, damit wir hier lebend herauskamen, doch ich konnte nichts anderes tun, als nach unten zu sehen. Karyns Leiche lag auf dem kleinen Vorsprung, Chris stand verzweifelt daneben und die Geisterfrau hielt ihn im Arm.

Sie hatte ich in den Visionen nie gesehen. Lag es daran, dass sie ein Geist war? Oder war es ihre Schuld, dass die Vision dank unserer Bemühungen zwar verändert wurde, aber trotzdem eingetreten war? War dies eine neue Version meiner Vision?

»Wir müssen zurück«, presste Xeron hervor. Er klang erschöpft, während er mich weiter in den Himmel zerrte. Mein Körper fühlte sich schwer an und gehorchte mir nicht.

»Ich kann nicht«, keuchte ich. Tränen rannen über meine Wangen und ich schluchzte. Ich hatte verloren. »Karyn ist tot.«

Xeron zog mich näher an sich, schlang die Arme um mich und ich schmiegte mich an seine Brust, während er mich zum Dimensionsriss brachte.

23. Kapitel

Ich lag in Xerons Armen, als wir den Startplatz in Ankrov erreichten. Seine Wärme spendete mir den Trost, nach dem sich mein Herz verzehrte.

Meine Gedanken kreisten in rasender Geschwindigkeit um die Tatsache, dass Karyn gestorben war. Ich schüttelte den Kopf, versuchte, die Stimme in mir zum Verstummen zu bringen, doch es half nichts. Wir hatten versagt.

»Lenna«, flüsterte Xeron, ehe er mich fester hielt. Ich krallte die Hände in seinen Rücken und spürte, dass er wieder ein Mensch war. Ich verließ ebenfalls meine Krähenform, doch ich konnte ihn nicht loslassen. Nicht jetzt.

»Nur noch einen Augenblick, bitte«, flehte ich leise. Mein Atem streifte seine Halsbeuge.

»Sind das alle?«, fragte Marxem laut. Die Panik in seiner Stimme jagte mir einen Schauer über den Rücken. Ich wandte mich um, verließ die Geborgenheit von Xerons Umarmung und stellte mich der Realität. Nur wenige Krähen waren hier versammelt, vielleicht die Hälfte derer, die aufgebrochen waren. Am liebsten hätte ich mich übergeben.

Xeron nahm meine Hand. »Das können nicht alle sein«, presste er hervor.

»Ein paar haben die Schwerverletzten in die Versammlungshalle gebracht«, antwortete eine Frau, die ich nicht kannte. Sie senkte den Blick. »Wir haben einige Krähen verloren.«

Ich schwankte, presste die freie Hand gegen meine Schläfe und versuchte, die Worte zu verarbeiten. Es gab Schwerverletzte und Tote.

»Wie groß sind unsere Verluste?«, fragte Marxem und schlug den Weg Richtung Versammlungshalle ein. Xeron zog mich hinter sich her. Ich warf einen schnellen Blick über die Schulter und suchte nach Tamira. Doch ich entdeckte sie nicht. Die restlichen Krähen, die sich auf dem Startplatz befanden, folgten uns ebenfalls.

Marxem stoppte und drehte sich um. »Wie groß sind unsere Verluste?«, fragte er erneut. Sein Gesichtsausdruck war ernst und vermischte sich mit dem Entsetzen über unsere Niederlage.

»Vielleicht fünfzehn«, antwortete die Frau leise. Im Vergleich zu der Stille im Gang war ihre Stimme jedoch überdeutlich zu hören.

Marxem zog geräuschvoll die Luft ein, ehe er zur Versammlungshalle eilte. Wir hatten Probleme, mit ihm Schritt zu halten.

Als wir die Halle betraten, stockte mir der Atem. Auf dem Boden lagen Verwundete, die nicht mehr bei Bewusstsein waren. Krähen rannten zwischen ihnen hindurch, murmelten Worte für Beschwörungen und versuchten, die Verletzten zu retten.

In Ankrov gab es keine Krankenstation, da es bisher nicht nötig gewesen war. Verletzungen hatten sich bisher auf einzelne Krähen beschränkt, die sich überanstrengt hatten. So wie ich nach meinem Besuch bei Chris. Deshalb wurden die Krähen immer in ihren Zimmern behandelt. Aber das war nach diesem Kampf nicht möglich. Stattdessen versorgten sie die Wunden der Anwesenden direkt hier in der Versammlungshalle. Die Unbedarftheit ihrer Bewegungen und die Panik in der Luft zeigten deutlich, dass so etwas noch nie vorgekommen war.

Dieser Anblick schockierte mich in einem Maß, dass ich am liebsten davongerannt wäre. Doch Xeron hielt meine Hand und betrachtete schweigend das Bild, das sich uns bot.

»Wo ist Ferlen?«, krächzte er und wischte sich über das Gesicht.

»Wir finden ihn«, versprach ich und zog ihn in den Raum. Wir passierten eine Krähe mit einem gebrochenen Arm, andere mit Platzwunden und Kratzern, die mit schmerzverzerrten Gesichtern warteten. Ihre Verletzungen schienen nicht lebensbedrohlich, und sie verharrten schweigend, während ihre Freunde und Nachbarn behandelt wurden.

»Da«, seufzte Xeron erleichtert und deutete in die Mitte des Raums. Ich folgte der Richtung, in die er zeigte. Ferlen beugte sich über einen Körper, rief Befehle und winkte Krähen herbei. Wir eilten auf ihn zu, und als ich erkannte, wer da blutüberströmt unter ihm lag, entfuhr mir ein Schrei.

»Tami!«, rief ich und warf mich neben ihr auf die Knie. Ihre Kleidung war zerrissen, an ihrer Haut, ihren Haaren und dem Stoff an ihrem Körper klebte Blut, das verdampfte, sobald es zu Boden tropfte.

»Wird sie durchkommen?«, presste ich hervor. Die Angst, noch eine Freundin zu verlieren, schnürte mir die Luft ab. Ich keuchte und schnappte panisch nach Atem.

»Beruhige dich, Lenna«, fuhr mich Ferlen an. Auf seiner Stirn bildeten sich Schweißperlen und vermischten sich mit dem Blut, das seine Schläfe hinablief.

»Habt ihr noch Energie?«, fragte er Xeron und mich, während er eine Hand auf Tamiras Brustkorb legte. Die andere streckte er nach uns aus. »Habt ihr?«, fragte er noch einmal.

»Ja«, sagte Xeron und streckte Ferlen seinen Arm entgegen. Ferlen zögerte, sah Xeron an und dann mich. »Ich kann dich jetzt nicht berühren, Xeron«, sagte er scharf. »Das ist zu riskant.« Er deutete auf mich. »Lenna, gib mir deine Hand.«

Verwirrt blickte ich zwischen Ferlen und Xeron hin und her. Doch ohne zu zögern führte ich Ferlens Befehl aus. Wenn das Tamira retten würde, gab ich bereitwillig meine Energie her.

Der Sog setzte ein, kaum dass er mich berührt hatte, und ich stöhnte vor Schmerz. Xeron hielt meine Hand und flüsterte beruhigend auf mich ein. Doch auch in seinem Gesicht erkannte ich, dass er litt.

»Warum tut es so weh?«, keuchte ich.

»Es ist nicht wie das Band«, presste Xeron hervor.

»Wir stören den Energiefluss, wir verlieren zu viel und zerren gewaltsam daran«, sagte Ferlen. Schweiß perlte über seine Stirn und tropfte hinab. Noch in der Luft löste er sich auf. »Deshalb setzen wir es kaum ein. Es ist zu ineffektiv.«

»Aber jetzt ist es ihre einzige Chance«, vermutete ich und bedachte Tami mit einem ernsten Blick.

»Ja«, raunte Ferlen. Während er unsere Energie umleitete, schlossen sich langsam Tamiras Wunden. Aber ob das ausreichte?

»Genug«, keuchte er und ließ mich los.

»Nein«, japste ich und packte Ferlens Arm. »Wir müssen Tamira retten!«

»Wir können jetzt nichts mehr tun. Außer du willst selbst sterben.«

Ich schüttelte den Kopf, erschöpft, aber erleichtert, dass der Schmerz nachgelassen hatte.

»Wir holen weitere Krähen«, sagte Xeron und stand auf.

»Das ist nicht nötig«, wusste Ferlen. »Es sind schon viele unterwegs, einige waren bereits hier und haben geholfen. Ruht euch aus, ihr könnt nichts mehr tun.«

Ich strich Tamira eine Haarsträhne aus der Stirn und flüsterte ihr zu, dass sie sich schnell wieder erholen sollte. Dann folgte ich Xeron durch die Halle, schlängelte mich an den bewusstlosen Körpern vorbei und erreichte kurz nach ihm den Ausgang.

»Warte doch, Xeron!« Ich packte ihn am Arm, doch er riss sich los und stürmte aus der Halle. Mit den Händen rieb er sich den Nacken und brummte unverständliche Worte. Erst neben dem Eingang stoppte er und lehnte sich an die Wand.

»Sie werden sich erholen. Tamira, Ferlen.« Ich schluckte. »Sie werden überleben.«

»Ich hoffe es.« Er blieb an der Wand stehen und fixierte mich mit seinen grünen Augen. Ich sehnte mich nach der Geborgenheit seiner Nähe zurück und machte einen Schritt auf ihn zu.

»Was meinte Ferlen«, fragte ich, »dass er dich nicht anfassen kann?«

Xeron senkte den Blick und betrachtete den Boden zwischen uns. Als ich näherkam, wich er aus, ging einen Schritt zur Seite.

»Xeron?«, fragte ich, spürte den Schmerz in meiner Brust aufkeimen. Ich streckte die Hand nach ihm aus, doch er wich zurück.

»Wir sollten schlafen gehen«, flüsterte er.

»Wie willst du nach dieser ganzen Sache schlafen?«, presste ich ungläubig hervor und griff erneut nach ihm. Meine Finger waren nur Zentimeter von ihm entfernt. Ich wusste nicht, was ich mir erhoffte. Eine erneute Umarmung – oder dass er meine Hand hielt, wenn wir zu unseren Zimmern zurückgingen. Aber so weit kam es nicht.

Dieses Mal schlug er meine Hand fort. »Nicht«, sagte er leise, stieß sich von der Wand ab und marschierte den Gang entlang.

»Was hast du für ein Problem?«, rief ich ihm hinterher. Die Ablehnung brach über mir zusammen und riss mich mit sich fort.

Mir fielen seine Worte bei unserem Streit vor einigen Tagen wieder ein: *Du bist mein Problem.*

24. Kapitel

Tränen stiegen mir in die Augen. Ich wollte Xeron hinterherrennen, doch jemand hielt mich mit seiner Hand fest.

»Lenna, lass ihn gehen.« Marxem stand hinter mir. Ich zitterte und versuchte, meine Beherrschung zu wahren. Ob er das mitangesehen hatte?

Hitze schoss mir in die Wangen und ich verschränkte die Arme. »Er ist ein Idiot!«, presste ich hervor, konnte nichts dagegen tun, dass meine Stimme brach.

Marxem lachte mit einem bitteren Unterton. »Das ist jeder manchmal.« Die Strapazen der Nacht standen ihm ins Gesicht geschrieben. Er wischte sich mit der Hand über die Stirn, doch die Sorgen blieben in seinen Augen zurück.

Ich lehnte mich gegen die kalte Wand und sah Xeron hinterher, der schon längst verschwunden war. »Wieso stößt er mich immer wieder von sich?«, fragte ich mich. »Manchmal denke ich, er mag mich. Dann verhält er sich, als würde er mich hassen.«

»Er hasst dich nicht.« Marxem zögerte. »Er hasst seine Fehler.«

»Und ich bin so ein Fehler?«, fragte ich schnippisch.

»Lenna«, ermahnte er mich und der autoritäre Klang erinnerte mich daran, mit wem ich hier sprach. Mit Marxem, einem der Anführer der Krähen. Der sonst so geduldige Mann schien erschöpft, völlig am Ende durch unsere Niederlage. Ich bereute es sofort, ihm eine Szene wegen meiner unerwiderten Gefühle gemacht zu haben.

Doch die Worte nagten an mir. *Ich war ein Problem. Ein Fehler?* »Kann mir jemand erzählen, was hier los ist? Ich habe die ständigen Rätsel satt. Was ist passiert, bevor ich hierherkam?«

Marxem räusperte sich. »Darüber solltest du mit Xeron reden. Es ist nicht einfach für ihn als Seher ...« Er brach ab und stockte. Zerknirscht rieb er sich die Nasenwurzel, und mir wurde klar, dass er das nicht hatte sagen wollen. Xeron, ein Seher?

Ich stieß mich von der Wand ab und starrte ihn an. Es war, als verlöre ich den Boden unter den Füßen. Mein Herz schlug unangenehme Saltos und ich zitterte stärker, bis ich die Arme um den Körper schlang. Meine Lunge zog sich schmerzhaft zusammen und ich schüttelte den Kopf, als könnte das etwas gegen dieses Wort ausrichten. *Seher.* Das musste ein Irrtum sein. Das ... »Was?«, presste ich hervor.

»Er war deine Krähe«, sagte Marxem ruhig, doch er fühlte sich sichtlich unwohl. »Er hat dich einige Male gerettet. Er hat sich eingemischt, dich aus dem Auto geholt, als deine Eltern umkamen. Er hat gegen sämtliche Regeln verstoßen.« Marxems Stimme wurde mit jedem Wort leiser.

»Und das sagt mir niemand?!« Ich starrte auf meine Hände, die bebten, und Taubheit breitete sich in meinen Gliedern aus. Xeron hatte mich belogen! Berührungen, denen er ausgewichen war. Berührungen, denen er sich nicht entzogen hatte. Oder nicht konnte, weil ich zu forsch gewesen war? Lange hatte ich gedacht, es war wegen meines Brandmals. Dass er befürchtete, ich könnte Visionen auf ihn übertragen. Dann hatte ich es auf die Angewohnheiten der Krähen geschoben oder darauf, dass er einfach kein Interesse an mir hegte. Aber er war ein Seher? Er trainierte mit mir, täuschte mir und vielen anderen vor, zu den Kämpfern zu gehören. Wie viele Krähen gab es noch, die ihre wahre Gabe versteckten?

Die Zeichen wurden mir plötzlich überdeutlich klar. Er hatte mit dem Schwert trainiert, nie im Nahkampf mit mir oder jemand anderem. Mir wurde schlecht und ich riss den Kopf nach oben. »Er hat mich angefasst. Wir haben uns so oft berührt, warum hat es keine Visionen ausgelöst? Chio sagte, eine Berührung löst immer eine Vision aus! Immer. Nur nicht unter Sehern ...«

Marxem wich meinem Blick aus. »Es ist komisch, er hat nicht die gleiche Wirkung auf dich wie auf uns andere. Vielleicht liegt es an deinem Brandmal ...«

»Mein Brandmal«, würgte ich hervor, und Marxem sah zur Seite. Die Bewegung war wie eine Bestätigung. »Ist er dafür verantwortlich?«, zischte ich atemlos und hoffte auf ein Kopfschütteln.

Doch Marxem nickte knapp.

Zu sagen, mir blieb das Herz stehen, wäre untertrieben. Es würde nicht zu dem Gefühl in meiner Brust passen. Es war viel mehr, als würde mein Herz einen schmerzhaften Sprung machen und von innen gegen meinen Brustkorb prallen. Als würde die Zeit durch diesen Schlag stillstehen.

Hatte ich deshalb seine Schuldgefühle bei unserem Band gespürt, weil er für mein Mal und somit für mein Leid verantwortlich war?

»Er hat mir das Brandmal verpasst?«, flüsterte ich. Diese Tatsache wollte ich nicht begreifen. Es ging nicht. Marxems Worte wirbelten durch meinen Kopf. Xeron war meine Krähe gewesen und hatte mich unzählige Male gerettet, obwohl es riskant war und er gegen die Regeln verstoßen hatte. Es hätte ihn sein Leben kosten können.

Mein Herz pochte wild, hallte in meinem Kopf wider und fokussierte meine Gedanken auf nichts anderes als diese Nachricht. Xeron hatte mich aus dem Auto gerettet, er war der Schutzengel gewesen, mit dem die Ärzte mein Überleben als Wunder bezeichnet hatten. Hatte er mir da das Brandmal verpasst?

»Nein!«, würgte ich hervor und schüttelte energisch den Kopf. »Die Visionen hatte ich schon vorher. Ich habe den Autounfall mit meinen Eltern vorhergesehen.«

»Lenna.« Marxem hob beruhigend die Hände, doch für Beherrschung war es zu spät.

»Der Unfall!«, schrie ich. »Ich hatte den Tod meiner Eltern gesehen. Und Karyn, die sich das Bein brach. Die Visionen waren schon vorher da!«

»Lenna, stopp! Du verstehst das falsch. Er hat dir das Brandmal schon lange davor verpasst. An diesem Tag hat er dich einfach nur gerettet.«

Das Brandmal stammte von Xeron.

Ich taumelte und schlang die Arme um meine Taille. Doch es half nichts. Die Erkenntnis verlor nichts von ihrem Schrecken.

Hatte er in den letzten Wochen in Ankrov nur aus Schuld gehandelt, weil er für die Visionen und somit mein Leid verantwortlich war?

Warum hatte er mich nicht einfach mit meinen Eltern sterben lassen? Vielleicht wäre ich wiedergeboren worden. Ich hätte nicht mit Karyn wegen Chris gestritten, ich wäre nie in Ankrov gelandet.

Ich schloss für einige Sekunden die Augen, atmete tief durch und versuchte, die Kälte abzustreifen, die sich auf mein Herz gelegt hatte, es festhielt und mir mit jedem Schlag zeigte, dass sie mich im Griff hatte.

»Er war es?« Meine Stimme klang fremd. Als hätte ich einen Eisklumpen verschluckt. »Ich verdanke ihm diese Qualen?«

»Es war ein Versehen«, verteidigte ihn Marxem.

»Ein Versehen?!«, wiederholte ich schrill.

»Seine Kräfte zeigten sich damals noch nicht so stark, er hatte noch nie eine Vision übertragen, er ... er wusste nicht, was passieren würde.«

Kopfschüttelnd trat ich einen Schritt zurück. »All das ist seine Schuld.«

»Du solltest mit ihm reden, Lenna.« Er seufzte. »Ich hätte mich nicht einmischen dürfen. Ich hätte es dir nicht sagen sollen.«

Ich entfernte mich weiter von Marxem, der verwirrt und verunsichert dreinschaute. Er hatte so viel verloren.

Wir alle hatten viel verloren. Krähen, Karyn und den Kampf gegen die Geister. Und doch konnte ich an nichts anderes denken, als dass sich mein Leben hier auf einer Lüge aufgebaut hatte. Dass Xeron für die Visionen verantwortlich war, denen ich mich hilflos aussetzen musste. In denen ich meine Liebsten sterben sah und nichts unternehmen konnte. Die Visionen hatten mir alles genommen.

Und Xeron war der Grund, dass ich sie überhaupt
hatte.

25. Kapitel

Auf dem Weg zurück in mein Zimmer traf ich einige Krähen, die an mir vorbeiliefen und deren entsetzten Gesichtern ich entnahm, dass sie auf dem Weg zur Versammlungshalle waren. Die Luft war geladen mit der Sorge, ob die Verletzten geheilt werden konnten. Außerdem sah ich den Krähen an, dass unsere Niederlage ihre Hoffnung zerstört hatte. Die Angst in ihren Mienen war zu viel für mich. Alles schien über mir zusammenzubrechen und mich lebendig zu begraben. Ich senkte den Kopf und wich ihren Blicken aus.

Ein winziger Teil in mir sehnte sich nach Tamira und Xeron, nach der Gesellschaft, an die ich mich gewöhnt hatte. Nach Alltag und Vertrautheit.

Doch zu viel war zerbrochen.

Ich schluckte schwer, als ich Xerons Quartier passierte und in mein eigenes Zimmer ging. Im Raum war es still, durch die geschlossene Tür drangen gedämpfte Stimmen und Schritte von vorbeieilenden Krähen.

Wie sollten wir eine weitere Konfrontation überstehen? Ich wusste nicht, wie viele Energietränke die Krähen übrighatten, ob sie reichten, um uns erneut auf einen Kampf vorzubereiten oder ob es aussichtslos war. Ob wir der Menschenwelt den Rücken kehren und hier verharren mussten, bis wir unsere Verwundeten versorgt und wieder zu Kräften gekommen waren.

Ich legte mich auf Bett, schloss die Augen und konzentrierte mich auf meine Atmung. Ich versuchte zu meditieren, alle Gedanken in den Hintergrund zu schieben, und meinen Kopf zu leeren.

Doch immer wieder erwischte ich mich dabei, wie ich über Vergangenes nachdachte, es analysierte, und herauszufinden versuchte, wann ich es hätte erkennen müssen, dass Xeron ein Seher war. Dass er sich mir gegenüber verhielt, als müsste er etwas gutmachen. Waren die Zeichen nicht überdeutlich gewesen?

Ich wusste nicht, wann meine Grübeleien in Träume übergingen. Die Erschöpfung überwältigte mich und forderte ihren Tribut. Doch als die Vision kam, weckte sie mich auf und traf mich hart und unvorbereitet.

***

Die Geisterfrau saß auf dem Boden, sie strich über Chris' sterbenden Körper. Nur ihre Hände hatte sie zu Fleisch und Blut geformt. Ihr Haar war fast vollständig weiß und durchscheinend – außer einer roten Strähne, die sich ein Mann um den Finger wickelte. Ich erkannte nicht, wer die Strähne hielt, denn meine Vision war auf Chris fokussiert, der röchelte und Blut spuckte.

»Bald hast du es geschafft, mein Liebling«, säuselte die Frau, strich ihm sanft das Haar aus der Stirn. Ich fragte mich, ob er ihre Berührung spüren konnte, denn er hatte die Augen geschlossen.

Von da an dauerte es eine Ewigkeit. Ich wartete darauf, dass die Vision abbrach, doch sie ließ mich nicht los, hielt mich fest in dem ewig wirkenden Moment, in dem Chris starb.

Als das Leben aus ihm entwich, erhob sich eine Geistergestalt aus ihm. Einen Augenblick lang betrachtete er seine eigene Leiche, neben der die Frau kniete. Als er sie anschaute, hauchte er ein Wort, das mir eine Gänsehaut über die Arme jagte: »Mutter?«

Er stand auf, und mit seiner Bewegung veränderte sich das Bild, das ich sah. Hinter ihm erkannte ich eine Straße, Zäune, die kleine Vorgärten umrahmten. Überall lagen verwundete und sterbende Krähen. Die ersten Körper begannen sich bereits aufzulösen und in eine andere Energieform überzugehen.

Ich erkannte die Gesichter von Marxem und Tamira, bevor sie verschwanden. Panik kroch mir eiskalt in die Glieder. Chris sprach mit der Frau, doch ich konnte nicht auf ihn achten. Dies war unsere nächste Schlacht. Dies war der nächste Kampf, der uns bevorstand und den wir verlieren würden.

Ich schrie, doch die Vision gab mich nicht frei. Stattdessen erkannte ich zwei weitere Gestalten. Xeron und ich lagen am Rand eines Gehwegs. Ganz langsam löste sich mein Körper auf, bis nur noch meine Energie übrig war und sich zu etwas anderem formte. Ich wurde zu einem Geist.

Xeron bewegte die Lippen, als ob er meinen Namen sagen würde. Dann begann auch er sich langsam aufzulösen.

Noch bevor er ganz verschwunden war, wurde das Bild schwarz und ich schauderte. Der nächste Kampf bedeutete unser aller Tod. Sogar meinen eigenen.

Und auf mich wartete nur die Endwelt.

***

Ein langgezogener, schriller Schrei riss mich aus meiner Vision. Ich schreckte im Bett hoch und vergrub mein Gesicht wieder im Kissen. Doch es half mir nicht, mich vor den Bildern zu verstecken, die ich gesehen hatte. Sie zuckten durch meinen Kopf und hinterließen einen tonnenschweren Stein in meinem Magen. Meine Finger zitterten und ich krallte mich fester in den Überzug.

»Lenna?«

War das Xeron? Ich wollte etwas sagen, doch die Schreie ließen meinen Hals wund und ohne Worte zurück.

»Lenna?« Er klang besorgt. Ein Stich drang durch meine Brust. Dieser Heuchler. Lügner.

Ich drehte den Kopf und schaute in die Mitte meines Zimmers. Er hatte das Licht angemacht, seine Haare waren verstrubbelt. Ich hatte ihn mit meinen Schreien aus dem Bett geholt. Aber warum kümmerte es ihn? Wo ich doch nur das Resultat seiner Fehler war. Ich wollte, dass er ging, mich in Ruhe ließ.

Er streckte seine Hand nach mir aus, berührte mich aber nicht. Eine Geste, die zu unserer Situation passte. Er wollte mich anfassen, aber er zögerte, weil er ein Seher war! Ich robbte über das Bett und brachte möglichst viel Abstand zwischen uns. Nicht schon wieder eine Berührung. Die hatten schon zu viel angerichtet.

»Beruhige dich.«

Wie sollte ich? Er versuchte abermals, mich zu berühren, und ich wollte ihn anschreien. *Fass mich nicht an! Bleib weg!* Aber wieso gehorchte mir meine Stimme nicht?

Er stand direkt vor meinem Bett, blickte auf mich hinab. Sein Gesicht war merkwürdig verzerrt. Er fühlte sich unwohl, tat womöglich nur seine Pflicht als mein Mentor. Oder war da doch mehr? Er setzte sich auf die Bettkante. »Was ist passiert?«, fragte er sanft, aber laut.

Xeron beugte sich über das Bett zu mir. Er näherte sich mir und seine Augen hielten mich gefangen. Ich drohte in ihnen zu versinken, den Halt zu verlieren.

Ich schnappte nach Luft und schluckte. »Fass mich nicht an!« Endlich brachte ich Worte hervor. Ich trat nach ihm und während er auswich, sprang ich vom Bett und eilte zur Tür. In der Mitte des Zimmers holte er mich ein. Seine Arme schlossen sich von hinten um meine Schultern. Ich befand mich in der Klemme, konnte mich nicht mehr bewegen.

»Lenna!«, ermahnte er mich. »Was ist in dich gefahren?« Er veränderte seinen Griff, zog mich enger an sich, und ich spürte seine feste Brust an meinem Rücken. »Es ist mitten in der Nacht. Es war nur ein Traum. Wir haben den Neumond überlebt, wir sind in Sicherheit.«

Wie sollte ich bitte ruhig bleiben? Letzte Nacht war nur der Anfang gewesen. Karyn war tot. Uns Krähen stand nichts anderes bevor und wer wusste, wo uns unser Tod hinbrachte? Zurück in die Zeitwelt? Ins Nirwana? Oder gar in die Endwelt? Mich würde jedenfalls Letzteres erwarten.

Ich schüttelte den Kopf, versuchte, die Bilder der Vision zu vertreiben. Die Vision, die ich ihm verdankte. Wegen des Brandmals, das er mir zugefügt hatte. Wut drang durch meine Brust, während mein Herz diese albernen Hüpfer machte, die seine Nähe heraufbeschwor.

»Willst du mir erzählen, was los ist?«, fragte er geduldig und lockerte seinen Griff.

Ich nutzte die Gelegenheit, um mich zu befreien, und schlüpfte unter seinen Armen hindurch ins Freie. Mit schnellen Schritten erreichte ich den Ausgang und wollte hinausstürmen, doch Xeron fasste links und rechts an mir vorbei und drückte die Tür zu. »Sonst bist du doch auch so gesprächig und mitteilsam.«

Ich wirbelte herum und wollte erneut unter seinen Armen durchtauchen, doch er hielt mich fest und drückte mich gegen die geschlossene Tür. Ich saß in der Falle, war festgepinnt wie ein Schmetterling in einem Schaukasten.

Er musterte mich und ich drehte den Kopf zur Seite. Xeron griff mit den Händen nach meinem Kinn und zwang mich sanft, ihn anzusehen.

»Lenna, rede mit mir! Hast du Angst um Tamira? Oder hast du etwas gesehen?«

Ich starrte in dieses faszinierende Gesicht, seine grünen Augen, die geschwungenen Lippen. Sein Geruch nach Regen und Gras drang in meine Nase. Und wieder machte mein Herz diesen dämlichen Hüpfer.

»Es ist deine Schuld«, zischte ich.

Eine Falte erschien zwischen seinen Augenbrauen.

»Du bist ein Seher.« Ich spuckte ihm diese Worte entgegen, als wären sie Gift.

Sofort war ich ihn los. Er wich erschrocken zurück. Sein Blick glitt umher, als suchte er Halt.

»Wer hat es dir erzählt?«

»Das ist unwichtig«, wich ich aus.

»Wer?« Xerons Stimme zitterte.

»Marxem.«

Er ergriff die Klinke neben mir und zog die Tür einen Spalt auf. Diesmal drückte ich sie wieder zu. Ich würde ihn nicht gehen lassen. Nicht, nachdem er mir meine Flucht verweigert hatte. So leicht kam er mir nicht davon.

»Warum?«, fragte ich spitz.

Er ließ den Arm sinken.

»Warum hast du mich angelogen?«

»Ich habe nicht gelogen.«

»Du hast es mir verschwiegen.«

»Ja.«

»Wieso?« Meine Unterlippe bebte.

»Es ist passiert – vor so vielen Jahren. Es war egal, ob du es wusstest. Dich in den letzten Wochen zu berühren, es … es hat keine Vision bei dir ausgelöst. Es war komisch und wundervoll für mich, einem Menschen so nah sein zu können.«

»Ich hatte ein Recht, es zu wissen!«, zischte ich und ignorierte seine ehrlichen Worte. Ich war zu wütend, um darauf einzugehen.

Xeron sah gequält aus.

Doch ich redete mich in Rage. »Du hast mich gebrandmarkt. Die Visionen verdanke ich dir!«

»Es war ein Unfall. Ich wollte dich beschützen.«

»Du hast mich zu einem Freak gemacht. Wegen dir bin ich überhaupt hier!« Ich verfluchte mein schnelles Mundwerk. Doch es war wahr. Ich hätte nicht versucht, wegzulaufen und wäre nicht gestorben. Die Visionen hatten mich hierhergebracht.

Xerons Gesicht verzog sich auf drei unterschiedliche Arten innerhalb einer Sekunde. Überraschung, Schmerz, Kälte. Er starrte mich mit ausdruckslosen Augen an und ergriff erneut die Klinke.

Dieses Mal ließ ich ihn gehen.

Und mit dem Klacken der Tür zersprang mein Herz in tausend Teile.

26. Kapitel

Zwei Herzschläge lang starrte ich auf die geschlossene Tür, bevor die Gefühle über mir zusammenbrachen.

Ich wollte Xeron hinterherrennen, mich für meine Worte entschuldigen. Gleichzeitig freute sich ein Teil in mir, dass er wusste, was er mir angetan hatte. Mein Leben als Mensch hatte eine andere Richtung eingeschlagen, nachdem er mir das Brandmal verpasste. Alles hatte sich geändert.

Eine bleierne Müdigkeit ergriff von mir Besitz, wollte, dass ich zurück in Bett kroch, mir die Decke über den Kopf zog und der Realität entfloh. Doch ich musste jemandem von der Vision erzählen, die mich geweckt hatte.

Es kostete mich alle Kraft, die Bilder zur Seite zu schieben, damit sie mich nicht erneut in Panik versetzten. Tief atmete ich durch, dann stürmte ich hinaus.

Als Erstes ging ich zurück zur Versammlungshalle. Ich wusste nicht, wo ich sonst nach Marxem oder einem der anderen Ajiva suchen sollte.

Die Halle war trotz der späten Stunde gefüllt mit Krähen, die sich um die Verletzten kümmerten. Die Anzahl der Verwundeten war geschrumpft, und ich hoffte, dass jemand sie in ihre Zimmer gebracht hatte. Ich wollte nicht glauben, dass weitere gestorben und in eine andere Welt übergetreten waren.

Nach wenigen Augenblicken erkannte ich Tamira, die immer noch auf dem Boden lag. Erleichtert atmete ich aus und ging neben ihr in die Hocke. Ihre Augen waren geschlossen. Ob sie bewusstlos war oder nur schlief, konnte ich nicht sagen. Aber sie war noch da.

»Lenna? Was tust du hier?« Ferlen trat an mich heran, und ich erinnerte mich, warum ich hierhergekommen war. Als ich mich erhob, hielt ich nach Marxem oder Nander Ausschau, doch ich entdeckte keinen der Ajiva.

»Wo ist Marxem?«, erkundigte ich mich, ohne auf Ferlens Frage einzugehen. »Oder einer der anderen Ajiva?«

»Was ist passiert?«, fragte er alarmiert, während er mich zur Tür führte. Wir schlugen den Weg zu den Räumlichkeiten ein, in denen mich die Krähen damals empfangen und geprüft hatten. Dort, wo ich vor wenigen Wochen erwacht war, ohne zu ahnen, was mich erwartete.

»Ich hatte eine Vision«, sagte ich und fühlte mich hilflos. Ich rieb mir über das Gesicht und schüttelte den Kopf, als könnte das die Wahrhaftigkeit der Bilder vertreiben. »Ich habe diese Geisterfrau gesehen – und den nächsten Kampf.« Meine Stimme brach.

Ferlen blieb stehen und musterte mich aufmerksam. »Was hast du gesehen?«, hakte er nach.

Ich schilderte ihm die Szene, in der ein Mann, der kein Geist zu sein schien oder sich zumindest verfestigt hatte, neben dieser Frau stand. Ich erzählte ihm von Chris’ Tod, wie er sich als Geist erhob und die Leichen der Krähen sich auflösten.

»Das ist übel«, meinte Ferlen und seufzte. Er verzog den Mund. »Du hast recht. Das müssen die Ajiva erfahren. Hast du den Mann erkannt?«

»Nein. Ich habe nur seine Hand und seine Beine gesehen.«

»Es wäre nützlich, wenn wir wüssten, wer dieser Frau hilft.« Sein Mund war ein schmaler Strich. »Erzählst du es mir, wenn du weißt, wer es ist?«

Ich musterte Ferlens geradlinige Gesichtszüge von der Seite. Sein Blick war ernst und nachdenklich. »Das mache ich«, versprach ich.

Vor der Tür der Empfangshalle blieben wir stehen. Ferlen seufzte. »Wir sollten die Begrüßung der neuen Krähe nicht unterbrechen. Das dauert für gewöhnlich nicht lange.«

Also warteten wir. Die wenigen Minuten zerrten an meinen Nerven. Ich versuchte, die Erinnerung an die Auseinandersetzung mit Xeron und die Bilder der letzten Vision zu verdrängen, aber sie überwältigten mich trotz meiner Bemühungen. Das Schlachtfeld, das blutleer und ungesehen für die Menschen zurückbleiben würde.

Was würde geschehen, wenn die Krähen untergingen? Konnte die Zwischenwelt wirklich zerstört werden?

Und was würden die Geister mit den Menschen anstellen, wenn es niemanden mehr gab, der sie beschützte?

Eine warme Hand an meiner Schulter holte mich zurück aus meinen Gedanken. Ferlen lächelte, doch ich erkannte die Anspannung in seinen Zügen. Auch an ihm ging diese Nacht nicht spurlos vorbei. Und die Aussichten auf die Zukunft waren schlecht.

»Chio, wir brauchen dich gleich«, sagte Ferlen über meine Schulter hinweg. Ich hatte gar nicht bemerkt, dass die Tür geöffnet worden war. An mich gewandt, fuhr er fort: »Gehen wir rein«, sagte er und schob mich durch die Tür.

Chio brummte zustimmend und führte die neue Krähe und ihren Mentor in den Raum für die Prüfung. Noch ein paar Minuten, dann würde ich die Vision erneut wiedergeben müssen. Mir wurde übel bei dem Gedanken, alle Einzelheiten zu beschreiben.

Die Ajiva im Raum waren aufgestanden und musterten uns erstaunt, als wir eintraten.

»Lenna hat wichtige Neuigkeiten«, sagte Ferlen, ohne sie zu begrüßen, und ließ von mir ab, als wir die Mitte des Raums erreicht hatten. Ohne seine Berührung fühlte ich mich einsam und der Zukunft schutzlos ausgeliefert.

»Chio ist ...«, begann Licia verwirrt, doch Ferlen winkte ab.

»Sie kommt gleich.«

Marxem saß auf einem Stuhl, die Finger verschränkt, den Blick auf den Boden gerichtet. Der Mann, der sonst das Wort ergriff, der immer überzeugt und zuversichtlich wirkte, war verschwunden. Stattdessen schien er nachdenklich und beinahe verzweifelt zu sein.

Ich schluckte und schaute auf meine Schuhe. Ihn so zu sehen, war wie ein Schlag in die Magengrube und verdeutlichte die Schwere unserer Niederlage.

Plötzlich fühlte sich der Raum zu klein an, die Luft zu stickig und die Zukunft zu schrecklich. Ich ballte die Hände zu Fäusten, bis sich meine Fingernägel schmerzhaft in meine Haut gruben.

»Was ist los?«, fragte Chio, als sie eintrat und die Tür hinter sich schloss.

Alle Blicke richteten sich auf mich, und ich schluckte erneut. Mein Hals war wie ausgetrocknet.

Wieder legte Ferlen die Hand auf meine Schulter. Seine Geste erfüllte mich nicht wie zuvor mit Ruhe, sondern es schien, als würde er mich dadurch in die unausweichliche Zukunft stoßen. Denn wenn ich die Wahrheit jetzt aussprach, würden alle von meiner Vision wissen. Und bisher hatte ich keine meiner Voraussagen verhindern können.

»Ich habe etwas gesehen«, krächzte ich. Meine Stimme klang nicht wie meine eigene, während ich erzählte. Ich sah die Gesichter der Ajiva und die sich darin widerspiegelnden Gefühle. Schock, Unsicherheit und Entsetzen.

Emotionen, die auch in mir brodelten und mich zu verbrennen drohten.

Nur Chio blieb gelassen, nickte hin und wieder, während ich sprach, und beugte sich auf ihrem Stuhl etwas nach vorn. Die Hände lagen auf ihren Oberschenkeln, und sie tippte sich mit den Fingern gegen die Knie.

Noch bevor sie sprach, hatte ich ihre Stimme im Ohr. Wie sie die Vision erneut als eine mögliche Zukunft bezeichnete. Wie sie mich zu beruhigen versuchte, dass es in unseren Händen lag, die Vision zu ändern.

Doch das hatte sie auch bei Karyns Unfall behauptet.

Also wappnete ich mich gegen ihre beruhigenden und beschwichtigenden Worte, doch ihre Stimme war angespannter, als ich erwartet hatte. »Wir brauchen einen neuen Plan.« Weiterhin tippte sie mit den Fingern gegen ihre Knie. Die Geste machte mich unruhig.

»Die Formergabe war der richtige Ansatz. Wir haben die Geister erfolgreich als externe Energiequellen genutzt und sie so unschädlich gemacht«, beharrte Nander. »Auch wenn wir überrannt wurden, war es doch eine Möglichkeit, die Geister zu besiegen.«

»Es hat aber nicht ausgereicht«, warf Marxem dazwischen, den Boden betrachtend. Sein Gesicht wirkte unglaublich müde. Wann hatte er das letzte Mal geschlafen?

»Aber es ist ein Anhaltspunkt«, sagte Licia. »Wir können uns noch einmal vorbereiten und es besser durchplanen.«

Galene schüttelte den Kopf. Sie war die Lauscherin der Ajiva und ergriff selten das Wort. Ihren Namen und ihre Funktion kannte ich nur aus Xerons Unterricht. Die Versammlungen und auch meine eigene Ankunft hatte sie stumm beobachtet. Ihr Gesicht wirkte mit den geschwungenen Lippen und dem Lockenkopf fröhlich, doch ihre Augen waren ernst. »Wir können nicht schon wieder alles auf ein Selbstmordkommando setzen.« Ihre Worte drückten Marxem tiefer in den Stuhl. »Die Menschen brauchen uns, wir können nicht alle Energierationen verbrauchen und die Menschen vernachlässigen.«

Schwach schüttelte Marxem den Kopf. Seine Stimme war leise. »Wenn wir die Geister nicht aufhalten, werden sie stärker und die Menschen noch mehr leiden.«

Doch Galene ließ sich davon nicht beeinflussen. »Wann glaubst du, schlagen die Geister erneut zu? Wieder zu Neumond, wenn wir am schwächsten sind? Wir könnten hunderte Leben retten, ins Nirwana überführen und ihnen den Frieden bringen. Dafür bleibt uns genug Zeit.«

Ein Funken in mir begehrte auf. Was waren schon hunderte Leben im Vergleich zur Menschheit? Wollte Galene wirklich die wenigen allen anderen vorziehen? Und unsere Niederlage ohne einen einzigen Versuch hinnehmen?

Weil sie ahnte, dass wir die Schlacht nicht gewinnen konnten?

Wenige Leben, eine sichere Rettung. Diese Entscheidung wollte ich nicht unterstützen. Doch hatte ich nicht genauso gehandelt? War ich nicht mit den Krähen in den Kampf gezogen, um Karyn zu retten? Hatte ich nicht ständig nur an ihr Leben gedacht?

Karyns Verlust strahlte schmerzhaft hell in meinem Bewusstsein und blendete mich. Ich taumelte, verlor die Orientierung, den Weg, wusste nicht mehr, wo ich hinwollte oder was ich tun sollte.

Ich sackte auf die Knie und unterdrückte ein Schluchzen. Es war zu viel.

Es war einfach zu viel.

»Lenna«, sagte Ferlen sanft. Er ging neben mir in die Hocke. »Alles okay? Siehst du etwas?«

Ich schüttelte den Kopf, wusste nicht, was ich darauf antworten sollte. Es waren keine neuen Bilder, die mich niederrangen. Es waren alte, vergangene, die von einer Vision zu einer Erinnerung übergegangen waren. Jene, die ich heute Nacht gesehen, die Xerons Brandmal mir aufgezwungen hatte, die mich festhielten und nicht losließen.

Ich wollte nicht in Ankrov sein, doch ich hatte mich damit abgefunden, mich um Chris gekümmert und für Karyn gekämpft.

Ich hatte mich sogar verliebt. So albern ich mich dabei fühlte, verleugnen konnte ich es nicht mehr.

Doch die Visionen waren zu stark, sie hatten mich in meinem menschlichen Leben und auch danach in die Knie gezwungen.

»Komm mit, Mädchen«, forderte mich Chio auf, ging wieder an mir vorbei, ohne mir aufzuhelfen, ohne auf mich zu warten. Ganz die Seherin, die sie war.

Sie blieb distanziert, doch ihre Stimme war warm – wie in den vielen Stunden, die ich bei ihr verbracht hatte. Ich kämpfte mich auf die Beine, spürte Ferlens stützende Arme und stolperte Chio hinterher. Obwohl nichts, was sie sagte, mich beruhigen konnte. Ich hatte versagt und ich würde auch in Zukunft versagen.

Vor mir lag mein Ende. Und das der Zwischenwelt.

27. Kapitel

»Setz dich«, forderte mich Chio auf, trat hinter ihren Schreibtisch und kramte in einer Schublade.

»Es reicht«, flüsterte ich und spürte die Erschöpfung in jeder Faser meines Körpers. Ich gähnte und rieb mir über die Arme. »Die Zukunft ist nicht in Stein gemeißelt, Lenna«, sprach ich ihre Worte nach. »Du kannst sie ändern, Lenna. Du bist als Krähe stärker, als du es als Mensch warst. Du ...«

»Lenna!«, unterbrach sie mich streng, aber nicht wütend.

»Was?!«, fragte ich. »Ich will schlafen, ich will nicht mehr darüber nachdenken.« Mit brennenden Augen sank ich auf den Stuhl. Nicht weil ich bleiben wollte, sondern weil mich die Kraft – und vor allem die Hoffnung – verließen.

»Scheiß auf die aufmunternden Worte«, sagte sie und wedelte mit der Hand.

Ich grinste. »Was hast du gerade gesagt?«

Chios Augen funkelten, doch sie wiederholte sich nicht. »Selbst mir ist jetzt nicht danach, die Situation schönzureden.« Sie winkte mich näher zu sich heran, und ich rutschte mit dem Stuhl dichter an den Schreibtisch. »Ich will dir etwas zeigen.«

Auf den Tisch zwischen uns legte sie einen Talisman, doch statt einem Lederband und einem befestigten

Stein bestand dieser aus zwei roten, halbrunden Seher-
steinen, die mit einer Schnur verbunden waren. Das
Licht brach sich in der rauen Oberfläche und erweckte
den Anschein, als würden zwei kleine Flammen auf der
Tischplatte tanzen.

Chio nahm einen der Halbkreise in die Hand und
schenkte mir ein aufmunterndes Lächeln. »Jetzt vergessen wir für den Moment unsere Aufgaben.«

Zögernd betrachtete ich den anderen Seherstein und
hatte keine Ahnung, was Chio bezweckte oder was
mich erwartete.

Sie sprach unbeirrt weiter: »Manchmal müssen wir
unsere Pflichten sein lassen und einsehen, dass wir irgendwann sterben. Vielleicht früher, als uns lieb ist,
doch werden wir nicht ohne Knall abdanken.« Das
Grinsen auf ihren Lippen wurde von einem verschwö-
rerischen Funkeln in ihren Augen begleitet. »Aber genug von unserer Zukunft und der Rettung der Welt.«
Mit einem Nicken forderte sie mich auf, nach dem
Stein zu greifen.

Ich schloss die Finger um das kühle Material und hob
den Talisman an, um die Maserung näher zu betrachten. So viele Rottöne überzogen den Stein, dass ich die
Abstufungen der Farbe nicht zählen konnte. »Er ist
schön«, sagte ich.

»Mein liebster Talisman«, antwortete Chio und lockerte ihre Schultern. »Sieh gut hin.«

Die alte Frau öffnete die Lippen, murmelte Worte in
einer Geschwindigkeit, dass ich ihr nicht folgen
konnte. Eine angenehme Melodie entstand, die den
kleinen Raum erfüllte und in mir eine wohltuende Aufregung entfachte.

Ich schob alles von mir. Gedanken, Ängste, Schmerz. Meine unerwiderte Liebe. Den Verrat. Und den Verlust. Für diesen Moment genoss ich die Ungewissheit, auf das, was mich erwartete.

Bilder zeigten sich mir, zwängten sich mir nicht auf wie meine Visionen. Es war mehr als eine böse Vorahnung, mehr als Schrecken und Angst.

Chio zeigte mir die Gegenwart und die Zukunft. Aber nicht meine. Sie ließ mich die Freude des Ehepaars empfinden, das mit Tränen in den Augen auf den Schwangerschaftstest schaute. Ich spürte die Höhen und Tiefen der nächsten Monate und erlebte den Moment, als die Eltern ihre neugeborene Tochter in den Armen hielten. Ich sah ein Kind heranwachsen, das lachte, weinte, Streiche spielte und Freundschaften knüpfte.

Ich begleitete einen Teenager durch schwierige Phasen und durch die erste große Liebe. Das Mädchen war stark, frech und lebensfroh. Eine Kämpferin, die sich für die Schwachen einsetzte, aber sich auch manchmal einsam und missverstanden fühlte.

Als Chio das Ritual beendete und ihren Stein zurück auf die Tischplatte legte, schwammen Tränen in meinen Augen und verschleierten mir die Sicht.

»Das war Karyn«, sagte ich erstickt und presste die Hand gegen meinen Brustkorb. Wärme breitete sich in mir aus, die ich verloren geglaubt hatte. Hoffnung.
Und Liebe.
»Das war Karyn und eine Version ihrer Zukunft.«
»Sie wurde wiedergeboren«, schluchzte ich und war Chio so unglaublich dankbar. Sie hatte mir gezeigt, dass

meine beste Freundin nicht verloren war. Vor ihr lag ein neues, glückliches Leben.

Doch die Erkenntnis holte mich schnell wieder ein. »Wie kann Karyn eine Zukunft haben, wenn doch alles vor dem Untergang steht?«

Ein Schatten legte sich über Chios Gesicht, doch das Feuer in ihren Augen loderte weiter. »Der Untergang steht bevor und die Situation scheint unausweichlich. Aber es gibt eine Chance, Lenna. Das, was ich dir gezeigt habe, war nur eine von vielen Möglichkeiten. Wenn wir alles geben und für das Gute kämpfen, können wir die Menschen retten. Wir können ihnen helfen, sie beschützen. Unzählige werden wie Karyn ihr Glück finden.«

»Und wenn wir aufgeben, werden auch die Menschen alles verlieren.«

Chio nickte. »Ich habe mehr gesehen, als du wissen willst. Unzählige Versionen der Zukunft haben sich mir gezeigt, doch ich will an dieser festhalten, verstehst du?«

Ein Kloß setzte sich in meinem Hals fest, und ich schluckte.

Ohne auf mein Schweigen zu achten, fuhr Chio fort: »Was macht uns sonst aus? Was sind wir, wenn wir nicht an das Gute glauben und für Glück und Liebe kämpfen?«

»Einsam«, flüsterte ich.

»Dann sind wir nichts.« Chio erhob sich und kam um den Schreibtisch herum auf mich zu. Sie blieb auf Distanz, berührte mich nicht, doch die wenigen Zentimeter, die uns trennten, waren beinahe mit einer Umarmung gleichzusetzen. »Ich werde eine Niederlage nicht ohne Kampf akzeptieren. Wirst du das, Lenna?«

Eine Träne rollte aus meinem Augenwinkel, und ich wischte sie weg. »Nein«, antwortete ich rau und erhob mich ebenfalls.

Schweigend standen wir uns gegenüber und lächelten einander an, als hätten wir gerade ein Geheimnis miteinander geteilt. Erneut wusste Chio genau, was ich brauchte, um meinen Kampfeswillen wiederzufinden. Vielleicht waren es auch nur meine Gabe und das Verlangen nach einer Konfrontation. Doch das war mir egal.

Ich wollte an die Zukunft glauben, die Chio mir gezeigt hatte. Nichts anderes würde ich für Karyn akzeptieren.

»Siehst du das oft?«, fragte ich. »Diese möglichen Leben?«

Chio lehnte sich mit der Hüfte an die Tischplatte und wiegte den Kopf. »Ich sehe vieles. Die Zukunft und ihre Varianten sind nur ein kleiner Teil.«

»Und wie oft bewahrheiten sich deine Visionen? Siehst du die Szenen öfter – so wie ich?« Ich setzte mich wieder, zu wach, um jetzt ins Bett zu gehen. Adrenalin pumpte durch meinen Körper und machte meine Gedanken ganz klar. Ich musste jede Chance nutzen, um mehr über die Visionen zu erfahren. Eine Kleinigkeit könnte ausschlaggebend sein, um die gesehene Niederlage zu verhindern und stattdessen die Zukunft zu ermöglichen, die Chio mir gezeigt hatte.

»Dein Brandmal ist ungewöhnlich. Es fokussiert sich auf ein Ereignis und wiederholt sich, bis dieses eingetreten ist. Mal zeigt dir deine Vision mehr Informationen, dann weniger«, sagte Chio. »Meine Gabe hingegen ist stärker, verwachsen mit meinen Gedanken und der Gegenwart. Manche Szenen sehe ich ganz klar, andere nicht. Stattdessen kenne ich die Auswirkungen eines ausschlaggebenden Ereignisses, ohne den Ursprung zu sehen.«

»War das so mit Chris? Hast du unsere Niederlage gar nicht gesehen, sondern nur die Folgen?«, fragte ich. Xeron hatte so etwas gesagt. Dass es nicht klar war, wie alles unterging, nur dass es so kommen würde.

Sie nickte. »Chris' Leiden begleitete mich sehr lange, wodurch mir die Schwere der Situation umso bewusster wurde. Doch dass er ein Geist wird, konnte ich nicht so sehen wie du. Nur den Untergang unserer Welt und das Grauen, das die Geister in die Zeitwelt tragen werden.«

»Was passiert mit der Zwischenwelt?«, hakte ich nach. Mir wurde kalt.

»Ich sah die Geister, wie sie durch Ankrov marschierten und die Stadt besiedelten. Ich sah einen Riss, der die Zwischenwelt mit der Endwelt vereinte.«

Mir schauderte, ich rieb über meine Arme. Die Vorstellung, dass die Geister in unsere Welt drangen und sie sich zu eigen machten, akzeptierte ich nicht.

Verdammt, das hier war mein Zuhause geworden. So sehr ich mich auch dagegen sträubte.

»Wie verhinderst du, dass deine schlechten Visionen eintreffen?« Ich setzte mich aufrechter hin und betrachtete Chios Augen. »Wir hatten so oft versucht, den

Ursprung meines Brandmals zu finden, die Visionen zu unterdrücken, und sind gescheitert. In den Wochen, seit ich hier bin, hast du mir nie erzählt, was du tust, um die Visionen abzuwenden.«

»Das ist schwer zu sagen. Bei mir kommt es nicht darauf an, einen bestimmten Moment zu verhindern. Ich lenke die Aufmerksamkeit der Krähen auf bestimmte Schützlinge, die mehr Hilfe benötigen. Marxem handelt dann entsprechend, indem er das Mondlicht umverteilt.«

Ich seufzte innerlich, da mir diese Antwort keine Hilfe war. Dieses Brandmal trieb mich noch in den Wahnsinn. Wenn nicht einmal Chio herausfand, wie wir es beherrschen und nutzen konnten, würde nichts anderes übrig bleiben, als es zu akzeptieren. Und das bedeutete unseren Untergang.

»Meine Gabe und dein Brandmal sind unterschiedlich«, sagte Chio sanft. »Wir müssen lernen, wie wir auf deine Visionen zu reagieren haben. Aber solange ich die Hoffnung sehe, ist sie da. Vielleicht brauchen wir einen anderen Blickwinkel.«

»Ja.« Ich schluckte und drückte mich vom Stuhl hoch. Dass wir mit meinem Brandmal in einer Sackgasse feststeckten, trübte meine Stimmung. Aber die Bilder und die Freude, die ich in Karys Zukunft gesehen hatte, ließen sich nicht vertreiben. Ich verankerte die Hoffnung in mir und hielt daran fest. Sie war das Einzige, das mir in dieser aussichtslosen Lage blieb.

28. Kapitel

Mit einem leisen Klicken schloss ich die Tür zu Tamis Zimmer hinter mir. Sie lag auf dem Bett und schlief. Ferlen wusste nicht, wann sie aufwachte, doch ein Gutes hatte meine Vision vom Kampf: Tamira würde bis dahin wieder fit genug sein, um mitzukommen. Die Tatsache, dass ich ihren Tod gesehen hatte, schob ich weit in den Hintergrund.

Ich musste mich auf die Hoffnung konzentrieren. Alles andere würde meine Gedanken trüben, und das ließ ich nicht zu. Um eine Lösung zu finden, brauchte ich einen klaren Kopf.

»Hey, Tami«, flüsterte ich und setzte mich vor ihr Bett. Sie reagierte nicht. Vorsichtig strich ich ihr über den Arm, nahm ihre Hand und schloss die Finger darum. Ihre Haut fühlte sich warm an, doch sie erwiderte den leichten Druck nicht.

Nach dem Gespräch mit Chio hatte ich nur kurz geschlafen, bis mich die Schrecken meiner Träume nicht mehr in Ruhe gelassen hatten.

»Was soll ich nur tun?«, fragte ich in die Stille des Zimmers.

Wieder erhielt ich keine Reaktion, doch das war okay. Tami würde so lange schlafen, wie ihr Körper die Erholung brauchte. Dennoch wünschte ich mir jemanden, mit dem ich meine Gedanken teilen konnte. In mir gab es so viel Unklarheit, dass ich nicht mehr weiter wusste.

War die Geisterfrau tatsächlich Chris' Mutter? Warum erinnerte sie sich an ihr Leben vor ihrem Übertritt in die Endwelt? Und warum war sie so mächtig?

Bei unserer Konfrontation hatte ihre Energie so hell geleuchtet, dass es mich blendete. Wie hatte sie diese Unmengen an Kraft erlangt?

Mir schoss ein Gedanke durch den Kopf, der in den letzten Stunden häufig aufgetaucht war. Xeron hatte von Anfang an die Former verdächtigt. Es war falsch gewesen, dass die Ajiva für den Frieden in Ankrov keine Gerüchte zugelassen hatten und ihnen nicht nachgegangen waren.

Was würde uns der Friede in einer Stadt nutzen, wenn bald niemand mehr hier war?

Nander.

Der Name stob durch meinen Kopf. Xeron meinte, dass er mächtig wäre – war er mächtig genug, um die Geister mit einer solchen Energiemenge zu versorgen? Reichte seine Kraft, um ihre Erinnerungen zurückzuholen und sie zu mobilisieren, um gegen die Krähen zu kämpfen?

Aber zu welchem Zweck?

»So ein Mist«, brummte ich und vergrub den Kopf in den Händen. So viele Fragen, und ich hatte keine Idee, wie ich vorgehen sollte. Wenn ich auf der Stelle trat, würde ich die Vision und unseren Tod nicht verhindern können.

Denk nach, Lenna!

Nander hatte etwas so Unfassbares wie den Funken zwischen mir und Xeron materialisiert. Und das ohne

Mühe. Konnte er so etwas wie Erinnerungen festhalten?

War das möglich?

Nander.

Ich dachte an den jungen, stets fröhlich wirkenden Kerl, dessen breites Lächeln andere ansteckte. War das vielleicht nur Fassade?

Er war der einzige Ajiva gewesen, der an dem Plan festhalten wollte, der uns in der Neumondnacht beinahe umgebracht hatte. Fiel ihm nichts Besseres ein, oder hoffte er, dass wir erneut in eine Niederlage stürmen würden? Glaubte er, die Krähen so besiegen zu können?

»Aber warum sollte er?«, fragte ich, ohne eine Antwort zu erwarten.

»Warum sollte er *was*?«

Ich wirbelte herum. Die tiefe, zurückhaltende Stimme gehörte Xeron. Er musterte mich zögerlich, seine Mundwinkel zuckten. »Ich wusste nicht ...«, begann er und unterbrach sich. Er wollte etwas Flapsiges sagen, mich aufziehen, da war ich mir sicher. Doch die Worte blieben ihm im Hals stecken. Er schluckte und trat neben mich. Dabei bewegte er sich so langsam, dass es mich schmerzte. Der Streit stand wie eine unüberwindbare Mauer zwischen uns.

»Was willst du hier?«, fragte ich harsch, und er zuckte beim Klang meiner Stimme zusammen.

»Wie geht es ihr?« Er betrachtete Tamira, und ich wünschte, er würde den Blick von ihr abwenden und mich ansehen. Gleichzeitig wollte ich von hier verschwinden und viel Abstand zwischen uns bringen.

Seine Nähe brachte mich durcheinander. Wie schaffte es mein Körper, Liebe und Hass so eng zu verbinden?

»Sie schläft«, antwortete ich knapp.

»Das sehe ich.«

»Dann kannst du ja wieder gehen.« Trotzig hob ich das Kinn. »Ich war zuerst hier.«

»Und das gibt dir ein Recht, weil ...« Er zog eine Augenbraue hoch und betrachtete mich. In seinem Blick lag eine kalte Distanz, die unsere gemeinsame Zeit unwirklich erscheinen ließ. Wir waren uns nah gewesen, er hatte mich geküsst. Und er hatte mich angelogen, von sich gestoßen.

»Das Recht des Ersteren. Steht in den Gesetzen von Verschwinde-du-nervst.«

»Ach, tatsächlich?«, antwortete er und verschränkte die Arme vor der Brust. Widerwillig betrachtete ich das Spiel seiner Muskeln und wünschte mir, in seinen Armen zu versinken. Mein Herz raste, während heiße und kalte Schauer aus Sehnsucht und Ärger in mir wüteten. Verräterischer Körper!

Er lächelte überlegen, als könnte er meine Gedanken lesen. »Ich handle meistens nach den Regeln von Reiß-dich-zusammen, aber die scheinen dir nicht bekannt zu sein.«

Ich biss die Zähne fest aufeinander, bis mein Kiefer schmerzte. Dieser Idiot. »Du kannst mich mal!«, pöbelte ich.

»Das hast du bereits deutlich gemacht«, erwiderte er schnippisch, und etwas blitzte in seinem Gesicht auf. Verletzte ihn die Tatsache, dass ich wütend auf ihn war? Ich schob den Gedanken schnell zur Seite, denn ich wollte mir nicht erneut Hoffnungen machen. Dafür stand zu viel zwischen uns.

»Und warum verschwindest du dann nicht endlich?«, schrie ich mit zitternder Stimme. Mein ganzer Körper bebte, als ich aufsprang.

Xeron funkelte mich wütend an, doch bevor er kehrtmachte, wurde unser Streit unterbrochen.

»Lenna, Xeron.« Tamira ächzte. »Könnt ihr bitte leiser sein?«

Ich biss mir auf die Unterlippe und sank neben dem Bett auf den Boden. »Wie geht es dir?«, fragte ich und nahm ihre Hand. Dieses Mal erwiderte sie den leichten Druck.

»Bescheiden.« Sie lächelte.

»Wir wollten dich nicht wecken«, sagte Xeron leise, und ich blinzelte gegen das Brennen in meinen Augen an. Wenn er noch länger in meiner Nähe blieb, würde ich wieder die Beherrschung verlieren.

»Klar.« Tami lachte. »Für das nächste Schlaflied lade ich euch zum Streiten in mein Zimmer ein. Das wird super.«

Betreten senkte ich den Blick, doch Tami tätschelte mir beschwichtigend den Arm. »Könnt ihr mich aufklären? Was ist an Neumond passiert?«

Dieses Mal konnte ich die Tränen nicht zurückhalten. Eilig wischte ich sie mir von der Wange und verdrängte das Gefühl, dass Xerons Blick auf mir ruhte.

»Wir ...«, flüsterte ich, doch meine Stimme brach. Trotz der Zuversicht, die mich in den letzten Stunden begleitet hatte, fühlte ich mich in diesem Moment einsam und hilflos.

»Lief nicht so gut«, fasste es Xeron dürftig zusammen.

Ich lachte erstickt auf. »Tolle Beschreibung.«

»Wir haben verloren?«, fragte Tami und wurde bleich. Sie richtete sich auf und rutschte im Bett zurück, bis sie sich gegen die Wand lehnen konnte. Sie klopfte neben sich, und ich krabbelte über die Matratze zu ihr.

»Ja«, antwortete Xeron, der vor dem Bett stehenblieb.

»Sind ...« Tamis Stimme zitterte. »Sind Krähen gestorben?«

»Ja.«

»Scheiße«, fluchte Tami und vergrub das Gesicht in den Händen. Ich tätschelte ihr die Schulter.

»Ferlen geht es gut«, sagte ich, da ich nicht wusste, wie ich sie sonst trösten sollte. Sie schenkte mir ein erleichtertes Lächeln, das die Trauer über den Verlust von Bekannten oder vielleicht sogar Freunden jedoch nicht überdecken konnte. Mit brüchiger Stimme erkundigte sie sich nach den Toten. Xeron zählte Namen auf und mir wurde klar, dass es keinen Trost gab, der unsere Verluste aufwiegen konnte. Die nächste Schlacht durfte nicht auf dieselbe Weise enden.

»Und deine Freundin?«, fragte sie leise.

»Sie wurde wiedergeboren«, sagte ich sanft und lächelte bei dem Gedanken an Karyns neue Chance.

»Wirklich?« fragte Xeron und wirkte positiv überrascht. Ich nickte knapp und die Dankbarkeit über Karyns neue Zukunft wärmte meine kalten Glieder, die von Furcht und Traurigkeit besetzt waren. Ja, es war eine gute Sache. Ein Funke, an den ich mich klammerte.

»Und jetzt?« Tamira legte den Kopf auf meine Schulter.

Mein Körper verkrampfte sich, weil ihre Frage die Erinnerung an meine letzte Vision zurückholte. Ich schloss die Hände fest um die Bettdecke. »Jetzt steht uns ein noch größerer Kampf bevor.« Ich schluckte und schüttelte den Kopf. Verdammt, wir mussten das verhindern.

»Lenna?«, fragte Xeron. In seiner Stimme schwang Sorge mit. »Hast du etwas gesehen?«

Tami richtete sich auf und packte meine Schulter. »Was wird passieren?«

Ich senkte den Blick, suchte nach den richtigen Worten, nach einer Möglichkeit, wie ich die beiden einweihen konnte, ohne sie in Panik zu versetzen. Aber wie brachte man jemandem bei, dass man ihren und den eigenen Tod gesehen hatte? Und dass laut Chio nur wenig Hoffnung bestand?

Dafür gab es keine richtigen Worte, sondern einfach nur Worte. Die Wahrheit, die ich nicht beschönigen konnte.

Also erzählte ich. Von Chris' Übertritt in die Endwelt, dass die Geisterfrau seine Mutter war und von der unbekannten Gestalt neben ihnen. Als ich von unserem Ende berichtete, wurden Tami und Xeron bleich. Letzterer setzte sich auf die Bettkante und krampfte die Finger um seine Knie.

»Scheiße«, murmelte er.

Ich gab ihnen ein paar Momente, um den Schock zu verdauen. »Chio hat Karyns neue Zukunft gesehen. Es besteht also die Möglichkeit, dass wir gewinnen.«

»Die ist verdammt gering«, presste Tami hervor. »Chios Visionen über unseren Untergang überwiegen.

Und deine Visionen haben sich bisher immer bewahrheitet.«

Ich schluckte gegen den Kloß an, den Tamis Worte auslösten. Verdammt, sie hatte ja recht. Aber daran durften wir nicht denken. »Wir müssen einen Weg finden. Irgendwie.«

Xeron sagte nichts dazu. Er musterte mich still, und mir wurde unter seinem intensiven Blick warm.

»Und wie?«, hakte Tami nach, die im Vergleich zu Xeron nicht in Schockstarre verfallen war. Aber wer konnte es ihm verdenken? Die Bilder drohten auch mich zu überwältigen, wenn ich mich nicht ablenkte.

»Wir müssen herausfinden, wer der Unbekannte ist. Vielleicht können wir seinen Plan verhindern. Aber wer könnte den Geistern helfen und die Krähen stürzen wollen? Was ist sein Motiv?«

Tami schüttelte den Kopf, als würde sie nicht begreifen wollen, wer so etwas vorhaben könnte. »Ich kenne viele Krähen, aber ich traue es keinem zu.«

Bitter sah ich zu Xeron. »Manche können uns überraschen.«

»Ferlen!«, rief Tami aus und richtete sich auf.

»Du glaubst, er …?«, fragte ich irritiert.

Sie verdrehte die Augen und winkte ab. »Oh Gott, nein. Nicht er! Aber er ist schon ewig in Ankrov. Ich weiß gar nicht, wie lange. Einige Jahrhunderte.« Sie schaute zu Xeron, der nur abwesend nickte.

»Einige Jahrhunderte?«, fragte ich erstaunt und stellte mir Ferlens attraktives Gesicht vor. Kurz streckte ich die Zunge raus. Igitt. Ich hatte einen Greis angeschmachtet.

»Moment«, presste ich hervor und deutete auf Tami und Xeron. »Ihr hattet gesagt, ihr seid noch nicht so lange in Ankrov. Aber was versteht ihr darunter? Seid ihr auch so alt?«

Tami lachte und schüttelte den Kopf. Die Unbekümmertheit des Moments war unangebracht, doch wir genossen ihn, solange er währte. Denn auf uns wartete nichts als Verderben.

»Wir sind noch nicht so lange hier, vielleicht zehn Jahre. Oder, Xeron?«

»Hm«, brummte er immer noch abwesend.

»Aber wieder zurück zur Sache«, meinte Tami. »Vielleicht hat Ferlen in seiner Zeit hier etwas mitbekommen, das uns einen Anhaltspunkt gibt.«

Ich nickte. »Gut. Du fragst Ferlen. Ich gehe einer anderen Spur nach.«

»Und die wäre?«, fragte Tami verwundert. Xeron musterte mich.

»Ich werde die Former ausspionieren. Vor allem Nander.«

»Die Amulette der Geister«, raunte sie und stimmte dem Verdacht zu, den Xeron schon am Anfang in mir entfacht hatte. »Ich bringe die Former auch bei Ferlen zur Sprache.«

»Gut.« Ich streckte mich und überlegte, wie wir vorgehen sollten. Die Ajiva vermuteten, dass der Angriff wieder zu Neumond stattfinden könnte, da wir ohne das Mondlicht am schwächsten waren. Wenn das stimmte, blieben uns etwa vier Wochen.

Doch wer wusste, was uns in dieser Zeit bevorstand? Daher wollte ich keine Minute verlieren.

Ich musterte Tami. Das Gespräch hatte ihr einiges abverlangt. Auf ihrer Stirn glitzerten Schweißperlen.

Schuldgefühle darüber, dass ich sie mit allem so überrumpelt hatte, übermannten mich.

Ich unterdrückte meinen Tatendrang und legte ihr eine Hand auf den Arm. »Du solltest dich noch etwas ausruhen. Wenn ich Ferlen treffe, schicke ich ihn zu dir.«

Sie öffnete den Mund, um zu protestieren, flüsterte aber nur ein leises *Danke.* »Ist wohl besser so.« Sie lächelte kurz, und ich machte ihr Platz, indem ich vom Bett aufstand.

Xeron wich zurück, und die Bewegung schien ihn endgültig aus seiner Starre zu reißen. Seit der Erzählung über meine Vision war er merkwürdig still gewesen.

»Ich werde die Former und Nander beobachten«, sagte er resolut.

Irritiert musterte ich ihn. Seine Miene war kühl und abweisend.

»Ich will dich nicht dabei haben«, erwiderte ich.

»Geht das wieder los?«, flüsterte Tami, während sie sich zudeckte. Ich schluckte weitere Worte hinunter, um nicht wieder einen Streit vom Zaun zu brechen. Doch Xeron hielt sich nicht zurück.

»Ich gehe allein.«

»Es war meine Idee.« Was bildete er sich ein? Glaubte er, ich würde einfach zusehen, nichts unternehmen und in meinem Zimmer Däumchen drehen? Ich musste etwas tun, und er würde mir das nicht verbieten können.

»Das ist mir egal. Du solltest dich aus allem raushalten.«

Mir klappte der Mund auf. Wie bitte?

Doch er ließ mich nicht zu Wort kommen. »Wenn wir sterben, haben wir eine Chance auf Wiedergeburt oder das Nirwana. Deine Zukunft sieht nicht so rosig aus.«

Ich wusste, worauf er hinauswollte. Die Endwelt. Sie würde mich erwarten. Ein kalter Schauer lief mir über den Rücken, aber ich weigerte mich, meiner Angst nachzugeben. Trotzig reckte ich das Kinn. »Das ist meine Sache.«

»Sei doch nicht so stur«, zischte Xeron.

»Xeron hat recht«, schaltete sich Tami ein.

Ich schüttelte vehement den Kopf. »Chris ist mein Schützling. Und das hier ist mein Leben. Ich werde nicht tatenlos zusehen und abwarten, wenn so viel auf dem Spiel steht. Es sind meine Visionen, und ich werde alles geben, um sie zu verhindern.«

»Aber doch nicht, wenn auf dich die Endwelt wartet!« Xeron schrie, er raufte sich die Haare. »Sei nicht so dumm, Lenna!«

»Ich bin nicht dumm, du Lügner!«, blaffte ich ihn an.

»Leute, beruhigt euch«, ging Tami dazwischen. Sie setzte sich wieder auf, schlug die Decke zurück und rutschte an die Bettkante. »Was ist denn mit euch passiert? Da bin ich kaum eine Minute ohnmächtig ...« Sie grinste, versuchte, die Stimmung aufzulockern. Doch Xeron trieb mich zur Weißglut und jegliche Vernunft war gegen die Wut in meinem Bauch machtlos.

»Was passiert ist?«, wiederholte ich etwas zu schrill. Mit einer fahrigen Bewegung deutete ich auf Xeron.

»Der Kerl hat mir ein Brandmal verpasst und mich angelogen.«

Ich schnaubte, mein Herz raste, während ich auf eine Reaktion von Tami wartete. Doch sie sah nur zu Xeron. Kein entsetztes Aufkeuchen, keine geweiteten Augen. Nichts.

Da wurde es mir klar.

»Du wusstest es?«, raunte ich und lief zur Tür. Die Enttäuschung versetzte mir einen schmerzhaften Stich. Tränen traten mir in die Augen und rollten heiß über meine Wangen. Freundschaft, Vertrauen, Liebe. Ich hatte all das in Ankrov gefunden, obwohl ich nicht hier sein wollte. Die Erkenntnis, dass mein Leben auf einer Lüge aufgebaut war, zerstörte alles. »Ihr zwei seid unglaublich. Auf eure Hilfe kann ich verzichten.«

Ohne sie noch einmal anzusehen, rauschte ich aus dem Raum. Einsamer, aber auch entschlossener als je zuvor.

29. Kapitel

Tränen verschleierten meine Sicht, als ich aus Tamis Zimmer floh und den Flur zu meiner Kammer einschlug.

Heuchler. Lügner. Alle beide.

Ich wischte mir über das Gesicht, doch sofort waren neue Tränen da.

»Lenna!« Xerons Stimme hallte durch den Gang. Er holte mich ein, doch ich ignorierte ihn.

»Warte doch«, raunte er. Ich ging schneller.

An meinem Zimmer angekommen, stolperte ich in den Raum. Die Tür wollte ich sofort hinter mir schließen, doch Xeron schlüpfte mit hinein.

»Verschwinde«, krächzte ich und wischte erneut über mein Gesicht. Dieses Mal erlangte ich meine Fassung zurück und unterdrückte einen weiteren Tränenschwall.

»Ich brauche eure Hilfe nicht!« Zitternd verschränkte ich die Arme vor der Brust. Vielleicht würde ich es glauben, wenn ich es nur oft genug sagte.

Xeron verdrehte die Augen. Wie immer, wenn er ungeduldig wurde. Wie oft hatte ich ihn gereizt? Ihm unser Training mit meinen Widerworten erschwert?

»Du willst doch nur allein mit Ferlen sprechen«, sagte er und zwinkerte. Ein erbärmlicher Versuch, meine Wut zu brechen. Glaubte er wirklich, damit würde er den Streit zwischen uns beenden können? Mit blöden Witzen?

Oder dachte er tatsächlich, dass es mir hier um Ferlen ging?

»Du Vollidiot!«, schrie ich und schlug ihm gegen die Brust. Er versuchte, meine Arme zu greifen, doch ich war schneller. Zuckte zurück, bevor er mich packte, und funkelte ihn an. Das Training hatte sich ausgezahlt.

»Jaja, ich bin der Idiot und Ferlen ist der Hottie.« Xeron grinste, doch es wirkte falsch. Zu viele Emotionen spiegelten sich in seinen Augen wider. Bitterkeit. Schmerz. Unsicherheit. Seine lockere Art erzielte nicht die Wirkung, die er offensichtlich beabsichtigte. Mir war nicht nach Lachen zumute.

»Du machst mich wahnsinnig!« Genervt gestikulierte ich, während Xeron still vor mir stand und mich betrachtete. Unter seinem Blick wurde mir warm. Doch seine Ruhe raubte mir den letzten Funken Geduld. Wie konnte er so gefasst sein? Wie konnte er in diesem Moment Witze reißen, wenn zwischen uns der Streit stand und unsere Zukunft so ungewiss war?

»Du sagst mir ständig, ich soll mich zusammenreißen und selbst bleibst du keine Sekunde ernst? Ihr habt mich belogen und das ist euch egal? Ich habe unseren Tod gesehen, aber lieber wirfst du mir vor, dass ich mit Ferlen allein sein will? Verdammt Xeron, reiß du dich zusammen! Vor uns liegt eine Schlacht, die wir nicht gewinnen können und trotzdem müssen wir einen Weg finden. Und wenn du noch einmal blöde Witze reißt, zeige ich dir, was ich bei unserem Training gelernt habe. Denn mir ist nicht mehr nach Lachen! Ich habe Angst, verflixt. Ich will kein beschissener Geist werden.« Keuchend schloss ich meinen Monolog. Neue Tränen hatten sich in meinen Augen gesammelt.

Xeron musterte mich, und ich wünschte, er würde irgendetwas sagen. Doch er schwieg. In seinem Gesicht kämpften die verschiedensten Emotionen miteinander. Ich sah ihm die Angst an, die auch in meinem Inneren wütete und begriff, dass er selbst nicht wusste, wie er mit dem Schock umgehen sollte. Vermutlich war das seine Art. Blödsinn reden. Mich auf die Palme bringen.

Bravo, das hatte er geschafft.

Je länger wir einander anstarrten, desto größer wurde meine Angst. Verdammt, ich wusste nicht weiter.

»Warum ich? Warum ist mir das alles passiert?« Meine Stimme bebte.

Er zuckte die Schultern. »Du bist nichts Besonders. Du warst einfach ein Mädchen mit wenig Glück.«

»Na, danke.« Dieses Mal verdrehte ich die Augen. Dieser Charmebolzen hatte wirklich ein Händchen für die richtigen Worte.

Er schnaubte, es klang wie ein unterdrücktes Lachen. »Du musst nichts Besonderes sein, kleine Maus. Normal reicht völlig aus. Durchschnittlich ist perfekt.«

Mir fehlten die Worte. Mein Mund trocknete aus und ich schluckte.

Xeron trat einen Schritt näher, das Lächeln um seinen Mund wurde weicher, wärmer. Mein Herz schmolz, und mit der Wut und der Trauer, die es enthielt, durchflutete mich nicht nur eine wohlige Hitze, sondern auch Schmerz. Über das Brandmal, die Visionen, den Tod meiner Eltern und den Verlust von Karyn.

»Das gefällt mir besser«, raunte er, und ich versank in seinen Augen, die mich in seinen Bann zogen. »Wenn du mir dein wahres Gesicht zeigst.«

Ich räusperte mich. »Was meinst du?«

»Das Gesicht, das du immer machst, wenn du denkst, keiner sieht dich.« Er hob die Hand, ließ sie zwischen uns schweben. »Aber ich habe dich gesehen, Lenna.«

Er überwand sich, legte mir seine warme Handfläche an die Wange und löste damit einen Funkenregen aus, der über meine Haut tanzte. »Ich sehe dich, wenn du deine Gefühle zulässt. Wenn du dir gestattest, schwach zu sein.«

Mein Herz blieb einen Schlag lang stehen. Seine Worte zerschmetterten mich und setzten mich neu zusammen. Es fühlte sich an wie ein Heilungsprozess. Unsicher schlang ich die Arme um den Körper. Ich war nicht dafür bereit. Zu viel stand zwischen uns.

»Ich sehe es in deinen Augen, zwischen zwei Wimpernschlägen. In deinem Mundwinkel, wenn du ein unechtes Lachen aufsetzt.«

»Hör auf«, flüsterte ich und senkte den Blick.

»Nein«, sagte er sanft und legte seine Hand an mein Kinn. »Du brauchst keine Fassade. Du brauchst keine Lügen in deinen Augen. Dein wahres Gesicht ist mehr als genug. Es ist mir wichtig, dass du das verstehst. Auch wenn du mich hasst und ich mit meiner Lüge das zwischen uns zerstört habe.«

Ich hasse dich nicht!

Was ist denn zwischen uns? Kannst du mir das sagen? Denn ich verstehe es nicht. Mir ist es nicht genug. Ich will mehr!

Die Gedanken waren so laut, dass ich mich kaum konzentrieren konnte. Doch ich sprach die Worte nicht aus. Kein einziges davon. Die Lüge über mein Brandmal lag so schwer auf mir, dass ich mich nicht bewegen konnte. Es ging nicht.

»Also.« Ich räusperte mich und durchbrach die Spannung, die sich zwischen uns aufgebaut hatte. Er nahm seine Hand von meinem Kinn. Es war besser so. Je näher wir uns gekommen waren, desto verwirrender wurden meine Gefühle. Ich wusste nicht, ob ich ihm verzeihen konnte und ich wollte auch nicht darüber nachdenken. Eilig wischte ich mir übers Gesicht, rieb die Tränen weg und wusste, dass ich die Aufrichtigkeit einbüßte, die er sehen wollte. »Hilft du mir? Wir brauchen einen Plan. Einen, der funktioniert.«

Die Enttäuschung in seinem Gesicht ließ mich zusammenzucken, doch ich blieb standhaft. Ich konnte das nicht. Mich öffnen, auf ihn zugehen. Er sah mich? Ich wollte aber nicht gesehen werden. Nicht jetzt. Vielleicht nie.

Ich wusste nicht, ob ich die Visionen jemals akzeptieren konnte – und die Tatsache, dass er für mein Brandmal verantwortlich war.

»Ja, ich helfe dir«, raunte er, und ich musste den Blick abwenden. Der Schmerz in seinem Gesicht brach mir fast das Herz. Hatte er gehofft, ich würde ihm verzeihen?

Auf diesen Tag konnte er ewig warten.

Dreißig Minuten später befanden wir uns immer noch in meinem Zimmer. Ich saß auf der Bettkante, er vor meiner Kommode. Nachdenklich tippte er sich ans Kinn, während er sich zurücklehnte. Das ernste Gespräch und die Gefühlsausbrüche waren vergessen, stattdessen tüftelten wir an einem Plan, wie wir die Krähe identifizieren konnten, die mit den Geistern kooperierte.

Es gab drei Fragen, die wir klären mussten. Woher kannte die Krähe Chris' Mutter? Welche Talismane besaßen die Geister? Wie konnten wir sie aufhalten?

»Wenn wir den Zusammenhang zu Chris finden, klärt sich das Motiv des Verräters«, erkannte Xeron.

»Was du nicht sagst!«, murmelte ich ungeduldig. »Das haben wir schon vor fünfzehn Minuten festgestellt.«

»Jaja«, raunte Xeron und erhob sich. »Ich hab nur nochmal laut gedacht.«

»Dann streng dich mehr an, wir brauchen neue Informationen, die uns weiterhelfen.«

»Deshalb habe ich ja laut gedacht!«

»Weil du glaubst, dann fängt dein Gehirn zu arbeiten an?«

Ein freches Funkeln blitzte in seinen Augen, und er zeigte auf mich. »Deine große Klappe hast du ja schnell wiedergefunden.«

»Die ist angeboren«, sagte ich süffisant und zwinkerte ihm zu. »Das lieben die Menschen an mir.«

»Ja, ganz bestimmt.« Mit einer Geste gab er mir zu verstehen, dass ich aufstehen sollte. »Anstatt große Töne zu spucken, komm lieber mit.«

»Wohin?«, fragte ich und sprang auf. »Hast du eine Idee?«

»Kaum zu glauben, oder?«

»Unfassbar«, sagte ich und genoss unsere Neckereien, auch wenn sie sich etwas halbherzig anfühlten. Neugierde packte mich, der Tatendrang in mir erwachte. Jetzt gab es kein Zurück mehr. Vor uns lagen drei große Ziele. Den Verräter zu entlarven, Chris zu retten und den Tod weiterer Krähen zu verhindern.

»Mein geniales Gehirn hatte einen Einfall.«

»Geniales Gehirn«, prustete ich, doch Xeron ließ sich nicht davon abbringen, gespielt überlegen auf mich herabzuschauen.

»Es gibt ein Register.«

»Ein Register?«, wiederholte ich.

»Um das Wissen in Ankrov zu erhalten, wurde einiges aufgeschrieben.«

Ich erinnerte mich an Licias Worte bei einer der Versammlungen. Sie hatten Aufzeichnungen nach den Geistern durchforstet, aber nur wenige Informationen gefunden. Meine Zeit in Ankrov hatte sich nur um Chris und die Geister gedreht. Je schwieriger die Lage geworden war, desto weniger hatte mir Xeron von dieser Stadt gezeigt. Es gab so viel, dass ich noch entdecken wollte. »Was ist das für ein Register?«

»Es erfasst die Eintritte und Austritte der Krähen.«

Ich hielt inne. »Falls Chris' Mutter eine Krähe war ...«

»... könnten wir vielleicht einen Zusammenhang zu einer Krähe finden, die sie unterstützt«, ergänzte Xeron.

Aufregung durchflutete mich, ich wurde regelrecht hibbelig. »Na dann los!« Ich schob Xeron zur Tür, bis mir die Nähe zu ihm bewusst wurde. Schnell ließ ich von ihm ab. »Gibt es dort noch mehr Informationen?«, hakte ich nach, während wir mein Zimmer verließen und Xeron mich durch die Flure führte.

»Es gibt dort so einiges. Rituale, Kombinationen für Talismane, die Ajiva und ihre Amtszeiten.«

Ich nickte begeistert und fühlte mich seit dem Streit endlich wieder voller Hoffnung. Wir hatten einen Anhaltspunkt und der Sieg schien nicht mehr so unwahrscheinlich wie zuvor.

Aber ich hatte mich zu früh gefreut. Als ich das Archiv betrat, sank meine Hoffnung rapide.

Der Raum war gigantisch. Heller Steinboden glänzte wie frisch poliert und reflektierte das Licht von Fackeln, die auf metallenen Standhaltern angebracht waren. Man hatte sie um einen Tisch verteilt, der in der Mitte des Raums platziert war. Die Wände erstreckten sich meterweit in die Höhe, bestanden fast ausschließlich aus Regalen, die gefüllt waren mit Büchern und Papierrollen. Weitere Fackeln hingen an den wenigen freien Plätzen an der Wand, in sicherer Entfernung zwischen und über den Regalen. Hier und da erleuchtete eine zusätzliche Lampe den Raum.

Es war eine schummrige, gemütliche Atmosphäre. Doch die Menge der Schriften entmutigte mich. Wie sollten wir hier eine Antwort auf unsere Fragen finden?

An dem Tisch in der Mitte saß eine Krähe. Leise Worte wurden gemurmelt und ein neues Buch formte sich in ihren Händen. Sobald das Ritual abgeschlossen war, flog der Mann in seiner Krähenform zu einem Regal, das auf etwa zehn Meter Höhe über freien Platz verfügte.

»Was? Wie?« Ich wirbelte zu Xeron herum, der unbeeindruckt neben mir stand. »Warum habt ihr keinen PC? Keine Datenbank oder irgendwas Normales?« Ich deutete in den Raum, auf die Bücher und Papierrollen, deren Geruch mir durch meine Einbildung nur deutlicher wurde.

Ich trat an ein Regal, fuhr mit dem Finger über einen Buchrücken, erwartete Staub und Spinnweben, die den Ledereinband begleiteten. Doch natürlich gab es das hier nicht. Wir waren Energie. Die Bücher ebenso.

»Technische Geräte sind viel zu anfällig. Entzieht man ihnen bei einem Ritual versehentlich etwas Energie, sind sie sofort kaputt.«

»Aber das alles ist Einbildung, Xeron. Ein Trugbild aus Energie. Die technischen Geräte auch, ebenso wie Papier oder unser Schweiß.«

»Das ändert aber nicht ihre Funktionsweise, die genauso imitiert wird wie ihr Erscheinungsbild.«

Irritiert runzelte ich die Stirn, während ich ein Buch aus dem Regal zog und aufklappte. Mit Tinte geschriebene Absätze wechselten sich mit gedruckten Buchstaben ab. Es ergab ein kurioses Bild, ein Mosaik aus verschiedenen Gedanken und Vorstellungen, die sich in einem Buch zusammengefunden hatten.

»Das ist irre«, sagte ich und wusste nicht, wo wir anfangen sollten. Ich hatte eine Datenbank erwartet, in die wir ein paar Namen eintippen konnten, keine Bibliothek, die sich gigantisch vor mir erstreckte.

Ein Schatten huschte an mir vorbei, bevor die Krähe neben mir landete und wieder ihre menschliche Form annahm. Der Mann hatte blonde, kurze Haare und braune Augen. Es fehlte nur die typische Brille, die ich mir bei einem Bibliothekar vorstellte.

»Kann ich euch helfen?« Er musterte mich und grinste entschuldigend, während er in den Raum zeigte. »In letzter Zeit ist hier ganz schön was los. Die Ajiva haben einige der Schriften mitgenommen, vielleicht sucht ihr also umsonst.«

Mein Herz verkrampfte sich. Natürlich suchten Marxem und die anderen auch nach Hinweisen, doch daran hatte ich nicht gedacht. Zu meiner Befürchtung, wir könnten erfolglos sein, gesellte sich ein anderes Gefühl: Angst. Wenn Nander in allem mit drinsteckte, hatte er vielleicht die Schriften eingesteckt, die auf ihn hindeuten könnten.

»Wir würden gern zuerst einen Blick in das Register werfen, Ciran«, antwortete Xeron. »Und kannst du uns auch das Buch über die Rituale bringen?«

»Braucht ihr ein bestimmtes Jahrzehnt?«

»Wir fangen mit 2010-2019 an«, sagte Xeron und ich bekam eine leise Ahnung davon, was uns bevorstand. Wir würden viele Jahre durchschauen müssen, da wir nicht wussten, ob Chris' Mutter in Ankrov gewesen und von hier in die Endwelt übergegangen war. Doch dieser Anhaltspunkt war im Moment besser als nichts. Danach blieben uns noch die Rituale und die Schrift über die Ajiva. Irgendwo – so hoffte ich – würden wir etwas finden, das uns weiterbrachte.

»Ich schau für euch nach.« Ciran verwandelte sich und erhob sich vom Boden. Er flog an den Regalen hinauf, zog ein Buch hervor, änderte die Richtung und suchte nach weiteren Schriften.

»Ihr kennt euch?«, fragte ich beiläufig, während mich Xeron zum Tisch führte. Ich setzte mich ihm gegenüber und war froh über die Distanz und das Gesprächsthema, das sich ergab. Meine Entscheidung war gefallen. Das zwischen uns war vorbei. Ob etwas entstanden wäre oder nicht, ich weigerte mich, über die Gefühle in meinem Inneren nachdenken. Seine Nähe und seine grünen Augen jagten mir nach wie vor einen wohltuenden Schauer über den Rücken. Doch wenn die erste Reaktion meines Körpers auf seine intensiven Blicke abgeklungen war, blieb nur der schale Geschmack zurück, der mich an seine Lüge erinnerte.

»Ich war früher oft mit Ferlen hier gewesen«, erklärte Xeron und holte mich aus der Abwärtsspirale, in die mich meine Gedanken zogen. »Das Archiv hat mich seit meiner Ankunft fasziniert und Ferlen konnte mir viel über die Entstehung erzählen.«

Ich ließ den Blick über die meterhohen Regale schweifen. Ein kleiner Stich der Enttäuschung regte sich in mir. Dieses Archiv war außergewöhnlich und ich bereute es, nicht früher hierhergekommen zu sein. Es gab so viel zu entdecken. Schriften voller Geheimnisse über Welten und ihre Magie.

»Ferlen konnte dir viel erzählen, weil er so alt ist und bei der Entstehung dabei war?«, neckte ich Xeron.

Er schmunzelte. »Er ist steinalt.«

»Wie alt eigentlich?«

Nachdenklich rieb sich Xeron über die Unterarme. Sein Blick wanderte über die Regale hinter mir und er verlor sich in seinen Gedanken. »Fünfhundert Jahre?«

Ich drückte mich mit den Händen an der Tischplatte hoch, der Stuhl kippte klappernd nach hinten um, doch ich war zu schockiert, um einen klaren Gedanken zu fassen. »Fünfhundert Jahre?!«

»Ja, irgendwas um den Dreh.« Amüsiert lehnte sich Xeron zurück. »Hättest du nicht erwartet, oder?«

Sprachlos sank ich zurück und landete unsanft auf einem der Stuhlbeine, bevor ich abrutschte und mein Hintern Bekanntschaft mit dem Boden machte.

Xeron prustete. Selbst zum Erröten war ich zu baff. Ferlen war alt. Uralt. Er war mehr als ein Greis. Er war halb so alt wie Thor!

Ich hielt inne, stand auf, richtete meinen Stuhl und setzte mich wieder hin. »Wenn man es so betrachtet, ist es gar nicht mehr so schräg.«

Xeron legte den Kopf schief und musterte mich. »Wenn man es wie betrachtet?«

Ohne nachzudenken, plapperte ich weiter: »Thor ist heiß, obwohl er über tausend Jahre alt ist.«

»Du stehst also auf aufgeblasene Muskelpakete?«

Empört schnappte ich nach Luft. »Hallo?! Thor kombiniert göttlichen Sexappeal mit einem Hammer.«

Ein süffisantes Grinsen zupfte an Xerons Mundwinkel. »Halt nein, ich weiß es.« Er stützte sich auf die Unterarme und beugte sich über den Tisch zu mir.

Mein Herz raste augenblicklich, während eine Stimme in mir schrie, dass er zu nah war. Zu gut roch.

»Gib es zu. Dir hat es der Bierbauch aus dem letzten Avenger-Teil angetan.«

Verdutzt blinzelte ich, bevor ich auflachte. Die Anspannung in mir löste sich und ich ließ es zu. Für diesen Moment war jegliche Sorge vergessen. Ausgiebig genoss ich diesen Anflug von Unbekümmertheit, der zu schnell wieder verschwinden würde. »Woher ...?«, fragte ich und stoppte, um mir eine Lachträne aus dem Augenwinkel zu wischen. »Woher kennst du den letzten Avenger-Teil?«, brachte ich beim zweiten Versuch hervor.

»Wir leben hier nicht hinter dem Mond. Ich verbringe genug Zeit unter den Menschen. Darüber hat wochenlang jeder geredet.«

Das klang plausibel. Auch bei uns in der Schule hatte es kein anderes Thema gegeben.

Ich öffnete den Mund, doch Ciran verhinderte meine nächste Frage. Er trat an den Tisch und zerstörte somit die kleine Blase, die wir uns in den letzten Minuten geschaffen hatten. Zurück in der Realität fühlte ich mich gleich schwerer.

»Ich finde das Register nicht«, meinte Ciran und zuckte entschuldigend mit den wieder menschlichen Schultern. Er legte ein dickes Buch mit braunem Ledereinband auf den Tisch. »Das Buch der Rituale. Wollt ihr mir erklären, was ihr vorhabt?«

»Den Krieg verhindern«, sagte Xeron ernst.

»Fragt mich jederzeit, wenn ihr etwas braucht. Ich kann auch nicht mehr untätig herumsitzen und bin schon ganz unruhig.«

Xeron nickte und versicherte Ciran, dass wir ihn rufen würden, wenn wir etwas Interessantes entdeckten.

Ich klappte den Buchdeckel auf und blätterte durch die Seiten. »Das ist ja überhaupt nicht sortiert!«, murrte ich. Das Buch der Rituale war eine Notizsammlung. Es fehlten nur wild platzierte Post-its und das Chaos wäre perfekt. »Wie sollen wir da drin etwas finden, ohne es ganz zu lesen?«

Xeron beugte sich zu mir. »Was hast du erwartet? Das Buch der Rituale ist eine jahrhundertealte Sammlung, die von unzähligen Krähen erweitert wurde. Jeder fügte mithilfe eines Formerrituals mehr und mehr Informationen hinzu. Seiten wurden ausgedehnt, neue Erkenntnisse ergänzt. Es ist ein einziges Wirrwarr.«

Unglücklich legte ich den Kopf in die Hände. »Das dauert Stunden, wenn nicht sogar Tage, bis wir es durchgegangen sind.«

»Dann lass uns lieber keine Zeit verlieren. Bis zum nächsten Neumond sind es keine vier Wochen mehr.«

»Wenn der Angriff an Neumond erfolgt.«

»Davon sollten wir ausgehen. Also ran an die Arbeit!« Xeron zog das Buch in die Mitte des Tisches und legte es so hin, dass wir beide seitlich hineinschauen konnten. Wir betrachteten die erste Seite, auf der Rituale wie das Lauschen nach dem Schützling und das Formen von Gerüchen beschrieben wurden. Geduldig wartete Xeron, bis ich die Seite gelesen hatte. Erst als ich ihm mit einem Nicken zu verstehen gab, dass ich fertig war, blätterte er um.

Die nächste Seite gestaltete sich interessanter. Nur ein einziger Satz war in die Mitte geschrieben worden. »Übertritt der Krähen in eine andere Welt«, las ich vor. Direkt darunter befanden sich die Worte für das Ritual. »*Wei troch nij.*« Drei einfache Worte. Um den Satz herum sammelten sich verschiedene Notizen und Ergänzungen. »*Zielwelt zeigt sich durch die Taten der Krähe.* Wie ist das zu verstehen?«

Xeron zeigte auf eine andere Stelle der Doppelseite. Unter seinem Finger befand sich ein handschriftlicher Passus, der geschwungene, fein leserliche Buchstaben enthielt. »Dein Leben hier, deine Wünsche und dein Handeln wirken auf deine Energie. Das entscheidet, wohin dich das Ritual des Übertritts führt. Das heißt, es gibt kein Ritual für die Zeitwelt oder das Nirwana, aber du kannst es mit deinen Taten beeinflussen.«

Ich kaute auf meiner Unterlippe herum. »So wie mich mein Unvermögen in die Endwelt führen wird.« Denn das würde mich erwarten, wenn ich Chris nicht rettete und starb. Die Gewissheit, was vor mir lag, lähmte mich und bescherte mir Übelkeit. Ich schlang die Arme um den Körper.

»Ja.« Xeron senkte den Blick. »Der Tod und das Ritual sind sich ähnlich. Sie schicken deine Energie auf eine neue Reise.«

»Bedeutet es das?«, fragte ich, um abzulenken, und zeigte auf die Worte des Rituals.

»Wege ins Neue«, übersetzte Xeron. »Die Worte müssen mehrfach wiederholt werden.«

»Wie oft?«, fragte ich neugierig.

»Drei Mal. Einmal für jede der Möglichkeiten.«

»Zeitwelt, Nirwana und Endwelt«, vermutete ich und Xeron nickte.

Eine beunruhigende Stille legte sich zwischen uns. Das Wort *Endwelt* erinnerte uns daran, wie wichtig es war, dass wir den Verräter entlarvten und meine Vision verhinderten. Ich rutschte auf dem Stuhl ein Stück vor. »Machen wir weiter.« Mit einem Wink gab ich Xeron zu verstehen, dass er umblättern sollte. Sonst verbrachten wir noch Tage mit unwichtigen Ritualen. Neugierde hin oder her.

Wieder beugten wir uns über Textschnipsel, Ergänzungen und Informationen, die kreuz und quer verteilt waren.

Bevor ich einen ungeduldigen Seufzer loslassen konnte, trat Ciran an unseren Tisch und hielt ein Buch in die Höhe. »Ihr habt Glück, wurde wohl erst vor kurzem zurückgebracht und war noch nicht einsortiert.« Er legte das Register der letzten zehn Jahre vor mich und ich atmete erleichtert auf. Es war ein einzelnes, dünnes Buch in DIN-A4-Größe. Ich strich über den schwarzen Leineneinband und bedankte mich im Stillen, dass es nicht so umfangreich war wie das Buch der Rituale. Allein für diese Zeitspanne hatte ich einige dicke Bände erwartet.

Eilig zog ich es zu mir heran. »Ich schaue das durch«, sagte ich schnell. »Du kannst dich dem Wirrwarr der Rituale widmen.«

Doch als ich das Buch aufschlug, verschwand meine Hoffnung. Das Register enthielt Ein- und Austritte der Krähen in Ankrov nach chronologischer Reihenfolge. Ich würde mir jeden Eintrag ansehen müssen, konnte nicht gezielt nach einem Namen suchen.

Mürrisch verzog ich die Lippen, da ich wusste, wie ich die nächsten Stunden verbringen würde. Mit einem Finger auf den Seiten, während ich jeden Namen genau ansah.

»Tauschen wir?«, fragte ich Xeron und schob ihm das Register hin. Die Rituale zu durchsuchen, klang plötzlich viel spannender.

»Das hättest du wohl gern«, sagte er und seine Augen blitzten schelmisch. Während sich Ciran wieder seinen Büchern widmete, wurde Xeron ernst. »Ich glaube, wir kommen so besser voran. Du kanntest Chris und findest den Namen seiner Mutter schneller. Ich hingegen habe mir das Buch der Rituale schon mal angesehen.«

Ich nickte ergeben und senkte den Blick auf die Einträge, die sich auf den Seiten zeigten. Xeron hatte recht. Hier ging es nicht darum, wie interessant sich unsere Suche gestaltete, sondern wie schnell wir vorankamen. Also unterdrückte ich jeglichen weiteren Kommentar und dachte nach.

Chris hieß mit Nachnamen Hentrig. Soweit ich wusste, war er noch ein Kind gewesen, als seine Mutter starb. Doch ich konnte nur ahnen, wann sie gegangen war. Als ich mit elf Jahren auf das Gymnasium kam, war er zwölf und bereits Halbwaise. Eilig überflog ich die Jahre bis 2012. Alles danach konnte ich also vernachlässigen. Wenn seine Mutter in die Zwischenwelt eingetreten war, dann nach ihrem Tod. Ich legte den Finger auf die Einträge und begann mich von hinten nach vorn durchzuarbeiten.

Ab und zu unterbrach mich Xeron, als er meine Meinung zu einem Ritual hören wollte. Wir diskutierten über zwei Formerrituale, die sich mit energetischen Waffen beschäftigten. Doch selbst wenn die Geister mit solch erstellten Messern und Dolchen gekämpft hatten, erklärte es nicht, warum sie diese überhaupt anfassen konnten. Xeron versah die Seite dennoch mit einem Post-it, welchen er mithilfe seines Formersteins und einem kurzen Ritual erzeugte. Die Kerzen auf dem Ständer neben dem Tisch flackerten.

»Angeber«, neckte ich ihn. Es war erstaunlich, wie leicht ihm das mittlerweile fiel. Die Trainingseinheit bei den Formern hatte sich anscheinend ausgezahlt.

Xeron wollte erneut etwas wissen, und ich warf einen Blick zur Uhr, die neben den Eingang hing. Eine Stunde war vergangen. Ich war mittlerweile im Jahr 2011 angekommen, hatte aber noch nichts gefunden.

Die nächsten Seiten im Buch der Rituale beschäftigten sich mit dem Verändern von Aggregatzuständen. Bei dem Wort, das mich augenblicklich an den Chemieunterricht erinnerte, schüttelte es mich, doch ich las gespannt ein paar der Textschnipsel, die Xeron mir zeigte. Wieder befassten sie sich mit Gerüchen, aber auch mit körperlosen Dingen, welchen über das Ritual eine feste Form verliehen wurde. Erinnerungen, Gedanken, Geräusche.

»Das bringt uns nicht weiter«, sagte ich genervt. »Natürlich haben sich die Geister mithilfe der Formergabe verfestigt. Die Frage ist nur, wie.«

Xeron versah die Seite mit einem weiteren Post-it. »Vielleicht bringen uns die Grundlagen auf eine Idee. Wir sollten diese Infos nicht vernachlässigen, Lenna.«

Ich schnaubte und lehnte mich zurück. Es war frustrierend. Wir erfuhren nicht mehr, als wir bereits vermutet hatten. Müde blinzelnd senkte ich den Blick zurück auf das Register. Kaum hatte ich die restlichen Jahre durchgesehen, kam mir ein anderer Gedanke. Was, wenn Chris' Mutter vor 2010 nach Ankrov gekommen, aber nach 2012 ausgetreten war? Damit ich nichts übersah, durchsuchte ich die übrigen Jahre nach Austritten. Erfolglos. Nach zwei Stunden klappte ich stöhnend das Buch zu. Das ganze Jahrzehnt hatte keinen einzigen Eintrag über jemanden namens Hentrig. Entweder war Chris' Mutter vor 2010 verstorben und wieder ausgetreten oder sie war nicht in Ankrov angekommen.

»Wir sollten für heute Schluss machen«, sagte Xeron, rieb sich die Augen und platzierte ein Lesezeichen zwischen den Seiten.

»Ciran«, rief er und hielt das Buch hoch. »Kannst du das für uns zur Seite legen? Wir kommen morgen wieder.«

»Klar.« Ciran trat an unseren Tisch und deutete auf das Register. »Habt ihr gefunden, was ihr gesucht habt?«

Entmutigt schüttelte ich den Kopf und schob ihm das Register entgegen. »Kannst du mir morgen die Jahre davor raussuchen?«

»2000 bis 2009. Liegt morgen für dich bereit.« Er zwinkerte mir zu und nahm das Buch entgegen.

»Was jetzt?«, fragte ich und sah nachdenklich auf das Buch der Rituale.

»Wir sollten uns beim Training blicken lassen. Morgen suchen wir weiter.« Xeron erhob sich und streckte sich ausgiebig, bevor er zur Tür steuerte.

Seufzend folgte ich ihm. Hoffentlich würde die Anstrengung das Gefühl einer Niederlage schmälern.

***

Die Tage vergingen. Drei Mal wollten wir Chris besuchen, den Schutzschild erneuern und ihm helfen, sich gegen den Einfluss der Geister zu wehren. Doch es war unmöglich gewesen, an ihn heranzukommen. Jedes

Mal scharten sich mindestens fünf Wesen aus der Endwelt um ihn. Ich wollte, dass mehr Krähen ausge-
schickt wurden, doch die Ajiva waren anderer Meinung. Ihnen war es wichtiger, dass wir uns so gut wie
möglich auf die bevorstehende Konfrontation vorbe-
reiteten.

Es machte mich wahnsinnig, in Ankrov festzuste-
cken, während Chris litt.

Jeden Tag wälzten wir Schriften, trainierten bei den
Formern und in den Trainingshallen der Kämpfer.
Letztere waren seit unserer Niederlage gefüllt mit Krähen, die die Gabe der Kämpfer zu schätzen gelernt hatten. Dankbar ließen sie sich in verschiedenen Techni-
ken unterrichten.

Ich genoss es, mein frisches Wissen an andere weiter-
zugeben, denn es lenkte mich ab. Beim Training hatte
ich das Gefühl, voranzukommen – anders als im Archiv. Auch wenn eine leise, ängstliche Stimme in mir
flüsterte, dass wir nicht siegen konnten. Nicht, wenn
wir den Geistern ebenso unvorbereitet entgegentraten
wie in der Neumondnacht.

Wir mussten herausfinden, welche Krähe mit unseren Feinden kooperierte. Anders wusste ich mir nicht
zu helfen.

Kurz nach unserer Niederlage hatten die Ajiva wieder
zu einer Versammlung gerufen. Im Gegensatz zum letzten Mal hatten die Krähen leise und unsicher in den
Reihen gesessen und widerspruchslos zugehört.
Marxem versuchte, mit Nander ein geeigneteres Ritual
zu finden, um die Geister zu schwächen. Doch war
ihnen bisher keine neue Idee gekommen, als die Ener-

gie der Geister als Quelle für eine Materialisierung einzusetzen. Das hatte immerhin funktioniert. Nur die Masse an Gegnern war unser Problem gewesen.

Licia berichtete von ihrem Fund in den Schriften über ein sogenanntes Mondlichtritual, an dem die Kämpfer und Former teilnehmen sollten. Die Ajiva versprachen sich mehr von unserer Konfrontation, wenn wir perfekt vorbereitet waren.

Mir war das alles zu unsicher. So würden wir niemals gegen die Geister bestehen. Meine Vision würde eintreten und zu viele müssten sterben.

Murrend klappte ich das Buch zu und stützte die Ellbogen auf den Tisch im Archiv. Das Gesicht vergrub ich in den Händen. Die Aussichtslosigkeit nagte an mir, da wir nichts Brauchbares in den Schriften fanden. Vergeudeten wir nur unsere Zeit?

Seit es Tami wieder gut ging, begleitete sie uns ins Archiv. Sie tätschelte mir die Schulter und ich richtete mich wieder auf.

»Wir müssen weitersuchen«, sagte Xeron verbissen und sah nur kurz vom Buch der Rituale auf. Mittlerweile hingen unzählige Post-its an Seiten, die uns doch nicht wirklich weiterbrachten.

»Es ist aussichtslos«, murmelte ich und hätte am liebsten geweint. »Wenn wir nicht endlich etwas herausfinden, wird meine Vision eintreffen und alles ist vorbei.«

»Sag das nicht, Lenna«, flüsterte Tami. Sie war bleich, sah genauso verzweifelt aus, wie ich mich fühlte. Zwischen ihren Händen lag eine Sammlung über die Ajiva. Wir hatten in Erfahrung gebracht, dass die Lauscher am häufigsten unter ihrer Gabe litten und am schnellsten den Posten wechselten. Galene war mit ihren knapp über hundert Jahren die älteste Lauscherin seit der Dokumentation. Sie schien es besser wegzustecken als ihre Vorgänger, obwohl sie ständig die Ängste und Wehklagen der Menschen hörte. Das Lauschen war eine Gabe, die ich mir genauso furchtbar vorstellte wie das Sehen.

Die Former hingegen hatten lange Amtszeiten. Nander wirkte optisch zwar wie der jüngste Ajiva, war aber schon fast vierhundertsiebzig Jahre alt. Manchmal fragte ich mich, ob er Ankrov und die Zwischenwelt satthatte. Falls sich unser Verdacht bestätigte und er der Verräter war.

»Fassen wir es nochmal zusammen«, versuchte Tami, die Situation zu retten und einen Überblick über unsere Erkenntnisse zu schaffen. »Ferlen kam etwa dreißig Jahre vor Nander nach Ankrov. Nander hatte mehrere Freundinnen, die aber in die Zeitwelt zurückkehrten. Vielleicht hat ihn das verärgert?«

Ich lehnte mich zurück und kaute auf meiner Unterlippe herum. Konnte das der Grund sein? War Nander wirklich wütend auf die Freundinnen, die ihn für ein neues Leben verlassen hatten?

Xeron sah auf. »Fer ist immer sehr zurückhaltend. Wenn er Nander auch nur ein bisschen verdächtigt, stimmt er uns mehr zu, als uns wahrscheinlich lieb ist.«

Ich nickte. Ja, Nander war der perfekte Verdächtige. Ein uralter Former, der mehr erlebt hatte, als wir vermutlich ahnten. Er hatte genug Macht, Geister mit Formersteinen auszustatten.

»In der Vollmondnacht werden wir uns viel Energie aneignen«, warf Tami ein. »Dann können wir die Geister bestimmt bezwingen.«

»Glaubst du das wirklich?«, fragte ich zweifelnd. »Letztes Mal hatten wir keine Chance. Die Geister haben uns zahlenmäßig überrannt.«

Tami nickte bestimmt. »Die Mondlichternte ist gefährlich. So viel Energie eignen wir uns sonst nie an. Die Krähen sammeln das Licht für unsere Energiedrinks und nehmen es so seit Jahrhunderten zu sich. Ich habe die Textstelle nachgelesen, auf die sich Licia bezogen hatte. Seit langem hat sich niemand eine direkte Ernte zugetraut.«

»Du wiederholst dich«, warf Xeron ein. »Woher sollen wir wissen, ob es wirklich funktioniert?«

Nervös knetete Tami ihre Hände. »Das wissen wir nicht. Aber es wäre möglich ...«

»Das bringt uns nicht weiter«, stieß ich hervor und winkte Ciran herbei. »Ich will das Register von dem Jahr, in dem Nander nach Ankrov gekommen ist.« Vielleicht konnte ich etwas finden. Vielleicht ... Ich zögerte. »Und das dreißig Jahre vorher«, sagte ich. Vielleicht gab es zwischen Ferlen und Nanders Eintritt auch noch etwas Interessantes. Wir könnten bei Ferlens Eintrag beginnen und uns durch drei Jahrzehnte arbeiten ... Meine Hoffnung schwand.

Mühsam stimmten Tami, Xeron und ich unsere Erkenntnisse mit Ciran ab, um die Jahreszahlen festzulegen, von denen er uns Registereinträge beschaffen sollte. Es dauerte fast eine halbe Stunde, die ich nur bedingt lesend verbrachte, bis Ciran zurück an unseren Tisch trat.

»Diese Register«, er zögerte, »sind alle weg.«

Ich öffnete den Mund und das erste Mal seit Tagen hatte ich das Gefühl, etwas auf der Spur zu sein. Wenn die Bücher aus diesen Zeiträumen fehlten, musste an meiner Theorie etwas dran sein. In diesen Jahren war eine Krähe eingetreten, die etwas mit unserer jetzigen Situation zu tun hatte.

»Vielleicht wurden sie ausgeliehen«, meinte Ciran, doch er betrachtete nachdenklich seine Hände. »Warum habe ich das nicht notiert?«, fragte er mehr sich selbst und schüttelte den Kopf. »Ich überprüfe das nochmal.« Entschuldigend entfernte sich Ciran von unserem Tisch, und Tami schlug ihre Lektüre über die Ajiva zu. »Was könnte das bedeuten?«, fragte sie irritiert.

»Dass jemand etwas versteckt«, brachte ich energisch hervor. »Die Jahrgänge sind nicht ohne Grund verschwunden. Jemand hält sie zurück!«

»Oder jemand hat sie ausgeliehen, um der gleichen Theorie zu folgen«, warf Xeron ein. Ich tat seine Antwort mit einer beschwichtigenden Geste ab.

»Blödsinn! Wir sind etwas auf der Spur.« Mein Herz hämmerte. Das Adrenalin rauschte durch meine Adern und machte mich benommen. Ja! Ich spürte es.

Wir waren an etwas dran, das uns endlich weiterbringen würde. Es musste so sein. Sonst würde ich endgültig durchdrehen.

Fahrig sprang ich auf. »Nander hat ein Büro wie Chio, oder?«, fragte ich Tami und Xeron, die irritiert nickten.

»Jeder Ajiva hat ein Büro.«

»Dann brechen wir dort ein.« Ich konnte das Rauschen meines Blutes nicht ausblenden. Zu schnell pumpte es durch meine Adern und machte mich schwindlig. »Nander hält die Bücher versteckt. Ich bin mir sicher.«

»Du bist irre«, platzte Xeron ungläubig hervor und senkte die Stimme zu einem energischen Flüstern. »Wir können nicht bei Nander einbrechen!«

»Und warum nicht?«, konterte ich und verschränkte die Arme vor der Brust. »Wenn er die Dokumente versteckt, bestätigt das nur unseren Verdacht. Nander ist begabt. Er ist länger hier als die meisten. Er könnte einen Plan aushecken, der schon Jahrhunderte vor unserer Geburt entstanden ist.«

Tami und Xeron sahen sich betreten an. Keiner sagte etwas.

»Meine Güte«, rief ich und rieb mir über das Gesicht. »Er muss es sein! Wer sonst könnte mit den Geistern kooperieren? Kennt ihr einen fähigeren Former?«

Die beiden schüttelten den Kopf.

»Also, dann bleibt nur Nander. Leute, das ist unsere einzige Chance. Wenn wir nicht endlich etwas finden ...« Meine Stimme versagte. Ich konnte nicht aussprechen, was auf mir lastete. Die Vision, das Unheil, das uns bevorstand. Wenn ich dieser Vision der Zukunft Macht über mich gab, würde sie mich übermannen und in eine Lethargie bannen, die ich nicht bezwingen konnte.

Langsam nickte Xeron und Tami seufzte ergeben.

Ich konnte mir ein gewinnendes Lächeln nicht verkneifen. »Dann ist es beschlossene Sache. Wir brechen bei Nander ein!«

30. Kapitel

Xeron hielt mich am Arm zurück. Jetzt, wo ich wusste, dass er ein Seher war, irritierte es mich nicht mehr, dass er mich nur über den Stoff meiner Kleidung berührte. So wie jetzt. Die Wärme seiner Haut drang nur langsam durch die Leinen, die meinen Arm bedeckten.

Obwohl er gesagt hatte, dass es anders war, wenn er mich anfasste, wollte ich nicht darüber nachdenken. Er war ein Seher und eine direkte Berührung konnte eine Vision auslösen. Dieses Risiko war ich nicht bereit, einzugehen.

»Wir gehen rein, schauen nach dem Register und verschwinden.« Seine Worte waren eindringlich, alarmierend. Ich nickte, auch wenn ich wusste, dass ich mich nicht würde zurückhalten können. Jeden Zentimeter seines Büros würde ich auseinandernehmen, während Tami Schmiere stand. Wir mussten etwas finden. Vorher würde ich keinen Rückzieher machen.

Tami gab uns das Zeichen, dass die Luft rein war. Ohne auf Xeron zu warten, preschte ich vor und positionierte mich vor der Tür.

»*Joan siel diz foarm.*« Ein Schlüssel formte sich in meiner Hand und ich steckte ihn vergeblich ins Schloss. »Verdammt«, fluchte ich und sah zu Xeron. »Er passt nicht.«

»Das war dein angeblich lückenloser Plan?«, fragte er und verschränkte die Arme vor der Brust. »Was habe ich dir über die Formergabe beigebracht?«, tadelte er mich, während er mir mit einem Wink zu verstehen gab, dass ich beiseitetreten sollte. Er hob die Hände vor das Schlüsselloch. »So gestaltest du nur einen Schlüssel nach deinen Vorstellungen. Der wird niemals passen. Aber wenn wir den Spieß umdrehen ... *Joan siel diz foarm diz boarne.*«

Ich beugte mich über Xerons Hände, die mir teilweise den Blick auf das Schloss versperrten. Zwischen seinen Fingern hindurch erkannte ich, wie sich das Metall kräuselte.

»Du nimmst die Energie und veränderst sie«, flüsterte ich verblüfft.

Kurz danach hielt Xeron einen Schlüssel hoch und steckte ihn ins vorgesehene Schloss. Wenn Nander zurückkehrte, würde die Veränderung auffallen. Spätestens, wenn er seine Tür nicht mehr selbst aufschließen konnte. Aber dann waren wir hoffentlich längst verschwunden.

Mit einem Klicken sprang die Tür auf und ich schüttelte alle weiteren Gedanken ab. Jetzt gab es nur noch unseren Plan. Wortlos stürmte ich in das Büro und verschaffte mir einen ersten Überblick. Der Raum war gemütlich eingerichtet. Anders als bei Chio, wo nur die alte Lavalampe etwas Dekoratives hatte, wirkte Nanders Büro wie eine Mischung aus Jugendzimmer und Hipster-Café. Die zusammengewürfelten Stühle luden zum Verweilen ein, während die Poster an einen Teenie der Neunziger erinnerten.

Systematisch durchforsteten Xeron und ich den Schreibtisch und die Kommode an der linken Seite des

Zimmers. Es dauerte keine fünf Minuten, bis wir die Register in einer Schublade fanden.

»Er hat sie«, stieß ich hervor und fühlte mich bestätigt. Sofort schlug ich die Bücher auf, suchte nach Nanders Eintrag, während Xeron das zweite Buch heranzog.

»Wir sollten nicht hierbleiben«, sagte er unsicher. Doch ich konnte nicht anders, als weiterzublättern. Neugierde leitete mich und ließ sich auch nicht stoppen, als Xeron an mir rüttelte.

»Lenna«, forderte er mich auf, doch ich wischte seine Hand zur Seite. Meine Haut traf auf seine, die Wärme kribbelte zwischen uns, und ich sah erschrocken auf. Unsere Berührungen hatten bisher keine Vision bei mir ausgelöst. Angst hatte ich trotzdem. Einen Moment lang hielt ich die Luft an, doch nichts passierte. Also widmete ich mich wieder dem Register. Nur noch einen kurzen Augenblick, dann konnten wir verschwinden. Ich wusste nicht, ob es ratsam war, die Bücher zu entwenden. Das Risiko, dass Nander es bemerkte, schien mir zu hoch.

»Schau lieber nach Ferlen«, forderte ich Xeron auf. Nur widerwillig schlug er das Register auf. Aus dem Augenwinkel sah ich, wie er immer wieder den Kopf hob, um die Lage zu checken.

»Xeron«, sagte ich genervt und schnippte ihm gegen die Schulter. Seine unruhigen Bewegungen lenkten mich ab. »Beeil dich!«

»Jaja«, brummte er. Ich sah das Jahr durch, in dem wir uns sicher waren, dass Nander in Ankrov angekommen war. Und tatsächlich. Nach einigen Seiten fand ich seinen Namen. Über sein Alter wurde also nicht gelogen. Aber warum versteckte er den Band, in dem sein Eintritt verzeichnet war? Gab es etwas Interessantes, das wir übersahen?

»Ich finde Ferlen nicht«, brachte Xeron irritiert hervor. Ich blinzelte.

Schwindel erfasste mich, der willkürlich wirkte. Warum war mir so komisch zumute? Ich rieb mir die Augen, schluckte, und dann spürte ich ein bekanntes Gefühl.

Bilder.

Es schoben sich Bilder in meine Gedanken, die nicht zu mir gehörten.

Hilfesuchend sah ich zu Xeron, der mich nur fragend anschaute. Dann war es zu spät. Ich fiel auf die Knie, weil ein stechender Schmerz mir durch die Oberschenkel bis in den Rücken jagte.

Keuchend versuchte ich, die Vision zu verdrängen. Doch sie war zu mächtig. Wie immer.

***

Wieder sah ich die Geisterfrau, die auf dem Boden neben Chris kauerte und ihn im Angesicht seines Todes begleitete. Ihre rot leuchtende Strähne führte zu der männlichen Hand, die ich auch in meiner ersten Vision gesehen hatte. Doch wieder erkannte ich nicht, wer die Strähne hielt, denn meine Vision war auch dieses Mal auf Chris fokussiert. Ich war darauf vorbereitet, dass er röchelte und Blut spuckte, doch wieder versetzte es mir einen Stich. Er war mein Schützling. Wir hatten eine Verbindung. Ich wollte ihm wirklich helfen, ihn retten.

Nicht nur Karyn, wie ich es mir so lange eingeredet hatte. Chris verdiente etwas Besseres als die Endwelt.

»Bald hast du es geschafft, mein Liebling.« Die Stimme der Frau jagte mir einen Schauer über den Rücken.

Ich hatte das alles schon gesehen, versuchte, ruhig zu atmen, obwohl ich mir meines Körpers nicht einmal mehr bewusst war. Lag ich ohnmächtig auf dem Boden in Nanders Büro? Stand mir Xeron bei? Aufregung kribbelte in mir, als ich mir vorstellte, wie Xeron mich in seinen Armen hielt. Ich war hoffnungslos, sehnte mich immer noch nach mehr, obwohl ich so wütend auf ihn war.

Mühsam richtete ich meine Konzentration wieder auf Chris. Das Training bei Chio hatte mir zwar keine Kontrolle über die Visionen verliehen, doch dass ich mein Bewusstsein und meine eigenen Gedanken einbringen konnte, verdankte ich ihr. Während der vielen Trainingsstunden lernte ich, in meinen Vorhersehungen nach weiteren Informationen zu suchen.

Es dauerte wieder eine Ewigkeit, bis Chris' Leben erlosch. Ich nutzte meine geistige Klarheit und suchte jeden Winkel des Bildes ab, das die Vision mir zeigte. Irgendwo musste ich doch etwas erkennen, das mir zuvor entgangen war.

Ich stutzte in dem Moment, als sich Chris als Geist erhob, verwirrt seine Mutter begrüßte und sich die Sichtweise der Vision änderte.

Eine Krähe verschwand in der Sekunde, in der ich die Straße, Zäune und kleinen Vorgärten erkannte. Auf dem Boden lagen die verwundeten und sterbenden Krähen, die ich in den Visionen vorher wahrgenommen hatte. Marxem, Tamira, Xeron und ich. Wieder sah ich, wie sich erst Marxem auflöste, dann Tamira. Doch sie waren nicht die ersten Krähen gewesen, die verschwanden.

Nander. Ich hatte Nanders Gesicht gesehen.

Meine Theorie, die Vermutungen und der Verdacht stürzten mit dieser Erkenntnis in sich zusammen. Nander war ebenfalls im Kampf gefallen. Ich hatte ihn nur nicht gesehen.

Mir blieb kaum Zeit, diese Erkenntnis zu verarbeiten. Zwei weitere Krähen zogen meine Aufmerksamkeit auf sich. Juri und Pat, die ich erst vor kurzem kennengelernt und mit denen ich in den letzten Tagen in einer der Trainingshallen gekämpft hatte.

Über ihnen erkannte ich eine feine Sichel am Himmel.

Moment mal!

Es war keine Sichel, sondern ein feiner Ring. Es war kein Neumond, sondern eine Mondfinsternis. Panik durchflutete mich, ließ das Bild vor meinen Augen verschwimmen. Die Geister würden nicht bei Neumond angreifen, sondern in einer Mondfinsternis.

Und die fanden immer nur an Vollmond statt.

***

»Tu nicht so unschuldig!«, rief eine Stimme. Die Lautstärke brachte meine Ohren zum Klingen. Ich blinzelte gegen die Helligkeit an, die mir meine Sicht nahm. Nur langsam gewöhnten sich meine Augen an die Umgebung.

Orientierungslos wollte ich mich aufrichten, doch ich lag in einer Umarmung. Sofort raste mein Herz und ich nahm Xerons vertrauten Duft wahr.

»Wir haben die Bücher aus dem Register bei dir gefunden!«, blaffte er.

»Natürlich habt ihr das. Ich habe sie ja auch ausgeliehen.«

»Und warum? Was versuchst du zu verheimlichen?«

»Ich verheimliche nichts«, zischte Nander wütend.

Endlich erkannte ich, in welcher Lage wir uns befanden. Xeron kniete neben mir auf dem Boden. Er hielt meinen Oberkörper in einer festen Umarmung. Nander musste während meiner Vision in sein Büro gekommen sein.

»Lügner«, brummte Xeron.

»Wird das ein Verhör?«, fragte Nander scharf. »Oder habt ihr eure Meinung schon gefällt?«

Ich öffnete den Mund, wollte den Streit unterbrechen, doch ich brachte keinen Ton heraus.

»Wir lassen dich gehen, wenn du uns die Wahrheit gesagt hast.« Tami mischte sich in den Streit ein. Ich drehte den Kopf und erkannte, dass sie die Tür blockierte. Sie hatte Nander anscheinend nicht aufhalten können, war ihm aber gefolgt.

Meine Bewegung lenkte Xerons Aufmerksamkeit auf mich. »Lenna«, hauchte er erleichtert. Bildete ich es mir ein, oder drückte er mich einen Moment lang fester an sich? Seine Wärme und sein Geruch durchdrangen mich, nahmen meine Sinne völlig ein. Mein Puls raste, während seine Nähe ein wohliges Kribbeln über meine Haut jagte.

Das war so falsch!

Trotzdem war ich meinen Gefühlen hilflos ausgeliefert. Hastig richtete ich mich auf, wand mich aus seinen Armen und plumpste auf den Hintern. Die Knie zog ich an und schlang die Arme darum.

Die Zurückweisung legte Xeron eine Traurigkeit in die Augen, die mein Herz fast zerriss. Schnell schaute ich zu Nander.

»Nander ist nicht der Verräter«, sagte ich mit hohler Stimme. Nicht, weil ich bedauerte, dass nicht er uns hinterging, sondern, weil das bedeutete, dass wir einer falschen Vermutung gefolgt waren und keinen anderen Verdacht hegten. Diese Erkenntnis warf uns zurück an den Anfang. Und wäre das nicht schon schlimm genug, fand der Kampf während einer Mondfinsternis statt. Wenn diese bereits diesen Vollmond war, hatten wir auch noch zwei Wochen weniger Zeit, um uns auf den Kampf vorzubereiten.

»Woher weißt du das?«, fragte Tami mit belegter Stimme. »Was hast du gesehen?«

»Den Verräter habe ich nicht erkannt. Aber«, ich brach ab, sah zu Nander auf, »ich habe deinen Tod gesehen. Auch du wirst in dem Kampf sterben.«

Nander wurde kreidebleich. Ich vermutete, dass er keine Angst davor hatte, dass er – wie ich – in der Endwelt landen könnte. Nein, Nander schien sich davor zu fürchten, die Zwischenwelt verlassen zu müssen. Er hatte Jahrhunderte hier verbracht. Das hier war seine Heimat. Und jetzt, da ich wusste, dass er uns nicht verraten würde, fragte ich mich, wie wir es so lange hatten denken konnten. Nur, weil er so mächtig war?

»Warum hast du dann die Bücher versteckt?«, fragte Xeron und betrachtete die Bände des Registers, die auf dem Boden lagen. Ob er sie dort abgelegt hatte, als er mir zur Hilfe geeilt war?

»Ich habe sie nicht versteckt«, presste Nander hervor. »Ich habe Nachforschungen angestellt.«

»Und was hast du herausgefunden?«, fragte Tami mit vor Aufregung zitternder Stimme.

»Nichts«, seufzte Nander.

»Warum ausgerechnet diese Jahrgänge?« Ich sah kurz zu den Büchern. Wir hatten Nander verdächtigt und wollten die Einträge seit Ferlens Eintritt durchschauen. Warum hatte er sich ausgerechnet für diese Jahre entschieden?

Er zögerte. »Ich weiß nicht, ob das etwas bedeutet ...« Er ging auf die Bücher zu und setzte sich zu uns auf den Boden. Ich war dankbar, dass er nicht von mir erwartete, dass ich aufstand. Dazu fehlte mir noch die Kraft.

Während sich Tami neben ihm niederließ, blätterte Nander bereits durch die Register. Er zeigte uns über zwanzig Einträge. Den einzigen Namen, den ich kannte, war Ferlen.

»Diese Einträge sind anders.« Er deutete auf den i-Punkt beim Wort Eintritt sowie auf die Striche des Buchstaben T, die sich so minimal von den anderen Schriftzügen unterschieden, dass mir das niemals aufgefallen wäre, wenn Nander uns nicht darauf aufmerksam gemacht hätte.

»Und was bedeutet das?«, fragte ich.

Xeron richtete sich auf, als wäre ihm etwas klar geworden. »Die Register werden von der Person erstellt und geführt, die zu diesem Zeitpunkt in der Bibliothek gearbeitet hat. Die Einträge werden mittels Formergabe angelegt. Name, Eintritt und der erste Schützling stehen fest und sollten daher immer gleich aussehen. Dass sich die Schriften unterscheiden, bedeutet, dass jemand die Einträge verändert hat und die Schrift des Bibliothekars imitieren wollte.«

Ich öffnete den Mund und betrachtete die Namen. Ferlens war auch darunter gewesen. Was bedeutete das? »Warum sollte jemand Einträge verändern?«

»Ich weiß es nicht«, antwortete Nander und sah nachdenklich auf die Schriften.

»Vielleicht wurden nur Fehler korrigiert«, warf Tami ein. Dass Ferlens Name in einem Zusammenhang gefallen war, der auf neue Verdächtige zu führen schien, behagte ihr offensichtlich nicht.

Tausend Gedanken zu verschiedensten Möglichkeiten wirbelten durch meinen Kopf. Hatte es etwas zu bedeuten oder beschäftigte sich Nander mit einer falschen Fährte – so wie wir die letzten anderthalb Wochen? Oh Gott, der Vollmond stand kurz bevor. Uns blieben nur vier Tage. Waren die Mondfinsternis und der Angriff bereits dann?

Erschöpft rieb ich mir mit den Händen über das Gesicht und verdrängte den Schwindel, den mein zu schneller Herzschlag auslöste. »Nanders Tod war nicht alles, was ich gesehen habe«, brachte ich kratzig hervor. Tami, Nander und Xeron hielten inne, und die verhängnisvolle Stille schuf eine viel zu passende Atmosphäre für die Neuigkeiten, die sie gleich erfahren würden.

»Die Geister greifen nicht zu Neumond an, sondern in einer Mondfinsternis.« Die Worte kamen so schwerfällig über meine Lippen, dass ich dachte, meine Stimme würde versagen.

Xerons grüne Augen verdunkelten sich, während Tami nach Luft schnappte. Nur Nander behielt seine Fassung und stand abrupt auf. »Eine Mondfinsternis findet immer zu Vollmond statt.«

»Ja«, murmelte ich, und das Gefühl, versagt zu haben, war übermächtig. Wir waren keinen Schritt vorangekommen.

Nander stürmte zu seinem Schreibtisch, zog eine Schublade mit solcher Wucht heraus, dass er sie aus den Schienen riss. Er fluchte, legte sie auf der Tischplatte ab und wühlte sich durch einige Unterlagen. Ein kleines Büchlein zog er heraus, blätterte durch die Seiten und erstarrte. Mit einem Schlag wurde Nander kreidebleich. »Die nächste Mondfinsternis ist in vier Tagen.«

Ich hatte es geahnt. Dennoch traf mich die Gewissheit so hart, dass ich die Tränen nicht zurückhalten konnte. »War ja klar«, murmelte ich und wischte mir fahrig über die Wangen.

Xeron fluchte und Tami wirkte, als würde sie jeden Moment in Ohnmacht fallen.

»Wir müssen es den Ajiva sagen«, presste sie hervor.

»Und dem Verräter zeigen, dass wir Bescheid wissen?«, hielt Xeron mit rauer Stimme dagegen. »Scheiße, wir werden eine Panik auslösen.«

»Marxem, Juri und Pat«, stieß ich hervor und die anderen betrachteten mich verwirrt. »Uns und diese drei habe ich in meiner Vision erkannt«, fügte ich hinzu und richtete mich wacklig auf. »Der Verräter befindet sich nicht unter uns. Lasst uns die anderen suchen und mit ihnen die Situation besprechen.«

»Das ist ein Anfang«, stimmte mir Nander zu. Damit war die Sache beschlossen. Wir teilten uns auf und wollten uns in einer Stunde wieder in Nanders Büro treffen. Bevor ich das Zimmer verlassen konnte, hielt mich Xeron auf, indem er sich in der Tür zu mir umdrehte.

Mein Herz flatterte aufgeregt – gleichzeitig spürte ich die Risse, die sein Verrat hinterlassen hatte. Hastig senkte ich den Blick.

»Ruh dich aus, Lenna«, sagte er sanft. »Wir finden die anderen und bringen sie her.«

Eilig schüttelte ich den Kopf. »Ich kann nicht stillsitzen«, murmelte ich. »Nicht, wenn ...« Ich hielt inne. Alles brach in sich zusammen. Unser Plan war ins Nichts gelaufen. Die Spur von Nander führte nur zu neuen Spekulationen und die Zeit lief uns davon.

Wieder konnte ich die Tränen nicht zurückhalten. Heiß rollten sie mir über die Wangen. Ich schauderte, als Xeron nähertrat und sein Atem kühl meine Haut streifte.

»Noch haben wir nicht verloren«, flüsterte er, doch die Unsicherheit in seiner Stimme brach mir das Herz. Denn unsere Niederlage war nur eine Frage der Zeit.

»Was habe ich mir auch dabei gedacht?«, stieß ich hoffnungslos aus. »Ich bin kein Sherlock, der mit Leichtigkeit Rätsel löst. Wir haben versagt.«

Zart strich Xeron über meine Wange. Der Trost, der in seiner Nähe lag, war wie eine warme Decke, die mich wohlig umhüllte. Für diesen Moment ließ ich es zu. Das

Flattern in meiner Brust, den heißen Schauer, der von meiner Wange über meine Arme wanderte.

Zwischen all den Gefühlen in Xerons Augen blitzte ein Funken auf, der tief in mir meine Gabe anfachte. Kampfgeist.

»Noch nicht, kleine Maus. Was hattest du gesagt? Wir kämpfen bis zum Ende.«

Leichtigkeit erfüllte meine Brust. »Gemeinsam.«

31. Kapitel

Marxem wirkte so angespannt, wie ich ihn noch nie erlebt hatte. Nervös ging er vor Nanders Schreibtisch auf und ab. Die anderen – Xeron, Tami, Nander, Juri, Pat und ich – saßen in Nanders Büro auf dem Boden oder lehnten an der Wand. Es war unerträglich, doch keiner traute sich, etwas zu sagen.

Denn niemand schien zu wissen, was wir jetzt tun sollten.

»Du bist dir ganz sicher?«, brummte Marxem. »Es ist die Mondfinsternis?«

»Ja«, antwortete ich.

»Wen hast du noch erkannt?«

»Nur die, die sich hier befinden.« Ich zeigte in den Raum. Meine Hand zitterte. Ich konnte die Stimme nicht verdrängen, die mir leise zuflüsterte, dass ich mich und alle in diesem Raum ins Verderben stürzen würde. Doch was blieb uns anderes übrig? Ich wusste nicht, wem ich sonst vertrauen sollte, als denen, die ich sterben gesehen hatte. Und es hing so viel vom Erfolg dieser Nacht ab. Wie hätte ich da untätig zusehen können, während Chris starb und die Zwischenwelt unterging?

»Wir brauchen einen Plan«, presste Marxem müde hervor und rieb sich die Nasenwurzel. »Und wir werden niemandem von unseren wahren Absichten erzählen.«

»Wie meinst du das?« Xeron stieß sich von der Wand ab und trat unruhig von einem Fuß auf den anderen.

»Dass wir niemandem vertrauen können, ist vielleicht unser Vorteil für den Kampf.« Er blieb stehen, wirbelte zu uns herum und lehnte sich an den Schreibtisch. »Licia wird die Mondlichternte organisieren und in den nächsten Tagen bei einer Versammlung von unserem Schlachtplan berichten. Es sollen alle glauben, dass wir diesen Plan verfolgen. Vielleicht können wir so den Verräter täuschen. Doch wir werden uns in der Nacht vom Ritual entfernen und die Sache selbst in die Hand nehmen.«

»Wenn nur wir gehen ...« Tami schluckte, ihre Stimme war leise und brüchig. »Werden wir dann nicht erst recht Lennas Vision heraufbeschwören? Sie hat nur uns sterben gesehen. Vielleicht, weil wir es unterschätzt haben und allein dort hin sind?«

Ihre Worte ließen meinen Magen krampfen und ich senkte den Blick. Wie konnten wir gegen meine Vision gewinnen? Wie, verdammt noch mal?

»Wir nutzen das Überraschungsmoment«, warf Xeron ein und trat zu Marxem neben den Tisch. Der Ajiva musterte ihn interessiert. »Während der Verräter denkt, wir halten an unserem offiziellen Plan fest, verunsichern wir ihn vielleicht. Bei der Mondlichternte täuscht Lenna eine Vision vor und berichtet schockiert von der Mondfinsternis. Wir bringen die Krähen dazu, sofort aufzubrechen und während Chaos herrscht, machen wir uns heimlich an Chris ran.«

»Wir könnten uns aufteilen.« Marxems Augen funkelten vor Aufregung. »Während ein Teil die Krähen mobilisiert, bricht der andere von unserer Gruppe bereits auf. Vielleicht sind wir vor dem Verräter bei Chris.«

»Und dann?«, presste Juri hervor. Sie kniff die Augen zusammen und wirkte nicht überzeugt.

Nander und Marxem tauschten einen Blick, bevor der Former wieder an seinen Schreibtisch ging und etwas aus einer Schublade hervorholte. Mit einem Tuch in der Hand trat er in die Mitte des Raums und öffnete langsam das Bündel. Zum Vorschein kam ein leuchtend gelber Stein, der funkelte, als würde er einen Stern in sich tragen. Ich öffnete ehrfürchtig den Mund.

»Gemeinsam mit Licia haben Marxem und ich an etwas gearbeitet.«

»Was ist das?«, fragte Pat, während Juri schnaubte.

Sie verdrehte ungeduldig die Augen. Im Vergleich zu dem Training in der Halle der Kämpfer schien die Formerin ihre Gefühle nicht unter Kontrolle zu haben. Aber konnte ich es ihr verdenken? Wir hatten sie hierher zitiert, weil ich ihren Tod gesehen hatte. »Licia weiß davon? Wer noch?«

»Nur sie«, sagte Marxem schärfer als sonst.

»Wer weiß, ob sie nicht die Verräterin ist?«

»Es ist ein Mann«, sagte ich ruhig und verschränkte die Arme vor der Brust. »Ich glaube nicht, dass Licia involviert ist.«

»Ich auch nicht«, stimmte Nander zu. Er hob den Stein etwas höher, damit wir unsere Aufmerksamkeit wieder darauf lenkten. »Sonst hätte sie nicht geholfen.«

»Ich sage euch, was das ist«, meinte Marxem wieder etwas ruhiger und griff Pats Frage auf, die uns alle brennend interessierte. »Was Nander in seinen Händen hält, ist gutes Karma.«

»Gutes Karma?«, wiederholte Tami erstaunt. »Habt ihr es von euch ...« Sie führte die Frage nicht zu Ende, doch ich konnte mir denken, was sie sagen wollte. Licia, Marxem und Nander hatten etwas von ihren guten Taten gebündelt und überließen es Chris.

Xeron nickte. »Das könnte Chris wirklich retten. Auch wenn wir seinen Tod nicht verhindern sollten, landet er wenigstens nicht in der Endwelt.«

Auch wenn ich Licia nicht verdächtigt hatte, spätestens jetzt wären alle Zweifel verschwunden, dass sie mit dem Verräter zusammenarbeitete. Sie hatte so viel von sich gegeben. Mehr, als andere vermutlich bereit waren.

»Aber ihr habt noch genug übrig gelassen«, warf ich besorgt ein. Marxem und Nander sahen mich verwirrt an. »Ihr habt genug Gutes in euch, damit ihr nicht in der Endwelt landet?«

»Einen Vorteil muss es ja bringen, so alt zu sein«, sagte Nander grinsend. »Wir haben genug gegeben, aber genug behalten.«

Ernst sah Marxem in die Runde. »Der Stein muss aufgelöst und Chris eingeflößt werden. Wir hatten die gleiche Vermutung wie Xeron. Das Karma wird Chris' Entscheidungen so verändern, dass er an diesem Tag nicht stirbt. Und falls doch, wird er hoffentlich in eine andere Welt übergehen.«

»Ist das nicht gefährlich?«, fragte Juri.

Pat nickte. »Das Ritual, ein geformtes Element in einen Schützling zu überführen, wird nur selten angewandt, da die Risiken enorm sind.«

»Ich bin bereit, jedes Risiko einzugehen«, sagte ich und war erstaunt, wie überzeugt meine Stimme klang, während in mir die Angst rumorte. Auch wenn wir nichts über den Verräter herausfinden konnten, schöpfte ich aus diesem konkreten Plan genug Hoffnung, um an einen Sieg zu glauben.

Das Lächeln auf Juris Gesicht war abfällig. »Allein schaffst du das niemals.«

»Sie ist nicht allein«, sagten Tami und Xeron wie aus einem Mund. Dankbar knuffte ich Tami in die Seite.

»Das ist doch verrückt«, zischte Juri und sah Nander mit Panik in den Augen an. Es tat mir leid, dass sie sich wegen meiner Vision in dieser Situation befand. »Wir liefern uns aus.«

»Lenna hat unseren Tod gesehen. Und ihren eigenen«, warf Xeron ein. »Und trotzdem steht sie hier, bereit, sich unseren Feinden in den Weg zu stellen. Für uns könnte diese Nacht womöglich ein Neuanfang sein, den wir uns nicht gewünscht haben. Auf uns wartet die Zeitwelt, vielleicht sogar das Nirwana. Doch nicht auf Lenna.« Mit Bitterkeit in den Augen sah er zu mir. »Obwohl auf sie die Endwelt wartet, ist sie bereit, zu kämpfen. Also bin ich es auch.«

Xerons Worte lösten einen Kloß in meinem Hals aus, den ich nicht hinunterschlucken konnte. Ich kämpfte gegen die Tränen an und senkte den Blick. Das Vertrauen, das er mir entgegenbrachte, war ohne Forderung und ohne Erwartungen. Es wärmte mich von innen, bis ich zu schmelzen drohte.

Dieser Idiot.

Dieser wundervolle Idiot.

Hastig blinzelte ich die Tränen weg und sah zu ihm. Seine grünen Augen ruhten auf mir und das Lächeln in seinem Gesicht war entwaffnend. »Gemeinsam werden wir es schaffen. Oder wir gehen zusammen unter.«

»Gemeinsam«, presste ich lächelnd hervor und wäre am liebsten in eine Umarmung versunken. Verdammt, es war mir egal, dass er ein Seher war. Vielleicht konnte es mir auch egal sein, dass er gelogen hatte, um mich nicht zu verletzen. Vielleicht irgendwann. Wenn wir dann noch lebten.

»Jaja, schon gut«, gab sich Juri geschlagen. »Also, wie genau gehen wir es an?«

***

Die darauffolgenden Stunden verbrachten wir mit einer detaillierten Besprechung, bis unser Plan feststand. Wie Xeron vorgeschlagen hatte, würden wir das Überraschungsmoment nutzen. Mit einer vorgetäuschten Vision wollten wir die Krähen zu einem überstürzten Aufbruch bringen und bewusst Chaos auslösen. Während Nander und Marxem als Ajiva die Krähen mobilisierten und Anweisungen erteilten, würden Juri, Xeron, Tami und ich ohne die Ajiva und Pat aufbrechen. Auch wenn wir die Stärke von Nander und Marxem gebrauchen konnten, war es unmöglich, dass sie uns sofort begleiteten. Ihre Abwesenheit würde auffallen.

Pat blieb zurück, um Ausschau nach verdächtigen Krähen zu halten, falls sich jemand davonschlich. Mittels eines Talismans würde er Juri informieren, wenn er etwas bemerkte.

Während Marxem und Nander die Krähen zu der Straße führten, auf der die Konfrontation stattfinden sollte, fingen wir Chris vorher ab und flößten ihm das gute Karma ein. Wenn alles funktionierte, würden wir vielleicht nicht gegen den Verräter bestehen können, aber Chris retten und somit hoffentlich die Pläne des Feinds durchkreuzen.

Nach der Besprechung war ich aufgekratzt, aber davon überzeugt, dass wir gewinnen könnten. Ich lag lange wach, bis ich endlich einschlief. Es war das erste Mal seit unserer Niederlage an Neumond, dass ich nicht von Albträumen geweckt wurde.

***

Flankiert von Tami und Xander stand ich in einer Warteschlange auf dem Startplatz. Der Stein mit dem guten Karma befand sich in meiner Hosentasche. Er schien das Gewicht der ganzen Welt in sich zu tragen. Vor uns erhoben sich nacheinander Krähen in die Höhe und verließen Ankrov durch die Öffnung im Gewölbe, die ich von hier unten nicht erkennen konnte. Wir sprachen kein Wort und ich musste mich zusammenreißen, um nicht unruhig über meine Arme zu streichen. Die Stille, die uns umgab, war angespannt, doch wir versuchten, uns nicht anmerken zu lassen, dass wir viel mehr wussten.

Die anderen Krähen verhielten sich deutlich entspannter, sprachen miteinander, lachten und grinsten. Sie wussten noch nicht, was ihnen heute bevorstand und ahnten nichts von dem Kampf, in den wir sie überstürzt ziehen lassen würden.

»Also die Ernte«, sagte ich möglichst aufgeregt und knetete nervös meine Hände. Hoffentlich erzielte ich damit den gewünschten Effekt. Schließlich war das hier ein besonderes Ereignis. Nur aus den Schriften kannten die Krähen das Ritual der direkten Mondlichternte. Sie sollte kraftvoller sein, berauschender, aber auch gefährlicher.

»Ich kann es kaum erwarten«, flüsterte Tami. Ich sah ihr an, dass auch sie angespannt war. Doch hätte ich nicht gewusst, was wirklich los war, würde ich ihr die Aufregung abkaufen.

»Das wird großartig«, stimmte Xeron zu. Seine Mimik wirkte gelöst und in seinen Augen funkelte Neugierde. Okay, an ihm war ein Schauspieler verlorengegangen.

Seine Ausstrahlung beruhigte mich etwas, doch sie vertrieb die Größe unserer bevorstehenden Aufgabe nicht aus meinen Gedanken. Nervös knabberte ich an meiner Unterlippe herum.

Xeron bemerkte meine Unruhe und seine Finger zuckten, als würde er mich berühren wollen. Ich wandte mich an Tami, bevor ich kollabierte, so schnell, wie mein Herz raste.

»Bleibt ihr bei mir?«, fragte ich unsicher. »Ich bin noch nicht so erfahren wie ihr.«

»Na klar!«, stieß Tami aus und schlang mir einen Arm um die Taille. Xeron verfolgte die Berührung mit seinen Augen und meine Haut kribbelte unter seinem Blick.

»Für uns ist das auch etwas Besonderes«, fügte Xeron rau hinzu. Sein Blick haftete immer noch auf meinem Körper.

Oh Gott! Schau endlich weg!

»Es geht los«, rief ich hastig, befreite mich aus Tamis Umklammerung und stürzte nach vorn. Schnell griff ich in meine Tasche, schloss eine Hand um den Stein und verwandelte mich. Hastig flog ich los. Während des Aufstiegs versuchte ich, meine Gedanken zu beruhigen.

Es dämmerte, als ich das Gewölbe verließ und mich in den Himmel erhob. Kurz schloss ich die Augen, genoss den Wind, der über mein Gefieder strich.

Eine Hand verband sich mit meiner und jemand zog mich mit sich. Xeron. Ich hätte ihn unter allen Krähen trotz seiner monströsen Form wiedererkannt. Sofort kribbelte die Berührung auf meiner Haut, die in unserer Krähenform jedoch ungefährlich war. Seine Nähe gab mir Halt, als würde er die Last des Steins mit mir tragen wollen.

Bereitwillig ließ ich zu, dass er mir den Weg zeigte. Ich nahm seine Unterstützung dankend an. Ohne Probleme hätte ich mich aus seinem Griff befreien können. Aber ich wollte nicht. In dieser Form gab es keine Risiken für eine Vision.

Blut rauschte durch meinen Körper, und ich wusste, dass dies nur eine Ausrede war. Ich reagierte intuitiv auf Xerons Nähe.

Nach einigen Minuten erreichten wir den Berg, auf dem das Ritual stattfinden sollte. Die Krähen, die vor uns aufgebrochen waren, hatten wieder ihre Menschengestalt angenommen und standen in Grüppchen zusammen. Marxem, Nander und Licia liefen über den Platz, der aussah wie ein Aussichtsplateau und groß genug war für die Kämpfer und Former, die am heutigen Ritual teilnehmen sollten.

»Wir kämpfen bis zum Schluss«, flüsterte Xeron so leise, dass ich ihn kaum hörte. Aber ich war mir sicher, dass er die Worte ausgesprochen hatte.

Vorsichtig landeten wir auf der linken Seite der Plattform, einige Meter neben einer Gruppe. Die Sonne war fast vollständig verschwunden und der Himmel färbte sich in ein tiefes Blau, auf dem bereits die ersten Sterne sichtbar wurden. Der Mond erhob sich hell und rund am Firmament. Kurz schluckte ich. Nur noch wenige Stunden, bis die Finsternis startete. Dann hatten wir ein Zeitfenster von etwa fünfzig Minuten, bis der Himmelskörper vollständig verdeckt sein würde. Ich schluckte.

Xeron verwandelte sich und ich folgte seinem Beispiel. Als er seine Hand zurückziehen wollte, zögerte ich kurz. Ich umschloss seine Finger fester, der Stein drückte gegen meine Handfläche. »Wir kämpfen gemeinsam«, flüsterte ich und konnte nichts dagegen tun, dass diese Worte mein Herz zum Stolpern brachten. Verdammt, ich musste mich konzentrieren.

»Gleich ist es soweit«, japste Tami aufgeregt und erinnerte mich daran, dass ich mit Xeron nicht allein war. Eilig ließ ich ihn los und vergrub meine Hände sowie den Karmastein in meinen Hosentaschen.

Später, wenn die Ernte weitestgehend vorbei war, würde er mich berühren und ich eine ausgelöste Vision vortäuschen.

Schon jetzt flatterte die Aufregung in meinem Bauch, wenn ich nur daran dachte.

»Hoffentlich klappt die Ernte wie geplant«, sagte ich an Tami gewandt, die mich aber gar nicht mehr anschaute. Ihr Blick haftete an Ferlen, der einige Meter entfernt stand und sich mit ein paar Krähen unterhielt, die ich nur flüchtig kannte. Es war Tami deutlich anzusehen, dass sie gern zu ihm gegangen wäre, doch ihre Pflicht hielt sie bei uns fest. Wir durften niemandem vertrauen.

»Danke, dass ihr alle hergekommen seid«, grüßte uns Licia. »Ich gebe das Zeichen, dann beginnen wir gemeinsam. Denkt daran, das Ritual sofort abzubrechen, wenn euer Körper mit Schwindel auf die Energiemenge reagiert. Ihr könnt jederzeit wieder einsteigen, solltet euch aber nicht überschätzen.« Sie hob die Hände und ich wusste, dass Nander und Marxem es ihr nachtaten. Sie mussten sich hier irgendwo auf dem Platz befinden und die restlichen Krähen instruieren, die Licia nicht sehen konnten.

Mein Herz schlug aufgeregt und ein Zittern erfasste meinen Körper bis in die Fingerspitzen. Nein, das war nicht nur Aufregung. Es waren Panik und Hoffnung und Mut. Jetzt gab es kein Zurück mehr.

»Los«, rief Licia und ich legte den Kopf in den Nacken. Mondlicht schien auf mein Gesicht, ich schloss die Augen und stimmte in die Worte des Rituals mit ein: »*Rispje ljocht troch siel. Rispje ljocht troch siel. Rispje ljocht …*« Aus hunderten Mündern formte sich eine Melodie, die meinen Energiepunkt auf der Stirn vibrieren ließ. Die Intensität des Lichts schien stärker zu werden. Blinzelnd öffnete ich die Augen.

Kurz stolperte ich über die nächsten Worte, verlor etwas von dem Zauber, der mich umgab. Doch ich fand schnell zurück und erschauderte. Um uns funkelte Mondlicht, es waberte zwischen uns wie ein Netz, das unsere Energiepunkte miteinander verband. Zuerst nur wie ein dünner, brüchiger Faden, doch bald glänzte es wie ein silbriges Band.

Xeron trat einen Schritt näher, ohne mich zu berühren, doch die Energie pulsierte zwischen uns, und ich keuchte die nächsten Worte, als wäre ich völlig außer Atem.

»Rispje ljocht troch siel.«

Wie auch bei den Energierationen durchtränkte mich das Mondlicht mit Erinnerungen an besondere Nächte. Nur dass die vergangenen Momente an diesem Tag um ein Vielfaches stärker waren. Ich roch warmes Gras, das in der Nacht abkühlte. Schmeckte frisches Wasser auf der Zunge, als ich in einen Bach eintauchte. Meine Sinne spielten verrückt, beförderten mich in eine andere Zeit, während ich reglos auf dem Berg stand und die Worte des Mondlichtrituals sprach.

Eine Verbindung entstand, weitere Momente offenbarten sich mir. Gedanken, Gefühle, die ich nicht kannte, doch die mich berauschten, als würden sie etwas tief in mir bewegen. Die Energie erfüllte mich, bis ich wieder die Augen schloss. Mein Zentrum leuchtete so hell wie eine Supernova und spendete mir Wärme. In dieser Sekunde war mir alles egal. Was vor uns lag. Was sich hinter mir befand.

Ich lebte.

Ich fühlte.

Und ich wollte nicht, dass es jemals endete.

Keine Ahnung, wie viele Minuten verstrichen, während ich das Mondlicht in mich aufsog. Doch als Xerons Fingerknöchel über meine Haut streiften, verlor ich beinahe den Verstand.

Die Berührung explodierte auf meiner Haut und tanzte in Funken meinen Arm hinauf. »Xeron«, keuchte ich seinen Namen und griff nach seiner Hand.

»Es ist Zeit«, meinte er nur, und ich konnte an nichts anderes denken, als an das, was seine Nähe in mir auslöste. Welches Verlangen sie entfachte.

»Noch nicht«, flüsterte ich und verhakte meine Finger mit seinen. Durch seinen Körper ging ein Zittern und ich grinste, weil ich wusste, dass ich der Grund dafür war.

Mit einem Ruck zog ich ihn an mich, er stolperte einen Schritt auf mich zu und stand nun direkt vor mir. Sein Atem traf warm auf meine Wange, während ich seine Gesichtszüge musterte. Die Narbe in seinem Augenwinkel erinnerte mich an jedes Lächeln, das er mir in den letzten Wochen geschenkt hatte.

In mir setzte etwas aus.

Ich schlang die Arme um seinen Hals und schmiegte mich an ihn. Seine Nähe machte mich benommen, aber es war nicht genug. Ich strich mit den Lippen über seine. Zuerst langsam und federleicht. Ich genoss das Kribbeln, das sich in meinem Magen ausbreitete. Seine Hände umfassten meine Seiten. Er flüsterte meinen Namen.

Dann presste ich die Lippen mit einem Keuchen auf seinen Mund und vergaß alles um mich herum. Schauer jagten über meine Haut. Ich schmeckte ihn, das taufrische Gras, einen Regenschauer. Alles in mir seufzte, als er mich enger an sich zog, mich fordernder küsste. Ich verlor das Gefühl für die Grenzen, wo ich aufhörte und er begann. Wir verschmolzen zu einem berauschenden Hoch, das besser war als kämpfen.

Und dennoch war es nicht genug.

»Es tut mir leid«, presste er zwischen unseren Küssen hervor. Doch es war mir egal. In diesem Moment wollte ich nicht an den Verrat denken. Nicht an die Lügen und was sein Brandmal verursacht hatte.

Doch dann traf mich eine Erkenntnis, über die ich bisher nicht nachgedacht hatte. Xeron hatte mir das Brandmal verpasst. Er hatte sich um mich gekümmert, bis ich in Ankrov angekommen war.

War ich sein erster Schützling gewesen?

Ich legte die Hände auf seine Brust und drückte ihn von mir. »Wartet auf dich die Endwelt?«, fragte ich panisch.

Der Ausdruck in seinen Augen veränderte sich, und ich brauchte keine Antwort, um mir sicher zu sein. »Scheiße, warum hast du nichts gesagt?«

»Du warst ... Ich bin ... Keine Ahnung.« Er zuckte die Schultern, als wäre das nur irgendein Spiel und seine Zukunft nicht ebenfalls ungewiss.

Ich presste mir eine Hand vor den Mund und kämpfte mit den Tränen. Die Krähen um uns herum ignorierten uns freundlicherweise. Falls uns doch jemand beobachtete, sah derjenige hoffentlich nur eine Auseinandersetzung zwischen zwei jungen Leuten, die sich ihrer Gefühle nicht sicher waren.

Verdammt, Xeron hatte in Ankrov noch keinen Schützling gerettet. Seine Chancen standen genauso wie meine. Beschissen.

Ich krallte mich an seinem Hemd fest und presste mich zitternd gegen ihn. Er schlang die Arme um mich und hielt mich so fest, dass es mich fast alles vergessen ließ. Wie konnte sich Nähe nur so gut anfühlen?

»Ich will nicht, dass du mitgehst«, brachte ich erstickt hervor.

»Es muss sein«, widersprach er.

»Nein!«, stieß ich aus.

»Lenna. Wir kämpfen bis zum Schluss.«

Ich konnte kaum atmen. »Gemeinsam«, schluchzte ich und wünschte mir, wir hätten mehr Zeit. Dass wir diese Nacht überlebten und keiner von uns zu einem Geist wurde.

»Wir sollten es nicht länger hinauszögern«, flüsterte er mir ins Ohr, und ich wusste, dass er recht hatte. Je länger ich an diesem Moment festhielt, desto mehr gefährdete ich unsere Zukunft.

»Okay«, antwortete ich und ließ mich im nächsten Moment fallen. Xeron keuchte überrascht und fing mich auf. Sacht bettete er mich auf den Boden.

»Lenna? Lenna!« Er rüttelte mich sanft, strich mit einer Hand über meine Wange.

»Was ist los?«, fragte Tami.

»Ich glaube, sie hat eine Vision.«

Während Xeron und Tami viel Aufsehen erregten, spielte ich in Gedanken die einzelnen Momente meiner Vision durch, um möglichst glaubhaft lange abwesend zu sein. Als ich die Augen aufriss, zitterte ich am ganzen Körper und versuchte, mich an die Panik zu erinnern, als mir der richtige Zeitpunkt des Angriffs bewusst geworden war. Das gleiche Entsetzen legte ich in meine Stimme, als ich stockend flüsterte: »Heute. Der ... Xeron.« Ich packte ihn an den Schultern. »Der Angriff ist heute!«

Tami wich schockiert zurück, schüttelte übertrieben den Kopf. »Lenna, was sagst du da?«

»Der Angriff ist heute!«, schrie ich lauter. Marxem kam herbeigeeilt und kniete sich neben mich. Zu unserer Freude sah ich, dass sich unzählige Krähen um uns geschart hatten, die mich verwirrt musterten.

»Was hast du gesehen?« Die Besorgnis in Marxems Stimme wirkte so überzeugend, dass mir Tränen in die Augen stiegen. Auch wenn das hier ein Spiel war, der Grund für unsere Täuschung war todernst.

Stockend berichtete ich von der Mondfinsternis. Dann ging alles ganz schnell.

***

Marxem und Nander lenkten die Aufmerksamkeit der Krähen auf eine Seite des Berges, damit Xeron, Tami, Juri und ich uns wie geplant absetzen konnten. Ein kleiner Weg führte von der Plattform und gab uns so die Möglichkeit, aus der Sicht der anderen zu verschwinden. Sobald wir weit genug abgestiegen waren, verwandelten wir uns und flogen davon.

Ich drehte den Karmastein zwischen meinen Fingern, um mir selbst Mut zu machen. Mit dem kleinen Stein der Seher, den mir Marxem zu Beginn meiner Ausbildung gegeben hatte, führte ich das Ritual durch und ortete Chris. Er war mit ein paar Jungs unterwegs und befand sich noch nicht auf dem Heimweg. Schnell änderte ich die Richtung und die anderen folgten mir.

Juri kommunizierte kurz mit Pat, doch bemerkte ich nichts Auffälliges. Unser Verschwinden blieb unbemerkt und keine andere Krähe schien sich bisher vom Berg entfernt zu haben.

»Sie brechen in einer halben Stunde zur Straße auf«, meinte Juri und ich nickte. Die Straße. So ein unauffälliges Wort für den Ort, an dem wir alle sterben würden. Wenn wir es nicht verhinderten.

Der Weg zum Dimensionsriss, in die Menschenwelt und zu Chris fühlte sich länger an als sonst. Gleichzeitig schlug mein Herz so heftig, dass ich kaum einen klaren Gedanken fassen konnte.

Als wir zum Landeanflug ansetzten, wurde mir ganz kalt und plötzlich war alles klar. Was wir vorhatten. Was wir verhindern mussten.

Xeron griff meine Hand, drückte sie sacht und mein Herz zersplitterte in seine Einzelteile. Ich drängte die Tränen zurück und das Wissen, dass Xerons Zukunft in Gefahr war.

Ich hätte damit leben können, wenn er neugeboren worden oder ins Nirwana übergegangen wäre. Aber er durfte nicht als Geist enden. Das würde ich nicht zulassen!

»Da sind sie«, presste ich hervor und deutete auf eine Gruppe. Die Schemen von vier jungen Männern zeichneten sich schwach im Mondlicht ab. Ich lockerte die Energie in meinem Zentrum und die Welt vor meinen Augen schien zu erwachen. Insekten flatterten orange leuchtend durch die Nacht. Die Gestalten von Chris und seinen Freunden flackerten und heller Rauch umspielte ihre Konturen. Sie hielten sich bei einer Parkbank auf einem Spielplatz auf, grölten und reichten Flaschen weiter, in denen sich offensichtlich Alkohol befand. Nur Chris war ganz leise, sein Blick finster und seine Hände zu Fäusten geballt.

Doch sie waren nicht allein. Natürlich nicht! Damit hatten wir auch nicht gerechnet. Trotzdem verunsicherte mich die Anzahl der Geister. Ich zählte zwölf, die sich innerhalb der Gruppe bewegten und sich von Chris' Leid nährten.

Es schmerzte in meiner Brust, als ich die Trauer in seiner ganzen Haltung wahrnahm. Karyns Tod hatte ihn gebrochen.

Wir versteckten uns hinter einigen Sträuchern, verschafften uns einen Überblick über die Lage und sprachen den Plan durch. Xeron, Tami und Juri lenkten die Geister ab, während ich mich um Chris kümmerte. Ihm das Karma einzuflößen, würde nicht lange dauern, doch ich brauchte Ruhe und Konzentration. Ich wünschte, ich könnte die Aufgabe an jemanden abgeben. Doch nur meine Bindung zu Chris würde den Übergang des Guten in seine Seele gewährleisten.

Meine Hände zitterten und ich presste sie fest gegen meine Oberschenkel. »Bereit?«, fragte ich. »Auf Drei.«

Ich schluckte schwer. »Eins.«

Xeron spannte seine Muskeln an. Juri schlich bereits rechts an den Sträuchern entlang, um sich zu positionieren.

»Zwei.«

Ich schloss die Augen und machte mich auf die Konfrontation gefasst. »Drei.«

Xeron preschte los, rannte von links auf die Gruppe zu. Tami folgte dicht hinter ihm. Die Geister richteten sofort ihre Aufmerksamkeit auf die beiden und kreischten. Das Geräusch schmerzte in meinen Ohren.

Sie entdeckten Juri einen Moment zu spät. Von rechts kam sie aus dem Gebüsch, hielt die Hände erhoben und ich wusste, dass sie als fähige Formerin bereits das erste Ritual durchführte. Zwei Geister verblassten und etwas fiel zu Boden. Es interessierte mich nicht, zu was Juri unsere Feinde geformt hatte, ob es eine Erinnerung war oder ein Gefühl. Es änderte nichts an der Tatsache, dass die Energie unserer Gegner in eine andere Form gesperrt wurde. Der Triumph machte mir Mut.

Doch im nächsten Moment stürzten sich die verbliebenen Geister auf Juri. Kampfgeräusche entstanden, während Xeron und Tami die Körper der Wesen teilweise verfestigten und Tritte und Schläge austeilten. Juri wich zurück, rettete sich hinter die Kämpfer und begann mit dem nächsten Ritual. Bevor sie geendet hatte, wurde Xeron unsanft nach hinten geschleudert und riss Juri mit sich. Sie fluchte, rollte sich zur Seite und richtete sich keuchend auf.

»Weg hier!«, rief Xeron laut, und sie rannten einige Schritte davon. Ich machte mich bereit, mich an Chris heranzuschleichen, sobald die Geister ihnen folgten. Doch die Wesen sahen den Krähen nur wütend hinterher, blieben jedoch bei Chris und seinen Kumpels.

Das war nicht gut!

Ich schlich mich denselben Weg entlang, den Juri für ihren seitlichen Überraschungsangriff genommen hatte. Mein Herz hämmerte, als ich mich hinter einem Gebüsch versteckte.

Xeron und Tami waren wieder zum Angriff übergegangen, während Juri aus dem Hintergrund agierte. Wenn sie die Geister nicht fortlocken konnten, mussten sie sie wegdrängen, damit ich allein an Chris herankam.

Im Halbkreis umrundeten die Krähen ihre Gegner, die auf zehn Wesen geschrumpft waren. Der nächste Geist löste sich auf, diente als Energiequelle und wurde Teil des Steins, den Juri achtlos fallen ließ. Neun.

Xeron zog das Tempo an, trat um sich, teilte Schläge aus und knurrte. Der erste Geist entfernte sich von der Gruppe.

Weiter so!

Xeron materialisierte den Arm und den seitlichen Rumpf eines Geistes, packte ihn und schleuderte ihn über die Schulter. Noch während er ihn hielt, bewegten sich seine Lippen. Er nutzte die Gelegenheit und entzog ihm Energie. Er kam nicht dazu, den Geist zu besiegen, denn zwei andere stürzten sich auf ihn. Tami wirbelte zur Seite und kam Xeron zur Hilfe. Sie fegte einem der Angreifer mit einer fließenden Bewegung die Beine weg und brachte ihn zu Fall. Es ging so schnell, dass ich nicht einmal sehen konnte, wie sie ihren Gegner materialisiert hatte.

Ich grinste. Tami war eine Kampfmaschine.

Kreischend richtete sich das Wesen wieder auf und schloss zu seiner Gruppe auf. Die Geister begriffen ebenfalls, dass sie fähigen Gegnern gegenüberstanden und zogen sich einige Schritte zurück. Juri beseitigte währenddessen einen weiteren unserer Feinde. Das machte siebeneinhalb, wenn man den geschwächten Gegner von Xeron berücksichtigte.

Die Wesen kreischten voller Panik und Wut, schlugen nach Xeron und Tami, doch die beiden wichen aus, ohne sich zurückdrängen zu lassen.

Ich schloss die Hand fester um den Karmastein und machte mich bereit für den Aufbruch. Es lagen bereits einige Meter zwischen Chris und den kämpfenden Krähen und Geistern. Konnte ich es wagen? Oder würden sie mich bemerken? Ich nagte an meiner Unterlippe und zögerte. Xeron, Tami und Juri hielten sie in Schach, weil die Geister sich nicht auf einen von ihnen fokussierten, sondern wahllos umherschwirrten, angriffen und sich zurückzogen.

Ich bezweifelte, dass sie mich verteidigen konnten, wenn sich alle Geister auf mich stürzten. Dafür waren sie uns zahlenmäßig noch zu überlegen.

Als hätten sie meine Sorgen wahrgenommen, richteten die Geister ihre Aufmerksamkeit auf Juri, die momentan die größte Gefahr darstellte. Sie löschte einen nach dem anderen aus und die Wesen schienen das zu bemerken.

Juri wich zurück, als einer der Geister Xeron ignorierte und auf sie zukam. Es war der blassere, dem Xeron bereits viel Energie entzogen hatte.

Juri stolperte rückwärts, richtete ihre Konzentration auf den Gegner, der nun fast vor ihr stand. Der Geist hob eine Hand, in der ein Messer aufblitzte. Ich ballte die Hände zu Fäusten und wäre am liebsten eingeschritten, doch Juri beendete das Ritual und die Klinge fiel ins Gras.

Erleichtert atmete ich aus.

Doch der erneute Sieg schien die restlichen sieben Geister aufzuschrecken. Sie kreischten wieder und stürzten sich auf Juri, die hektisch herumwirbelte und davonrannte. Xeron und Tami folgten ihr und attackierten die Geister von hinten oder der Seite, doch sie interessierten sich nur für die Formerin.

Ich löste mich von der Kampfszene und nutzte die Gelegenheit, um mich endlich an Chris heranzuschleichen. Er schien den Stimmungswechsel zu spüren. Die Geister hatten sich von ihm entfernt und ich, seine Beschützerin, war in seiner Nähe. Das Band, das zwischen uns bestand, vibrierte kaum wahrnehmbar. Seine Gesichtszüge entspannten sich. Er saß immer noch auf der Bank, hob nur schnell den Kopf, um einem seiner Freunde zu antworten.

Eilig kniete ich mich vor ihm hin und zog den Stein aus meiner Hosentasche. Ich hatte keine Zeit zu verlieren.

Fest umschloss ich den Stein mit den Fingern, während ich die andere Hand auf sein Knie legte. Ich öffnete den Mund, um mit dem Ritual zu beginnen.

Doch ich erstarrte.

Mein Herz setzte einen Schlag lang aus und Panik rollte über mich hinweg, als ein Geist hinter Chris trat. Und es war nicht irgendeins der Wesen, sondern die Frau.

Chris' Mutter.

Ich schwankte, verlor das Gleichgewicht und landete auf meinem Hintern. Sie sah mich, verzog wütend ihr Gesicht.

»Du!«, kreischte sie und deutete auf mich.

Ich riss den Blick von ihr los und sah mich suchend nach meinen Kameraden um. Noch sechs Geister jagten sie über die Wiese, einen weiteren hatten sie aufgelöst. Juri rannte voraus, während Tami und Xeron den Geistern hinterherhechteten und versuchten, die Wesen zu besiegen. Sie bemerkten mich nicht. Sie kamen mir nicht zur Hilfe.

Ich war auf mich allein gestellt.

»Ich bring dich um«, zischte die Frau.

Verdammt.

Ich rappelte mich auf, bewegte den Stein mit dem Karma in der Hand und zögerte. Am liebsten hätte ich ihn Chris an den Kopf geworfen, doch leider funktionierte das nicht so. Was jetzt?

Was jetzt, was jetzt, was jetzt?

Chris' Mutter kam näher, und ich verwandelte mich mit einem Wimpernschlag in meine Krähenform, um mehr Bewegungsfreiheit zu erhalten, obwohl fliehen keine Option war. Wir mussten heute siegen. Uns blieb keine andere Möglichkeit.

Ich zitterte vor Anspannung, konzentrierte mich auf das flimmernde Leuchten um mich herum und dachte fieberhaft nach. Wie auch das letzte Mal strahlte die Frau vor Energie. Sie strahlte wie die Sonne. Übernatürlich, unbezwingbar. Woher hatte sie diese Kraft? Und wie konnte ich ihr sie entziehen?

Ich hatte keine Chance, wenn ich mich ihr allein entgegenstellte. Nicht, solange die anderen noch beschäftigt waren. Auch wenn ich mir nicht sicher war, ob wir alle zusammen etwas gegen sie ausrichten konnten.

Wieder sah ich zu den anderen. Sie kämpften mit fünf Geistern, hatten also einen weiteren besiegt. Ich atmete erleichtert auf. Konnte ich die Frau so lange hinhalten, bis mir jemand zur Hilfe eilte?

Ich spannte den Körper an und richtete meine Aufmerksamkeit auf meinen bevorstehenden Kampf. Ich musste sie von Chris weglocken, damit sie ihn nicht verängstigte. Und dann? Mist, ich hatte keine Ahnung, was ich dann tun sollte.

Die Frau hatte Chris fast erreicht, doch ihr Blick hing an mir. Sie fletschte die Zähne wie ein wildes Tier, während sie in geschmeidigen Bewegungen näherkam.

Instinktiv wich ich zurück. Ich wollte Chris nicht alleinlassen, aber die Angst, sie könnte sich jeden Moment auf mich stürzen, ließ mich Abstand nehmen. Sie verharrte nicht bei ihrem Sohn, sondern schien ihre Priorität auf meine Vernichtung zu setzen.

Ich spreizte die Flügel und machte mich bereit. In mir wuchs eine Wut heran, die meinen Entschluss, zu kämpfen, anfeuerte. Ich würde die Vision nicht gewinnen lassen. Nicht widerstandslos. Und wenn ich mich zuerst einem unbezwingbaren Gegner entgegenstellen musste, dann sollte es so sein.

»Na los«, rief ich. Schließlich hatten wir nicht viel Zeit.

Die nächsten Minuten bestanden aus einem stürmischen, mörderischen Tanz. Die Geisterfrau rauschte auf mich zu und in ihrer Hand erschien ein Messer, mit dem sie mich um Haaresbreite erwischte. Ich wirbelte zur Seite, schlug kräftig mit den Flügeln und erhob mich zwei Meter in die Höhe. Den Karmastein hielt ich so fest in der Hand, dass es schmerzte. Er erinnerte mich an meine Aufgabe.

Sie folgte mir, hieb und stach, doch ich wich aus. Ihre Energie flackerte, blieb jedoch weiterhin so hell, dass es mich blendete, wenn ich mich darauf konzentrierte.

Sie hatte das Messer geformt. Konnte ich sie dazu bringen, ihre Energie weiter zu verbrauchen?

Ich brachte mit ein paar Flügelschlägen mehr Platz zwischen uns. Sie reagierte wie erwartet, veränderte das Messer und ließ ein Schwert in ihrer Hand entstehen, mit dem sie mich treffen wollte. Ich flog höher und ließ mich nicht erwischen. Während meiner Flucht griff ich nach ihrer Energie, zapfte sie an und formte wahllos Gedanken, Gefühle oder Erinnerungen zu Steinen.

Ich warf einen schnellen Blick nach unten, suchte nach Chris, den Jungen und nach den Krähen, die immer noch mit den Geistern beschäftigt waren. Vorsichtig ließ ich die Steine auf die Wiese fallen. Ich wollte kein Risiko eingehen und jemanden verletzen.

Brennender Schmerz riss meine Aufmerksamkeit zurück auf meine Gegnerin, die unter mir schwebte. Sie zog die Klinge zurück, mit der sie mich an der Seite erwischt und eine blutige Wunde hinterlassen hatte. Die rote Flüssigkeit tropfte von meinen Federn und verdampfte im Wind, bevor sie die Geisterfrau erreichen konnte.

Ich würgte. Licht flimmerte vor meinen Augen. Meine Seite brannte, als würde ich in Flammen stehen. Ich presste eine Hand gegen meine Wunde und blinzelte gegen den Nebel an, der mich erfasste. Ich musste mich konzentrieren.

Die Frau kreischte, es klang beinahe wie ein Jubelschrei.

Mir blieb keine Zeit, um auszuweichen, als sie das nächste Mal ausholte. Stattdessen formte sich in mir ein irrsinniger Plan. Aber konnte es funktionieren?

Ich musste es versuchen.

Zitternd zog ich die Flügel ein und fiel. Meine bereits verletzte Seite landete in der Klinge, dann raste ich mit einem ausgestreckten Arm auf die Geisterfrau zu. Die

Hand, in der der Karmastein lag, presste ich an meine Brust. Meine Gegnerin blinzelte überrascht, während in mir der Schmerz explodierte.

Ich keuchte, doch mir blieb keine Zeit, um über die Qualen und das Schwert in meiner Seite nachzudenken. Als meine Hand ihren durchscheinenden Körper erreichte, verfestigte ich die Stelle. Mein Arm blieb in ihr stecken und ich würgte, weil das Gefühl widerlich war. Doch jetzt hatte ich sie da, wo ich sie haben wollte.

Mit ein paar Flügelschlägen bremste ich unseren Fall und verharrte in der Luft. Sie wand sich, versuchte, die Klinge aus mir hinauszuziehen, und ich schrie auf. Doch wir waren uns zu nah, sodass sie sich kaum bewegen konnte.

Ihre Energie brannte auf meiner Haut wie Feuer, noch bevor ich das Ritual startete. Aber all das hinderte mich nicht daran, alles zu geben, um zu siegen. Ich schrie die Worte, lenkte ihre Energie um und formte den Schmerz zu Steinen. An etwas anderes als an die Verletzung konnte ich nicht denken. Aber das war egal. Das Gefühl war so übermächtig, dass ein Stein nach dem anderen entstand und auf den Boden fiel. Mir blieb keine Zeit, um nachzusehen, ob ich jemanden unter mir traf. Das Einzige, auf das ich mich konzentrierte, waren die Worte des Rituals. Und je länger die Geisterfrau kreischte und mit mir rang, desto schwächer wurde das Leuchten ihrer Energie.

Ich jubilierte innerlich aufgrund des Erfolgs, den mein hirnrissiger Plan erzielte.

Meine Gegnerin knurrte, aber schrie nicht mehr. Sie fixierte mich mit leeren Augen, in denen sich der Schrecken spiegelte, für den sie verantwortlich war. Sie verzog den Mund und lächelte plötzlich. Noch bevor ich reagieren konnte, verschwand das Schwert. In ihrer Hand tauchte das Messer auf, mit dem sie mich zuerst attackiert hatte. Sie rammte es mir in den Bauch.

Der Schmerz war überwältigend. Licht explodierte vor meinen Augen, tanzte und blendete mich, obwohl es immer noch Nacht war. Ich blinzelte, während Hitze durch mich drang, die mich von innen beinahe verbrennen ließ. Ich schrie so laut, dass es in meinen eigenen Ohren klingelte.

Ein gehässiges Lachen stimmte in meine Qual mit ein.

Meine Körpermitte fühlte sich an, als würde sie auseinanderbrechen. War es das?

Hatte ich verloren?

Ich schloss die Augen, doch das Licht flackerte auch hinter meinen geschlossenen Lidern. Ich sah Bruchstücke der Vision vor mir, wie meine Freunde sterben würden. Ein Bild offenbarte sich mir länger. Tami, die leblos in den Himmel starrte. Noch bleicher, als sie es bei ihren Verletzungen nach der letzten Konfrontation gewesen war. Sie hatte überlebt, weil wir ihr von unserer Energie gegeben hatten. Dennoch würde sie jetzt sterben. Wir hatten alles nur hinausgezögert.

Die Geisterfrau stach erneut zu und ich schrie vor Schmerz. Im nächsten Moment knallten wir auf den Boden. Etwas in mir schien zu zersplittern und ich spürte, wie ich abdriftete. In dem Strudel aus Licht und Schatten, Schmerz und Feuer, blieb mir nur ein Gedanke.

Tami wurde mit Energie geheilt.

Ich dachte nicht nach. Ich überlegte nicht, was es für Konsequenzen haben könnte. Dafür war es zu spät.

Einzig das Gefühl meiner Hand im Bauch meiner Gegnerin zählte. Und dann zerrte ich an ihrer Energie.

Ich nahm das grelle Licht, leitete es um in meinen Bauch. Die Schmerzen ebbten ab, als sie nicht länger zustach. Ich sah nur die schimmernde Energie, das Messer, das verschwand, und das Flackern, als sie an Helligkeit verlor. Stattdessen wurde meine Sicht klarer, bis meine Schmerzen auf ein erträgliches Maß zurückgingen.

Entsetzen stand ihr im Gesicht, sie wand sich, doch sie hing an mir fest.

Erst als mich eine Hand an meinem Rücken berührte, richtete ich meine Aufmerksamkeit auf die Umgebung.

»Ich übernehme. Kümmere dich um Chris!« Xeron stand hinter mir und ich erinnerte mich wieder, wo ich mich befand.

Es dauerte eine Sekunde, bis ich ihren Bauch erneut durchscheinend werden ließ und meine Hand hinauszog.

Sofort stürzte sich Xeron auf sie, verfestigte ihren Körper, traktierte sie mit Schlägen und zupfte an ihrer Energie. Sie kroch einen Meter zurück, bevor sie zum Gegenangriff ansetzte.

Meine Hand schloss sich fester um den Karmastein, den ich weiterhin an mich presste. Kurz war ich erleichtert darüber, dass ich ihn nicht verloren hatte. Dann rannte ich zu Chris.

Mein Kampf hatte mich etwa zehn Meter von der Gruppe weggelockt. Xeron jagte die Geisterfrau über die Wiese, während Juri und Tami mit drei verbliebenen Gegnern beschäftigt waren. Erschrocken stellte ich fest, dass sich die Jungen bereit zum Aufbruch machten. Die letzten Flaschen wurden geleert und Chris stand langsam auf.

Schnell hob ich den Kopf, suchte nach dem Mond und stellte erschrocken fest, dass die Finsternis begann.

Mist, Mist, Mist, Mist!

Uns blieb keine Zeit mehr.

Ich sprintete die letzten Meter und bremste abrupt vor Chris ab. In diesem Moment verpasste Xeron der Geisterfrau einen so heftigen Tritt, dass sie schreiend zu Boden fiel und dort liegenblieb. Eine dunkle Gestalt kam aus dem Himmel und landete neben ihr und Xeron. Als die Krähe ihre menschliche Form annahm, erkannte ich Ferlen.

»Gott sei Dank«, rief ich aus und Tränen brannten in meinen Augen.

Verstärkung. Endlich.

Ich hob den Stein und öffnete den Mund für das Ritual, um Chris das Karma einzuflößen. Doch ich zögerte.

Wo waren die anderen?

Woher wusste Ferlen, dass wir hier waren?

Ich sah zu Xeron, der sich über die Geisterfrau beugte und sie am Boden festpinnte, während er ihr ihre Energie entzog.

»Ferlen, wo ist Marxem?«, fragte ich und meine Stimme brach, als Ferlen Xeron einen Tritt verpasste. Stöhnend rollte dieser zur Seite.

»Was soll das?«, presste er hervor.

Doch Ferlen antwortete uns nicht. Er half der Frau auf und sobald er sie berührte, verfestigte sich ihr Körper. Erst ihre Haut, dann das helle Sommerkleid, bis ihr das Haar in einem grellen Rot über ihre Schultern fiel.

»Wer hätte das gedacht«, säuselte Ferlen und betrachtete uns. »Ihr habt mich beinahe hereingelegt.«

Hinter ihm tauchte eine Schar neuer Geister auf. Es waren Dutzende.

32. Kapitel

Meine Lider flackerten, während sich Bilder vor mein inneres Auge schoben. Schmerz zuckte durch meine Knie, als ich auf dem Boden landete, doch ich nahm nur noch die Vision wahr, die über mir hereinbrach. Sie riss mich vom Geschehen fort und füllte meine Gedanken vollständig aus.

Die Zukunft zeigte mir Ferlen, der neben einem mir vertrauten Körper kniete. Xeron.

»Fer«, krächzte er, doch sein angeblicher Freund lachte nur, als er ihm das Messer in die Schulter rammte.

»Ihr glaubt, ihr könnt euch mir in den Weg stellen?«, zischte Ferlen und stach erneut zu. Der Schmerzensschrei, den Xeron von sich gab, ließ etwas in mir zerbrechen.

»Bitte«, wimmerte Xeron. »Warum?«

»Fer, Lenny, Freund, Vertrauter. Zum Teufel damit!«, brüllte er. Er breitete die Arme aus und schloss mit dieser Geste das Geschehen auf dem Spielplatz ein. Tami löste sich bereits auf und verschwand. Juri lag bleich auf meiner anderen Seite – und ich? Um mich würde er sich vermutlich gleich kümmern, wenn mein Leben nicht von allein erlosch.

»Ihr dachtet tatsächlich, dass ihr mich aufhalten könnt?« Sein Lachen schallte kalt und grausam über den Platz. Von seiner ruhigen Art war nichts mehr übrig. Hatte ich nicht nach meinem Unfall mit Chris' Schutzschild aus Spaß zu Xeron gesagt, Ferlen wäre ein toller Bösewicht?

Warum war es mir nicht früher aufgefallen, dass ich mit dieser Vermutung richtiglag?

Die Vision flimmerte. Als er Xeron das Messer in die Brust rammte, zersplitterten selbst die letzten Bruchstücke meines Herzens. Nur Staub würde von mir übrig bleiben.

***

Als ich zu mir kam, kniete ich auf der Wiese des Spielplatzes. Chris und seine Freunde bewegten sich bereits zum Ausgang des Geländes.

Die Erkenntnis wirbelte wild in mir umher. Ferlen hatte uns getäuscht. Er würde uns töten. Wir hatten meine Vision verändert, aber nicht gewonnen.

»Na?«, lachte Ferlen. »Hast du mich endlich in deiner Vision gesehen?«

Mein Mund war staubtrocken. Ich schüttelte den Kopf. Das konnte doch nicht wahr sein.

Xeron rappelte sich langsam auf. »Fer?«, stieß er hervor und fixierte die verschränkten Hände von Ferlen und der Geisterfrau. Sie wickelte das Band ihres Anhängers um ihren Finger. Diese Steine ... hatten die Geister die Talismane von Ferlen?

Ein Teil in mir wollte es nicht glauben.

»Ich habe Jahrhunderte auf diesen Tag gewartet. Ihr werdet mich nicht aufhalten.«

»Aber warum?«, brachte Xeron hervor.

Ferlen schnipste, deutete zur Seite, und einige der neu angekommenen Geister folgten seinem Befehl. Während sie Juri und Tami zu uns drängten, verpasste Ferlen Xeron einen erneuten Tritt. Xeron stolperte rückwärts, landete unsanft im Gras und rollte sich zur Seite.

Mit ein paar Schritten war ich bei ihm und half ihm auf.

»Das ist ein Irrtum, das ist ...«

»Ferlen?« Tamis Stimme zitterte, als sie seinen Namen flüsterte. Juri sagte gar nichts. Ich hoffte, dass sie Pat und die anderen im Stillen kontaktierte.

Wir standen zu viert vor Ferlen, während Chris weiter von uns wegging. Die Geisterfrau sah ihm wehmütig hinterher. Hinter ihr und Ferlen stand uns eine Armee von neuen Feinden gegenüber. Fünfzig? Hundert? Wie viele waren es?

Ich presste den Karmastein fester in meine Handfläche. Wenn wir Ferlen nicht bezwingen konnten, musste ich wenigstens seine Pläne durchkreuzen und Chris retten.

Doch Ferlen schien den Moment zu genießen. Ganz der Bösewicht, der er war, suhlte er sich in seiner Überlegenheit.

»Es war schön, wie sehr ihr euch auf Nander fixiert habt. Als wäre er der mächtigste Former in Ankrov.« Er lachte gehässig und das Geräusch jagte wie ein Sturm durch mein Innerstes. Ich wollte es nicht begreifen. Ferlen war der Verräter?

»Aber nur, weil ich euch glauben ließ, dass ich ein Kämpfer bin. Keiner war mehr übrig, der mein wahres Alter und meine wahre Gabe hätte enthüllen können. Dafür hatte ich gesorgt.« Er strich der Geisterfrau eine

Strähne hinter das Ohr und betrachtete sehnsüchtig ihr Gesicht. Wut kochte in mir. Ich wusste, was zu tun war. Ich würde es ausnutzen, dass er sich uns überlegen fühlte. »Achthundert Jahre habe ich für diesen Moment gelebt.« Theatralisch schloss er die Augen und schüttelte den Kopf.

Jetzt!

Ich nutzte seine Unachtsamkeit und sprintete Chris hinterher. Durch einen Blick über die Schulter erkannte ich, dass die Geister zögerten und auf einen Befehl von Ferlen warteten, der erstaunt aufsah. Doch ich hielt mich nicht auf, schon während des Rennens schrie ich die Worte des Rituals: »*Siel fan faorm ...*« Die Hand mit dem Karmastein streckte ich Chris entgegen, der nur noch wenige Meter von mir entfernt war. Die Geisterfrau kreischte, und ich hörte, dass sie näherkam, während Ferlen Anweisungen brüllte.

»Haltet sie auf!«

Bevor ich Chris erreichte, warf mich die Geisterfrau zu Boden. Die Luft wurde aus meiner Lunge gepresst. »Bleib weg von ihm!«, schrie sie und kratzte mir über die Wange. Die Wunden brannten, doch ich rollte mich zur Seite und versuchte, mich zu befreien. Leider waren meine Angriffe wenig effektiv, da ich mit einem verdammten Geist kämpfte. Doch ich konnte mich nicht darauf konzentrieren, die Frau zu verfestigen, damit sie meine Tritte trafen. »... *lit frij. Siel fan ...*« Unaufhaltsam sprach ich die Worte des Rituals für den Karmastein, auch wenn Chris noch ein Stück entfernt war. Immerhin waren er und die Jungs stehengeblieben.

Warum hatte ich mich vorhin nur dauernd aufhalten lassen? Ich benahm mich wie diese dummen Gören aus einem Actionfilm, die erst etwas zustandebrachten, wenn es keinen Ausweg mehr gab.

Meine Gegnerin hob die Hand und ein Messer blitzte auf. Nicht schon wieder! Doch dann fiel mein Blick auf ihr Handgelenk. Hautfarben. Sie hatte sich und das Messer für den Angriff verfestigt.

Ich rollte mich auf den Rücken, zog die Beine an und trat nach ihrer Hand. Die Klinge streifte meine linke Fußkante und schnitt mir in die Haut. Ich keuchte. »… *lit frij*« Mühsam presste ich die abschließenden Worte des Rituals hervor.

Im letzten Moment konnte ich mich mit dem Fuß an ihrem Handgelenk abdrücken, nutzte den Schwung und berührte Chris' Wade in der Sekunde, in der das Ritual seine Kraft entfaltete.

Der Karmastein flammte in meiner Hand auf und ich hätte am liebsten hysterisch gelacht. Ich spürte, wie etwas davon in Chris überging, doch im nächsten Moment traf mich die Klinge am Oberarm.

Ich japste, ließ Chris aber nicht los. Egal wie sehr der Schmerz in mir aufwallte, ich presste die Lippen zusammen und blieb standhaft. Die Geisterfrau warf sich auf mich, die Klinge tauchte über mir auf und ich fixierte das silbrige Metall, das meiner Kehle gefährlich nahekam.

Mit der Faust, in der ich den brennenden Karmastein hielt, drückte ich gegen ihr Handgelenk, um den Angriff zu stoppen. Sie kreischte, dann geschah etwas Merkwürdiges.

Der Stein erlosch und war verschwunden. Das gute Karma, das Marxem, Nander und Licia gesammelt hatten, war in seine ursprüngliche Form zurückgekehrt. Meine erbitterte Gegnerin hatte innegehalten und leuchtete. Nicht wie zuvor, als sie noch all ihre Energie gehabt hatte, sondern anders, friedvoller. Das Messer verschwand und sie stand auf, betrachtete ihre Hände, die verblassten.

»Danke«, flüsterte sie. Es war mehr eine Frage. Dann verschwand sie. Nur das Amulett, das sie getragen hatte, blieb von ihr zurück.

Der Stein landete geräuschlos im Gras. Ich starrte verwundert auf die Stelle, an der die Frau eben noch gewesen war. Weg. Sie war weg.

Im Hintergrund nahm ich wahr, wie sich Chris' Aura veränderte. Es schien, als würde er Hoffnung schöpfen, als gäbe es einen Willen in ihm, seine Schuld zu begleichen und Gutes zu tun. Wir hatten ihn gerettet.

Er und die Jungen verließen den Spielplatz, und ich konnte nicht anders, als den Fleck anzusehen, an dem das Amulett seiner Mutter lag.

Sie hatte sich bedankt. Sie hatte sich aufgelöst. Nicht wie die Geister, die wir über Formermagie in eine Form gesperrt hatten. Das mit ihr war anders gewesen. Da sie mich angefasst hatte, musste auch sie etwas von dem guten Karma abbekommen haben.

Hatte es sie erlöst?

Gab es eine Möglichkeit, die Geister zu retten?

Erst als jemand in mein Blickfeld trat und den Talisman aufhob, erwachte ich aus meiner Starre.

»Was hast du getan?«, zischte Ferlen.

»Ich weiß es nicht«, antwortete ich aufrichtig.

»WAS HAST DU GETAN?«, brüllte er erneut und riss mich an den Haaren auf die Beine, nur um mir in den Magen zu boxen und mich zu Boden zu schlagen.

Ich krümmte mich, hielt mir den Bauch und blinzelte die Tränen weg. Die dickköpfige Seite in mir freute sich. So wütend wie Ferlen war, hatte ich seine Pläne wohl ins Chaos gestürzt.

»Weißt du, was das ist?«, schrie er und hielt mir das Amulett der Geisterfrau vor mein Gesicht.

»Ein beschissener Formerstein?«, krächzte ich. »Mit dem du die Geister ausgestattet hast?«

»Das sind achthundert Jahre«, spie er mir entgegen. »So lange hatte ich auf Saira gewartet. So lange hatte ich mitangesehen, wie sie lebte, liebte, starb und das wieder und wieder.« Er pfefferte den Stein neben meinen Kopf auf den Boden und ich zuckte zusammen.

Ein schmerzhaftes Stöhnen richtete meine Aufmerksamkeit auf die Geister hinter Ferlen. Xeron, Tami und Juri wurden von den Wesen attackiert und konnten sich kaum verteidigen.

Mein Blick haftete auf Xeron, dessen Kleidung blutüberströmt war. Er landete auf allen vieren, rollte sich zur Seite und sprang wieder auf die Beine.

Kurz trafen sich unsere Blicke. Wie schon in meiner Vision zersplitterte mein Herz. In Xerons Augen lag blanke Todesangst. Er wusste, wir kamen hier nicht mehr lebend heraus.

Gegen diese Anzahl an Wesen konnten wir nicht gewinnen. Und nicht gegen Ferlen. Ja, das hatte meine Vision gezeigt. Er würde uns alle umbringen.

Ich stutzte. Meine Vision war anders gewesen. Ferlen hatte sich über Xeron gebeugt, nicht über mich. Hatte mein Überraschungsangriff auf Chris die Zukunft verändert?

Konnte ich aus meiner Vision ausbrechen, wenn ich nach einer Lösung suchte, die niemand erwartete?

Nur wie sollte ich das anstellen? Ferlen war uns überlegen. Er hatte eine Armee im Rücken und war unverletzt, während ich kaum atmen konnte.

»Achthundert Jahre?«, fragte ich. Es war das Erste, das mir in den Sinn kam, um Zeit zu schinden. »Ich dachte, du wärst erst ein fünfhundert Jahre alter Knacker.«

Ferlen verzog die Lippen zu einem hässlichen Grinsen. Er deutete auf Xeron und Tami, die sich mehr schlecht als recht gegen die Überzahl an Gegnern verteidigten.

»Das glauben alle«, raunte er. »Aber nur weil ich das Register verändert und alle getötet habe, die wussten, was ich bin. Ein Former. Mächtiger als dieser kleine Nander, der später auftauchte.« Er strich mir über die Wange und ich schauderte unter der Berührung.

Nander hatte die Änderungen im Register bemerkt. Ferlens Name war unter den Einträgen gewesen, doch der Zusammenhang schien unklar. Doch jetzt ergab es Sinn. Während er alle in dem Glauben ließ, er wäre ein Kämpfer, verschleierte er seine wahre Gabe. Das Einzige, das uns zu dem Verräter geführt hätte.

»Du glaubst nicht, was ich für eine Angst hatte, als du die Vision von Saira und mir gesehen hast. Wenn du mich erkannt hättest, hätte ich dich noch in jener Nacht getötet.«

Das Blut gefror mir in den Adern und ich schluckte. Ferlen hatte mich nach der Vision zu den Ajiva geführt.

Er hätte mich einfach getötet und fortgeschafft? Seine Skrupellosigkeit versetzte mich in Panik.

Verdammt, ich brauchte einen Plan!

Doch Ferlen redete weiter. Er schien ganz im Fluss seines Geständnisses zu sein. »Saira wollte nicht in Ankrov bleiben. Sie entschied sich für ein Leben ohne mich. Über zweihundert Jahre hoffte ich darauf, dass sie wieder in die Zwischenwelt eintreten würde, doch sie kam nicht.« Eine Wutader erschien auf Ferlens Stirn. Unbarmherzig schlug er mir ins Gesicht. »Ich konnte es nicht mehr erwarten.«

Noch ein Schlag. Mein Kiefer knackte widerlich und Schmerz zuckte wie ein Blitz durch mein Gesicht. Ich stöhnte auf. Blut rauschte in meinen Ohren, sodass ich Ferlen kaum verstehen konnte.

»Dann heckte ich meinen Plan aus. Ich bannte alle Erinnerungen in einen Stein und verwischte meine Spuren. Ich lernte so viel wie möglich über die Geister und mischte mich jedes Mal ein, wenn Saira als Schützling an eine Krähe gebunden wurde. Bis ich es endlich schaffte, sie in die Endwelt zu führen.« Wieder strich er mir über die Wange. Ich hätte seine Hand am liebsten weggeschlagen. Doch mir fehlte jede Kraft.

»Es war eine Genugtuung, als ich sie endlich wieder an meiner Seite hatte und die Erinnerungen mir jene Saira zurückgaben, auf die ich so viele Jahre gewartet hatte.« Er schlug neben mir auf den Boden und ich blinzelte. Die Angst, er könnte mich weiter traktieren, dämpfte meine Konzentration. Ich musste mir etwas einfallen lassen, bevor es zu spät war.

»Aber dann«, spuckte er aus und beugte sich so nah über mich, dass ich seinen Atem auf meinem Gesicht spürte. »Dann kam mit der Erinnerung ihre beschissene Gabe zurück.«

»Welche Gabe?«, murmelte ich kaum hörbar.

»Sie war eine Lauscherin. Und als sie die Erinnerungen erhielt, konnte sie das Leid der Geister hören. Verstehst du, was das in mir ausgelöst hat?« Er packte meinen Kiefer und ich stöhnte vor Schmerz.

»Diese verfluchten Krähen und ihre Gaben hatten mir Saira schon einmal genommen. Das hätte ich nicht wieder zugelassen.«

Deshalb wollte er die Zwischenwelt zerstören? Weil seine große Liebe sich gegen ein gemeinsames Leben mit ihm entschieden hatte?

Sein Griff schmerzte, als er meinen Kopf anhob. »Und du hast sie mir wieder genommen!« Er knallte meinen Schädel auf die Erde und ich sah Sternchen.

»Ich habe Jahrhunderte für diesen Moment geopfert.« Wieder schlug er meinen Kopf gegen den Boden. »Und dann nimmst du sie mir weg!«

Der nächste Schlag ließ alles schwarz werden.

Aus der Ferne hörte ich meinen Namen. Die Stimme rief den Geruch nach regenfeuchtem Gras hervor.

Xeron.

Ich hätte mich von ihm verabschieden sollen. Unser Kuss bei der Mondlichternte reichte nicht aus, um meine Gefühle für ihn auszudrücken. Egal wie sehr mich seine Lügen verletzt hatten, mein Herz hatte sich für ihn entschieden. Es würde für ihn schlagen, bis es stoppte.

Tränen rollten aus meinen Augenwinkeln und meine Lippen zitterten. Ich hätte ihm verzeihen müssen. Ich wollte ihm vergeben.

Denn auch ich hatte viele Fehler gemacht. Xeron war an meiner Seite geblieben, hatte mich versucht zu retten, als ich noch ein Mensch war. Er hatte mich nicht für das verurteilt, was ich getan hatte. Er verdiente eine zweite Chance.

»Hörst du mir noch zu?«, schrie Ferlen außer sich.

Wut flammte in mir auf. Er hatte alle verraten. Die Krähen, die ihm nahegestanden hatten. Tami, die ihm ihr Herz schenkte. Xeron, der zu ihm aufsah.

Und jetzt interessierte es ihn nur noch, dass ich bis zu meinem Tod seinen selbstgerechten Worten zuhörte? In denen er seine Taten rechtfertigte? Niemals würde ich ihm diese Genugtuung geben. Sein Verhalten war falsch.

»Werd erwachsen, Ferlen«, zischte ich. Ich erwartete einen Schlag, doch er kam nicht. Als ich gegen den Schwindel anblinzelte, erkannte ich Ferlens verdutztes Gesicht. »Sie wollte dich nicht«, brachte ich mühsam hervor. »Akzeptier es einfach. Das Leben geht weiter.«

Sein nächster Fausthieb traf mich auf der Nase. Das Knacken ließ mich würgen und ich verfluchte mich für meine große Klappe. Aber es musste gesagt werden. Vielleicht würde ich so Frieden finden.

Wenn es den in der Endwelt gab.

Ich dachte an Saira, die Geisterfrau, die sich aufgelöst hatte, nachdem sie mit dem Karma in Berührung gekommen war. Hatte sie ein neues Leben erhalten? Vielleicht gab es doch noch eine Zukunft für mich, auch wenn ich in die Endwelt überging. Vielleicht konnte ich irgendwann gerettet werden.

Ein kleiner Stich der Enttäuschung zuckte durch meine Brust. So lange hatte ich mich gegen das Leben in der Zwischenwelt gewehrt und jetzt wollte ich nicht, dass es endete.

Selbst wenn ich die Wahl hätte, zurück in die Zeitwelt oder ins Nirwana zu gehen, würde ich mich für nichts davon entscheiden.

Schmerzlich begriff ich, dass ich nirgendwo anders sein wollte als in Ankrov und bei Xeron. Ich wollte Menschen retten, vielleicht sogar Geister. Und ich wollte ein Leben mit Xeron.

Zu blöd, dass mir das zu spät bewusst wurde.

Denn mir blieb keine Wahl und auf mich wartete nur die Endwelt. Ferlen brüllte etwas, doch ich hörte nicht zu. Ein Gedanke zupfte an meinem Bewusstsein und unwillkürlich musste ich lächeln. Die Bewegung schmerzte in meinem Gesicht, aber das Grinsen blieb.

Die Wahl haben.

In eine andere Welt übergehen.

War das die Lösung?

Ich konnte Ferlen nicht besiegen, aber was, wenn ich das nicht musste? Wenn ich ihn stattdessen einfach wegschickte?

Ich erinnerte mich fieberhaft an die Worte des Rituals und daran, was Xeron gesagt hatte. Es war im Archiv gewesen. Meine Neugierde hatte mich angetrieben und Xeron mir bereitwillig die Doppelseite im Buch der Rituale gezeigt. Dreimal musste ich die Worte für *Wege ins Neue* sagen.

Flüsternd begann ich. »*Wei troch nij.*«

»Was sagst du da?«, zischte Ferlen. »Hör mir gefälligst zu, wenn ich mit dir rede!« Er packte meine Kehle und drückte mich ins Gras.

»*Wei troch nij.*« Ich würgte die Worte hervor. Auch das zweite Mal war geschafft.

Ferlen schien zu erkennen, was ich vorhatte. »Wage es nicht«, brüllte er und schlug so kräftig zu, dass ich Blut spuckte. Die Flüssigkeit löste sich von meinen Körper und verdampfte. »*Wei troch nij.*« Mit dem Blut verließen die letzten Worte meinen Mund und ich packte Ferlen an den Armen. Er wand sich unter meinem Griff, bevor er schrie und zu flimmern begann. Es war wie bei den Krähen, die sich in meiner Vision aufgelöst hatten. Nach und nach verschwanden seine Konturen, seine Arme, sein Körper.

Er verblasste, ließ mich zurück und ich blinzelte. Einmal. Zweimal. Dreimal.

Aber er blieb verschwunden.

Das war es?

Ich lachte hysterisch. Das Geräusch klang krächzend und erinnerte mich an die Schwere meiner Verletzungen.

Scheiße, das war es? Ich hatte Ferlen einfach weggeschickt?

Warum war ich nicht früher auf diese Idee gekommen?

Ich rollte mich auf die Seite und hielt nach den anderen Ausschau. Die Geister zogen sich zurück, sie wirkten verwirrt, als würde ihnen mit Ferlens Verschwinden eine Anweisung fehlen.

Erleichtert stellte ich fest, dass sich weder Xeron noch Tami oder Juri aufgelöst hatten. Sie waren weiterhin da, lagen gekrümmt auf der Wiese, aber keiner sah so aus, als würde er gleich sterben.

Ich robbte auf Xeron zu. Jede Bewegung war qualvoll, doch ich wollte zu ihm. Ich wollte mich vergewissern, dass es ihm gutging. Zumindest der Situation angemessen. Denn ich lebte. Verdammt, ich lebte und Ferlen war weg. Solch einen Sieg hatte ich noch nie im Kampf gegen meine Visionen erlangt.

Es fühlte sich an, als würden Stunden vergehen, bis ich endlich bei Xeron ankam. Über uns löste sich die Mondfinsternis auf, und ich wusste, wir hatten es geschafft.

Ich hatte es geschafft.

»Xeron«, krächzte ich, als ich bei ihm ankam.

Schwerfällig hob er seine Lider. »Du hast uns gerettet.«

»Scheint so«, murmelte ich und blieb erschöpft neben ihm liegen. Er griff nach meiner Hand und unsere Finger verschränkten sich.

Am Himmel erkannte ich Schemen, die auf uns zukamen. Es dauerte einen Moment, dann erschienen Marxem und Nander, gefolgt von vielen anderen.

Die hatten sich aber Zeit gelassen!

Sie überhäuften uns mit Fragen, doch ich konnte mich nur auf das Gefühl von Xerons Haut an meiner konzentrieren.

»Wir haben gekämpft. Bis zum Ende«, flüsterte er und bescherte mir damit ein Lächeln.

Bevor ich dem Schmerz erlag und selig in Dunkelheit versank, verließ ein einziges Wort meine Lippen.

»Gemeinsam.«

Epilog

»Lenna, beeil dich! Oder soll ich dir beim Umziehen helfen?« Xerons Stimme drang gedämpft von außen durch meine Zimmertür.

Ein heißer Schauer jagte über meinen Körper und kurz war ich enttäuscht, dass ich bereits fertig angezogen war und gedankenverloren in den Spiegel gestarrt hatte. Die Ereignisse der letzten Mondfinsternis überkamen mich jedes Mal, wenn ich einen Moment zum Nachdenken hatte.

»Komm rein, falls du dich traust«, erwiderte ich heiser und es verwunderte mich nicht, dass Xeron im nächsten Moment vor mir stand.

Enttäuscht zog er eine Schnute. »Du hast mich reingelegt.«

Ich stupste ihm gegen die Brust. »Du Lustmolch.«

In seinen Augen flackerte ein Verlangen, das meine Knie weich werden ließ. Er zog mich an sich und ließ mich alle blöden Sprüche vergessen, die mir auf den Lippen lagen. Denn da war nur noch er, sein Geruch und die Hitze, die er mit seiner Berührung auslöste.

Er öffnete den Mund und tastete mit der Zunge nach mir. Ich schnappte nach Luft, während auf meiner Haut unzählige Emotionen tanzten. Seine Nähe machte mich schwerelos, als öffnete sich mein Herz und ließ den Himmel ein. Ich keuchte wohlig und spürte, wie er lächelte.

»Soll ich aufhören?«, fragte er neckend.

»Untersteh dich«, hauchte ich und holte mir das, was ich begehrte. Mehr von ihm. Alles, was er bereit war, mir zu geben.

»Tami wartet bestimmt schon«, sagte er und löste sich seufzend von mir. Enttäuscht ließ ich von ihm ab. Aber nur für den Moment. Denn wir hatten Ferlen überlebt. Vor uns lag die Unendlichkeit und ich wusste nur zu gut, wie ich diese am liebsten verbringen wollte.

»Können wir los?«, fragte er und ich hörte seinen Widerwillen. Auch er hatte anderes im Sinn. Mein Magen zog sich wohlig zusammen und ich schlang einen Arm um seine Taille.

»Aber nur, wenn du mir nachher einen Gefallen tust.«

Xeron lächelte schelmisch. »Stehe ich wieder in deiner Schuld?«

Ich nickte theatralisch und bestätigte seine Vermutung. »Heute Nacht hatte ich eine Vision. Also, was bietest du mir?«

Wieder blitzte ein Funkeln in seinen Augen auf, das mich beinahe meine Pflichten vergessen ließ. »Alles, was du willst.«

»Eine Massage wäre nicht schlecht.« Ich dehnte meinen Nacken, als wäre ich verspannt. »Diese Geister-Rettungs-Mission macht mich ganz schön platt.«

Er wusste, dass ich log. Ich liebte es, neben meinen Pflichten für Chris auch nach Geistern zu jagen und ihnen mit Hilfe von Karma ein neues, unbeschwertes Leben zu geben. Denn das hatte es mit Saira gemacht. Sie und Ferlen waren in einem kleinen Ort neugeboren worden und Chios Visionen zeigten eine Zukunft, die beide zusammenführte. Gemeinsam konnten sie es noch einmal versuchen. Ohne Geister und ohne Gaben.

Hoffentlich würde es dieses Mal besser klappen und nicht zu einem ähnlichen Wahnsinn führen, wie den, den wir durchgemacht hatten.

Aber hatte nicht jeder eine zweite Chance verdient?

Ich sah zu Xeron auf und tauchte in seine grünen Augen ein.

»Ich liebe dich«, flüsterte er.

»Und ich dich«, antwortete ich, bevor er mich enger an sich zog. Meine Haut kribbelte an der Stelle, an der wir uns berührten. Er zögerte nicht mehr und ich ebenso wenig. Das zwischen uns war anders. Meine Visionen kamen, daran änderte seine Nähe nichts. Ich hatte die Bilder auch nach unserem Sieg gegen Ferlen nicht im Griff, aber ich wusste, dass ich mächtig genug war, ihnen entgegenzutreten und etwas auszurichten.

Die Ungewissheit war noch da, aber ich fühlte mich nicht mehr machtlos. Manchmal musste man etwas hinnehmen, um zu gewinnen.

Manchmal reichte ein wenig Mut.

Ich stellte mich auf die Zehenspitzen und drückte Xeron einen kurzen, aber intensiven Kuss auf die Lippen.

Und manchmal reichte Liebe. Liebe für einen anderen – oder für sich selbst.

Ende

Danksagung

Mein Dank ist so groß, dass kein Raum angemessen erscheint! Vielen Dank an den dp Verlag, der meine Träume Realität werden lässt.

Alex, du hast mich wundervoll beraten und bist mit mir diesen Weg gegangen. Wir haben Tränen gelacht und zusammen auf den Erscheinungstermin hingefiebert. Ich hätte mir keine schönere Betreuung wünschen können.

Danke an Regina, meine Lektorin, die mir mit ihrem wertvollen Feedback geholfen hat, aus einer Geschichte ein Buch zu machen.

Und natürlich ein riesiges Danke an Tina, die den Krähen ein perfektes Gewand gezaubert hat.

Danke an meine Familie, die immer an mich glaubt. Euer Vertrauen ist endlos. Und ganz besonders danke ich meiner Schwester, dem Wirbelwind, der jede Begeisterung zu meinen Büchern mit mir teilt.

Danke an die Schumis, meine Zweitfamilie. Ihr bereichert mein Leben seit so vielen Jahren. Eure Ruhe erfüllt mich mit Mut.

Ein ganz besonderes Danke geht an die zweite Stammtisch-Krähe, Lisa. Unsere Freundschaft ist reine Magie! Seit unserer Begegnung drückst du mir die Daumen für diesen Moment. Danke, dass du an mich glaubst.

Ich kann die Liebe gar nicht zurückgeben, die mir meine Freunde entgegenbringen. Annalou, Adam,

Jeannine, Kim, Hannah, Jelly und so viele mehr! Ihr drückt seit Jahren die Däumchen für meine Träume. Ihr seid klasse!

Die Buchbranche hält besondere Begegnungen bereit und hat mich in den letzten Jahren mit neuen Freundschaften bereichert. Danke für unvergessliche Buchmessen! Vor allem Danke an Tanja und Liz.

Danke an meine Kolleginnen, die mit meinem Autorendasein mitfiebern und jeden Arbeitstag zu einem guten Tag machen. Ihr findet das hier bestimmt zu kitschig, aber das ist dennoch für euch ;-)

Danke an den Mann an meiner Seite. Danke, dass du mir Bier kaltstellst. Jeder Tag mit dir ist ein Geschenk. Ich liebe dich.

Und natürlich ein riesiges DANKE an dich, lieber Leser, liebe Leserin. Danke, dass du die Krähen bei ihrem Kampf gegen die Geister begleitet hast. Ohne dich würde es dieses Buch nicht geben.